I0831698

Andreas Heusler

Das Strafrecht der Isländersagas

Salzwasser

Andreas Heusler

Das Strafrecht der Isländersagas

1. Auflage | ISBN: 978-3-84607-806-8

Erscheinungsort: Paderborn, Deutschland

Erscheinungsjahr: 2015

Salzwasser Verlag GmbH, Paderborn.

Nachdruck des Originals von 1911.

Andreas Heusler

Das Strafrecht der Isländersagas

Salzwasser

Das

Strafrecht der Isländersagas

Von

Dr. phil. Andreas Heusler

Erstes Kapitel.

Die Isländersagas als Rechtsquellen.

§ 1. Daß wir für das ältere germanische Strafrecht wertvolle Quellen besitzen in den Familiengeschichten der Isländer, hat man nie verkannt. Die meisten dieser vierzig Romane und Novellen haben Fehden, mit oder ohne Prozesse, zum Gegenstand. Sie erzählen sie in einem nüchternen, tatsachenfrohen Realismus, mit einer Überfülle von äußern und innern Einzelheiten. Was diese Sagas vor den Chroniken des Mittelalters auszeichnet, ist, um von allem Künstlerischen zu schweigen, die ungelehrte, unverbildete Stellung zu ihrem Stoffe; die unbefangene Vertraulichkeit, der klare Nahblick, womit sie ein Volksleben in seiner Breite auffassen. Hier wird die Welt nicht durchs Klosterfenster erschaut und nicht nach lebensfeindlichen Forderungen zurechtgerückt. Es herrscht eine kühle, aber innerlich feste Bejahung dieses wilden Menschentreibens, dazu eine Ehrlichkeit, die immer wieder in Erstaunen setzt: eine Offenherzigkeit, die der kirchlichen Berichterstattung jederzeit gefehlt hat und die den daran nicht Gewöhnten, je nach seiner Stimmung, höchst naiv oder tief ergreifend anmutet.

Hier kann man die Missetatsfolgen, wie sie in einer unstädtischen, vorritterlichen Germanengesellschaft sich entfalten, am lebenden Modell studieren; nicht so sehr den Buchstaben des Gesetzes als seine Anwendung; die Triebkräfte, die Gesinnungen, die den Zusammenhang von Straftat und Sühne regierten.

Einzelne Proben aus unsern Sagas haben denn auch von jeher Aufnahme gefunden in den Darstellungen des nordischen wie des urgermanischen Strafrechts. Ich nenne die Werke von Arnesen-Erichsen[1], V. Finsen[2], Brandt[3], Maurer[4], Amira[5]; die von Jacob

[1] Historisk Indledning til den .. islandske Rættergang, Kopenhagen 1762.

[2] in den Annaler for nordisk Oldkyndighed 1850 S. 203 ff.

[3] Forelæsninger over den norske Retshistorie, Kristiania 1880/83.

[4] mehrere umfassende Werke, das bei weitem ausführlichste die aus dem Nachlaß veröffentlichten Vorlesungen über: Altisländisches Strafrecht und Gerichtswesen, Leipzig 1910.

[5] Nordgermanisches Obligationenrecht, 2. Bd., Leipzig 1895.

Grimm [1], Wilda [2], Dahn [3], Brunner [4], Binding [5]. Außerdem wurden einzelne Rechtsfälle der Geschichten oder auch die Jurisprudenz einer ganzen Saga (der Njála) genauerer Kritik unterworfen [6]; auch eine geschlossene Erscheinung des Sagarechts, die Bezirksacht, fand eingehende Prüfung [7].

Aber diese Arbeiten steckten sich nicht das Ziel, aus den Erzählungen ein umfassendes Bild altisländischen Strafrechts zu schöpfen. Man behandelte die Sagas im Grunde doch immer als akzessorische Quellen: die Hauptquelle, der man die ganzen Richtlinien und die Maßstäbe der Kritik entnahm, war die Grágás, die Rechtsbücher aus der letzten Zeit des isländischen Freistaats.

§ 2. Die zwei umfänglichsten Handschriften der Grágás (Graugans), die Konungsbók und die Staðarhólsbók, stammen aus den 1250er und 1260er Jahren. Aber es sind keine ersten Aufzeichnungen, sondern Kompilationen größerenteils schriftlicher Stoffmassen. Begonnen hatte man mit der Niederschrift isländischen Rechtes schon im Jahre 1117. Wieviel von diesem Grundstocke in den folgenden vier bis fünf Menschenaltern bewahrt blieb, ist nicht zu entscheiden.

Die Quelle der Aufzeichnungen waren die amtlichen Rechtsvorträge des Gesetzsprechers auf dem Allding; das „ich“, das in unsern Codices öfter hervortritt, meint nicht den privaten Veranstalter der Sammlung, sondern den Gesetzsprecher, den offiziellen Verkünder des Rechtes der Insel. Für die Niederschriften, wenig-

---

1 Deutsche Rechtsaltertümer (1828), 4. Aufl., Leipzig 1899, 2, 175 ff.

2 Das Strafrecht der Germanen, Halle 1842.

3 in den Bausteinen, 2. Reihe, Berlin 1880, S. 76 ff.

4 Deutsche Rechtsgeschichte, I² S. 211 ff. Leipzig 1906.

5 Die Entstehung der öffentlichen Strafe im germanisch-deutschen Recht, Leipzig 1909.

6 Lehmann und Schnorr von Carolsfeld, Die Njálssage, insbesondere in ihren juristischen Bestandteilen, Berlin 1883; dazu: V. Finsen in den Videnskabs Selskabs Skrifter, Kopenhagen 1888; F. Jónsson in den Aarbøger 1904 S. 89 ff. und in den Anmerkungen zu seiner Ausgabe der Brennu-Njálssaga, Halle 1908; Lehmann in der Tidsskrift for Retsvidenskab 1905 S. 183 ff. Maurer, Über die Hænsa-þóris saga, München 1871; Zwei Rechtsfälle in der Eigla und Zwei Rechtsfälle aus der Eyrbyggja, München 1895 und 1896. Zu dem Kommentar in Gerings Ausgabe der Eyrbyggja saga, Halle 1897, hat Pappenheim rechtsgelehrte Anmerkungen beigesteuert.

7 durch Karl Lehmann, s. u. § 106. Es sei hier auch noch V. Guðmundssons Monographie erwähnt über die Höhe der Mannesbuße, s. u. § 137.

stens die guten Exemplare im Besitz der Bischöfe, nahm man gesetzliche Geltung in Anspruch.

Diese Rechtsbücher enthalten ein Strafrecht, das an Ausführlichkeit die andern des germanischen Mittelalters weit hinter sich läßt. Es ist ein eigenartig isländisches Gewächs; von allem Gemeingermanischen ist es sehr weit abgerückt, auch dem nächsten Schwesterrechte, dem norwegischen, steht es recht fern, während es doch das Altertümliche seiner Kulturgrundlagen — im Gesellschaftlichen, Wirtschaftlichen, Sittlichen — nicht verleugnet.

Bei diesem offiziellen Strafrecht des 12./13. Jahrhunderts nahm man den Standpunkt und griff Einzelheiten aus dem Fehde- und Gerichtswesen der Sagas, also des 9.—11. Jahrhunderts, zur Vergleichung heraus.

Man kann auch anders verfahren: sich mitten in die Sagas hineinstellen und ihre Angaben zunächst einmal als Selbstzweck vornehmen. Welche Kräfte bewegen das Strafrecht dieser kleinen abgeschlossenen Welt? Welche Mittel der Gegenwehr sind möglich, sind erlaubt, werden gebilligt? Wie verkörpern diese Menschen, die so überzeugend vor uns wandeln, die abstrakten Begriffe von Rache, Friedlosigkeit, Rechtsordnung?

Die Antwort auf diese und ähnliche Fragen hätte ihren Wert, auch wenn es keine Graugans gäbe. So vieles in diesen stoffreichen Geschichten berührt sich mit den Rechtsbüchern überhaupt nicht, ohne doch unsrer strafrechtlichen Wißbegjer gleichgültig zu sein; für die ganze Psychologie der Missetat und ihrer Folgen bietet uns das Rechtsbuch nur Abgeleitetes und künstlich Verdünntes, wo in den Sagas das blutwarme Leben quillt. Dann aber die äußern Einrichtungen, der technische Aufwand von Gerichtsgang und schiedlicher Sühne, alle die Dinge, die zur Vergleichung mit der Grágás auffordern: auch da verdienen die Erzählungen eine Betrachtung aus sich selbst heraus, mit statistischer Vollständigkeit, wo es fördern kann, und ohne den steten Hintergedanken: im besten Falle gibt es eine Randglosse zur Graugans.

Dieses Verfahren wird, wenn ich nicht irre, den Beweis erbringen, daß die Isländergeschichten in ihrem Wert als strafrechtliche Quellen immer noch tief unterschätzt worden sind. Ihre Auskünfte gehn weit hinaus über einzelne Streiflichter; sie fügen sich zusammen zu einem Ganzen, das man nicht gerade ein „System" nennen wird, das aber mit all seinen unlogischen Stellen lebenswahr wirkt und in seiner innern Geschlossenheit von uns nacherlebt werden kann. Sodann aber geben uns die Sagas Handhaben, in dem Strafrecht der Graugans Älteres und Jüngeres zu scheiden; sie werfen auf das abgezirkelte System dieser Rechtsbücher, das sich gegen die genetische Herleitung so spröde verhält, ein entstehungsgeschichtliches Licht; auch ermöglichen sie uns, einen Unterschied zu machen zwischen der Lehre des Gesetzsprechers und der Rechtsübung der Gerichte und Parteien. Und endlich am Schlusse des Weges ermutigen sie zu der Frage, ob nicht auch für die Vergegenwärtigung alter, gemeingermanischer Zustände allerlei aus den Isländersagas zu lernen sei. Vor einer vorschnellen Verpflanzung Islands in die Germania, die uns Tacitus beschreibt, braucht man heute nicht mehr zu warnen. Übrigens wäre auch ein Kontrastbild lehrreich, wo es eine so deutliche Zeichnung besitzt.

§ 3. Die vorwurfsvolle Frage, ob diese Untersuchung nicht besser dem Rechtshistoriker verspart worden wäre, hab ich mir nicht immer geschweigen können, und als mir im letzten Herbst Konrad Maurers Vorlesungen Band V, 820 Seiten, in die Hand kamen, öffnete ich sie mit der gefaßten Erwartung, daß hier alles schon viel gründlicher gemacht sei. Es war nicht der Fall; Maurers Interesse gehörte den Sagas nur insoweit, als sie einen bestimmten, technischen Einzelpunkt zur unmittelbaren Messung an den Rechtsbüchern darbieten. Man darf es als bezeichnend anführen, daß die Äußerung der Hrafnkels saga: „der Mann ist nicht *alsekr*, bis daß die Frohnung vollzogen ist“ (unten § 95) an drei getrennten Stellen des Werkes zur Sprache kommt. Nur einmal holt Maurer dazu aus, ein Stück Sagarecht zwar nicht um seiner selbst willen, aber doch im Zusammenhang, unter reichlicheren Zitaten zu erörtern: auch dieser Abschnitt über das Vergleichswesen, S. 691 ff., beschränkt sich auf drittehalb Seiten mit einer zwanglos herausgehobenen Blütenlese, und Maurers Standpunkt kennzeichnen gut die abschließenden Worte, es sei schwer, bestimmte Schlüsse zu ziehen „auf die dem Vergleichswesen zugrunde liegenden Rechtsvorschriften“, da die Sagaangaben leicht unvollständig seien, und da „auch immer die Möglichkeit bleibt, daß im einzelnen Falle einmal nicht völlig legal verfahren sein könnte“. So hat der berufene Schnitter eine volle Ernte stehn lassen.

Auch den Titel „das Strafrecht . .“ hab ich nur zögernd gewählt, da er eine Vollständigkeit erwarten läßt, der ich nicht überall nachgestrebt habe, und da er für diese Arbeit etwas juristisch-anspruchsvoll klingt. Der rechtsgelehrte Leser wird bald bemerken, daß dem Verfasser das juristische Denken abgeht. Vielleicht, daß dieser Mangel einigermaßen überwunden wird dadurch, daß die Quellen selbst so ausgiebig zu Worte kommen. Wo meine Fragestellung der juristischen Klarheit entbehrt, mag der kundige Leser aus dem mitgeteilten Quellenstoffe die Berichtigung gewinnen. Die Abschnitte, die sich etwas weiter in rechtsgeschichtliche Hypothesen vorwagen, bedürfen besonders dieser Nachhilfe und Nachsicht der Juristen. Gleichwohl gestehe ich, daß mir in erster Linie die deutschen Rechtshistoriker als Leser vorschwebten, und daß der Wunsch mich ansporte, ihren Werken etwas mehr zu vermitteln von diesen kostbaren Urkunden als die wenigen Paradebeispiele, die seit Wilda durch ihre Bücher gehn.

§ 4. Vor allem müssen wir uns klar machen, wie weit wir die Isländersagas als geschichtliche Quellen nehmen dürfen; welcher Art Wirklichkeit in ihnen enthalten ist.

Die Íslendinga sögur, d. h. „Isländergeschichten“, auch isländische Familiengeschichten oder Bauerngeschichten genannt, bilden eine verhältnismäßig abgeschlossene Gruppe in der reichverzweigten altisländischen Sagaliteratur. Sie erzählen die Denkwürdigkeiten, namentlich die Privathändel, der Großbauern Islands und Grönlands, teils in der Anlage eines Lebenslaufes oder einer mehrgliedrigen Familienbiographie, teils als weiterspannende Bezirksgeschichten oder endlich als Novellen von stofflicher Einheit. Ihre Handlung beginnt ein paarmal schon vor der Besiedelung Islands (874—930), aber der Hauptmasse nach fällt sie in die hundert Jahre von 930 bis 1030; diesen Zeitraum nennt man denn auch kurzweg die Sagazeit. Damals stak Island noch tief in der Schriftlosigkeit; mit der Aufzeichnung unsrer Geschichten hat man schwerlich vor 1200 angefangen, und sie zog sich durch das ganze 13. Jahrhundert hin; über das genauere Alter der einzelnen Werke, d. h. die Zeit ihrer ersten Niederschrift, läßt sich wenig sichres sagen.

Somit haben diese Stoffe sechs bis zehn Menschenalter in rein mündlicher Überlieferung gelebt: damit ist schon gesagt, daß die Erzählungen nicht „historisch“ sein können im landläufigen Sinne dieses Wortes, und daß es irre leitet, wenn Maurer die Sagas so zu zitieren pflegt: „eine geschichtliche Quelle berichtet zum Jahre 978“ u. ä. Die ganze Haltung der Isländergeschichten zeigt auf den ersten Blick, daß die dichtende Kraft ihren vollgemessenen

Teil an diesen Werken hat. Mitteldinge zwischen Chronik und Roman hat man sie treffend genannt[1].

Man hüte sich vor der Auffassung, die in Arbeiten der letzten Jahre wieder bestimmend hervorgetreten ist: als gebe es die zwei scharf zu trennenden Dinge, die „Tradition", die im wesentlichen das treue Bild der Ereignisse festhielt, und die Willkür des schreibenden Verfassers, die aus jener Tradition mit einem Schlage etwas ganz Neues machte. Vielmehr hat die ganze Reihe der Erzähler zwischen dem Ereignis und der Niederschrift zu der Umgestaltung des Stoffes beigetragen oder beitragen können. Wo etwas der Begebenheit von 963 widerspricht, kann es zehn, fünfzig, hundert, zweihundertfünfzig Jahre später in die Überlieferung hineingekommen sein; das bleibt uns unentscheidbar.

Mittel, die historische Zuverlässigkeit zu prüfen, haben wir fast keine. Die paar Berührungen mit ausländischen Chroniken tragen für unsere Zwecke nichts ab. Die Vergleichung der Sagas untereinander und mit dem Besiedelungsbuche (der Landnámabók, kurz nach 1200 verfaßt) zeigt nur, daß die Berichte zuweilen gehörig weit auseinander wuchsen; ihr Zusammengehen aber beweist nichts für die Wirklichkeit des Erzählten, da ja die verschiedenen Stränge der Tradition in dem kleinen, intensiv verkehrenden Volke nicht getrennt nebeneinander herliefen: je genauer eine Übereinstimmung ist, um so kürzer ist der Zeitraum anzusetzen, innerhalb dessen die beidseitigen Erzähler sich austauschten. Der Libellus des Ari, der uns in erheblich frühere Zeit zurückführt (vor 1133), erlaubt nur die Kontrole eines Rechtsfalles; dabei zeigt sich bemerkenswerterweise, daß die Handlung besser bewahrt ist als der Stammbaum.

So wie die Dinge liegen, müssen wir die aktenmäßige Wahrheit des einzelnen Vorfalles generell preisgeben. Wir machen diesen Vorbehalt ein für allemal; wenn wir sagen „Gudhmund klagte gegen Thorkel auf Acht" anstatt „ein Erzähler berichtet, daß Gudhmund gegen Thorkel auf Acht klagte", so ist das nur Kürze des Ausdrucks. Darum setzen wir auch keine Jahreszahlen

[1] Der Ausdruck „Sage" für diese Denkmäler ist unstatthaft; denn darunter versteht man doch einen Gegensatz zum Glaubwürdigen und eine breite kunstlose Überlieferung. Beides trifft auf die Isländergeschichten im ganzen nicht zu. Das altnordische Wort *saga* bedeutet „die Geschichte, das Geschehene"; als literarischer Ausdruck bezeichnet es jede größere, stattlichere Prosaerzählung.

neben die Vorgänge; sie würden einen trügerischen Schein von Authentizität erwecken.

Aber das, woran uns liegt, ist auch einzig die zuständliche (kulturgeschichtliche) Wahrheit. Und für diese stellen sich, ganz allgemein genommen, die Bedingungen sehr viel günstiger. Die streng realistische Art dieser Erzählungen verbürgt uns, daß sie nur das Mögliche geben; das was hätte geschehen können, auch wenn es nicht geschehen ist. Und ihre heimische Art verbürgt uns, daß nicht etwa fremde Literaturen oder die Kenntnis fremder Völkersitte das Bild vom Rechtsleben gefärbt haben. Soweit dennoch Phantastisches und Ausländisches eingezogen ist, wird es kaum jemals die strafrechtlichen Dinge angreifen.

§ 5. Dann erhebt sich die weitere Frage: sind die geschilderten Zustände die der Sagazeit oder die irgend einer späteren Periode bis ins 13. Jahrhundert herein?

Man wird einräumen: selbst wenn es so ungünstig läge, daß in unsern Geschichten Bräuche des 10. bis 13. Jahrhunderts unscheidbar durcheinander gingen, auch dann würde es sich lohnen, diese aus vier Jahrhunderten verschmolzenen Sittenbilder Islands zu untersuchen. Es ist aber kein Zweifel, daß die Mischung nicht so weit geht. Die Möglichkeit zwar von Kostümverstößen, Zeitwidrigkeiten darf man immer im Auge behalten. Solche sind inner- und außerhalb des Rechtslebens ein paarmal nachgewiesen. Um ein Beispiel zu geben: ein paar Sagas nennen den *lǫgmaðr*, den „Gesetzesmann“ als Amtsperson; den hat es in der freistaatlichen Zeit nicht gegeben.

Derartigen Verstößen aber zieht eine enge Schranke der Umstand, der zu den charaktergebenden Eigenschaften der Familiensagas gerechnet werden muß: diese isländischen Erzähler, in der mündlichen wie der schriftlichen Periode, kannten nicht jenes naive Umwandeln der Stoffe nach den Gewöhnungen der eignen Zeit, wie es fast allen mittelalterlichen Kunstgattungen anhängt. Das Bewußtsein war ungemein lebendig, daß es „damals“, zur Zeit des Skalden Egil oder des Goden Snorri, anders war als später, unter den Nachfahren.

Für die treue Bewahrung des Zeitkostümes zeugt mancherlei. Darauf will ich kein Gewicht legen, daß die einzige Saga, deren Handlung vor 930 schließt, die Gullth., keinerlei Dingwesen kennt und sich eigens darauf beruft, daß dazumal noch kein Landrecht eingeführt war (30, 10). Denn noch zwei weitere Geschichten, von den beiden grönländischen abgesehen, die Thórdh. und die Svarfd., ermangeln aller gerichtlichen Vorgänge, und doch erzählen sie bis zum Jahre 990 herab: ein Zeitraum, der in andern Sagas schon hinlänglich Prozesse aufweist.

Mehr Bedeutung hat die Tatsache, daß die zwei Erzählungen, die außergewöhnlich spät, in den 1050er Jahren, spielen, die Band. und die Eyj., mit einer Reihe von Punkten gegen die Kultur der älteren Begebenheiten kontrastieren. Wir finden in der Band. Eifersucht der alten Goden gegen den neuen und sehen das Porträt der regierenden Herren sehr ins Ärmliche und Unheldische gewandt. In der Eyj. gibt es eine Verführungsklage als Hauptmotiv, ein christliches Gottesurteil und eine Verpönung des gerichtlichen Zweikampfes als heidnischer Sitte. Lauter Dinge, die den überraschend anmuten, der von den Händeln vor 1030 herkommt.

Dafür aber, daß die Familiengeschichten, im großen genommen, nicht etwa das 12./13. Jahrhundert in die Sagazeit projizieren, erbringt den bündigen Beweis die Sturlunga saga.

Die Sturlunga saga ist ein umfangreiches Sammelwerk, aus zehn bis zwölf Geschichten zusammengearbeitet. Die früheste dieser Geschichten — von einer kleinen Eingangssage abgesehen — spielt um 1120, alle weiteren aber ziehen sich in geschlossener Kette von der Mitte des 12. Jahrhunderts bis zum Jahre 1264, dem Untergange des isländischen Freistaats, so zwar, daß etwa vier Fünftel dieser Masse auf das 13. Jahrhundert entfallen. So bietet diese Sturlungasammlung eine Art Ergänzung zu den Geschichten aus der Sagazeit. Man merkt es ihr an, daß ihr Inhalt nicht durch sechs bis zehn Generationen mündlich vererbt, sondern schon von den Zeitgenossen oder spätestens von ihren Enkeln schriftlich fixiert wurde. Daher tritt die romanhafte Rundung und Klärung ganz zurück hinter einer memoirenhaften Tatsachenmenge. Diesen Erzählungen muß man beides, die Treue der zuständlichen Schilderung wie die Glaubwürdigkeit der Einzelfakta, im weitesten Maße zuerkennen.

Nun ist aber die Gesittung, die die Sturlunga uns zeigt, von der der Familiensagas weit verschieden. Um nur ein paar Züge zu nennen: das fortwährende Eingreifen der Kirche mit Beichte, Bann, Asyl, die Bischöfe als Schiedsrichter; die geschlechtlichen Verhältnisse: Konkubinate an der Tagesordnung, Ehebrüche, Schändungen und mehr oder weniger gewaltsame Entführungen; die abweichenden Formen der Fehde: die größeren Heeresmassen, die

Häufigkeit der *setur*[1], der Raub eine stehende Gepflogenheit; das kaltblütige Hinrichten des gefangenen Feindes oder das gewohnheitsmäßige *fóthǫggva, handhǫggva*, das Abhacken der Füße und Hände. Wer von der Eyrbyggja oder Ljósvetninga saga zu den Geschichten der Sturlunga kommt, fühlt sich in eine andre Welt versetzt. Es gäbe von den 900 Textseiten der Sturlungasammlung nicht allzu viele, die man in das Bild der Sagazeit einfügen könnte. Die Verschiedenheit erstreckt sich bis auf den Sprachgebrauch, u. a. den Bestand an Lehnwörtern[2].

Diese Tatsachen sind nicht anders zu erklären als damit, daß die Familiengeschichten die Kultur einer älteren Zeit, der Sagazeit spiegeln.

Man kann beifügen: hätten die Sagamänner des 13. Jahrhunderts die zahllosen Rechtshändel der Sagaperiode nach dem Rechte ihrer eignen Zeit ausgemalt, so hätten sie dafür doch wohl in weitem Umfange die Grágás benützt. Dann müßte aber das Gerichts- und Strafwesen der Erzählungen dem der Grágás viel ähnlicher sehen! Die große Verschiedenheit, die tatsächlich hier besteht, fordert notwendig die Annahme, daß man die Fehden des 10. 11. Jahrhunderts nicht nach dem Modell der Rechtsbücher gestaltet hat.

Das schließt einzelne Entlehnungen aus der Graugans nicht aus. Wo eine fachmännisch formulierte Angabe des Erzählers in genauem Einklange steht mit dem Rechtsbuche, da sollte man nicht triumphierend einen Beweis für die Echtheit der „Tradition" erblicken, sondern die Möglichkeit mindestens als gleichwertig nehmen, daß der Sagaschreiber aus dem amtlichen Rechte seiner Zeit — es braucht kein Codex gewesen zu sein — geborgt hat[3]. Aber es sind spärliche Stellen, die diesen Verdacht zulassen, — die eine Njála ausgenommen!

§ 6. Noch weitere Vorsichtsmaßregeln hat man zu beobachten.

Schlüsse ex silentio wird man mit gebührender Zurückhaltung wagen; bindend können sie nur da werden, wo statistische Zahlen-

[1] Eine *seta* ist eine Besatzung, das dauernde Beisammenhalten und Verköstigen größrer Streitkräfte im eignen Hofe.

[2] Sieh Frank Fischer, Die Lehnwörter des Altwestnordischen. Berlin 1909, S. 115.

[3] Man nehme beispielsweise die Bemerkung der Eg. 276, 7 und der Njála 362, 4 über die Gleichwertigkeit zweier Lebensringklagen mit einer Waldgangsklage; s. u. § 88 Nr. 67a.

verhältnisse verbieten, das Verschweigen eines Brauches in einer bestimmten Kategorie von Fällen für Zufall zu halten (vgl. unten § 140).

Man muß sich immer klar machen, was die Sagas überhaupt berichten wollen; was die Erzähler interessiert; was man von ihnen erwarten darf. Ein größeres Gebiet, das sakrale, oder allgemeiner: alles was mit der Götterverehrung zusammenhängt, ist augenscheinlich stark verblichen. Hier dürfen wir die Sagamänner nicht als wohlunterrichtete, den Stoff beherrschende Gewährsleute behandeln (vgl. Kapitel III).

Man halte sich auch gegenwärtig, daß die Sagas zwar chronikenhaft und realistisch genug sind, um auch vieles Durchschnittliche an Vorfällen und Gesinnungen zu bringen, aber zugleich doch Romane, die auf das Erhöhte, Außeralltägliche ausgehn.

Einen Unterschied macht es, ob eine juristische Angabe in den Geschehnissen selbst, in der epischen Handlung verankert ist, oder ob sie nur sonstwie, etwa in den Gesprächen der Leute, vorgebracht wird; in dem zweiten Falle hat sie naturgemäß weniger Gewähr (sieh unten § 96. 105).

Auf Ungenauigkeiten, Mißverständnisse, Unklarheiten im einzelnen muß man gefaßt sein. Das Material ist reich genug, um in den grundsätzlichen Dingen das Normale von dem Verdächtigen unterscheiden zu lassen. Gegen Unica wird man von vornherein etwas auf der Hut sein.

In den ziemlich zahlreichen Fällen, wo wir Parallelberichte haben, liegt es ein paar Mal so, daß wir die eine Fassung als die strafrechtlich glaubhaftere erklären können.

Gullth. 21, 18 (= Landn. 39, 12) die Bestrafung Ingjalds für die Bergung des friedlosen Gísli wird ein echter Zug sein, den die Gísl. (vgl. 69, 15) übergangen hat.

Grett. 102, 3; 103, 18; 105, 1 der eingehende und präzise Bericht von der Ächtung Thorgeirs (in einem Punkte bestätigt durch Eyj. 32, 8) enthält gewiß die bessere Überlieferung gegenüber den in sich widerspruchsvollen Andeutungen der Fóstbr. 24, 3; 28, 7 (hier ist offenbar Thorgeir mit seinem Schwurbruder Thormódh verwechselt; dér wird achtfrei).

Eyj. 32, 10, daß man die Tötung des Thóri von Hrófá dem Thorgeir als „verstohlenen Totschlag“ anrechnete, klingt glaubwürdiger als die vertuschende Darstellung der Fóstbr. 68, 13; 70, 14. Dagegen was das Ende des Thórarin ofsi betrifft, so hat der knappe Bericht der Fóstbr. 78, 14 den Vorzug vor dem romanhaft wirkenden der Eyj. 32, 35. 69.

Hallfr. 111, 16 hat konkrete, überlieferte Züge, verglichen mit der verschwommenen Wendung von Vatnsd. 76, 11, ohne daß ein eigentlicher Widerspruch bestände.

Kleine Ungenauigkeiten im sprachlichen Ausdruck sind einige Male zu berichtigen.

Laxd. 162, 2 *váru þá mál til búin* ..: nachdem der *sættarfundr* stattgehabt hat (161, 16) und das Selbsturteil dem Ólaf eingehändigt ist, erübrigt nur noch die Verkündigung des Schiedsspruches; der wohlbekannte Ausdruck *til búa mál* hat hier keine Stelle.

Ebenda 162, 8 lies: *eigi vildi Ólafr láta sekja* (nicht *sækja*) *Bolla*: eine gerichtliche Klage (*sækja*) gegen Bolli kommt nicht mehr in Frage, wohl aber könnte Ólafs Schiedsspruch den Bolli *sekja*, in die (milde) Acht bringen.

Gullth. 36, 10 lies: *ekki var þessi sǫk* (nicht *sætt*) *í saksóknir færð*. Ein *færa sætt i saksóknir*, „einen Vergleich der gerichtlichen Verfolgung unterbreiten“ wäre ein Widerspruch in sich selbst.

Eyj. 27, 47 lies: *skógarmenn ferjandi* (nicht *óferjandi*); sieh § 105.

Ebenda 27, 124 lies: *en Hallr* (*skyldi*) *eiga eigi út* (nicht *utan*) *ván*; sieh § 86.

Vápnf. 37, 12 lies mit der Handschrift E: *en ekki þykkir mér undir, hvárt sǫkin fellr eda eigi* („ob die Klage niederfällt oder nicht“) statt des sinnlosen *hvárr sekr fellr eda eigi* im Texte.

Mehrere Unklarheiten in Rechtssachen hat der von Jón Ólafsson aus dem Gedächtnis nachgeschriebene Teil der Heidh.; vgl. 37, 13 mit Eyrb. 201, 6 und unten § 122 Note.

§ 7. Wir haben bisher von den Isländersagas als einer gleichartigen Masse geredet. Die einzelnen Geschichten sind aber, wie in anderen Beziehungen so auch als Rechtsquellen, verschieden zu werten. Ich denke dabei nicht so sehr an das Maß ihrer Wahrheit, geschichtlichen Glaubwürdigkeit; denn wir sind selten in der Lage, den Bericht von einer Fehde oder einem Rechtshandel als unwahr, kulturgeschichtlich unmöglich zu bezeichnen. Die Unterschiede liegen mehr in der Deutlichkeit, Schärfe, Bestimmtheit, womit namentlich die Vorgänge des Gerichtswesens herausgebracht werden. Auf der einen Seite ein festes Zugreifen, unzweideutige Ausdrücke; man spürt dem Erzähler eine gewisse kennerhafte Sicherheit an, zugleich eine innere Teilnahme am Juristischen. Anderseits ein leichtes Hinweggleiten über die einzelnen Akte, unentschiedene, schwebende Wendungen; dem Sagamann liegt sichtlich nur an dem Ausgang der Sache und an den menschlichen Regungen.

Zum Teil hing ja Menge und Art des strafrechtlichen Gehaltes von dem gegebenen Stoffe ab; jedoch nur zum Teil: der Umriß einer und derselben Fabel ließ sich mit mehr oder weniger Rechtsleben ausfüllen; man halte nebeneinander, wie die Grett. und wie die Fóstbr. die Friedloslegung Thorgeirs erzählen (o. § 6)! Keine Saga hat soviele Waldgangsurteile wie die Fóstbr.: da wäre Gelegenheit gewesen zu Auftritten vor Gericht! aber der Erzähler hat sich auf das Unerläßliche beschränkt. Wie der Gesamtstil der einzelnen Saga, so wird ihr juristisches Aussehen bedingt durch die Wirksamkeit all der Erzähler, durch deren Kopf sie gegangen ist, natürlich auch des letzten Erzählers, des schreibenden, und unter Umständen seiner Bearbeiter.

Man kann danach eine gewisse Wertfolge der Sagas aufstellen im Blick auf die Fülle und Genauigkeit ihres strafrechtlichen Materials, unter Betonung der rechtsförmlichen Bestandteile (nicht bloß der prozessualen). An die Spitze treten wohl die Eyrbyggja und die Glúma, es schließen sich ihnen an die Bjarn., Heidh., Band., Grett., Ljósv., Eyj., Hrafnk., Dropl.; dies die richtigen Prozeß-Sagas! Einer mittleren Region gehören an die Eg., Hardh., Hœns., Gullth., Vatnsd., Hallfr., Vall., Reykd., Vápnf., Gunn. Thidhr. Die übrigen sind flacher in ihrem juristischen Relief — was den Wert ihres Zeugnisses für alles Seelische keineswegs herabzusetzen braucht.

Dem Alter der schriftlichen Sagatexte läuft diese kriminelle Rangabstufung jedenfalls nicht immer gleich. Die Grett. ist wahrscheinlich jünger als die Laxd., wohl überhaupt eine unsrer jüngsten Redaktionen; aber man lese etwa Grett. S. 101—105 oder 183 bis 186 und darauf die strafrechtliche Hauptaktion der Laxd., S. 159—162, um den Abstand zu empfinden: dort der Blick aus der Nähe, die festen, tiefen Linien; hier der rechtliche Apparat nur angestrichelt als Hintergrund zu den reichen menschlichen Motiven, die den Erzähler bewegen.

Daß die fürs Recht interessierten Sagas im ganzen mehr archaisch wirken, und daß umgekehrt Mangel an rechtlicher Plastik öfter mit jüngerem Gesamteindruck übereinkommt (man nehme die Háv., Thórdh., Korm., Finnb., Svarfd.), ist zuzugeben. Auch hier aber gilt keine durchgehende Regel: die im allgemeinen altertümliche, noch nicht völlig aufgewickelte Gísl. ist gegen Rechtsdinge gradezu auffällig stumpf: sie bringt es fertig, die Peripetie ihres Lebensschicksals, die ächtende Dingversammlung, hinter der Szene zu lassen, nur in zwei Worten über sie zu referieren (53, 5). Als Gegensatz nehme man Grett. 164 f., selbst Hardh 65 f. Auch die Kleinigkeit, daß Ingjalds Büßung verschwiegen wird (o. § 6), ist bezeichnend; sieh ferner den Bericht der Gísl. über Vorladung und Frohnung, u. § 64.

Ich glaube, daß eine Datierung der Sagatexte aus der Art ihrer Jurisprudenz nicht zu gewinnen ist, und das man besser tut, nur von altertümlicheren und moderneren, nicht von alten und jungen Isländersagas zu sprechen. Da schon um 1200 nachweislich sehr verschiedene Geschmacksrichtungen die Prosaschriftstellerei der Isländer zerteilten, dürfen wir nicht postulieren, daß gleichaltrige Sagas gleichen Stil haben, und aus den Stilunterschieden Jahreszahlen herauslesen. Daß vollends erzählende Kunst und juristische Vortrefflichkeit zweierlei sein können, mögen epische Meisterstücke wie Laxd., Gísl., Fóstbr. neben so mühsamen Gebilden wie Bjarn., Eyj., Dropl. veranschaulichen.

Die Erzählungen verteilen sich fast über das ganze Küstenland der Insel; doch sind mir bedeutsamere landschaftliche Verschiedenheiten in der Zeichnung des Rechtslebens nicht aufgestoßen.

§ 8. Übergangen haben wir noch die größte und berühmteste der Familiensagas, die Njála (Njáls saga), die eine Stelle ganz für sich einnimmt. Sie hat Wilda und Anderen am meisten Stoff hergegeben, und sie läßt denn auch alle übrigen Geschichten an Reichhaltigkeit der Rechtsangaben weit zurück. Sie ist die wahre Juristensaga — und gleichzeitig in manchem Sinne die trübste Quelle für altisländisches Recht!

Das Besondere der Njála ist einmal ihre Leidenschaft für das Rechtsgeschäft, den Rechtskniff, die juristische Finesse zur Zeit und zur Unzeit. Sodann aber — und hier ist der Unterschied von den Schwestern nicht nur ein gradmäßiger — sind ihr die Formen des Gerichtsverfahrens Selbstzweck. Während sämtliche andern Sagas die Vorträge des Klägers auf dem Ding übergehn oder nur mit einem Worte den Inhalt melden, füllt die Njála Abschnitte, ganze Kapitel mit dem feierlichen, pompösen Wortlaute der Klageformeln.

Daß dieses Verfahren auf der ausgesprochen persönlichen Neigung eines Einzelnen beruht, hätte man nie bezweifeln sollen. Nähere Erwägung zeigt, daß dieser Einzelne der Schriftsteller ist, der unsrer Saga die vorliegende Gestalt gegeben hat. Es war ein Mann der Spätblüte, gegen 1300. Dieser Isländer aber fand für seine breiten juristischen Sittenbilder die Quelle nirgendwo anders als in dem amtlichen Rechte der letztvergangenen Menschenalter. Sein Bestreben war selbstverständlich, lauter freistaatliches, rein isländisches Recht in die Zeiten des alten Njál zurückzutragen; ein paarmal aber sind ihm Brocken aus dem norwagisierten Rechte der letzten dreißig Jahre in die Feder gekommen; hin und wieder hat er auch die Regeln der Grágás, die ja nicht mehr in Übung standen, irrig verwertet. Zugleich aber bot ihm seine Quelle, eine Njálssaga in kürzerer, anspruchloser Fassung, mehrere alte, der Grágás vorausliegende Rechtsbräuche dar, wie dergleichen in der Eyrb., der Glúma und anderen Familiengeschichten vorkommt, bisweilen unter dem Vermerke: „wie es damals Sitte war“ (vgl. Orig. Isl. 1, 319—29). Solche Altertümer hat unser Verfasser z. T. in seine ausführlichen Prozeßberichte eingelegt, was uns nicht verführen darf, diese Berichte in globo für etwas anderes zu halten als antiquarische Entwürfe eines Altertumsfreundes.

In dieser Beurteilung gehe ich im wesentlichen mit Karl Lehmann zusammen, so vieles mich sonst von der Betrachtungsart seines Buches trennt[1]. Die isländischen Opponenten, V. Finsen und F. Jónsson, behandeln die großen Prozesse der Njála als zeitgenössische Berichte, die sich 250 Jahre, wenngleich nicht ohne Entstellungen, behauptet hätten. Dabei bleibt unverständlich, wieso die Tradition gerade nur in diesem Falle solche Massen mitzuschleppen vermochte, und was die Leute des 10. 11. Jahrhunderts antrieb zu so umständlicher Wiedergabe von Rechtsformen, die ihnen selbst alltäglich waren und erst für den Epigonen, der unter neuem Rechte lebte, einen halbdichterischen Reiz gewannen. Übrigens hat der Gegensatz von seiner Schroffheit verloren, seitdem F. Jónsson die Gerichtshändel des ersten Teiles der Saga für Schöpfungen des 13. Jahrhunderts erklärte.

So ist denn diese Juristensaga keine naive Fortsetzung des Rechtes der Sagazeit. Sie hat viel mehr spätisländisches Recht, Grágásrecht, in die Vorzeit hinauf versetzt als alle übrigen Erzählungen zusammengenommen. Die Njála, und nur sie, hat in größerem Maßstabe den Versuch gemacht, Teile des alten Rechtes, nämlich das Gerichtsverfahren, nach dem offiziellen Rechte des 13. Jahrhunderts zu modeln. Alle diese genauen und weniger genauen Übereinstimmungen hält man vorsichtigermaßen von dem Bilde der Sagazeit fern. Was jenseits des formalen Rechtsganges liegt, ist von diesen Archaisierungskünsten wenig berührt worden, und so braucht man es sich nicht nehmen zu lassen, die von einem eignen Feuer durchhauchten Njálastellen als Dokumente altisländischen Fühlens zu benutzen. Soweit sie das feinere sittliche Empfinden der späten Verfasserpersönlichkeit durchzieht, erhalten sie in der Menge der andern Zeugnisse von selbst ihre Einschränkung.

---

[1] Die betreffenden Schriften sind in § 1 genannt.

§ 9. Wir haben hier die kritischen Vorbehalte durchgangen, mit denen man den Sagas als Rechtsquellen gegenübertreten muß. Wieweit sich nun diese Quellen als glaubhaft und ertragreich bewähren werden, das kann erst die Durcharbeitung des Stoffes im einzelnen lehren. Vorwegnehmend bemerke ich, daß die Beschäftigung mit diesem Gegenstande meine anfängliche Erwartung widerlegt hat. Diese Erwartung ging ungefähr darauf: die Isländergeschichten werden in den Hauptlinien ihres Rechts die Graugans bestätigen: in etlichen Einzelheiten werden sie älteres Recht, in anderen jüngeres oder verderbt wiedergegebenes aufweisen. So entsprach es ja wohl der Auffassung, die hinter den Schriften zum isländischen Rechte steht, u. a. hinter Maurers nachgelassenen Vorlesungen.

Statt dessen hat mich die Arbeit schrittweise zu dem Urteil geführt: das Strafrecht der Sagas ist in vielen und wesentlichen Dingen ein ganz andres als das der Rechtsbücher; und zwar steht das Ältere meistens auf Seiten der Sagas; die Graugans zeigt uns die isländische Strafrechtsdoktrin des 12. 13. Jahrhunderts, nicht „das altisländische Strafrecht“ schlechthin.

Regt sich aber der bange Zweifel in uns, ob denn die Sagazeit selbst, nicht bloß ihre epische Abbildung, so weit von dem Rechtsbuche abstehn könne, so kommt uns wieder die Sturlunga saga zu Hilfe. Sie hat uns schon den Schluß ermöglicht, daß die Kultur der Familiengeschichten nicht die der Schreibezeit ist, sondern die des 10. 11. Jahrhunderts. Sie leistet uns den ebenso schätzbaren Beweis, daß die tiefgehenden Abweichungen des Sagarechtes von dem Graugansrechte nicht etwa ein Trugbild, eine Phantasie steuerloser Fabulisten sind. Denn die Sturl., deren historische Glaubhaftigkeit niemand bestreitet, geht in den meisten dieser Punkte mit den Familiensagas zusammen, ohne doch völlig mit ihnen zu stimmen: sie zeigt leise, aber kenntliche Annäherungen an den Stand der Rechtsbücher. So wird uns das umfängliche Material der Sturl. zu einem unentbehrlichen Gegenstande des Vergleiches und weiter zu einem Mittel der Festigung und Sicherung. Ich füge die Angaben aus der Sturl. den einzelnen Abschnitten unsrer Untersuchung in Fußnoten bei und ziehe sie in Kapitel X zu der zusammenfassenden Vergleichung heran.

§ 10. Daß die kultur- und rechtsgeschichtliche Treue dieser Bauernsagas so ins einzelne geht, ja bis in die Terminologie, dies läßt, will mir scheinen, einen Schluß zu auf die Art ihrer mündlichen Überlieferung. Wir müssen annehmen: ein Grundstock von

Sagas hat dank seiner gefestigten sprachlichen Form die Sitten der Sagazeit in großer Genauigkeit auf die Nachwelt gebracht. Dieses gleichsam authentische Material war reich genug, um den Sagaerzählern und -schreibern eine bestimmte, scharf umrissene Vorstellung von dem Rechtsleben jener ältern Zeit zu vermitteln. Daher konnte dann auch das spätere Ergänzen und Hinzuerfinden in diese Gleise treten: es hatte sich ein „Stil" gebildet für die Schilderung der alten Lebensformen; man wußte, daß das eine zur Sagazeit paßte, das andere eine Zeitwidrigkeit war.

Notwendige Voraussetzung dafür ist das Dasein geformter Erzählungen, mündlicher Sagas, seit dem Anfang des 11. Jahrhunderts. Hätte es bis zur Aufzeichnung nur die formlose Haustradition gegeben, so hätten die Sagaschreiber unausbleiblich das Gerippe der überlieferten Tatsachen nach dem Vorbilde ihrer zeitgenössischen Gesittung bekleidet, oder sie wären doch über einzelne Anläufe zum Archaisieren nicht hinausgekommen. Die Gerichtshändel der Njála geben einen Begriff, wie es ausfiel, wenn ein später Schriftsteller weit über die tradierten Fakta hinweg das einstige Rechtsleben abbilden wollte.

Die alte, von P. E. Müller, Munch, V. Finsen vertretene, später von Meißner einsichtig verteidigte Anschauung[1], wonach nicht bloß der Stoff der Saga, sondern die Saga selbst eine Schöpfung der schriftlosen Zeit ist, diese Anschauung drängt sich gebieterisch auf, wo man die Isländersagas als Rechtsquellen durchmustert. Nur darf man dies nicht so mißverstehn, als hätte sich der Aufzeichner einer Saga streng binden müssen an die von ihm überkommene mündliche Fassung. Er hatte die gleichen Freiheiten, die jeder der früheren Erzähler seinem Vorgänger gegenüber gehabt hatte, ja noch größere, sofern der schriftliche Betrieb neue Möglichkeiten mit sich brachte. Die Frage, wieweit eine Saga schriftstellerische, literarische Züge aufweise, ist durchaus berechtigt. Aber die Antwort wird, meine ich, so ausfallen, daß die Mehrzahl dem treu geblieben ist, was schon im Bereiche des mündlichen Erzählers lag.

§ 11. Ich nenne noch die benutzten Abkürzungen und Ausgaben.

Isländergeschichten:

Band.: Bandamanna saga in Zwei Isländergeschichten hg. v. Heusler, Berlin 1897, S. 27. — Bjarn.: Bjarnar saga Hítdœlakappa

[1] Meißner, Die Strengleikar, Halle 1902, Kap. I; vgl. Verf., Anz. f. deutsches Altert. 29, 209 f.

hg. v. Boer, Halle 1893. — Boll.: Bolla þáttr hinter Laxd. S. 234. — Dropl.: Droplaugarsona saga in Austfirðinga sǫgur hg. v. Jakobsen, Kopenhagen 1902—03, S. 141. — Eg.: Egils saga Skallagrímssonar hg. v. F. Jónsson, Halle 1894. — Eir.: Eiríks saga rauða hg. v. Storm, Kopenhagen 1891. — Eyj.: Eyjólfs saga (der zweite Hauptteil der Ljósv.) in Íslenzkar Fornsögur, Kopenhagen 1880—83, 1, 199. — Eyrb.: Eyrbyggja saga hg. v. Gering, Halle 1897. — Finnb.: Finnboga saga hins ramma hg. v. Gering, Halle 1879. — Flóam.: Flóamanna saga in Fornsögur hg. v. G. Vigfússon und Möbius, Leipzig 1860, S. 119. — Fóstbr.: Fóstbrœðra saga hg. v. K. Gíslason, Kopenhagen 1852. — Gísl.: Gísla saga Súrssonar hg. v. F. Jónsson, Halle 1903. — Glúma: Víga-Glúms saga in Ísl. Forns. (s. u. Eyj.) 1, 1. — Grett.: Grettis saga Ásmundarsonar hg. v. Boer, Halle 1900. — Grœnl.: Grœnlendinga þáttr hinter Eir. S. 51. — Gullth.: Gull-þóris saga hg. v. Kålund, Kopenhagen 1898. — Gunn.: Gunnars saga þiðrandabana in Austf. sǫgur (s. u. Dropl.) S. 195. — Gunnl.: Gunnlaugs saga ormstungu in Íslendinga sögur, Kopenhagen 1843—47, 2, 189. — Hallfr.: Hallfreðar saga in Fornsögur (s. u. Flóam.) S. 83. — Hardh.: Harðar saga Grímkelssonar in Ísl. sögur (s. u. Gunnl.) 2, 3. — Háv.: Hávarðar saga hg. v. G. Thordarson, Kopenhagen 1860. — Heidh: Heiðarvíga saga hg. v. Kålund, Kopenhagen 1904. — Hæns.: Hænsna-þóris saga in Zwei Isl. (s. u. Band.) S. 1. — Hrafnk.: Hrafnkels saga Freysgoða in Austf. sǫgur (s. u. Dropl.) S. 95. — Hrafns th.: Hrafns þáttr Hrútfirðings in Fornmanna sögur, Kopenhagen 1825—37, 6, 102 bis 119. — Hróm.: Hrómundar þáttr halta in Flat. (s. u.) 1, 409. — Korm.: Kormáks saga hg. v. Möbius, Halle 1886. — Laxd.: Laxdœla saga hg. v. Kålund, Halle 1896. — Ljósv.: Ljósvetninga saga in Ísl. Forns. (s. u. Eyj.) 1, 113 (der zweite Hauptteil wird als Eyj. zitiert). — Njála: Brennu-Njáls saga hg. v. F. Jónsson, Halle 1908. — Ögm.: Ögmundar þáttr dytts in Flat. (s. u.) 1, 332. — Ölk.: Ölkofra þáttr hg. v. Gering, Halle 1880. — Reykd.: Reykdœla saga in Ísl. Forns. (s. u. Eyj.) 2, 1. — Svarfd.: Svarfdœla saga ebd. 3, 3. — Thórdh.: þórðar saga hreðu hg. v. H. Friðriksson, Kopenhagen 1848. — Thorst.: þorsteins saga hvíta in Austf. sǫgur (s. u. Dropl.) S. 3. — Thorst. Sídh.: þorsteins saga Síðu-Halls sonar ebd. S. 215. — Thorst. stang.: þorsteins saga stangarhǫggs ebd. S. 75. — Vall.: Valla-Ljóts saga in Ísl. Forns. (s. u. Eyj.) 2, 155. — Vápnf.: Vápnfirðinga saga in Austf. sǫgur (s. u. Dropl.) S. 23. — Vatnsd. (Vatsd.): Vatnsdœla saga in Fornsögur (s. u. Flóam.) S. 3.

Sonstige Quellenwerke:

Ari: Ares Isländerbuch hg. v. Golther, Halle 1892. — Flat.: Flateyjarbók, Christiania 1860—68. — Fornm.: Fornmanna sögur, Kopenhagen 1825—37. — Frost.: Den ældre Frostathings-Lov in NgL. 1, 121. — Grágás: Grágás hg. v. V. Finsen, Band 1a und 1b (Konungsbók), Kopenhagen 1852; Band 2 und 3 (Staðarhólsbók u. a.), Kopenhagen 1879—83. — Gul.: Den ældre Gulathings-Lov in NgL. 1, 3. — Heimskr.: Heimskringla hg. v. F. Jónsson, Kopenhagen 1893—1901. — Isl. gramm. Litt.: Islands grammatiske Litteratur i Middelalderen, Kopenhagen 1884—86. — Kjaln.: Kjalnesinga saga in Ísl. sögur (s. u. Gunnl.) 2, 397. — Krist.: Kristni saga hg. v. Kahle, Halle 1905. — Landn.: Landnámabók hg. v. F. Jónsson, Kopenhagen 1900. — Mork.: Morkinskinna hg. v. Unger, Christiania 1867. — NgL.: Norges gamle Love hg. v. Keyser, Munch, Storm und Hertzberg, Christiania 1846—95. — Orig. Isl.: Origines Islandicae hg. v. G. Vigfússon und York Powell, Oxford 1905. — Sturl.: Sturlunga saga, Band 1 nach der neuen Ausg. von Kålund, Kopenhagen 1906, Band 2 nach der Ausg. von G. Vigfússon, Oxford 1878.

Die isländischen Rechtsfälle aus den Biskupa sögur und verwandten geistlichen Erzählungen wurden i. a. ausgeschlossen; doch sind bei den Angaben aus der Sturl. alle Teile dieses Sammelwerkes berücksichtigt. Von den märchenhaften Íslendinga sögur war nur die Kjaln. zu Kap. III anzuführen; im übrigen blieben sie weg; ihr strafrechtlicher Ertrag wäre geringfügig.

Die im Auslande, abgesehen von Grönland, spielenden Episoden der Isländergeschichten werden zu den statistischen Angaben nicht herangezogen.

Wortgetreu übersetzte Stellen sind in Anführungszeichen gegeben.

Die nur abgekürzt zitierten gelehrten Werke erklären sich aus § 1.

Zur Aussprache der altnordischen Schriftzeichen sei bemerkt: þ = hartem, ð = weichem englischem th; æ = langem ä, y = ü (ey = eu); ǫ = trübem, ø = reinem ö, œ = langem ö. Die Akzente auf Vokalen bedeuten Länge.

Zweites Kapitel.

Aus der Kultur der Sagazeit.

§ 12. Dem besseren Verständnis unsrer strafrechtlichen Abschnitte wird es dienen, wenn wir einige angrenzende oder hintergrundbildende Erscheinungen aus der frühisländischen Kultur uns hier vorführen.

In den hundert Jahren, die uns beschäftigen, mag Island nicht viel weniger Einwohner gehabt haben als heute: gegen 70000. Die Ansiedelung in dem Neulande war noch kaum zur Ruhe gekommen: von 874 ab hatten sich die norwegischen Kolonisten auf die menschenleere Insel ergossen. Es war eine Auslese des Norwegervolkes, Gauhäuptlinge und sonstige Großbauern, deren Stellung exponiert genug war, um von König Haralds lehnsmäßiger Verwaltung und seinen Steuern ernstlich betroffen zu werden, und bei denen Tatkraft und Mittel reichten, um ein paar Schiffe zur Übersiedelung nach dem fernen Lande auszurüsten. Das Selbstgefühl, womit diese Kolonistenhäupter auf Tradition hielten und das eigne Haus wichtig nahmen, ist eine der bestimmenden Kräfte im altisländischen Geistesleben.

Der keltische Einschlag, den die Ansiedler von Nordbritannien mitbrachten (namentlich Frauen, auch Unfreie), wird für die geistige Beweglichkeit der Isländer, vielleicht auch für ihre Rasse, nicht niedrig anzuschlagen sein. Aber eine nationale Zerklüftung hat sich auch nicht annäherungsweise gebildet, weder in der Sprache noch im Glauben noch in den Lebensneigungen. Islands Bevölkerung in der Sagazeit ist in hohem Grade einheitlich; auch die verschiedenen Landschaften der weitgedehnten Küste haben keine Sonderphysiognomie entwickelt; nur die individuellen Spielarten sind für ein mittelalterliches Volk recht mannigfach.

Nur ausnahmsweise wanderte eine ganze, verzweigte Sippe ein, und auch dann konnte sie sich bei der Ansiedelung über entlegene Gebiete zerstreuen. Dörfer kannte man nicht, nur Einzelhöfe, meist

Stunden auseinander. Da das Handwerk noch wenig abgespalten war, jeder Hof den eigenen Bedarf aufbrachte, stand ein isländisches Großbauerngehöft recht unabhängig und selbstgenügsam da.

Berufsstände gab es überhaupt nicht (weder das Priestertum noch die weltliche Seite der Godenmacht war eine Lebensbeschäftigung), aber auch keine Geburtsstände, ausgenommen die große Zweiteilung: Freie und Sklaven. Innerhalb der Freien bestand kein Adel mit gesetzlich höherem Wergeld. Das hinderte nicht, daß man außergesetzlich sehr genau unterschied zwischen besserer und geringerer Geburt, und daß bei der Abschätzung des *mannamunr*, des „Mannesunterschiedes", die Herkunft das erste Wort mitredete. Die allgemeine Temperatur in unsren Sagas ist eine rauh aristokratische. Im Fehdewesen zeigt sich dies bei der Wahl des würdigen Racheobjektes, bei der Verrechnung der beidseitigen Toten, bei der Prozeßführung als einer nur für die großen Herren erschwinglichen Sache, bei der starken, rein schiedlichen Abstufung der Mannesbußen. Die Ehrbegriffe zusamt den Vorrechten und Pflichten in ihrem Gefolge gelten eigentlich nur für die oberen Tausend, die sich in unsren Erzählungen über einem Unterbau von kleinen Leuten und Unfreien bewegen.

Viele der Ansiedlerfamilien schauten auf ein wikingisches Vorleben zurück, und dieses fachmäßige Kriegertum zieht sich noch tief und einflußreich in die Geschichte Islands herein. Zugleich aber waren es doch die ruhigeren Elemente des Wikingmarktes, die sich auf Island niederließen, wo keine aufgehäuften Schätze zu plündern waren wie an der Seine oder am Humber, sondern ein arbeitsames Bauernleben die Ankömmlinge erwartete.

Auf diesen zwei Pfeilern ruht auch ferner die Lebensführung der vornehmen Isländer: sie sind Krieger und Bauern; Landleute mit dem Einschlag des Seemanns und Hofkriegers. Als Landwirte, vorwiegend Viehzüchter, sind sie die betriebsamen, im ganzen friedlichen Erwerbsmenschen; auch der Hausherr scheut sich nicht, im Stall und auf der Weide oder dem Bauplatz zuzugreifen. Die glänzende Kehrseite aber war das Leben auf dem Kriegsschiff und am Fürstenhofe. Der junge Isländer aus gutem Hause trat ein in das Leibgefolge des norwegischen Königs oder eines andern Herrn und focht seine Schlachten mit; oder er wikingerte ein paar Jahre auf eigne Rechnung, etwa in Gesellschaft mit einem bewährten Länderkundigen.

Diese Fahrten, zu gleicher Zeit Kriegs- und Handelszüge, ebenso wie jener Fürstendienst brachten viel Geld ins Land und erzeugten den großen Stil der Lebenshaltung, der nicht an den gedrückten, um Sonne und Regen bangenden Landmann erinnert, sondern an den Gutsherrn, der aus mehr als éiner Quelle zu schöpfen hat. Daß ein reicher Isländer 120 eigene Pferde an den Hafen treibt, um den norwegischen Schiffsherrn mit seiner Ware in Empfang zu nehmen; daß ein junger Bauernsohn seinen fahrlässigen Schlag mit der Hetzstange sogleich mit 60 Hämmeln vergüten will: solche Fälle geben einen Begriff von der Wohlhäbigkeit der Lebensgewohnheiten. Die Zahl der Sklaven war nicht besonders hoch (man vermißt nähere Angaben); aber es kommt vor, daß ein Häuptling 30 freie Männer beherbergt als Hausgenossen und Begleiter auf seinen Ritten; der vornehmste der Landnahmsmänner zog sogar an der Spitze von 80 zwischen seinen vier Gütern herum. In der Tat, die Fehden Altislands mit ihren Truppenwerbungen bis zu 500 Mann und ihren Bußen hoch in die Tausende hätten nicht geführt werden können ohne die Grundlage eines Wohlstandes, über den mehr die Rundhändigkeit des Feldhauptmanns als der Sparsinn des Bauers schaltete.

Die wirtschaftliche Abhängigkeit der Insel vom Süden (Bauholz, Korn, Honig und alle nichtwollenen Stoffe holte man sich von auswärts) tat das ihre, um die Isländer zu regem Verkehr mit der Welt „drinnen“ (wie sie sagten) anzuhalten. Und doch war die Abgeschlossenheit, zusammen mit der staatlichen Unabhängigkeit, stark genug, daß sich die Zustände der Insel ganz eigenartig entwickelten und eine Welt für sich bildeten, auch dem Mutterlande gegenüber, das man doch immer noch als eine zweite Heimat empfand.

§ 13. Aus dem Familienleben dürfte hervorzuheben sein, daß der Knabe, in großer Freiheit aufwachsend, mit zwölf Jahren mündig wurde und in der Tat eine erstaunliche Frühreife an den Tag legte. Man konnte wirklich den Zwölfjährigen schon als Helfer in der Fehde und auf dem Ding mitzählen.

Das Weib, als Mädchen auffallend willenlos und in die Geschichten wenig hereinragend, behält auch als Ehefrau seinen Machtbereich durchaus *fyrir innan stokk*, „innerhalb der vier Wände“, handelt kaum je in Mannesweise bei den Feindseligkeiten mit, hat aber im Hause eine geachtete Stellung und wirkt auf das Tun der Männer nicht selten gewichtig ein, weniger als Friedensstifterin wie als Anreizerin zur Rache.

Zwischen den Blutsverwandten und den Verschwägerten wird scharf geschieden, schon im Sprachgebrauch: die Worte *frændr* und *mágar* (auch *tengðamenn*, wörtlich „Bindungs-, Verkettungsleute") gehn nicht wie im Altdeutschen durcheinander. Die Blutsfreundschaft kann sich den erheirateten Beziehungen, auch dem Gattenverhältnis als die stärkere Macht überordnen.

Neben der Verwandtschaft (im weiteren Sinne) treten diese gesellschaftlichen Bande hervor: Die Stellung des Jünglings zu seinem Ziehvater (*barnfóstri*) und noch mehr zu seinem Ziehbruder oder dem, mit welchem er feierlich Schwurbruderschaft geschlossen hat (*fóstbróðir*). Die Stellung des Eigensassen zu seinem Freigelassenen und seinen Pächtern, des Hausherrn zu seinen freien Hausgenossen, des Wirtes zu seinem Wintergaste; auch die unfreien Knechte können sich als nicht zu verachtende Waffengefährten betätigen. Endlich die Beziehungen zwischen dem Goden und seinen Dingleuten (u. § 14). Aber auch eine Freundschaft, die auf keiner dieser Grundlagen ruht, tritt oft in den Sagas recht wirksam hervor; *frændr ok vinir*, „Blutsverwandte und Freunde" bilden eine häufige Zwillingsformel.

Nimmt man den schon berührten Umstand hinzu, daß die weitere Verwandtschaft meistens nicht auf engem Raume beisammen saß, so wird erklärlich, daß in den Händeln der Sagazeit nur sehr bedingt zwei Sippenlager gegeneinander stehn. Ohne Frage ist die Sippe auch im alten Island das stärkste der Bande, die den Menschen in Frieden und Krieg mit seinesgleichen zusammenhalten. Das Pathos des Sippegefühles klingt stark durch ungezählte Stellen dieser Denkmäler, und auch die nicht eben spärlichen Fälle, daß Vettern sich bekämpfen, werden fast immer als böses Verhängnis behandelt und bilden so keinen Einwand gegen die Stärke des blutsfreundschaftlichen Zusammenhangs. Mehr hat zu bedeuten, daß da und dort ganz beiläufig erwähnt wird, der und jener Vetter oder sogar Bruder habe sich dem Streite fern gehalten; oder daß Einer, für die Bluttat seines Bruders zur Rede gestellt, erwidert: dafür bin ich nicht verantwortlich. Jedenfalls tragen die nicht verwandtschaftlichen Pflicht- und Neigungsverhältnisse so viel zur Bildung der sich befehdenden Lager bei, daß die Partei keineswegs mit der Sippe zusammenfällt. Wir werden bei unsrer Betrachtung des altisländischen Fehdewesens das Wort „Sippe" nicht so auf Schritt und Tritt und nicht mit der Betonung zu gebrauchen haben, wie man dies wohl von der Schilderung einer altgermanischen Gesellschaft erwartet. Die P a r t e i ist der übergeordnete Begriff; die Sippe bildet ihren stärksten, aber lange nicht ihren einzigen Kitt.

§ 14. Die Verfassung gestaltete sich eigenartig.

Ein paar tausend freie Familien mit ihrem Anhang hatten sich zusammengefunden auf einem Boden ohne alle ererbte Herrschaftsbezirke. Das erste Organ staatlicher Gewalt nun wurde nicht etwa das Sippenhaupt, sondern der Tempeleigentümer, der Priester. Vermögende, angesehene Männer, die einen Tempel erbauten und eine Gemeinde darum scharten, wurden nicht nur die Priester dieser Kultgenossenschaft, sondern zugleich die weltlichen Machthaber in diesem Kreise; sie erlangten ungefähr die Stellung, die im Mutterlande die Gauhäuptlinge (*hersar*) gehabt hatten. Der Name *goði*, Gode, weist auf den priesterlichen Kern des Amtes, denn er bedeutet eigentlich nur „Priester"; aber die Funktion des Polizeiherrn scheint sich von Anfang an damit verbunden zu haben. Und als dann das Christentum den heidnischen Dienst beseitigte, blieb der weltliche Inhalt der Würde samt dem Titel *goði* bestehen.

Die Rechte und Verpflichtungen dieser regierenden Herren waren mannigfach, aber nicht scharf umrissen; sie führten eine patriarchalische Aufsicht über Untergebene, die sich freiwillig unter sie gestellt hatten und diesen Vertrag nach Belieben lösen konnten. Räumlich abgerundet brauchte der Machtbezirk eines Goden nicht zu sein.

Das Godentum war ein privates Besitzstück, erblich und verkäuflich, auch teilbar. Daß es aus aristokratischen Händen kaum je hinauskam, dafür sorgten die allgemeinen Anschauungen: einen reichgewordenen Plebejer hätte man nicht als Häuptling über sich gewünscht. Aber den Godenfamilien standen andre vornehme Geschlechter an Ansehen kaum nach.

Vermutlich haben die Goden schon in der Besiedelungszeit nicht nur Opfer-, sondern auch Dingversammlungen mit ihrer Gemeinde abgehalten, eine örtliche Rechtsprechung geleitet, so daß die Untergebenen des Goden schon damals seine Dingleute heißen konnten.

Die Sagazeit wird eingeleitet durch das große Ereignis, daß die zerstreut wohnenden Ansiedler, die unabhängigen Godengemeinden sich zusammentun zu einem Staate und ein allgemeines Landrecht annehmen in freiem Anschlusse an das norwegische Gulathingsgesetz (die sog. Úlfljóts lǫg, „Gesetz des Úlfljót"). Das Lebensorgan des neuen Staatswesens war die Landsgemeinde, das *alþingi*, „Allding“. Jährlich einmal, im Juni, vereinigen sich die Isländer auf der Dingebene zu Gericht und Gesetzgebung, unterm Heidentum auch zu Opferhandlungen. Die zwei Wochen der Dingzeit dienten auch sonst mannigfachem Austausch; das Gefühl der Landsmannschaft unter den Bewohnern der so weit getrennten Täler und Föhrden wurde durch die jährliche Alldingsfahrt wie durch nichts anderes genährt.

Hüter des Landrechtes wurde der *lǫgsǫgumaðr*, der „Rechtsmitteiler“, Gesetzsprecher: ein auf drei Jahre ernannter, aus öffentlichen Bußen besoldeter Würdenträger; im Gegensatz zu den Goden ein wirklicher Staatsbeamter. Er hatte auf dem Allding das geltende Recht vorzutragen — auf diese Vorträge gründeten sich dann in der Schreibezeit, wie wir sahen, die Rechtsbücher; er war Berater und Sprachrohr der gesetzgebenden Kammer, erteilte auch Rechtsgutachten an die Dinggemeinde. Politische Gewalt war mit seinem Amte nicht unmittelbar gegeben. Die Institution hatte ihr Vorbild in Norwegen; sie war einst gemeinnordisch, auch die Südgermanen zeigen bekannte Gegenstücke.

§ 15. Im Jahre 963 baute man die Verfassung weiter aus. Man legte die Zahl der Godorde auf 39 fest; je dreie bildeten einen Dingverband mit zwei gemeinsamen jährlichen Zusammenkünften, dem Frühjahrsding und der Herbstversammlung. Daneben standen die vier Gerichtskammern des Alldings, eine für jedes Landesviertel. Getrennt von ihnen war die *lǫgrétta*, die gesetzgebende Behörde der Landsgemeinde; hier saßen die Goden in Person, jeder mit zwei Beisitzern, die nur beratende Stimme hatten. Gebotene Dingversammlungen waren der Insel unbekannt.

Öffentliches Gericht wurde fortan nicht mehr im Rahmen des einzelnen Godentums gehalten, sondern einerseits auf dem Frühjahrsding (Bezirksding), woselbst die drei zusammengehörigen Goden aus ihren Dingleuten eine Kammer von 36 Mann ernannten; anderseits auf dem Allding, in dessen Viertelsgerichte die sämtlichen Goden des Landes die Urteiler wählten. Bezirksding und Allding konnten für die gleichen Händel angerufen werden. Einer auf dem Bezirksding unrechtmäßig gehemmten Klage standen die Viertelsgerichte des Alldings offen. Doch waren diese keine Berufungsinstanz für Urteile der Bezirksgerichte. Eine fünfte Gerichtskammer auf dem Allding, zur Behandlung der Prozesse, deren Austragung in den Viertelsgerichten vereitelt wurde, schuf man im Jahre 1004; damit hing zusammen die Zulassung neuer Godentümer, die jenen 39

„vollen und alten“ Godorden doch nicht gleichgestellt wurden. Es war der letzte Schritt in der Ausbildung der freistaatlichen Verfassung Islands.

Islands Staatsform kann man bezeichnen als Aristokratie mit weitgehender Beteiligung des freien Gesamtvolkes und mit geringem gesellschaftlichem Abstande zwischen den Häuptlingen und den andern Großbauern, dem Kerne der Nation. Die Goden hatten in der Gesetzgebung das Übergewicht; Recht sprachen nicht sie selbst, sondern von ihnen gewählte Dingleute; in der Verwaltung waren die Goden mehr die Beaufsichtigenden als die Befehlenden: es gibt manche Erzählungen aus der Sagazeit, in denen man eine Regierungstätigkeit der Goden nicht verspürt. Die verschiedenen Gerichte im Bezirk und auf dem Allding nebst der lǫgrétta zogen einen recht ansehnlichen Bruchteil der kleinen Bevölkerung zu den ungebotenen Geschäften der Öffentlichkeit heran. Der umständliche Apparat der Geschworenen- und Zeugenberufung tat ein übriges, um die Teilnahme an den Rechtshändeln auf weitere Kreise auszudehnen. So war auch von dieser Seite dafür gesorgt, daß die Isländer nicht im Viehstall aufgingen, sondern das Zeugnis verdienten, das Neocorus seinen Ditmarschen ausstellt: „se sind van Natur in Gerichtes Hendelen geschwind, weten darin veel Renke und Practiken intowenden.“ Zu dem Landwirtschaftlichen und Wikingischen fügt der Prozeßeifer einen dritten Bestandteil im Leben der Sagamenschen.

Wenn dieses ziemlich entwickelte Staatsgebilde in den Ereignissen der Familiensagas so schwach und wirkungsarm erscheint; wenn die Handlungen der Selbsthilfe das Eingreifen des Staates so weit überwiegen, so darf man sich dafür nicht auf den Mangel polizeilicher Einrichtungen berufen, sondern muß nach einem Grunde ausschauen, der nur auf Island, nicht überall anderwärts, vorhanden war. Ein solches isländisches Unikum war die Abwesenheit der Kriegspflicht; eine germanische civitas ohne Volksheer! Die Isländer wuchsen zwar auf mit den Waffen in der Hand, aber als V o l k in Waffen konnten sie sich niemals fühlen. Ihre Grenzen waren nie ernstlich bedroht, und der Gedanke an Eroberungen konnte ihnen nicht kommen. So hat Island nie eine Heerschau gesehen, nie eine Landesflotte bemannt und so wenig einen dux ex virtute wie einen rex ex nobilitate gewählt.

Dies wirkte gewiß darauf hin, die vom Staate geübte Zucht und das von ihm ausgehende Ansehen zu schwächen. Diese bäuerlichen grands seigneurs, die wohl auf dem eignen Steven, nicht aber als Pflichtige einer Volkstruppe in den Krieg zu ziehen gelernt und die nie in dem Zusammenschluß Aller die Rettung aus schwerer Feindesnot gespürt hatten, die mochten leichter in die Anschauung hineinwachsen, daß ein Ehrenmann sich in Schutz und Trutz besser auf anderes verlasse als die Hilfen des Staates.

Eine Halbanarchie kann man die Zustände der isländischen Sagazeit nennen, nicht nur wegen der beschränkten Macht des Staates, sondern auch weil die Goden eigentümlich in der Mitte stehen zwischen Regierungsorganen und privaten Parteihäuptern. In dieser Halbanarchie, die die innern Kleinkriege zu so üppiger Entfaltung bringt, geht doch die Ordnungslosigkeit nicht so weit wie die Staatsohnmacht.

§ **16.** Das staatlich anerkannte Heidentum hielt sich bis zum Allding des Sommers 1000. Wir haben eine recht unvollkommene Anschauung davon, was der Heidenglaube für das Leben der alten Isländer bedeutete (vgl. u. § 21); das liegt an den Bedingungen unsrer Überlieferung. Für die Stärke der religiösen Gewöhnungen zeugt unter anderm die Pietät, womit Manche ihre Tempel in die neue Heimat übersiedelten; dann vor allem die Tatsache, daß der Tempel zum Eckstein der neuen staatlichen Machtgebäude werden konnte; ebenso der Umstand, daß die aus Britannien herübergekommenen Christenfamilien ihre Religion schon im nächsten Geschlechte verloren und die Insel wieder unter den Zeichen Thors und Freys, Njörds und Odins stand.

Die christlichen Bekehrungsversuche wurden erst wirksam, als der norwegische König mit seiner Autorität dahinterstand. Auf einen Bruch mit dem Mutterlande und mit dem Hofe, an dem so mancher Isländer als Skald und Kriegsmann Gold und Ehren geerntet hatte, konnte man es nicht ankommen lassen. Und es war wie bei den andern Germanen: der neue Glaube, dem der ganze Süden gehorchte, trat auf mit dem Prestige der reicheren, zusammengesetzteren Kultur. Dennoch kam es hart an einen Bürgerkrieg und eine Spaltung in zwei Rechtsgemeinschaften, eh das Allding die neue Lehre zum Gesetz erhob.

Das Erlöschen der öffentlichen Opfer und das Schwinden heidnischer Zeremonien und Formeln mußte auch das Rechtsleben fühlbar verändern; doch tritt davon in den Zeitbildern, die uns die Sagas geben, wenig zu Tage. Anzeichen christlicher Denkweise sind in den letzten drei Jahrzehnten der Sagazeit noch vereinzelt, und diese Stellen sehen nicht immer nach Überlieferung aus. In den paar Nachzüglern, die nach 1050 spielen, werden die Spuren des Neuen ein bischen merkbarer (vgl. § 5). Erst damals bekam Island eine eigne Geistlichkeit aus Landeskindern. Im ganzen genommen, müssen unsre Familiensagas als Zeugnisse eines vorchristlichen Lebenskreises gelten.

§ 17. Wir lernen aus den Erzählungen genau kennen, welche Dinge der Isländer am Manne schätzte. Manche Tugenden des Leibes und der Seele, von der Schwimmkunst bis zur Dichtkunst, lobte man und pflegte man; aber sie konnten fehlen, ohne daß der Mann verächtlich wurde. Was man verlangte und was, wo es über das gewöhnliche Maß hinausging, in allererster Linie die Bewunderung weckte, war der Komplex von Eigenschaften, die den Krieger ausmachen.

Bloße Kraft und Waffenfertigkeit ergäben einen Holmgangsmann: zum Helden brauchte es noch die Beherztheit, der Übermacht zu trotzen, die Selbstbeherrschung im Ertragen von Wunden und seelischen Erschütterungen und den vornehmen Sinn, der sein Kriegertum nicht an unwürdige Ziele wandte. Nicht jeder ist ein ausgezeichneter Held; aber ein gewisser Grad von Waffentüchtigkeit und der Fähigkeit, Menschenblut zu vergießen, wird von den Sagas so vorausgesetzt wie das Lesen und Schreiben in einem heutigen Bürgerroman. Der Mann, dem jene Fähigkeit zu mangeln scheint und der sich dann zu tapfrer Tat erhebt, ist eine wirksame Figur: Einer, der diese Erwartung dauernd täuschte, wäre nicht einmal als komische Gestalt in unsern Sagas aufzufinden. Das männliche Ideal des Kriegers herrscht so einseitig, daß es dem des Dichters des Rechtskundigen, des Geschäftsmannes einen ganz schmalen Raum läßt; auch würden diese Typen, sobald sie Feigheit in der Abwehr bekundeten, ohne Gnade entwertet.

Schon die Erziehung des Knaben wird geleitet von diesen Gedanken. Was auf den scharfen Beißer deutet, das verspricht für die Zukunft. „Er war früh eigenwillig", „es war schwer mit ihm auszukommen": solche Sätze bedeuten keinen Tadel. Die Wertschätzung des Mannes geht aus von einem Zeitalter, dem die „äußere Lebenssekurität" (Jakob Burckhardt) in sehr geringem Grade eignet. Das Erste war, daß Einer sich und die Seinen schützen konnte in dieser Welt voll Gefahren. Daraus folgten die anderen mehr aggressiven Eigenschaften. Die Züge, die dem Mitglied einer friedlichen Gesellschaft Wert geben, standen bescheiden hinter jenen Notwendigkeiten zurück.

An diese Dinge muß man denken, wenn man die Art der Fehden in den Íslendinga sögur richtig verstehn will. Die allerwenigsten dieser Missetaten sind Verbrechen; die großen Kämpen mit dem Wikinggewissen, denen ein Totschlag so wenig zu schaffen macht, sind sicher zum allerkleinsten Teile Verbrechernaturen, Entartete, deren Hirn die in ihrer Gesellschaft geltenden Unterscheidungen von Gut und Schlecht nur flach auffängt. Sie teilen das heidnische Ehrgefühl, das als die große ungeschriebene Satzung diese Kriegerwelt durchdringt, und das wir im Folgenden an so vielen Stellen belauschen werden.

In den altisländischen Fehden liegt einiges Raubtierhafte: eine Wildheit, die ihre letzte Steigerung erreicht in dem gelegentlichen, keineswegs häufigen *inni brenna*, dem „Drinnenverbrennen", dem Mordbrande; und eine Schlauheit, die auf indianerhafte Schliche verfällt, durch Hehlen und Heucheln sich die begehrten Zusagen erlistet und die Wahrheitsliebe eigentlich nur kennt in der plumpen Form des Respektes vor dem feierlich gegebenen Worte. Wie weit man entfernt war von Regungen einer allgemeinen Humanität, zeigt das gelassene Preisgeben der eigenen Knechte, die man doch im Alltagsleben gutmütig behandelte.

Nimmt man aber nicht diese und jene Einzelstelle, sondern die ganze lange Reihe von Fehdetaten, so ist der Eindruck nicht der einer blutdürstigen Roheit, sondern einer maßvollen, gebändigten Härte, die auf angeborenem Phlegma und auf ritterlicher Kriegersitte ruht. Es steht handgreiflich ab von der ungezügelten und bösartigen Tobsucht der frühen Merowingerzeit, wie der Kirchenmann Gregor sie zeichnet. Jener Eindruck gründet sich auf folgende Tatsachen: Es gibt innerhalb der Fehde keinen Raub, kein Wüsten fremder Habe. Man tötet nur im Kampfe (vom *brenna inni* abgesehen), man übt nicht das kaltblütige Exequieren der Gefangenen; Gefangene pflegt man überhaupt nicht zu machen. Es gibt keine ausgedachten Grausamkeiten, die Todesarten sind die einfachsten. Frauen werden bei der Fehde immer, Kinder fast immer verschont; auch Sklaven tötet man nur, wo sie mitgefochten haben. Die Ausnahmen von diesen Sätzen sind selten und können keinen Anspruch darauf machen, die echteren Zeugnisse der alten Gesittung zu sein.

Das Leben der Sagazeit hat auch darin etwas Ruhiges, Geordnetes, daß geschlechtliche Unregelmäßigkeiten wenig Stoff für die Fehden abgeben. Verhältnismäßig am öftesten noch spielen die *kvámur*, die Besuche bei Mädchen und Witwen, die den männlichen Verwandten mißliebig sind, weil es nicht landesüblich war, Werbungen auf diese Art einzuleiten. Dagegen findet man streitweckende Ehebrüche, Entführungen und Notnümfte in kaum mehr als je einem Vertreter. Von den kleineren Ächtern, die episodisch auftreten, heißt es etwa einmal, ohne nähere Angabe: „er war um eine Weibersache friedlos geworden“. Auf diesem Gebiete liegt einer der großen Unterschiede zwischen den Sitten der Sagazeit und denen der Sturlungaperiode (o. § 5).

Drittes Kapitel.

Der Heidenglaube im Strafrecht.

§ 18. Wir müssen beginnen mit einem kurzen Abschnitt, der fast auf lauter Lücken hinweist.

Unsre Sagas sind nicht imstande, die Rolle des Religiösen im heidnischen Strafrecht zu verdeutlichen. So kann sich die neuerdings von Mogk und Binding in Zweifel gezogene sakrale Todesstrafe der alten Germanen auf keine sichern Belege in den Íslendinga sögur berufen. Das entscheidende Zusammentreffen der beiden Punkte: daß es Verbrecher sind, die man hinrichtet, und daß die Hinrichtung ein Opfer an die Götter ist: dieses Zusammentreffen zeigt sich nur an den zwei vielangeführten friesischen Stellen: corpora hominum damnatorum in suorum solemniis deorum (litantur); der Tempelräuber . . immolatur diis, quorum templa violavit. Die Stelle des Tacitus dagegen sagt nicht ausdrücklich, daß die Hinrichtungen Opfer waren. Umgekehrt fordern die Sagastellen, die von Menschenopfern auf Island reden, nicht unzweideutig die Auslegung, daß die Opferung ein Strafverfahren an Verbrechern war.

Die Hauptstelle, Eyrb. 25, 6, sagt aus: „dort (auf dem Dingplatz des Thórsnes) sieht man noch den Gerichtsring, worin die Leute zur Opferung verurteilt wurden (*dœmðir til blóts*). In dem Ringe steht der Thorsstein, woran man den zur Opferung Verwendeten den Rücken brach, und man sieht noch die Blutfarbe an dem Steine". Der Parallelbericht der Landn. 32, 21 (153, 24) hat „dort steht noch der Thorsstein, woran man den Leuten, die man opferte, den Rücken brach, und daneben ist der Gerichtsring, worin man die Leute zur Opferung verurteilte (*dœmðu til blóta*)."

Dieses *dœma til blóta* muß nicht unbedingt ein Aburteilen von Verbrechern meinen; es kann den allgemeineren Sinn haben „zur Opferung bestimmen", somit auch auf Sklaven oder Kriegsgefangene gehn[1]; der „Gerichtsring" schließt diese Deutung nicht aus. Näherliegend scheint es mir allerdings, die im Gerichtsring Verurteilten auf Verbrecher zu beziehen.

Die Stelle der Kjaln. 404, 1 ist für unsre Frage neutral. Bei Krist. 40, 5: „die Heiden opfern die schlechtesten Leute (*enum verstum mǫnnum*) und stürzen sie über Felsen und Flühe hinunter" kann man die *verstir menn* wieder als Sklaven verstehn, obwohl die Deutung auf Übeltäter auch hier die natürlichere scheint[2].

Wie dem sei, jedenfalls haben wir festzustellen: erstens, daß die Menschenopferung in keinem einzigen Falle in die erzählten Händel hereinspielt; jene paar Stellen sind losgesprengte Stücke Zustandsschilderung, die sich an keinen (geschichtlichen oder epischen) Einzelvorgang heften. Zweitens fehlt unsern Erzählungen die eigentliche Voraussetzung für sakrale Strafe, nämlich die Unterscheidung besondrer unsühnbarer Schandtaten, die das Gemein-

[1] Vgl. Fóstbr. 3, 20: *bœndr dœmðu hann* (*Gretti*) *til dráps*, „die Bauern bestimmten ihn (den friedlosen, nicht weiter zu verurteilenden Waldmann) zur Tötung".

[2] Da ich die Frage nach dem sakralen Strafrecht einmal gestreift habe, seien noch ein paar Bemerkungen zu Mogk und Binding erlaubt. Mogk (Die Menschenopfer der Germanen, Leipzig 1909, S. 38 ff.) wird m. E. den Tatsachen und Erwägungen nicht gerecht, die ein Anhänger der Lehre von der kultischen Todesstrafe geltend machen würde (u. a. übergeht er in diesem Zusammenhange die wichtige Stelle vom friesischen Tempelschänder); er zieht viele ungültige Argumente in die Erörterung herein (u. a. daß die Grágás keine Todesstrafe kennt!). „Ein Verbrecher wurde nicht geopfert", sagt er, „weil er sich eines Vergehens schuldig gemacht hatte, sondern weil er wegen seines Verbrechens aus dem Gemeindeverbande ausgestoßen und dadurch zum Opferobjekt geworden war." Dies schließt die unglaubhafte Annahme in sich, daß jeder Friedlose, auch der in Fehdesachen Geächtete, als „Opferobjekt" galt, und verkennt die individualisierenden Todesarten, auf welche Brunner und Amira mit Recht entscheidendes Gewicht gelegt haben; sie zeigen, daß man bei der Opferung das besondere Verbrechen im Auge hatte; der Gedanke war nicht: „wir brauchen ein Opfer — dafür steht, neben Gefangenen und Sklaven, auch ein Friedloser zu Gebote", sondern: „die Friedlosigkeit des NN. beruht auf dem und dem flagitium und erheischt deshalb diese sakrale Vollstreckung". — Zwischen Bindings Auffassung und der von ihm bekämpften scheint mir kein unversöhnlicher Widerspruch zu bestehn. Binding (a. a. O. S. 12) schließt mit dem Satze: „Wenn es Brauch wurde, den Urheber bestimmter Mißtaten, besonders der sogenannten Nidingswerke und der Verletzung der Heiligtümer, zu opfern, so konnte bei den germanischen Stämmen eine analoge Ideenassoziation zwischen der Schandtat und dem ihretwegen verhängten Tode entstehen, wie sie entsteht bei angedrohter und übungsgemäß angewandter echter Todesstrafe." Was steht der Annahme entgegen, daß diese Gedankenverbindung unsern ältesten Quellen schon voraus liegt?

wesen nicht der profanen und privaten Vollstreckung anheimgeben könnte, sondern die nach Austilgung des Schuldigen zum Wohle des Staates und damit nach dem Eingreifen des staatlichen Priesters verlangen.

§ 19. Nicht nur daß die heidnisch-religiöse Seite an den Übeltaten in den Familiengeschichten verdunkelt ist: auch davon abgesehen, fehlt jede grundsätzliche Zweiteilung der Verbrechen nach ihrer Schwere und damit ein Faktor, der in etlichen Einzelrechten und namentlich in den Entwürfen des urgermanischen Strafrechts eine so große Rolle spielt.

Die Sagas kennen den *níðingr*, „Neiding", das *níðings verk*, „die Neidingstat" und das *níðaz*, „zum Neiding werden". Aber dabei denken sie nicht an Taten, die der strengsten Ahndung würdig, keiner Sühne fähig wären. Die Ausdrücke zielen auf das Schimpfliche, tief Verächtliche einer Handlung, wie auch das einfache *níð* (Neid) die Bedeutung „Schimpf" hat: Schimpf als Ehrlosigkeit, die man begeht, und als Ehrabschneidung, die man dem Anderen antut oder von den Anderen erleidet. Ein *níðings verk* heißt nicht nur der Angriff auf den leiblichen Vetter und Schwurbruder (Laxd. 157, 20), die beabsichtigte Tötung einer Frau (Gísl. 85, 10) oder die Erschlagung eines achtjährigen Knaben (Boll. 236, 13): auch der Gegner, der beim Holmgang zurückweicht, soll den Namen des Neidings tragen (Svarfd. 9, 14), und Bardhi sagt zu seinem Schwiegervater, der ihm und seinen Fehdegenossen Beköstigung verweigert: „du bist ein so großer Neiding, daß es einem Biedermanne nicht ziemt, dich zum Schwäher zu haben" (Heidh. 98, 6). Die Wiedergabe „Lump, schlechter Kerl" trifft mitunter den Sinn des Wortes (Ljósv. 14, 58).

Auch der *óbótamaðr* ist nicht, wie in Norwegen, der Verüber einer Tat, für die es keine Buße gibt (s. § 72); und Ausdrücke wie *ódœmaverk* (Hardh. 65, 10), *ódáðamaðr* (Grett. 287, 11) bezeichnen als gelegentliche, untechnische Worte eine verabscheute Handlung oder ihren Täter.

Auch den Gegensatz von „öffentlichen" Delikten und „privaten" (Fehdesachen) hat man sich aus den Familiensagas wegzudenken. Es werden keine Missetaten erzählt, die als gegen die Allgemeinheit gerichtet behandelt werden. Zu Landesverrat oder Heeresflucht bestand keine Gelegenheit. Gewaltsame Dingsprengungen, die mehrmals vorkommen, verfolgt man nicht im Namen der Bezirks- oder Landsgemeinde: der benachteiligte Kläger sucht sich mit

Waffengewalt oder durch Klage vor einem andern Ding zu helfen. Wie eine Tempelschändung geahndet worden wäre, verraten uns die geschichtlichen Íslendinga sögur nicht. Bemerkenswert ist aber, daß die Besudelung eines geheiligten Dingplatzes in der Eyrb. 21 f. nach Art von privaten Fehden durch schiedlichen Vergleich ausgetragen wird[1]. In der Vápnf. 35 f. beschwert sich eine Tempelpriesterin, daß der Christ Thorleif ihr die übliche Tempelabgabe versage. Broddhelgi, schon früher mit Thorleif verfeindet, übernimmt diese Klage gegen ihn und trägt einem Freunde auf, ihn vors Ding zu laden. Der Beauftragte läßt sich von Thorleif umstimmen; mit der Ladung unterbleibt alles weitere Einschreiten. Bei irgendeinem privaten Handel hätte es ebenso gehn können.

Alle Vergehn unterliegen der Verfolgung durch die Partei. Es gibt ausschließlich Fehdesachen, gleichviel ob sie auf gerichtliche Ächtung oder anderes hinauslaufen; ob der verletzte Teil sich der Staatshilfe bedient oder nicht. Die strenge Acht kennzeichnet keineswegs Untaten höherer Ordnung, die aus der Menge der fehdemäßigen Handlungen heraussträten (s. u. § 90).

Bei der großen Zahl der Händel und der Deutlichkeit ihrer Beschreibung kann dies nicht Zufall oder Entstellung sein. Nur soweit Sakrales in Frage kommt, ist mit Lückenhaftigkeit von vornherein zu rechnen.

§ 20. Erwähnen wir gleich noch die wenigen Stellen, wo heidnischer Götterglaube in das Rechtsleben hereinspielt.

Dropl. 148, 22 erklärt Spakbessi, der Eigentümer eines Opferhauses, das Entstehn eines halbmonatigen Unwetters daraus, daß zwei Jünglinge in vorschriftswidriger Weise um seinen Tempel herumgeschritten seien, sowie daraus, daß sie einen Totschlag nicht nach dem Rechte kundgemacht (*lýst*) hätten: „darüber hätten sich die Götter erzürnt“. Die Kundmachung des Totschlags wird dann nachgeholt.

Die Glúma 19, 89 bringt die beachtenswerte, alleinstehende Angabe: der des Landes verwiesene, später friedlos gewordene Vigfús „konnte nicht zu Hause wohnen bleiben wegen der Heiligkeit des Ortes (*fyrir helgi staðarins*) . . . Aber deshalb sollten Ge-

[1] Die halb märchenartige Kjaln. 405 f. berichtet, daß ein Gode, ein eifriger Opferer, den zwölfjährigen Búi, ein männliches Aschenbrödel, das nicht opfern will, „um falschen Glauben“ vor sein Ding laden und friedlos legen läßt. Derselbe Búi verbrennt später den Tempel seines Achtlegers und wird dann von dem Goden verfolgt wie andere Friedlose.

ächtete dort nicht wohnen, weil Frey es nicht erlaubte, dem der Tempel dort gehörte".

Nach derselben Saga 24, 68; 25, 19 muß Glum in drei Tempeln des Inselföhrdelandes einen Eid leisten unter Anrufung des Asen (Thor), daß er einen ihm zur Last gelegten Totschlag nicht begangen habe. Der Eid wird ihm von den Klägern bzw. den Mittelmännern abverlangt, er ist Vergleichsbedingung, steht außerhalb des gerichtlichen Verfahrens. Da der Schwur anscheinend richtig erfolgt ist, gilt die Beschuldigung Glúms zunächst als aufgehoben. Einen Reinigungseid auf den Altarring kennt auch die Eyrb. 44, 2. Man halte daneben die authentische Schwurformel aus dem isländischen Heidentum, die uns Ari überliefert hat, ein Stück der ältesten Gerichtssprache [1]. Wer irgend am Gericht aufzutreten hatte, sollte zuvor einen Eid leisten auf den im Opferblut geröteten Tempelring und vor Zeugen so sprechen: „ . . . ich leiste einen Eid auf den Ring, einen Gesetzeseid: sei mir Frey gnädig und Njörd und der allgewaltige Ase, so wahr ich in dieser Sache klagen oder verteidigen werde oder Zeugnis ablegen oder Wahrspruch erbringen oder Urteil fällen werde so, wie ich es weiß als Gerechtestes und Wahrstes und dem Gesetze Gemäßestes . . ."

Fraglich ist, ob die Hardh. 100, 1 einen Zug aus der kultischen Hinrichtung gerettet hat mit der ganz beiläufigen Angabe, daß den ergriffenen Ächtern, den Raubgenossen des Hördh, „ein Zweig ins Haar geflochten wurde", eh man sie köpfte [2].

§ 21. Das hier Zusammengestellte reicht eben hin, uns ahnen zu lassen, daß für das Rechtsleben des vorchristlichen Island der Heidenglaube seine Bedeutung hatte. Über die unbestimmte Ahnung kommen wir nicht hinaus. Hier ist der Punkt, wo die mündliche Vererbung durch zwei christliche Jahrhunderte hindurch dem Geschichtsstoffe am meisten geraubt hat. Erhalten blieben ein paar losgerissene antiquarische Kuriosa; unsere schreibenden Erzähler und schon ihre näheren Vorgänger hätten selbst nichts Genaueres und nichts Zusammenhängendes über diese Dinge zu sagen gewußt. Mit einer ganz andern Anschauungsfülle und Kennerschaft handhaben sie die weltliche Seite des Strafrechtes. Hier bieten sie uns so viel, daß man leicht vergessen kann, daß dem christlichen Menschenalter der Sagazeit zwei heidnische vorangegangen sind.

---

[1] Golthers Ausgabe S. 31 ff.

[2] Man könnte an die von Friedrich Kauffmann, Beitr. 18, 168. 175. 186 besprochenen Erscheinungen denken.

Dennoch muß man sich mit Resignation gestehn, daß an diesem reichen Bilde eine ganze Zone, die heidnisch-religiöse, bis auf wenige Flecke ausgewischt ist.

Wenn nirgends in unsern Geschichten der Gedanke auftaucht: die Blutrache dient zur Besänftigung der abgeschiedenen Seele, sie gehört daher zu den Pflichten des Totenkultes[1]: so wagt man kaum, daraufhin diese Anschauung der isländischen Heidenzeit abzusprechen. Die Erscheinung Gunnars in seinem geöffneten Grabhügel, Njála 173 f., berührt sich mit dem hier Angedeuteten; nur fehlt ganz das bezeichnende Motiv, daß der ungerochene Tote gequält oder zürnend sich darstellt. Die gespenstische Widergängerei findet sich auch bei Toten, die ein natürliches Ende hatten, und niemals wird dieses unheimliche Treiben durch Vollzug der Blutrache abgestellt.

Unentscheidbar bleibt auch, ob das isländische Strafrecht heidnischer Zeit ein Gottesurteil kannte. Der Hergang mit dem Rasenstreifen, Laxd. 43, 7, fällt, als nicht strafrechtlicher Art, für uns weg. Vgl. dazu Brunner, DRg. 1, 265 f.; Zachariae, Zs. d. Ver. f. Volkskunde 20, 167 ff.; Maurer 5, 671 ff. Den Zweikampf, den Holmgang, verstehn unsre Erzähler sicher nicht als Ordal, weder da, wo er außerhalb alles Dingwesens erscheint, noch da, wo er eine gerichtliche Klage ersetzt oder den Klagegang an einem gewissen Punkte abbricht. Die Formulierungen Dahns[2]: „die auf ein Paar reduzierte Fehde" und Brunners[3]: „eine gesetzlich geregelte Selbsthilfe, eine vertragsmäßig in Zweikampf umgewandelte Fehde" treffen für die Darstellung der Isländersagas den Sachverhalt. Man braucht danach den Ausdruck der Gunnl. 255, 15 nicht abzuschwächen: „das war damals Rechtens (*lǫg*), einen Holmgang anzubieten, wenn Einer fand, er sei bei dem Andern nicht zu seinem Rechte gekommen" (ähnlich Eg. 218, 20 bei einem in Norwegen spielenden Falle). Zeigen doch die Gunnl. und die Njála, daß man öffentlich auf dem Dinge eine Forderung ergehn ließ und den Zweikampf ausfocht, während einen formlosen Waffengang die Dinggemeinde nicht so hingenommen hätte.

Die Frage, ob der nordische Zweikampf nicht doch einen religiösen Hintergedanken hatte, den unsre späten Erzähler nicht mehr erfaßten, darf gewiß gestellt werden. Aber der Umstand, daß nach Eg. 219, 14; Korm. 47, 29. 49, 32 der Sieger im Zweikampf ein

[1] Man vergleiche Wilda S. 170 f.; Binding a. a. O. S. 17 f.
[2] Bausteine 2, 126.
[3] DRg. 1, 265. Anders Fehr, Der Zweikampf, Berlin 1908, S. 43 o.

Opferrind (*blótnaut*) schlachten soll, reicht nicht aus, um den Ordalgedanken zu beweisen. An Gunst und Ungunst der Götter im Zweikampfe mochte man glauben — wie dies Dahn a. a. St. S. 123 ausführt — und an die Dankespflicht des Siegers gegen seinen göttlichen Helfer: doch war damit noch nicht gegeben, daß die Gottheit im Zweikampf den Tatbestand enthüllt, die Rechtsfrage löst.

Die Isländer haben den Holmgang in den ersten Jahren ihres Christentums (um 1006) gesetzlich verboten (Gunnl. 258 f.). Man empfand ihn als ein Stück Heidentum (Eyj. 30, 64) mitten in einer Zeit, die im übrigen des blutigen Fehdewesens so wenig müde geworden war! Die Einführung des fünften Gerichts auf dem Allding im Jahre 1004 (o. § 15) verstärkte die Möglichkeit, eine gehemmte Gerichtsklage ohne das Mittel des Zweikampfes zum Austrag zu bringen (vgl. Njála 220, 7).

§ 22. Von den gewöhnlichen Fehdetaten und Achtvollziehungen unsrer Sagas hebt sich kenntlich ab eine beschränkte Zahl von Lebensberaubungen, die in diesem Zusammenhange noch zur Sprache kommen mögen.

Todesstrafe kennen die isländischen Rechtsbücher nicht; denn wenn der um eine bestimmte Übeltat friedlos Gewordene nur von seinem Achtleger selbst und auf vorgeschriebene, qualvolle Weise entleibt werden soll[1], so fällt dies noch unter die Vollstreckung des Achturteils. Auch den Familiengeschichten ist, wenn wir von den sakralen Fällen absehen, die Todesstrafe unbekannt. Die Rechte des skandinavischen Festlandes aber zeigen für gewisse Verbrecher, u. a. Zauberer und Diebe beiderlei Geschlechts, Hinrichtung in bestimmten Formen, zum Teil durch Steinigen oder Hängen[2]. Damit haben äußere Ähnlichkeit die Fälle unsrer Geschichten, wo Zauberer und Zauberinnen gesteinigt, ertränkt oder gehängt werden und einem Diebe das Hängen zugedacht wird[3].

---

[1] Grágás Ia, 188, 14.

[2] Maurer 5, 43 ff., vgl. 720 f.

[3] Zauberer gesteinigt: Eyrb. 74, 1; Laxd. 112, 22; Gísl. 46, 14. 46, 16; Landn. 86, 14; ertränkt: Laxd. 114, 26; gehängt: Eyrb. 73, 2 (Odd leidet diesen Tod gewiß als Mitschuldiger seiner zauberischen Mutter, nicht wegen seiner Tat im Kampfe). Dieb mit dem Galgen bedroht: Fóstbr. 46, 15 (Sturl. 1, 62, 20. 63, 17. 235, 11). Gehängt werden in der Eyrb. 113, 10 brandstiftende Knechte, s. u. § 34. Auch den gegriffenen Ächter Gretti wollen die Bauern aufknüpfen (Grett. 189, 7; Fóstbr. 3, 19): hier also Vollstreckung eines gerichtlichen Friedlosigkeitsurteils.

Allein all diese Hinrichtungen erfolgen ohne Gerichtsgang und können somit nicht als Todesstrafen bezeichnet, nicht als „wahre Straffälle“ den Ächtungen und Bußungen entgegengesetzt werden. Sie gehören zur außergerichtlichen Racheübung. Innerhalb derselben aber haben sie mehrere Besonderheiten: Die Tötung geschieht nicht im kriegerischen Angriffe selbst, wie dies sonst ganz allgemein der Brauch ist, vielmehr nimmt man die Übeltäter gefänglich fest und vollzieht dann, oft an abliegendem, eigens gewähltem Orte, ihre Hinrichtung. Diese ist entehrender Art und entspricht damit der ehrlosen Übeltat des Schadenzaubers oder des Diebstahls. Unter den Schuldigen befinden sich Frauen, die ja sonst auf Island gegen Rachewerke gefeit sind. Meistens, wennschon nicht immer, handelt es sich um Leute niederer Herkunft.

Heidnisch Opferhaftes tritt in den Berichten der Sagas nicht zu Tage; da der Schauplatz niemals die Ding- und Tempelstätte ist, liegt die Annahme hier ferner, es habe sich ein sakraler Kern verflüchtigt. Vom Standpunkt der Geschichten wird man die Erscheinung so auffassen: Es ist Lynchjustiz, aber von der Partei geübt; die zwei genannten lichtscheuen Verbrechen würdigte man nicht der Ahndung durch die ehrliche Kriegswaffe, man wählte das Steinigen, das Ersäufen und den Galgen, Todesarten, die auf altem Herkommen ruhten und in letzter Linie doch wohl vom Götteropfer stammen; auch dem Weibe gegenüber war die ritterliche Schonung aufgehoben; eine umständliche, zeitraubende Gerichtsklage ließ man es sich nicht kosten, so daß der Vorgang ein Mittelding wurde zwischen formlosem Totschlag und zeremonieller Hinrichtung. Maurer (5, 721) weist darauf hin, daß man auf Island nicht, wie in Norwegen, nach Bedarf ein Gelegenheitsding berufen konnte. Sonst hätte man wohl ein solches zur Behandlung dieser Fälle gewählt, und dann wäre es eine durch die Gemeinde verhängte Todesstrafe.

Es versteht sich, daß die Machtverhältnisse der beiden Parteien so beschaffen sein mußten, daß man an diese Stegreifexekution denken konnte: gegen die Gattin eines Gunnar, Herrn von Hlídharendi, konnte der Bestohlene nur die Gerichtsklage auf Diebstahl erheben (u. § 60).

Viertes Kapitel.

Rache, Vergleich, Gerichtsgang.

§ 23. Das Fehdewesen der Isländersagas wird beherrscht von dem Dreiklang: Rache — Vergleich — Gerichtsklage.

Wem ein Angehöriger erschlagen oder verletzt worden ist; wer sich an Leib, Gut oder Ehre gekränkt sieht, der hat — wenn er nicht machtlos das Erlittene über sich ergehn läßt — die drei Wege der Genugtuung vor sich: er greift zur Fehde, um durch Totschlag, seltener durch anderes Vorgehn, sein Rachebedürfnis zu stillen; er steuert auf einen Vergleich, ein schiedliches Übereinkommen los, das ihm Buße oder die Verbannung des Täters verschafft; endlich er leitet eine Klage ein und sucht durch Gerichtsspruch Friedlosigkeit über den Gegner zu verhängen.

Zwei private Handlungen stehn neben der einen, die die Hilfe der Öffentlichkeit, den Spruch der Bezirks- oder Landsgemeinde anruft.

Rache, Vergleich und Dingklage fließen vielfältig in einander über. Der Gerichtsgang kann vom ersten bis zum letzten Schritte, von der Ladung bis zur Frohnung, einem Fehdegange gleichen. Er kann auch jeden Augenblick in das schiedliche Verfahren umschlagen. Für den Schiedsspruch seinerseits wählt man gern die Dingversammlung. Waffentaten und Vergleichsangebote lösen sich oft in raschem Wechsel ab.

§ 24. Für dieses dreisträngige Verfahren gibt es, wo ein Totschlag zu sühnen ist, den umfassenden Namen *eptirmál* oder *eptirmæli*. Das Zeitwort *mæla eptir e-n*, „Verhandlung führen nach einem (Toten)“ geht von Hause aus auf die gerichtlichen Schritte, und so hat auch das dazu gebildete Hauptwort *eptirmál* oft den engeren Sinn von Prozeß (um einen Totschlag). Aber die angedeuteten Verhältnisse bringen es mit sich, daß man bei *eptirmál* leicht auch an die kriegerischen und schiedlichen Begleitumstände des Prozesses denkt.

Wer in einem irgend ernstlicheren Falle das *eptirmál* in die Hand nahm, der mußte in allen Sätteln gerecht sein: er mußte die Tugenden des Kriegshäuptlings und die des Menschenkenners vereinigen mit denen des Gerichtspraktikus. Das Wichtigste daran war doch meist der Kriegsmann; denn ein *eptirmál* konnte ans Leben gehn. Der mit Fehde gemischte Rechtsstreit erlaubte oft die erwünschte, aber gefährliche Kraftprobe zwischen zwei Lagern [1].

Die Leitung von Sachen (*fylgja málum*) war eine Kunst, an die man sich womöglich in der Jugend gewöhnen mußte, sollte man nicht im Alter genasführt werden [2]. Den wagehalsigen Jünglingen aus den Großbauernfamilien galt ein *eptirmál* als eine Art kriegerischen Sportes; es war gut, sich mit dergleichen einzuführen in die Zahl der Erprobten. Zugleich empfand man die geistige Verwandtschaft zwischen dem scharfen Sachführer und dem Ehrgierigen, dem Skrupellosen, dem Gewalttätigen, der sich nichts bieten läßt.

Als Sám zögert, die Todschlagssache gegen den mächtigen Hrafnkel zu übernehmen, sagt ihm sein Oheim: „darum bringt ihr jungen Männer euch nicht in die Höhe, weil ihr nirgends herzhaft zugreift! ... Um Einen wie dich ist es schlimm bestellt: du hältst dich für rechtskundig und bist versessen auf kleine Prozesse, und willst diesen so dringlichen Handel nicht übernehmen! Dafür wirst du in verdienten Verruf kommen; denn du willst sonst doch am meisten obenaus in unserm Geschlecht“ (Hrafnk. 106, 4).

Nach der Erschlagung des Vigfús muß die Witwe einen der Verwandten für das *eptirmál* gewinnen. Keiner will recht heran, denn auf der andern Seite steht der Gode Snorri. Von Einem bekommt sie zu hören, sie solle sich an Styr wenden: der mache sich ja doch in Vielem gern Arbeit (*vildi þó í mǫrgu starfa*). Ein Andrer weist sie an Steinthór: „für ihn ists an der Zeit, sich in den oder den Rechtshändeln zu versuchen“. Und Steinthór selbst endlich sagt: „ich bin noch jung und habe nie in Prozessen mitgemacht; aber die näheren Verwandten des Vigfús, die sind größere Händelsucher (*uppivǫzlumenn*) als ich“ (Eyrb. 91 ff.).

Noch schroffer Njála 335, 16: zu den Männern vom Lautersee, die dem *eptirmál* des Flosi ihre Unterstützung verweigern, sagt er:

[1] Hœns. 18, 11; Vatnsd. 47, 9. 30.
[2] Bjarn. 72, 24. 73, 24.

„ihr benehmt euch schlecht: daheim im Bezirk seid ihr Draufgänger und Rechtsbeuger (*ágjarnir ok ranglátir*), und hier auf dem Ding wollt ihr keine Hilfe leisten, wenn man sie von euch verlangt!“

§ 25. Lehrreich sind die Zahlen, worin sich das Häufigkeitsverhältnis von Rache, Vergleich und Gerichtsgang ausspricht. Ich gebe sie unabgerundet, obwohl ihre Genauigkeit keine vollkommene sein kann: namentlich die Rachetaten grenzen sich nicht scharf ab gegen die ersten, anstoßgebenden Frevel, und eine Folge von Schlägen und Gegenschlägen kann man in mehr oder weniger Akte zerlegen. Außerdem lassen die Sagas einigemal Zweifel, ob ein Schiedsspruch oder ein gerichtliches Urteil gemeint ist (s. § 84. 99).

Ich zähle in unserem Material 297 Rachetaten, die meisten mit bewaffneter Hand unternommen, ein paar wenige durch ausgestreute Schmähverse oder andere Ehrenkränkung; eingerechnet sind die Überfälle, die unblutig verlaufen, dagegen ausgeschlossen die hintertriebenen, nicht zur Tat werdenden Rachepläne.

Rein schiedliche Austragungen, ohne Gerichtsgang, wenn auch zuweilen auf dem Dingfelde verhandelt oder proklamiert, finde ich 104.

Die Gerichtsklagen belaufen sich auf 119. Davon werden jedoch 9 durch außerrechtliches Vorgehn (Sprengung des Gerichts oder Irreführung des Klägers) abgebrochen; in 60 weiteren Fällen wird der Gerichtsgang umgebogen zu einem Vergleiche. Es bleiben somit 50 durchgeführte Gerichtsklagen, von denen 33 mit gerichtlicher Verurteilung des Angeklagten enden[1], während 17 durch rechtsförmlichen Einspruch des Angeklagten ohne Urteil verlaufen.

Wir haben folglich 50 Abschlüsse durch die staatliche Gewalt gegen 470 Austragungen durch Selbsthilfe. Von den letzten entfallen 306 auf gewaltsame, fehdemäßige Handlungen, 164 auf schiedliche Vergleiche. Ein außerordentliches Überwiegen der privaten, unstaatlichen Aktion, wie es in keiner zweiten germanischen Gesellschaft des Mittelalters anzutreffen sein dürfte[2].

---

[1] Man findet diese Fälle beisammen in der Liste der Ächtungen u. § 82 ff., als Nr. 1—12. 15—32. 34. 60. 67.

[2] Auf die Stoffmassen der Sturlungasammlung habe ich diese Zählung nicht ausgedehnt. Nach dem allgemeinen Erinnerungsbilde würde ich behaupten, daß die Vergleiche einen noch stärkeren Bruchteil ausmachen, und daß die Rache durch größere, aber weniger zahlreiche Unternehmungen vertreten ist.

Vergegenwärtigt man sich die fünf möglichen Abschlüsse in dieser Gruppierung:

Rachetat
297

Reiner Vergleichsweg
104

Prozeß
außerrechtlich
abgebrochen
9

Prozeß
zum Vergleich
umgebogen
60

Prozeß
rechtsförmlich
durchgeführt
50

so sieht man, wie der Kreis sich rundet; wie die Region des Gerichtsganges eingeschnürt wird einerseits durch die kriegerische Rache, anderseits durch den friedlichen Vergleich.

In den knapp skizzierten Fehdeberichten der Landn. treten die Rachetaten noch stärker vor den schiedlichen und gerichtlichen Handlungen hervor.

§ 26. Die einzelnen Sagas stellen sich zu diesen Zahlen sehr ungleich. Ich hebe folgendes hervor.

Keine Rachetaten kennt die kurze Novelle von Ölkofri, auch die Saga von Eirík dem Roten, abgesehen von dem Landn.-Auszuge in c. 2.

Das Gerichtswesen fehlt gänzlich in den beiden grönländischen Geschichten, sowie in Gullth., Thórdh., Svarfd. Auch die Gunnl. und die Thorst. Sídh. kennen zwar Dingbesuch, aber keine Gerichtsklage. In die Korm. spielt — neben 6 Forderungen zum Holmgang! — éine gerichtliche Klage in zerfließendem Umriß herein (45, 11).

Ohne durchgeführte Prozesse verlaufen nicht weniger als 17 Sagas, darunter die inhaltreiche Laxd. Dagegen ohne schiedlichen Vergleich nur die drei kurzen Erzählungen von Hróm., Gunn. und Thorst. Sídh.

Verhältnismäßig zahlreich sind die gerichtlichen Aktionen, einschließlich der durchkreuzten, in der Bjarn. (5 Fälle), Eyrb. (11), Fóstbr. (5), Grett. (10), Ljósv. (6), Glúma (12), Reykd. (8), Dropl. (7), Njála (12). Am meisten Gerichts u r t e i l e bringen die Eyrb. (4), die Fóstbr. (5), die Grett. (3) und die Reykd. (4). Dagegen die große Njála führt keinen ihrer 12 Prozesse bis zum Urteil durch.

Endlich sind die schiedlichen Vergleiche, gemessen an den andern Vorgängen, stark vertreten in Bjarn., Gullth., Hallfr., Vatsd., Heidh., Ljósv., Svarfd., Vall., Glúma, Reykd., Hrafnk., Dropl., Njála.

§ 27. Mit dieser Dreiheit des Vorgehns verbindet sich, wohlgemerkt, keine Dreiteilung der Delikte; auch keine Zweiteilung, etwa so, daß racheheischende Taten denen gegenüberständen, die nach ihrer inneren Art mit Vergleich vorlieb nehmen.

Vielmehr gilt für Altisland der Satz: ein und dieselbe Missetat kann Rache hervorrufen oder Vergleich oder gerichtliche Verfolgung. Dies hängt ab von der Macht der beiden Parteien, von dem Willen des Verletzten, den Ansprüchen, die er an die Vergeltung stellt; denn zwischen den drei Vorgängen besteht eine Abstufung des Wertes.

In der Rache liegt die edelste Vergütung für den Schmerz des Gekränkten, zugleich die beste Ehrung für den Toten. Ihr kommt am nächsten die gerichtliche Ächtung oder der Schiedsspruch in seiner dem Kläger ehrenvollsten Form, das Selbsturteil. Geringer ist der Vergleich, den man mit dem Schuldigen zusammen beredet oder den man von Dritten abwägen läßt. Dazu kommt noch wertsetzend, ob man einen Schiedsspruch auf Acht erwirkt oder nur auf Buße, und ob die Buße hoch oder niedrig ist.

Die leidenschaftliche Hildigunn hat ihren Oheim beschworen, daß er für ihren ermordeten Mann Höskuld einschreite. „Ich werde deine Sache, sagt er, verfolgen bis zum gesetzlichen Ende (*sækja til fullra laga;* soviel wie: zum gerichtlichen Achturteil) oder sie zu einem Vergleiche leiten, der in den Augen wackrer Männer uns ehrt auf alle Weise. — Rächen würde dich Höskuld, wenn er um dich zu klagen hätte!" ist ihre Antwort (Njála 264, 19).

Thorstein Kuggason hat eifrig die Totschlagssache um seinen Vetter Thorgils übernommen: „er erklärte, mit Geldbuße lasse er sich nicht abfinden; sie hätten genug Sippenanhang, um entweder Acht oder Blutrache zu erlangen" (Grett. 101, 12); es kommt dann zu gerichtlicher Friedloslegung (105, 16).

Bergthóra, Njáls Frau, hat den Atli in Dienst genommen; er hat ihr einen Rachemord besorgt: jetzt muß er für sein eigenes Leben fürchten, aber er will in keinen neuen Dienst; „nur darum, sagt er zu seinem Herrn, möcht ich dich bitten, wenn ich erschlagen bin, daß man keine Knechtsbuße für mich nimmt. — Man soll dich büßen wie einen Freien, sagt Njál; aber Bergthóra wird dir versprechen und wirds auch halten, daß man Rache für dich nimmt" (Njála 87, 7).

§ 28. Vom Schmähwort bis zum Mordbrand, alles kann, je nachdem, auf leidliche Buße oder auf Vernichtung vieler Menschenleben hinauslaufen. Es gab kein staatliches Organ, auch keine Volksklage, die regelnd eingegriffen und dafür gesorgt hätten, daß der Missetat das Maß der Ahndung entspräche.

Einen Ersatz dafür bietet zuweilen die patriarchalische Schutzpflicht der Goden gegenüber ihren Dingleuten[1], wobei der Gode freilich selten parteilos über den Streitenden steht. Andere Male der Gerechtigkeitssinn, die Ordnungs- und Friedensliebe, auch der Ehrgeiz benachbarter oder selbst fernwohnender Mächtiger[2]. Sie wollen es nicht zulassen, daß ein gefürchteter ójafnaðarmaðr, ein „Unbilligkeitsmann", im Vertrauen auf seine Überlegenheit den Schwächeren ungestraft kränke. Sie werfen sich zu Helfern des Verletzten auf und führen seine Sache, durch Fehde, Vergleich oder Gerichtsgang, zu einem Abschluß, „wovon er sich geehrt finden kann". Auch dafür fehlt es nicht an Beispielen, daß der Schuldige selbst oder das Haupt seiner Partei es als Anstandspflicht empfindet, dem Gegner die Genugtuung freiwillig zu gewähren[3].

Aber die eigentliche treibende Kraft im altisländischen Fehdeleben war nicht so beschaffen, daß sie auf Gleichgewicht und abstrakte Gerechtigkeit hinwirkte. Es war das stets wache und verwundbare Ehrgefühl des Gekränkten selbst. Dafür bot es eine leidliche Gewähr, daß gegen den Frevel irgend etwas geschah, lieber zu viel als zu wenig; ist doch das Rachebedürfnis in seiner Urwüchsigkeit maßlos (im buchstäblichen Sinne) und erlischt nicht in dem Augenblicke, wo für den unbeteiligten, gerechten Zuschauer Vergeltung und Kränkung einander die Wage hielten. Wo dieses sühneheischende Ehrgefühl bei dem Einzelnen erlahmte, da konnten seine Verwandten eintreten, seine Hausgenossen bis herab zum Knechte, und den zunächst Betroffenen, den „Häuptling der Klage", entweder zu eigner Tat anstacheln oder an seiner Stelle den Gegenschlag führen. Will man für unsre Sagas von einer „Pflicht zur Sühneheischung" reden, so kann man sie nur im privaten Ehrgebote finden, nicht in einer Vorschrift des Gesetzes.

Manch einer stand vor dem Dilemma, wie Hrómund der Lahme, als er den bestimmten Verdacht hatte, die fremden Kaufleute, diese gefürchteten Raufbolde, hätten ihm seine Pferde gestohlen und geschlachtet: „Jetzt heißt es sich entscheiden: entweder die

[1] Sieh Eyrb. 206, 18. 212, 18; Vatsd. 44, 14; Ljósv. 10, 6; Dropl. 159, 2.
[2] Laxd. 104, 7. 106, 4; Háv. 16 ff. 32 ff.; Hrafnk. 111 ff.
[3] Vgl. Vápnf. 58, 6. 71, 15; Hœns. 11, 8; Bjarn. 48, 12; Reykd. 11, 67; Gísl. 99, 4.

Sache gar nicht erwähnen — dann wird kein Unglück draus entstehn; oder es auf die Folgen ankommen lassen und hinter seinem Rechte her sein." Seine Söhne, denen er dies vorlegt, finden, daß nur das Zweite in Betracht komme. Und so schreitet man zu der gefährlichen Vorladung (Hróm. 411).

Und doch kam es vor, daß alle diese Möglichkeiten versagten; daß Schwäche oder Unlust des Beleidigten und Gleichgültigkeit seiner natürlichen Helfer dem Trotze des stärkeren Gegners gegenüberstanden. Dann bemerken etwa unsere Sagas einsilbig: „Es wird nicht berichtet, daß ein *eptirmál* stattfand für diesen Toten"; oder: „NN behielt diese Wunde bußlos für sein ganzes übriges Leben". Für den Sagamann gibt es dabei nichts weiter zu erzählen; und so heben sich diese toten Punkte wenig aus dem farbigen Getriebe von Rache, Vergleich und Klage hervor.

§ 29. Für das Ineinanderspielen von Rache, Vergleich und Gerichtsklage führe ich noch drei reichere Exempel im Auszuge an. Sie mögen von der Art altisländischer Fehden einen vorläufigen Begriff geben, eh wir in den nächsten Kapiteln die einzelnen Bausteine genauer vornehmen.

Reykd. c. 23 f. Bei einer Pferdehatz trifft Eyjólf mit seinem Stabe versehentlich den Bjarni. Er entschuldigt sogleich sein *váðaverk* (Ungefährwerk) und verspricht sechzig Hämmel als Buße. Bjarni ists zufrieden. Im Herbst, wie die Zahlung erfolgen soll, fragt Eyjólfs Vater Thormódh, was diese Hämmel sollen, und knüpft die höhnischen Worte daran: ein hoher Lohn! der Schlag wird entsprechend groß gewesen sein! — Unverweilt geht Bjarni auf auf ihn los und versetzt ihm den Todeshieb. Die Hämmel will er jetzt nicht mehr annehmen. Eyjólf kann im Augenblick nichts ausrichten. Er will bei Verwandten Hilfe suchen, und seine Mutter weist ihn vor Allen an den Vetter Skúta, einen großen Haudegen: der würde es übel nehmen, wenn man andre vor ihm anginge. Skúta übernimmt also von Eyjólf die Todschlagssache. Bjarni seinerseits wird von seinem Oheim Glúm beraten. Nun mahnt Eyjólf dreimal den Skúta, die Klage einzuleiten; aber Skúta weicht aus. Endlich will Eyjólf die Sache selber in die Hand nehmen, aber Skúta verweigert sie ihm, worauf sie in Uneinigkeit auseinander gehn. Bald danach macht sich Eyjólf allein auf den Weg, überfällt Bjarni in einem Schafstalle und vollzieht an ihm die Vaterrache. Skúta ist damit höchlich zufrieden und will dem Vetter jetzt, wo er sich als Mann ausgewiesen hat, gerne beistehen.

(Er hat mit seinem Zögern Eyjólf zu der Rachetat drängen wollen, vgl. die Andeutung 23, 84.) — Nunmehr übernimmt Glúm das *eptirmál* für seinen Neffen Bjarni. Zusammen mit einem befreundeten Häuptling macht er einen großen Zug, 240 Mann stark, zur Einleitung der Klage, zur Vorladung des Schuldigen. Skúta wird gewarnt, bringt eine ähnliche Streitmacht zusammen, und die zwei Haufen treffen sich zu beiden Seiten einer Furt. Während Skúta hier hingehalten wird, reitet Glúms Sohn selbzehnt zur Vorladung Eyjólfs und erschlägt dabei dessen Helfer Hávardh. Glúm belobigt ihn dafür; als aber Skúta das Geschehene erfährt, erschießt er über den Fluß einen aus Glúms Gefolge. Jetzt findet Glúms Verbündeter die Zeit zu einem Vergleiche gekommen. Er und einer aus dem andern Lager erlangen das Recht des Schiedsspruches. Dieser zieht alles Vorangegangene, von dem Stockschlage ab, in Berechnung und gleicht die beidseitigen Ansprüche aus. Verhängt werden an Ort und Stelle eine dreijährige Landesverweisung (u. § 88 Nr. 59) und eine einfache Mannesbuße.

Vatnsd. S. 71 ff. Auf einer Hochzeit ergeht sich Glœdhi in Spottreden über den jungen Thorkel, bis dieser ihm die Axt in den Kopf treibt. Thorkel flüchtet durch die Räume des Hauses, von den andern verfolgt, und entkommt in ein Versteck am Flusse. Sein Großvater und sein Oheim suchen sofort beim Feste einen Vergleich nach, aber Thorgils, der Oheim des Erschlagenen, will nichts von Buße wissen und stellt Blutrache in Aussicht. Den Totschläger bergen seine Verwandten den Winter über; sie freuen sich an seiner Tat, die dem Übermut jener fremden Sippe gewehrt habe. — Thorgils hält Gudhmund dem Mächtigen vor, er müsse als Verwandter *mæla eptir* den Toten. Gudhmund findet die Sache zwar bedenklich, da die Gegner kopfreich seien und Glœdhi nicht schuldlos gefallen. Doch solle Thorgils die Klage zurüsten: er werde sie dann auf dem Ding übernehmen. Beide Parteien erscheinen mit starkem Gefolge auf dem Allding. Nachdem Gudhmund die Klage an sich genommen hat, bieten ihm die andern wiederholt einen Vergleich an, doch Gudhmund besteht auf (gerichtlicher) Ächtung. Allein seine Prozeßführung verwirrt sich (die Saga bringt hier einen Zwischenfall von Behexung), sodaß die Klage hinfällig wird. Jetzt ist Gudhmund dem Anerbieten der Gegner zugänglich und läßt sich von Thorkels Vertreter das Selbsturteil einhändigen, doch mit Ausscheidung von Landes- und Gauverweisungen. Er verhängt eine Mannesbuße, das Geld wird bezahlt, und versöhnt geht man auseinander.

Glúma c. 5, 31. 7—9. Die Witwe Astrídh, im Gau der Inselföhrde, wird drangsaliert von den Nachbaren Thorkel und seinem Sohne Sigmund. Sie machen ihr Ungelegenheiten in ihrer Gutswirtschaft, und einmal verklagen sie ihre unentbehrlichsten Knechte wegen angeblichen Kuhdiebstahls. Nachdem Ástrídh ohne Erfolg ihren ältern Sohn, der seinen eigenen Hof führt, um sein Einschreiten angegangen hat, erklärt sie den beiden Nachbarn, lieber als daß ihre Knechte friedlos gelegt würden, wolle sie den Beiden den Schiedsspruch auf Buße zugestehn. Sie sagen, auf den unbeschränkten Schiedsspruch (das Selbsturteil) wollten sie eingehn. So verhängen sie Abtretung des besten Ackerlandes, das bisher von ihnen und der Witwe umschichtig, sommerweise, bebaut worden war, und hoffen auf diesem Wege das ganze Gut mit der Zeit unter sich zu bringen. Da kommt durch Zufall heraus, daß jener Kuhdiebstahl Verleumdung war. Den Acker zurückgeben wollen Thorkel und Sigmund nicht, nur zu einer Zahlung dafür wären sie bereit; aber Ástrídh erwidert: „ich will entweder haben, was mir gehört, oder gar nichts," denn sie baut auf die Rückkunft ihres jüngeren Sohnes, Glúm. — Im selben Sommer kehrt Glúm aus Norwegen heim. Er sieht die verpflanzte Grenzmauer und läßt sich, anscheinend teilnahmslos, das Geschehene erzählen. Eines Morgens, als die Andern wieder einmal ihre Rinderherde auf die Dungwiese der Ástrídh getrieben haben und Ástrídh bei dem Sohne Klage führt, springt er auf, treibt die Tiere mit Schlägen zu ihrem Hofe zurück und versetzt auf Thorkels Drohung, sie würden sich künftig nichts mehr von ihm bieten lassen. Im Herbst bemerkt einmal die Mutter zu Glúm: heut früh ist Sigmund mit seiner Frau auf unsern schönen Acker gegangen; wie werden sie froh sein, daß sie ihn haben — unser Eigentum, wenns nach dem Recht ginge! Da wirft Glúm seinen guten Mantel über, nimmt seine kostbare Hellebarde und reitet auf den Acker. Nach einigen harmlosen Worten der Begrüßung erhebt er plötzlich die Waffe und gibt Sigmund den Todesstreich. Dann reitet er auf den Hof seines ältern Bruders, um sich dort für drei Tage den Bluträchern zu entziehen; nachher kehrt er, ohne Begleitung anzunehmen, ruhig nach Hause, hat aber den kommenden Winter etwas mehr Männer im Hofe, als mans sonst gewohnt war. — Thorkel hat die Schwäger seines getöteten Sohnes, die angesehenen und streitbaren Herren von Espihól (Espenhügel), aufgefordert, ihm in der Klagesache zu helfen. Sie findens ihre Pflicht, wollen auch gern dem Emporkommen Glúms in ihrer Landschaft wehren, halten aber die Sache für recht gefährlich. Einer von ihnen rüstet die Totschlagsklage ans Allding. Glúm aber rüstet eine Klage gegen Thorkel wegen jener Verleumdung der Knechte und eine zweite gegen den toten Sigmund auf „Unheiligkeit" (das Nähere unten § 71 Nr. 4). Auf dem Allding wirbt Glúm um Beistand bei drei ihm verwandten Häuptlingen aus dem Südviertel: „von ihnen dürfe er erwarten, daß sie ihn stützen zu seinem guten Rechte; leiten wolle er die Sache selber." Sie freut es, wenn sich Einer aus ihrer Sippschaft so zur Geltung brächte. — Als die Gerichte tagen, bringen die Espihól-Leute ihre Klage vor, überzeugt, daß keine Einrede möglich sei. Aber als der Kläger nun zur Verteidigung auffordert, kommt Glúm mit seiner Gegenklage auf Sigmunds Unheiligkeit und schlägt die Klage gegen sich nieder. Danach erhebt er seine Klage gegen Thorkel. Da Zeugen sie bekräftigen und zu gesetzlicher Einrede kein Anhalt ist, „schaut es so aus, daß Thorkel friedlos werden würde." Jetzt geht man Glúm um einen Vergleich an. Er sagt, sie hätten die Wahl: entweder führe er seine Klage durch (also zum Friedlosigkeitsurteil), „und Thorkel kann sich denken, daß wenn er geächtet wird, wir nicht beide übers Jahr hier auf dem Ding sein werden!" — oder Thorkel verkaufe ihm sein Land zu dem Preise, den er, Glúm, bestimme. Dem Thorkel reden seine Freunde zu, und so wählt er das zweite und verkauft dem Glúm sein Land — zu nicht mehr als dem halben Wert. „So galten sie nun als vertragen. Aber die von Espihól wurmte der Ausgang der Sache, und nie mehr wurde es ganz gut zwischen ihnen und Glúm."

Fünftes Kapitel.

Die Rache.

§ **30.** Unsere Sagas sind voll vom Preise der Rache. Die Rache kann Pflicht sein, die härteste, anspruchsvollste der Pflichten; vor allem aber ist sie doch die Lust und Zierde des Lebens.

Einen fühlbaren Unterschied macht es nicht, ob der Mann sich selbst rächt oder einen toten Angehörigen oder einen Schützling: in allen Fällen ist die Triebkraft dieselbe, das verwundete Ehrgefühl des Rächers. In dieses Gefühl fließt unscheidbar ein die Sorge für den Namen dessen, den man zu rächen hat. Die Rache ehrt gleichermaßen den, der sie ausübt, wie den Toten, für den sie geübt wird [1].

Varð þessi fǫr en frægsta, „dieser Zug wurde hochberühmt“ (Laxd. 197, 5): ähnliche Worte wiederholen sich bei so mancher Rachetat. Der Rächer „wächst“ von seinem Werke (Flóam. 127, 10. 138, 25). Zu den Ruhmestiteln des Ächters Hördh zählt es noch der geistliche Literat des 13. Jahrhunderts, daß „für keinen einzelnen Mann auf Island so viele zur Rache erschlagen wurden, und alle blieben sie ungebüßt!“ (Hardh. S. 117). Und den Nachruhm Grettis erhöht es, daß sein Bruder bis nach Konstantinopel reiste, um ihn zu rächen: „man kennt kaum ein Beispiel dafür, daß noch ein Isländer in Mikligardh gerochen wurde!“ (Grett. 311, 1. 315, 11).

Gísli hat zur Rache für seinen Schwager und Schwurbruder Véstein den Thorgrím ermordet. Auf den Vorwurf seines Bruders antwortet er: „War das nicht zu erwarten bei einem Manne wie Véstein, daß es nicht ohne Blutrache bleiben würde?“ (Gísl. 49, 8).

---

[1] Einzelne Sagastellen zur Rache bei Wilda S. 171 ff., bei Maurer 5, 81 ff. Unser Abschnitt berührt sich mehrmals mit dem feinsinnigen und geistreich pointierenden Buche von Grønbech, Lykkemand og Niding, Kopenhagen 1909; die von ihm gewählten Beispiele hab ich möglichst selten zu wiederholen gesucht.

Der Bauer Sveinki unterzieht sich der gefahrvollen Aufgabe, den flüchtigen Totschläger, den Norweger Gunnar, in seinem Hause zu bergen: „du bist mir ja nicht näher bekannt, sagt er zu ihm, aber du bist in schlimmer Lage und hast dich als wacker und mannhaft bewährt und deinen Hausherrn, meinen Freund, gerochen“ (Gunn. 203, 21).

Dem baufälligen Greise Hávardh, der sich zur Dingfahrt aufrafft, sagt sein Weib: wenn der Töter deines Sohnes dir bei der Auszahlung der Buße, vor den Dingleuten, eine neue Kränkung antut, dann schau, ob dir leichter zumut wird wider Erwarten; und kommt es so, dann schließ keinen Vergleich, denn dann ist Hoffnung, so unwahrscheinlich es ist, daß unser Sohn Ólaf gerochen werde. Der Alte antwortet: „wenn ich wüßte, daß für meinen Sohn Ólaf Rache zu haben wäre, alles würd ich michs kosten lassen!“ (Háv. 16).

Auch der rächenden Frau — ein äußerst seltener Fall in unsern Geschichten — zollt man Anerkennung. Audh hat ihren Mann, der sich um einer Andern willen von ihr schied, in seinem Bette überfallen und mit dem Messer verwundet. Er will nichts von ihrer Verfolgung wissen: sie habe getan, was ihr zustand. Und ihre Brüder beloben sie (Laxd. 103, 20).

In ihrer naiven, selbstverständlichen Bewunderung für die Rache stehn diese naturtreuen Bauerngeschichten aus dem 10. Jahrhundert auf dem gleichen Boden wie die überwirklichen Heldensagen der Völkerwanderungszeit. Die Gesinnung, die zur Rache treibt: dies ist nach wie vor das Hauptthema des Fabulierens. Noch die Njála, die am meisten von diesen Sagas das alte Fehdeleben mit einem jüngeren ethischen Idealismus durchtränkt, verherrlicht in immer neuen Wendungen den Mann, der allen Hindernissen zum Trotz sein Leben für die Rache einsetzt. Kári, der bevorzugte Held des zweiten Teiles der Saga, ruft aus: „mögen alle andern (seine Parteigenossen) sich vergleichen in ihrer Sache, so will ich mich doch nicht vergleichen in meiner Sache!“ (373, 28). Und er lebt Monate lang in ruhelosem Kleinkrieg mit den Gegnern, zieht sogar hinaus nach den Orkaden und Wales, um die zwei letzten seiner Opfer zu treffen; bis er endlich, nachdem ein Dutzend von seiner Hand gefallen sind, ersättigt zum friedlichen Leben zurückkehrt. „Keiner ist mit Kári zu vergleichen in seiner Mannhaftigkeit“, so lautet es aus dem Munde seiner fürstlichen und bäuerlichen Bekannten.

Auch der friedliebende alte Njál bekennt sich mehr als einmal dazu, daß es Lebenslagen gibt, denen nur die Rache gemäß ist.

Er, der im brennenden Hause zurückbleibt, weil er ein Leben in Schande, d. i. ohne Rache für die Söhne, nicht führen will, sagt einmal zu seinem Sohne Grím, als der es tadelt, daß man einen Gegner mit schiedlicher Buße davon kommen ließ: das wäre nicht geschehen, „wenn du ihn damals erschlagen hättest, als man dich dazu ausersah!" (Njála 230, 26).

Auch der kirchliche König Ólaf der Dicke entsendet seine Hofkrieger bis nach Island und Grönland mit dem Auftrage, einen Standesgenossen zu rächen (Fóstbr. 67. 14. 77, 30. 80, 11. 105, 2). Oder er schickt einem isländischen Freund und Gefolgsmann acht Mark Silbers, damit er einen aus der Welt schaffe (Eyj. 32, 69). Es war die einzige wirksame Form der Strafjustiz außerhalb des eignen königlichen Machtbereichs. Aber sie wird nicht als notwendiges Übel empfunden, sondern als Großtat. Der zurückgekehrte Sendling erntet hohe Ehren, und der König scherzt mit ihm über die fünf Rachetotschläge, deren er sich zu berühmen hat (Fóstbr. 70, 14. 106, 19. 107, 1).

§ 31. Das Gegenstück dazu sind die Stellen, in denen das Schimpfliche, die Rache zu versitzen, zum Ausdruck kommt.

Snorri hat für seinen erschlagenen Hausgenossen Hauk eine wirkungslose Klage geführt und die Sache dann ruhen lassen. Ein Jahr darauf ist es Tischgespräch, daß Snorri keinesfalls der erste Mann der Landschaft sei; liege doch sein Hausgenosse Hauk unvergolten an seinem Hofzaun. Da Snorri diese Reden hört, organisiert er den Rachezug (Eyrb. 132, 10).

Auf einer Reise in Norwegen hat Thorleif kimbi beim Breikochen einen Schlag mit dem Quirl eingesteckt. Drei Jahre sind vergangen, da freit er um die Schwester Thórdh blígs; dieser aber sagt zu ihm: zuerst müssen die Grützennarben von deinem Halse weg sein, eh ich dir meine Schwester verheirate (Eyrb. 149, 13).

Der brave Thorstein will seinem alten blinden Vater keine Ungelegenheit machen und schweigt von dem Schlage, den ihm der Partner bei der Pferdehatz übergezogen hat. Aber der Vater selbst ist andrer Meinung: „ich wußte nicht, daß ich einen Feigling zum Sohn habe", sagt er seufzend zu Thorstein und zwingt ihn damit, sich die Rache zu holen (Thorst. stang. 77, 8).

Als Gudhrún ihren zwei Söhnen die blutigen Leinenkleider ihres vor Jahren erschlagenen Vaters vorgewiesen hat, da entgegnen sie, sie seien noch zu jung gewesen zur Rache. Aber die Nacht darauf können sie nicht schlafen, und auf die Frage eines Hausgenossen erklären sie, sie könnten ihre Kränkung und die Vorwürfe ihrer Mutter nicht länger ertragen: „wir wollen die Rache versuchen; wir haben jetzt das Alter, daß wir vielen Tadel von den Leuten hören müssen, wenn wir müßig bleiben“ (Laxd. 183, 2).

Ganz im Tone der Heldensage — man nehme die Gudhrún der eddischen Hamdhismál — ist die Mahnrede der Witwe Thorgerdh an ihre Söhne: „gar ungleich wurdet ihr euren edeln Vorfahren, daß ihr einen Bruder, wie Kjartan war, nicht rächen wollt! So hätte Egil nicht gehandelt, euer Muttervater! Schlimm ist es, ehrlose Söhne zu haben. Ich glaube wahrhaftig, es läge euch besser, die Töchter eures Vaters zu sein und euch verheiraten zu lassen!“ (Laxd. 165, 17).

Über den Goden Thorstein hat sein Gegner Thórhadd ehrabschneiderische Gerüchte verbreitet. Als einmal Thorsteins Bruder ihn lachen sieht, sagt er: „ich wundere mich, Bruder, daß du noch lachen kannst nach den Reden, die Thórhadd gegen dich geführt hat; du wirst dich nie rächen wollen, . . ich werde dich rächen müssen“. Thorstein sagt, es helfe nichts, noch mehr zu hetzen; er pflege keine Demütigungen einzustecken und brauche keinen Andern zur Rache. — Später trifft Thorstein mit Gefolge den Gegner an einem angeschwollenen Flusse; er warnt ihn vor der Durchquerung und gibt ihm ein paar rüstige Männer zur Hilfe mit. Denn, so sagt er zu den Seinigen, „an Wenigem ist mir so viel gelegen wie daran, Thórhadd heil über den Fluß zu bringen; denn ich denke ihm einen andern Tod zu als zu ertrinken“ (Thorst. Sídh. 228, 23).

§ 32. Da man nach altgermanischer Anschauung Raubtiere ächten konnte und die Begriffe der Heiligkeit und Unheiligkeit auch auf Tiere anwandte, befremdet es nicht, daß das Rachebedürfnis auch tierischen Totschlägern gegenüber rege war, und ein Geschichtchen der Landn. 86, 6 hat einen humorvollen Einschlag nur in der Form der Rache. Dem Odd, einem trägen Aschenbrödel, sind Vater und Bruder durch einen Eisbären getötet worden; er macht sich auf und erschlägt das Tier, schleppt es heim und verzehrt es: seinen Vater habe er gerochen, als er den Bären erschlug, seinen Bruder, indem er den Bären aufaß [1]).

Der Gedanke „wer den Vater rächt, beerbt ihn“ kommt in folgender Szene der Svarfd. zum Ausdruck (27, 97). Karl und

[1] Ein ähnliches Motiv ins Spaßhafte gewandt: Mork. 97, 14. 35.

seine drei Brüder, deren Vater ermordet worden ist, kommen zusammen, um das Erbe zu teilen. Karl läßt eine große Rindshaut ausbreiten und schüttet alles Gold und Silber darauf aus. Die drei Brüder teilen ab, aber Karl wirft alles durcheinander und geht schweigend weg. ... Endlich sagt er: „tut eins von beidem: behaltet die ganze Habe und rächt unsern Vater; oder ich will ihn rächen und die ganze Habe behalten und ihr sollt alle Verantwortung los sein" Sie wählen das zweite.

An einen Rechtssatz dieses Inhalts ist nicht zu denken. Man vergleiche den ebenfalls alleinstehenden Zug aus der fränkischen Zeit bei Brunner, DRg. 1, 328: „Es ist eine Anwendung römischer Rechtssätze auf eine germanische Rechtsanschauung, wenn uns in einer Quelle (den gesta Dagoberti) berichtet wird, daß die Söhne eines angeblichen Herzogs Sadregiselus gemäß römischem Rechte die väterliche Erbschaft einbüßten, weil sie es versäumt hatten, für die Tötung ihres Vaters Vergeltung zu suchen."

Anders liegt der Fall Reykd. 17, 8. 19, 76. Die zwei Söhne des erschlagenen Áskel teilen das Vatererbe: Thorstein übernimmt das Landgut, Skúta bekommt die fahrende Habe, „und er wurde dazu ersehen, ihren Vater zu rächen, wenn es ihm gelänge" (denn er steht außerhalb der Vergleichsgelübde, u. § 58). Nachdem er zwei der Gegner umgebracht hat, heißt es: „man strengte eine Klage an um diese beiden Männer, und Thorstein, Skútas Bruder, büßte sie mit seinem Gelde, wie in dem Vertrage zwischen den Brüdern abgemacht war."

§ 33. Verpönt oder bereut wird die Rache in unsern Sagas nur unter besonderen Bedingungen.

Namentlich dann, wenn sie den Bruch eines vorangegangenen Vergleiches in sich schließt[1]. Eyjólf trachtet dem durch Schiedsspruch geächteten Thorvardh nach dem Leben: er bringe es nicht über sich, seinen Bruder ohne Mannesrache zu lassen. Sein Freund „tadelte es, den Vergleich zu brechen", und hält den Unbeugsamen durch eine List zurück (Eyj. 28, 11).

Die plötzliche Tötung Geitis durch Bjarni „fand üble Nachrede und galt als unmännliches Werk"; Bjarni selbst in seinem Unmut verjagt die Stiefmutter, die ihn zu dem Vertragsbruch gereizt hatte (Vápnf. 57, 9).

Aus gleichem Grunde erklärt Bardhi die geplante Rache für Kjartan als mißliebig (Laxd. 166, 25).

[1] Vgl. u. § 58. 100.

In diesen beiden Fällen ist es zugleich Fehde gegen Verwandte. Dieser zweite Grund, die Scheu vor *ættvíg*, Sippentotschlag, wird gegen die Rache angeführt in der Laxd. 154, 9. 157, 26. 180, 6. 185, 15. 212, 25.

Von christlichen Bedenken gegen die Rache zeigen unsre Familiengeschichten einen Anflug nur an ein paar vereinzelten Stellen. Als Björn mit Thorstein Kuggason feierlich Freundschaft schließt, möchte er ausbedingen, daß der Überlebende für den Andern, falls er durch die Waffe umkäme, Rache übte. Thorstein erwidert: „was du da von der Rache sagst, wollen wir etwas anders wenden; denn jetzt (seit der Bekehrung) weiß man besser als früher, wie man handeln soll; und ich möchte dies ausbedingen, daß jeder von uns für die Tötung des Andern Selbsturteil erlange oder Ächtung und Geldbuße, und nicht gerade Blutrache; das ziemt Christenleuten besser“ (Bjarn. 61, 21). Ein solcher Pinselstrich kann natürlich sehr leicht durch irgend einen späteren Erzähler hereingeraten sein — umsomehr als die Saga unbeirrt fortfährt: „nun gaben sie sich die Hand darauf, daß jeder für den andern Rache nehmen oder Klage führen sollte, als wären sie leibliche Brüder“! Die Heidh. legt König Ólaf dem Dicken ein bedachtsames, gemischtes Urteil in den Mund über die große Rachefehde, die Bardhi auf Island ausgefochten hat. Der König erkennt die Tapferkeit an und das Zwingende in der lange ertragenen Kränkung: aber doch erblickt er etwas von Heidentum darin, wovon er sich ernstlich losgesagt habe. Daher will er die Isländer nicht in seiner Hofmannschaft aufnehmen, „aber doch will ich euer Freund sein,“ (Heidh. 105, 19).

Wie gut sich anderseits kirchliche Stimmungen mit warmer Begeisterung für die Vaterrache vertragen können, zeigt die fast legendenhafte Episode der Njála c. 106. Der blinde Ámundi hält dem Töter seines Vaters seine Pflicht vor Gott vor, ruft Gottes Entscheidung herbei, und wie nun durch ein Wunder seine Augen aufgetan werden, da spricht er: „gelobt sei der Herr! jetzt sehe ich, was sein Wille ist“, und treibt dem Andern die Axt in den Schädel. „Man kann dich dafür nicht schelten“, sagt sein Großvater Njál und bewirkt die Bußzahlung an die Verwandten des Erschlagenen.

§ 34. Die Rechtsbücher Islands kennen die erlaubte Rache in einem Umfange wie kein andres germanisches Recht. Gleichwohl beschränken sie diese Rache vor dem Urteil durch eine

Reihe eigenartig isländischer Vorschriften[1]. Totschlagsrecht (*vígt*), d. i. eben freie Rache, hat man nur innerhalb bestimmter Zeiträume, z. B. nur auf frischer Tat an Ort und Stelle oder nur bis zum nächsten Allding; ferner steht dieses Racherecht nur bestimmten Personen zu, z. B. nur dem Verletzten selbst oder seinen Begleitern oder dem der gekränkten Frau Verwandten; und es erliegen der gestatteten Rache nur der Täter selbst und unter Umständen seine mitschuldigen Genossen. Eine wirkliche „Fehde", wobei sich Sippe gegen Sippe oder Partei gegen Partei zu langwieriger Feindseligkeit zusammenschloß, war danach unstatthaft.

Die Missetaten, bei denen jene bedingt freie Rache eintrat, waren, wohlbemerkt, nicht nur solche, worauf strenge Acht stand, mit andern Worten nicht nur solche, die nach ergangenem Urteile den Täter der Verfolgung durch den Kläger preisgaben. Das *vígt* vor dem Urteile spannt weiter als das *vígt* nach dem Urteile[2]: was als Zugeständnis an die Unerträglichkeit der frischen Kränkung zu begreifen ist.

Diese bestimmten Beschränkungen der Rache sind den Sagas fremd. Auch vor Gericht wird nicht auf sie angespielt.

Ich kenne éine Ausnahme: Eyrb. 115, 19 ff. Snorri klagt gegen Arnkel wegen Tötung von Sklaven. Arnkel bringt zur Abwehr der Klage vor, daß die Sklaven ergriffen worden waren „mit entfachtem Feuer zur Hofverbrennung", somit als Brandstifter in flagranti. Snorri aber schlägt diesen Einspruch nieder mit der Erklärung, daß die Sklaven nur am Tatorte vogelfrei (*óhelgir*) waren, nicht aber an der etwas entfernten Stelle, wo Arnkel sie, am Morgen nach der Tat, hatte hängen lassen. Snorri würde den Prozeß gewinnen, wenn man nicht zu einem Vergleich umlenkte.

Daß gerade diese Rachebeschränkung von der Grágás nicht ausdrücklich erwähnt wird — sie sagt nur: „aber wenn sie das Feuer zur Brandstiftung geholt haben, fallen sie bußlos", ohne den Tatort zu verlangen (Grág. 1a, 185. 2, 378) —, hat keine tiefere Bedeutung. Eher darf man Gewicht darauf legen, daß

---

[1] V. Finsen, Grágás 3, 695 s. v. *vígt;* Wilda S. 160 f. 178; Maurer 5, 61 ff.

[2] Maurer 5, 67. 726 betont das Gegenteil, weil er auch die milde Acht als eine „Ausstoßung aus dem Friedensverbande" nimmt (sieh u. § 108). Fest steht doch jedenfalls, daß gegen den Landesverwiesenen, den *fjǫrbaugsmaðr* der Grágás, sobald er dem Urteile nachkam, kein Tötungsrecht mehr bestand. Wenn sich also das *vígt* der Grágás auf fjörbaugsfälle ausdehnt, so ist der Täter hier gefährdeter vor dem Urteile als nachher.

dieses einzige Sagabeispiel für formal beschränkte Rache Sklaven betrifft. Sklaven waren Besitzstücke, ihre Tötung war Schädigung fremden Eigentums. Rache im vollen Sinne wurde an Sklaven nicht genommen; man tat sie ab, um ihren Herrn zu treffen.

Die Rache unter Freien kennt in den Íslendinga sögur keine förmliche Beschränkung. Weder nach dem Zeitraum noch nach der Person.

§ 35. Nach dem Zeitraum.

Die handhafte Tat nimmt nirgends eine Sonderstellung ein. Die Rache nimmt sich beliebig Zeit. Wohl heißt es im Sprichwort: *blóðnætr eru bráðastar*, „die Blutnächte sind am hitzigsten" (Glúma 8, 42). Aber so viele, äußere und innere Umstände konnten das Rachewerk um Monate, Jahre, Jahrzehnte hinhalten.

Von den vielen Beispielen später Rache seien einige herausgegriffen.

Hrafnkel trägt bis ins siebente Jahr seine tiefe Demütigung und die Verjagung von seinem Godensitze. Oft kommt er mit seinem Feinde zusammen, ohne an das Geschehene zu rühren. Man glaubt, er bestätige das Sprichwort: „alt werden ist Memme werden" (*svá ergiz hverr, sem eldiz*) — bis eines schönen Tages die Rache wie ein Ungewitter in ihm losbricht (Hrafnk. 126, 20. 128, 21).

Thormódh, der Großneffe Gudhmunds des Mächtigen, war ein Jahr alt, als sein Vetter Kodhrán in einer Fehde erschlagen wurde. Als er später im Gefolge des norwegischen Königs steht, hört er einen aus der Schiffstruppe als „Hall Kodhránstöter" anrufen — er hat ihn nie mit Augen gesehen —, da stürzt er sich auf ihn und gibt ihm den Todeshieb (Heimskr. 3, 182, vgl. Eyj. 30, 95).

Besonders oft zieht sich die Vaterrache in die Länge. Broddhelgi ist bei seines Vaters Tode dreijährig; fünf Jahre später söhnt man sich mit dem Vertreter der gegnerischen Sippe aus, aber wiederum acht Jahre später befürchtet man von dem herangewachsenen Broddhelgi, das Rachebedürfnis könnte in ihm aufflammen, und der einstige Gegner hält es für geraten, mit seiner Familie aus der Nähe des jungen Goden weg, nach Norwegen überzusiedeln (Thorst. 17, 8). Vierzehn Jahre nach der Tat rächt der jugendliche Hrafn seinen Vater an dem Sohne des Nachbars Thorgrím, nachdem er all die Zeit mit den Hausgenossen nachbarlich verkehrt hat (Hrafns th. 106).

Der Töter Bollis ahnt schon, während er den blutigen Speer

an dem Kleide der schwangeren Witwe abwischt, „daß unter dieser Schürze mein Haupttöter sich birgt“. Und in der Tat will die Bewegung für diesen Totschlag gar nicht zur Ruhe kommen: zweimal, nachdem ein halbes Menschenalter und mehr ins Land gegangen ist, wirft sie ihre Wellen (Laxd. 171, 22. 179ff. 211ff.).

Es war nicht nur der äußere Zwang, der oft die Rache hinausschob: die späte, kalt überlegte Rache steht in besonderem Ansehen. *þræll einn þegar hefniz, en argr aldri!* lautet eines der schönsten Sprichwörter (ein stabender Doppelvers) aus Grettis Munde (Grett. 48, 3): „der Sklav nur nimmt sofort Rache, aber der Feigling niemals“. Also: der tapfere Freie nimmt zwar Rache, aber er weiß sie kalt werden zu lassen[1]. Man schätzte die ausdauernde Kraft, die es brauchte, um die Leidenschaft des Hasses und den Stich des verletzten Ehrgefühles gegen die Abstumpfungen des Zeitenlaufs zu behaupten.

Gudhmund der Mächtige sucht seinen alten Erzieher Einar Konálsson auf und erzählt ihm von den ehrenkränkenden Reden zweier Nachbarshäuptlinge. Einar sagt: „. . . ich bitte dich, setz deine Kraft ein, damit die Rache um so größer wird, je länger es dauert.“ Und Gudhmund: „darum brauchts kein Bitten; gerochen wird, seis nun früher oder später!“ (Ljósv. 13, 125).

Der junge Isländer Ögmund stammte mütterlicherseits aus vornehmer Familie, sein Vater war ein reicher Freigelassener. Ögmund wuchs auf bei seinem mütterlichen Verwandten, dem großen Häuptling Glúm. Auf einer Reise in Norwegen stößt er zusammen mit einem Günstling des Jarls Hákon und wird von ihm ohnmächtig geschlagen. Er liegt lange krank davon, auch trägt ihm die Sache einen höhnenden Spitznamen ein. Sein Ziehbruder Vigfús, der Sohn Glúms, der in des Jarls Hofdienste steht, dringt in ihn, Rache zu nehmen. Aber dazu will sich Ögmund nicht verstehn; er wolle es nicht verschulden, daß auch Vigfús den Zorn des Jarls auf sich lade. So fährt er denn rachelos nach Island zurück. Glúm hat das Geschehene erfahren und nimmt den Verwandten kühl auf. Während Ögmund rührig in der Wirt-

[1] Auffällig übereinstimmend sagt Servius, Comment. in Verg. Æn. 2, 644: nam scimus unumquemque pro generis qualitate in iram moveri: nobiles enim etsi ad praesens videntur ignoscere, tamen in posterum iram reservant. — Nur im allgemeinen berührt sich des Giraldus Bemerkung über die keltischen Walliser (Cambriae descriptio c. 17): . . damna sanguinis atque decoris acriter ulciscuntur; vindicis enim animi sunt et irae cruentae, nec solum novas et recentes iniurias, verum etiam veteres et antiquas velut instantes vindicare parati.

schaft zugreift und wohlgemut und selbstbewußt in die Händel der Nachbarn hereinredet, gönnt Glúm ihm kein Wort. Nach langer Zeit stellt er ihn zur Rede für seine schmähliche Fahrt; sich selbst und seinen Verwandten werde er zur ewigen Schande, da er sich nicht zu rächen wagte. Ögmund weist darauf hin, daß er auf Vigfús Rücksicht nahm. „Das hattest du nicht nötig, da er es selbst nicht wollte," sagt Glúm; „ich fände das Opfer nicht zu groß, wenn ihr beide tot wäret, und du hättest dafür deinen Stolz in der Rache bewährt. Nun ist es entweder so, daß du über das Maß der andern hinaus kraftvoll und standhaft bist: dann wirst du deine Mannhaftigkeit später beweisen; . . . oder aber du bist ganz und gar unnütz, und das Schlechtere behält die Oberhand, wie so oft bei Euersgleichen das unfreie Blut keine rechte Mannesehre aufkommen läßt. Ich will dich nicht länger bei mir haben." Ögmund siedelt zu seinem Vater über, und nach zwei Jahren schifft er sich nach Norwegen ein und holt seine Rache (Ögm. 332ff.).

§ 36. Auch nach den Personen ist die Rache in unsern Sagas frei von den rechtsförmlichen Schranken, die das Rechtsbuch zieht (o. § 34). Nicht nur Täter und Verletzter nebst den Teilnehmern und dem nächsten Erben sind das handelnde und leidende Personal der Rache. Es rächt sich — oder kann sich rächen — die Partei an der Partei. Es blüht die dem Gesichtskreis der Grágás mangelnde Fehde.

Völlig unbeteiligte Verwandte des Täters werden von den Rächern angegriffen. „Das soll der und jener aus deiner Familie oder Sippschaft zu spüren bekommen!" droht Illugi, da ihm Önund die Buße für den Sohn weigert, und ein paar Monate darauf überfällt er Önunds Hof und hält sich an die zwei zufälligen Vettern, deren er habhaft wird. Dem fügt Illugis Sohn später die Spießung eines weiteren Önundverwandten zu (Gunnl. 272f.).

Thórdh war im Auslande, während sein Vater mithalf bei der Ausrottung des Hördh und seiner Ächterbande; als er zurück ist, reizt Hördhs Witwe ihren Sohn gegen ihn an: „in ihm hast du eine lohnende Rache — sein Vater war der schlimmste Widersacher deines Vaters!" (Hardh. 111).

Hrafnkels lang verhaltene Rache entlädt sich zuerst über Eyvind, den unschuldigen Bruder seines Feindes. Eyvind allerdings sagt, da er die Verfolger hinter sich sieht: „ich habe von Hrafnkel nichts zu befürchten, ich hab ihm nichts zuleid getan."

Aber für Hrafnkel bedarf der Angriff keines Wortes der Erklärung, wie er auch nachher eine Buße für Eyvind als verwirkt bezeichnet durch die früheren Übeltaten des Bruders (Hrafnk. 130, 11. 132, 6. 135, 3).

Auch in der Vall. c. 5 wirft sich der Rachedurst auf den aus der Fremde heimkehrenden Bruder des Schuldigen. Der eine aus der verletzten Partei, Björn, wendet zwar ein: „der Mann ist schuldlos und war nie in die Händel hierzulande verwickelt. Ja, wenn es Hrólf wäre!" Aber damit erntet er heftige Schmähung seiner Feigheit. Und obwohl auch sein Oheim den Schritt mißbilligt, zieht Björn mit gegen den Ankömmling und ist der vorderste beim Angriff.

Als die Erschlagung Einars durch Thorstein bekannt wird und der Schwager des Toten, Thorgils, die Verfolgung aufnimmt, da versteht es sich für beide Teile von selbst, daß Thorsteins zwei Brüder dem Rächer nicht in den Weg kommen dürfen. Und wie nun diese zwei Brüder und Thorgils sich gegenseitig den Tod gegeben haben, da betrachten Thorgils Verwandte den Thorstein, der sich nie an einem der Ihrigen vergangen, vielmehr durch den rächenden Thorgils seine zwei Brüder verloren hat, als ihren Feind. Und Thorstein selbst teilt dieses Gefühl und sucht bei dem Vater des Thorgils die Versöhnung nach (Thorst. 12 ff., vgl. u. § 115).

Der alte Hávardh mit Gefolge erschlägt zur Rache für seinen Sohn Ólaf zuerst die beiden Schuldigen, Thorbjörn und Vakr, nebst ihren Begleitern. Dann geht es alsbald weiter gegen den Hof von Thorbjörns Bruder: „man hätte keine üble Rache an einem Manne wie ihm, wenn es sich machte!" Später bei der Verrechnung kommt die Tötung dieses unbeteiligten Bruders gegen die Tötung Ólafs zu stehn (Háv. 27 ff.).

Statt des Verwandten kann man auch einen Ziehbruder des Gegners für den Rachestreich ausersehen (Gullth. 22, 5).

Wo Sippe mit Sippe im Hader liegt, da lautet etwa der Auftrag an den heimlich ausgeschickten Knecht: erschlag irgend einen von den Breitbüchtlern, den Björn oder den Thórdh oder den Arnbjörn, auf irgendeine Weise! (Eyrb. 154, 11)[1]. Oder es gilt der Grundsatz: erjagst du den eigentlichen Gegner nicht, so nimm einen der Seinen, einen Ersatzmann! (Vatsd. 62, 6. 63, 27. Reykd. 13, 46). Da Thorgeir den Ásgrím, dem er in König Haralds Auftrag nach dem Leben steht, in Norwegen nirgends

[1] Ein ähnlicher Fall Sturl. 1, 25, 26.

findet, „so fuhr er nach Island und nahm sich vor, den Ásmund (Ásgríms Bruder) zu erschlagen“ (Landn. 78, 13).

Gudhrún und Snorri überlegen umständlich, welche aus der Zahl der Gegner passende Racheobjekte wären; „irgendeiner soll dafür büßen, wohne er nun in dem oder jenem Tale“. Dabei fragt man hauptsächlich nach der Vornehmheit und Gefährlichkeit des Betreffenden, erst in zweiter Linie nach seiner Schuld (Laxd. 180f.).

Die Bemerkung daß ein — niedrig geborener — Gegner kein rechter Gegenwert sei für den Getöteten, auch Vatnsd. 37, 31. 40, 27; so wie der alte Hávardh einem totschlagslustigen Begleiter erwidert: lassen wir die Sklaven am Leben! Mein Sohn ist nicht besser gerochen, wenn wir Sklaven umbringen (Háv. 29; vgl. Fóstbr. 36, 7). Steingrím hat den Plebejer Thorgeir, der sich an ihm vergriff, sofort erschlagen (sieh u. § 127); aber zwei Jahre später mahnt ihn sein Großknecht, die Rache nicht zu vergessen; als Steingrím meint, mehr als das Leben könne doch Thorgeir nicht zahlen, hält ihm der andere die vornehmen Hintermänner des Toten vor (Reykd. 13, 6).

Dagegen finde ich es in unsern Erzählungen nirgends auf den Gedanken zugespitzt, den König Hákon in der Einleitung zum Frostathingsgesetz bekämpft: man wählt zur Rache womöglich den Besten (Vornehmsten, Angesehensten) der gegnerischen Sippe [1].

§ 37. Anderseits die Gehilfen der Rache.

Wie der Alleinstehende, auf dessen Schultern die Vaterrache liegt, vor allen Dingen sich einer schlagkräftigen Sippe angliedern muß und darum zunächst einmal auf Freiersfüßen geht; wie dann die Partei sich formiert, wie auf beiden Seiten, als verstände sich das von selbst, die Sippenhäupter die Führung übernehmen, obwohl sie der Übeltat fern standen und von der gerichtlichen Klage gar nicht berührt werden: davon gibt die Hœns. 14ff. den wahrhaft paradigmatischen Bericht.

Wer ein *eptirmál* zu führen übernommen hat, der wirbt an, so viele ihm nötig scheinen oder so viele er zusammenbringen kann. Dies gehört zum Bilde der isländischen Fehde. Das *safna liði*, das „Sammeln von Hilfskräften“, das *fjǫlmenna*, das „Scharen von Mannschaft“, ist einer der immer wiederkehrenden Züge.

Bisweilen rafft man nur einige waffentüchtige Freunde oder Dingleute oder Nachbarn zusammen. So macht sich der Gode

[1] NgL. 1, 123; s. Wilda S. 174.

Helgi selbachtzehnt an die Verfolgung seines Namensvetters (Dropl. 159, 21. 161, 8); ebensoviele bringt Hrafnkel in der Eile zusammen (Hrafnk. 129, 21); Gudhmund hat 20 Mann beim Überfall auf Thorkel hák (Ljósv. 19, 1). In dem Bödhvarsdalkampfe stehn 15 gegen 18 (Vápnf. 64, 18. 14); in dem Gefechte Vatsd. 47, 23 25 gegen 13. Auch die lange vorbereitete Werbung Bardhis beschränkt sich auf eine Kerntruppe von 18 Mann (Heidh. 65 f.).

Andre Male liefert schon die Nachbarschaft höhere Zahlen: Vatsd. 56, 17 stoßen die 30 Angreifer auf 60 Seetäler[1]. Das größte Gefecht der Eyrb., 160, 5, zählt 60 gegen 80 Mann, desgleichen das Treffen der Glúma 11, 60. Die Reykd. nennt zweimal Gefolgschaften von 240 Mann (24, 53. 29, 7).

Aber mitunter wirbt man die Hilfskräfte aus größeren Bezirken. Genaue Angaben, wie die Täler im Weissachland von den drei verbündeten Führern ausgehoben werden, bringt die Hœns. 19, 19. Man wendet sich sogar an Häuptlinge eines fremden Landesviertels: Ljósv. 10, 8. Eyj. 25, 25. 45; namentlich aber die breite Schilderung Njála c. 134. 138 ff. Dabei kommen ansehnlichere Massen zusammen; in der Hœns. 240 gegen 480, später 360 gegen eine Übermacht: in der Eyj. vereinigen sich mit Eyjólfs 360 Nordländern 240 Westländer unter Gelli. Die Njála nennt keine Zahlen. Daß diese Scharen zunächst zur Dingfahrt geworben werden, doch in der Erwartung eines möglichen Kampfes, liegt im Wesen des altisländischen Fehdeganges.

Die Zahl der Toten bleibt in bescheidenen Grenzen: auch in den berühmten Gefechten hält sie sich meistens unter 10, in den Heiðarvíg erreicht sie 8 + 3. Die 12 + 6 Toten in dem Kampf zwischen Hrafnkel und Eyvind und die hohen Zahlen Gullth. 35 f. 40 f., Thórdh. 38. 41. 50 f., Eyj. 32, 24 nehmen sich danach wie Übertreibungen aus.

So wächst die Rache über den Gegenschlag des Betroffenen hinaus zum Sippen- und Parteikampfe und weiter zur Bezirksfehde, ja — in der Njála — zu einem Waffengange aller führenden Häuptlinge der Insel. Wo der Streit zwischen Dutzenden oder Hunderten mit der Verrechnung der beidseitigen Verluste endet (u. § 57), da zeigt sich in grellem Lichte, wie der Einzelne sich dem Zwiste des Täters und des Klägers aufopfert und die Ansprüche seines Hauses in der kopfreichen Partei begräbt.

---

[1] 56, 27 gewiß LX zu lesen für IX!

§ 38. Wir sahen, wie hoch die Sagazeit die Rache wertet und wie sie nichts weiß von der gesetzlichen Einengung der „erlaubten“ Rache. Eine andere Frage ist die: wieweit erhob die Rachetat auch vor der Gegenpartei, bei Gerichts- oder Vergleichsverhandlungen, den Anspruch, als erlaubt, als nicht strafbar zu gelten?

Wir treffen hier bunte Zustände. Es ist eine der Stellen, wo sich besonders deutlich zeigt, wie wenig diese Sagawelt von rechtwinkliger juristischer Logik beherrscht wird. Durch die Verbrechensfolgen der isländischen Saga zieht sich der Widerspruch: beim eigentlichen Gerichtsverfahren formale Gebundenheit; ein falsch gewählter Geschworener, eine versäumte Zeugenaufrufung bricht der ganzen Klage den Hals; — und außerhalb dieser umzirkelten Reden und Akte ein freies Abwägen von Fall zu Fall, menschlich-okkasionell, wobei neben der Rechtsfrage immer die Machtfrage und der „Wert“ der Personen mitspricht.

Es gibt einerseits Rachetotschläge, die ohne weitere Förmlichkeit ungebüßt bleiben[1]:

z. B. Hardh. 1 (110) 117. Hœns. 23, 4. Gunnl. 273. 274. Eyrb. (120, 14) 131, 5. Gullth. 31, 8 (36, 22. 42, 2). Gísl. 77, 4. Korm. 33, 20. Reykd. 12, 87. Hrafnk. 135, 3.

Es befinden sich darunter Fälle aller Art, solche mit handhafter Tat und späte Rachen. Etwas besonderes liegt an diesen bußlosen Racheakten nicht: sie stellen sich neben die sonstigen Totschläge und Verletzungen, die aus irgend einem Grunde ungeahndet blieben.

Auf der andern Seite stehn die Rachetotschläge, die mit Buße oder Ächtung vergolten werden. Nachdem Bollis Rächer den Helgi erschlagen haben, erlegen sie seinen Söhnen und anderen Verwandten, auf schiedlichem Wege, anständige Buße (Laxd. 201, 6). Skúta tötet zwei Männer „zur Rache für seinen Vater“; „und es wurde Klage eingeleitet für diese beiden Männer“, und Skútas Bruder trägt die Buße (Reykd. 19, 71). Die Brüder Helgi und Grím haben eine Beschimpfung ihrer Mutter an einem Freigelassenen gerochen. Ihr Vetter Thorkel bewirkt dann einen Vergleich mit dem einstigen Herrn des Getöteten und „entrichtet Geld dafür“ — allerdings zur Unzufriedenheit des jungen Helgi (u. § 123). Gísli wird zum Waldgang verurteilt, weil er die Blutrache für seinen

[1] An den eingeklammerten Stellen kann man an zufälliges Verschweigen der Buße denken.

Schwager und Schwurbruder vollzogen hat (Gísl. 53, 10). Ebenfalls die strenge Acht trifft den Thóri, der seinen Verwandten Gaut an dessen Töter Thorgeir gerochen hat (Fóstbr, 78, 14).

Vergleichbar ist der Fall Eyrb. 157, 18: die von der Breitbucht erlegen freiwillig die gesetzliche Knechtsbuße nach der Hinrichtung des Sklaven Egil, der seinen meuchelmörderischen Anschlag auf sie eingestanden hat. (Sieh auch Flóam. 160, 8.)

§ 39. Drittens gibt es die förmliche Abwälzung der Buße für den Rachetotschlag, die sogen. „Klage gegen den toten Mann" und was daran angrenzt. Wir handeln in § 70 ff. eingehender davon. Das Wesentliche für die Würdigung des Rachegedankens ist dies: in einigen Dutzend Fällen erklärt der Rächer, daß sein Opfer „unheilig", d. i. unbüßbar, gefallen ist; daß es durch seinen Angriff oder sonstige Taten und Worte ein Recht auf Vergeltung verscherzt hatte.

Nach diesem alten, bei den Germanen weitverbreiteten Brauche tritt also eine eigne, rechtsförmliche Handlung ein, um die Rache straf- und bußlos zu machen. Diese Art der „erlaubten" Rache steht in der Mitte zwischen der formlos ungebüßt bleibenden Rachetat und der mit Geld oder Acht geahndeten. Aber die Stufen werden noch zahlreicher, die logischen Grenzen noch verwischter!

Nicht immer hat das Absprechen der Heiligkeit den Erfolg, den Rächer zu entlasten. Die Umstände können so liegen, der Gegner kann so mächtig oder so eigenwillig sein, daß dieser rechtsförmliche Schachzug des Beklagten um die Wirkung kommt. Mag sein, daß unsre Sagas das *óhelga* im ganzen nur da erwähnen, wo es Bedeutung gewann; obwohl die verschwindende Seltenheit unsres Rechtsbrauches in der Sturlungasammlung gegen die Annahme spricht, das wirkliche Fehdeleben sei ganz erfüllt gewesen von Klagen gegen den toten Mann!

Auch der Rächer selbst konnte sich hinwegsetzen über die eigne Legitimierung seiner Rachetat. Der folgende Hergang der Bjarn. 45, 1 klingt sehr echt — jedenfalls nicht nach der Graugans erdichtet! Björn hat den Attentäter Thorstein Kálfsson erschlagen und danach vor Zeugen als unheilig erklärt. Dann aber reitet er zu Thorsteins Vater „und bot ihm Buße für seinen Sohn, nicht deshalb weil es verdient wäre", sondern wegen ihrer freund- und nachbarschaftlichen Beziehungen, und weil Björn weiß, daß Thorstein im Auftrage eines Mächtigeren vorging[1].

[1] Ein ganz unförmlicher Fall Fóstbr. 18, 16: die Fürsprecherin der beiden

Aber es gibt nicht bloß wirksames oder unwirksames *óhelga*. Vor allem kennzeichnet unsre Denkmäler eine Erscheinung, die den Rechtsbüchern begreiflicherweise fremd ist: die partielle oder halbe Unheiligkeit, und was damit oft Hand in Hand geht: die mangelhafte Berücksichtigung der Notwehr.

Nachdem Thorstein Kuggason mit Björn Freundschaft geschlossen hat, redet er ihm zu: „obgleich du unbüßbare Männer (*ógilda menn*) gefällt hast und nicht eigentlich gegen das Gesetz (*eigi fjarri lǫgum*)“, mußt du doch entgegenkommen und für Jeden einige Buße entrichten, wenn auch weniger, als die Gegner verlangen. Den Rest wolle er, Thorstein, darauf legen. Björn ists zufrieden (Bjarn. 58, 27).

Der Kläger Gudhmund der Mächtige sagt: „ich will es hoch in Anrechnung bringen, daß der Erschlagene — sein Verwandter — durch seine Spottreden seine Heiligkeit verscherzt hatte (*hafði mælt sér til óhelgi*)“. Nach abstraktem Rechte könnte dieses Zugeständnis nur die Klage aufheben; bei Gudhmund führt es zu einer ermäßigten Forderung (Vatsd. 74, 23).

Atli und Grím haben in Gegenwehr die angreifenden zwei Thórissöhne samt zweien ihrer Knechte erschlagen und dann die Klage *til óhelgi* erhoben. Der Schiedsspruch geht dahin: für die Thórissöhne halbe Bußen, „die andre Hälfte fiel nieder für den Angriff und Überfall und Mordplan gegen Atli“. Auch die zwei Knechte kompensieren einen früher erschlagenen Knecht des Atli (Grett. 160, 12).

Mit ganz ähnlichem Wortlaut Njála 149, 9 bei dem Vergleiche Gunnars mit Thorgeir und Genossen. Wenn der, für dessen Tötung man keine Buße schuldet, ein *óbótamaðr* heißt, so könnte man in Fällen wie den letztgenannten von *hálfbótamenn*, „Halbbußmännern“ reden!

Noch auffälliger bei Gunnars letztem Prozeß, Njála 163 f. Gunnar und sein Bruder sind von Vierundzwanzig überfallen worden und haben in heldenhafter Gegenwehr eine größere Zahl niedergemacht. Der Klage auf dem Allding hält man den Einspruch entgegen, daß die Angreifer mit der Absicht hinzogen, Gunnar zu überwältigen, wenn sie könnten. Dies bewirkt den Übergang zu einem Vergleiche, und der lautet für Gunnar und seinen Bruder

---

Schwurbrüder, die durch sie von den zwei räuberischen Nachbaren befreit worden ist, sagt zu dem Goden: nicht als ob die zwei Erschlagenen Buße verdient hätten; aber um dich zu ehren, geb ich dir hier drei Hunderte Silbers als Friedenspreis für die Schwurbrüder.

auf Zahlung einer ungeheuern Geldbuße und auf dreijährige Landesverweisung! Gunnar hatte dergleichen schon geahnt; denn nach dem Kampfe schlug er es ab, die Fliehenden zu verfolgen: „die Geldbeutel werden sich schon leeren, bis die hier Liegenden gebüßt sind!"

Ein andrer Fall, Eyj. c. 24. Die Männer vom Lautersee sind die entschiedenen Angreifer; sie überfallen mit Übermacht den Häuptling Eyjólf, der zwar eine Klage gegen sie in petto hat, aber bisher keine Gewalt gegen sie brauchte. Dennoch werden die Totschläge und Wunden in diesem Kampfe gegen einander verrechnet (27, 129). Allerdings wird der Angriff selbst gleichgesetzt dem Falle des einen Angreifers, so daß dieser ungebüßt bleibt; auch werden fünf Angreifer des Landes verwiesen, einer lebenslänglich. Aber kein Gedanke daran, daß die Angreifer ipso facto unheilig geworden wären!

Boll. 252, 21. Bolli ist überfallen worden, er befand sich in reiner Notwehr. Viere hat er erschlagen; davon wird einer, der böse Urheber, unheilig erklärt, die drei andern muß Bolli büßen, und seine Wunde verrechnet man al pari gegen die eines Angreifers. Für den Mordplan setzt man eine Mannesbuße an. Danach hätte Bolli zwei Mannesbußen zu erlegen, und seine Wunde bleibt ihm unvergolten. Und für diesen Schiedsspruch ist er dem Valla-Ljót dankbar!

Thórdh. 54. Eidh verfügt in seinem Schiedsspruch: sein Ziehvater Thórdh soll den erschlagenen Özur mit zwei Hunderten Silbers büßen, das dritte Hundert soll niederfallen, weil Özur wiederholt dem Thórdh nach dem Leben stellte. Auch bei seiner Erschlagung, wohlbemerkt, hatte Özur dem Andern aufgelauert. — Die juristische Logik würde sagen: entweder war Özur als rächender Vetter Orms berechtigt zum Einschreiten gegen den Totschläger Thórdh: dann hat ihn Thórd vollständig zu büßen; oder Özurs Angriffe waren unberechtigt, Thórdh war in gerechter Notwehr: dann trifft ihn für den Unheiligen keine Buße. Für das Rechtsgefühl unseres Erzählers gibt es den Mittelweg.

Reykd. c. 14. Vémund selbzehnt raubt eine Braut (die er einem seiner Verwandten zudenkt) von der Hochzeit weg; die Andern verfolgen sie mit 20 Mann; es kommt zum Kampf: drei Tote bei Vémund, zwei bei den Andern. Nachdem die Braut zurückgeführt ist, schreiten die zwei gerechten Parteihäupter zum Vergleiche: die beidseitigen Totschläge werden gegeneinander verrechnet, der überschüssige auf Seiten der Räuber „soll den Überfall und Raub ausgleichen".

Weitere Beispiele für das Verfahren: die bösliche Absicht und die Gewalttat werden zwar zuungunsten der Angreifer in Rechnung gestellt, aber auch die Totschläge der Angegriffenen bilden Posten in der Bilanz, umsonst üben sie ihre Notwehr nicht: Gullth. 38, 23. Vall. 7, 10. Reykd. 16, 151. 18, 150.

§ 40. Die Isländergeschichten wecken oft den Eindruck, daß es diesen germanischen Köpfen ähnliche Schwierigkeit machte, die Notwehr seelisch frei zu würdigen, wie die absichtslose Missetat. So selbstverständlich es erschien, daß jeder, der seine Glieder rühren konnte, sich zur Wehr setzte, und zwar gründlich, bis zur Vernichtung des Gegners: so wenig dieses festeste Bollwerk der Rache von christlicher Theorie ins Wanken gebracht wurde: die Folgerung, daß Notwehr straflos bleibe, hat man nicht mit klarem Bewußtsein, nicht immer und überall gezogen. Die rechnerische Vorstellung, daß ein Erschlagener eine bestimmte Mannesbuße darstelle oder allenfalls auch eine Ächtung erheische, stand dem ethisch gebilligten Triebe der Augenblicksrache gegenüber und ging wechselnde Mischungen mit ihm ein. Es ist eine der Stellen des altisländischen Seelenlebens, die wir am schwersten bis auf den Grund nachempfinden können.

Ich überblicke nicht, wieweit bei anderen Germanen des Mittelalters die Notwehr, in Praxis oder Theorie, ähnlich schwankend gewertet wurde. Bei den Friesen bestand „Bußpflicht auch für die in Notwehr begangenen Handlungen ... Völlige Straflosigkeit wird nur von solchen Quellen anerkannt, die unter fremden Einflüssen stehn" (His, Das Strafrecht der Friesen S. 74). Man sehe noch die Unterscheidungen in Rechtsquellen der fränkischen Zeit bei Brunner, DRg. 2, 630 ff. Zu den bußlosen Tötungen gehörte nach S. 632 „die in eigentlicher Notwehr verübte", vorausgesetzt daß die rechtlich erforderten Leistungen, Verklarung usw., erfüllt wurden. Einen „Exzeß der Notwehr", eine „Tötung se defendendo" (S. 631) finde ich in unsern Geschichten höchstens vereinzelt unterschieden von der unmittelbaren Selbstverteidigung am Orte des Überfalles. Ein Beispiel der Art ist wohl Gullth. 19. Hall an der Spitze von Zwanzig greift den Thóri und seine Leute an; er durchbohrt einen vornehmen jungen Mann, Thórarin, und verliert selbst fünf Leute. Dann sehen sie, daß Thóri Zuzug erhält, werfen sich auf ihre Pferde und sprengen davon. Thóri, bei dem sich an die Vierzig zusammengefunden haben, besteigt mit diesen ein Schiff, rudert über die Föhrde und holt Hall drüben ein. Neuer Kampf;

Thóri fällt einen Gegner. Dann trägt Hall einem Häuptling auf Thóris Seite den Schiedsspruch an. Hall hat Buße zu zahlen für Thórarin; seine fünf beim ersten Kampfe Gefallenen „sollten für den Überfall zu stehn kommen"; dagegen den im zweiten Kampfe Getöteten hat Thóri mit einem Grundstück zu büßen. Den Vorschriften der Graugans über das *vígt* (o. § 34) entspricht dieses Verfahren nicht.

Dies ist bei der Frage, wie das Erlaubte und das Bußfällige sich abgrenzen, immer zu bedenken: nicht allzu häufig in den Sagahändeln liegt es so klar am Tage, wer den Streit anfängt und wer den Gegenzug, Notwehr und Rache, übt. Denn in den meisten Geschichten finden sich die Fehdeketten: nach einem Waffenstillstand, einem mißmutig getragenen Vergleiche fällt immer wieder einmal ein Schlag von hüben und von drüben. Alte und junge Rachekeime wachsen nebeneinander. Man nehme etwa die gliederreichen Fehden der Gullth., der Svarfd., der Vall., der Vápnf., der ersten Hälfte der Heidh.; oder eine nicht endenwollende Folge von Schlag und Gegenschlag wie in der Skizze der Landn. c. 307 Seite 107 f. Ja auch innerhalb éines Kampfes kann die Rolle des Angreifers und des Rächers mehrmals zwischen den zwei Parteien hin und her gehn, z. B. Gunn. 200, 23. Wie wäre es bei solchen Zuständen noch zu entwirren, wo ein „grundloser Angriff" und wo ein herausgeforderter statthat, wo eine notwendige Rache, wo ein unbüßbarer Todschlag?

§ 41. An das besprochene Bußloserklären *(óhelga)* knüpfe ich noch eine Betrachtung an.

Man hat aus dieser Einrichtung gefolgert: der Täter verliert durch die Tat selbst den Schutz der Gesamtheit; es ist nur ein förmliches Feststellen dieser Tatsache, wenn der Rächer ihn unheilig nennt. — Das kann man insofern gelten lassen, als das staatliche Gericht, das Organ dieser schützenden Gesamtheit, für den als unheilig Erwiesenen keine Strafe erkannte, — immer vorausgesetzt, daß es dem Rächer gelang, die Unheiligkeitsklage zu seinen Gunsten auf dem Dinge durchzuführen. Aber man darf mit Bestimmtheit einwenden: ein Sagaisländer hätte die Beziehung zwischen Missetat und Missetatsfolgen nicht so empfunden. Der „Schutz der Gesamtheit" — das bestand kaum in seiner Phantasie. Nur das Gegenteil, die Aufhebung dieses Schutzes, also der Zustand des Waldmannes, dies war eine vorstellbare, fast greifbare Größe. Aber dieser Zustand trat ja nicht durch die Missetat ein.

Hatte Thorstein den Björn erschlagen, so sagte er sich, daß er jetzt vor Björns Verwandten und Freunden und Hausgenossen und Pächtern auf der Hut sein müsse; daß er jetzt in Björns Partei seine gegebenen Feinde habe: mit der Gesamtheit fühlte er sich nicht überworfen.

Noch weniger — ich spreche hier nur von den altisländischen Zuständen — trifft die Folgerung zu: durch die Tat selbst entsteht Friedlosigkeit vor dem Urteil; die „erlaubte“ Rache ist somit einfach ein Vorwegnehmen dér Befugnis, die das Ächtungsurteil zuerkennen würde[1].

Dieses Vorwegnehmen des Urteils ist eine Spitzfindigkeit, die in keines alten Isländers Hirn eingegangen wäre. Die Rache, dieses Urphänomen, auf einem so frostigen Umwege zu verstehn, dafür hätte er keinen Sinn gehabt. Also zu den Rechtsgedanken der Sagazeit konnte dies nicht gehören.

Außerdem aber: die „Friedlosigkeit“, der Zustand, der den Täter offiziell der Rache preisgibt, ist eine bestimmt umschriebene Erscheinung; es ist die strenge Acht: sie tritt in den Sagas (da die besondere Form der Ungehorsamsacht hier nicht in Frage steht) immer erst durch Gerichtsurteil ein. Es konnte Einer zwölf Totschläge auf dem Kerbholz haben und wurde doch sein Leben lang nicht friedlos, falls die Gegner aus irgend einem Grunde das gerichtliche Achturteil gegen ihn nicht durchsetzten. Und diese Friedlosigkeit betrifft das Verhältnis des Täters zur Gesamtheit; sie macht den Ächter unheilig nicht nur einer Person oder einer Partei gegenüber. Die „Klage auf Unheiligkeit“ aber, nach den Sagas beurteilt, ist der Klage auf Waldgang nicht gleichzustellen (s. u. § 74 f.); sie will nicht eine Ächtung bewirken, deren einer Akt, die Tötung des Gegners, schon vorweg genommen ist. Sie ist zusammenzuhalten mit den sonstigen, nicht klagenden Unheiligkeitserklärungen, und der gemeinsame Gedanke ist der: der Rächer nimmt, durch ein mehr oder minder förmliches Vorgehn, für sich selbst die Indemnität in Anspruch.

Die These, daß die Rache deshalb geübt wird und „erlaubt“ ist, weil der Verletzer sich durch seine Tat unheilig gemacht und den Schutz der Gemeinde verloren hat, ist auch für die genetische Betrachtung bedenklich. Die Rache des Menschen reicht tief in seine vormenschliche Entwicklung zurück. Auch das Wohlgefallen

---

[1] Vgl. Wilda S. 164; Maurer 5, 59. 723. 726. — Mit dem Folgenden berühren sich die treffenden, durch die isländischen Sagas bestätigten Sätze Roethes, Zum ältesten Strafrecht S. 63.

an der Rache, ihre Billigung durch die Angehörigen, ist gewiß schon einer Zeit zuzuschreiben, die der menschlichen Kultur vorausliegt. Jahrzehntausende später ist aus der Horde ein Staat geworden, der Gerichtsversammlungen abhält und über berechtigtes und unberechtigtes Einschreiten verhandeln läßt. Jetzt tritt der Begriff der von Gemeinde wegen erlaubten Rache hinzu zu der uralten Praxis der geübten und gebilligten Rache. Wieweit aber diese neuere Vorstellung in das Denken der Menschen eingedrungen ist und ihre Wertung der Rache bestimmt, das wäre für jeden Kulturkreis erst zu untersuchen, da wo uns Quellen von ausreichender Intimität zu Gebote stehn. Für die isländische Sagazeit, die solche Quellen besitzt, dürfen wir die Frage dahin beantworten, daß die Rache wesentlich noch in ihrer vorstaatlichen, elementaren Notwendigkeit empfunden wird; daß die Unheiligkeit des Schuldigen und damit die Bußlosigkeit der eignen Gegenwehr als eine Zugabe zur Rache, nicht als ihr Kern im Bewußtsein lebt.

Sechstes Kapitel.

Der Vergleich.

§ 42. Der Wortgebrauch. Für das Vergleichswesen stehn die zwei Wortfamilien unbedingt im Vordergrunde, die von *sáttr* und die von *gøra*.

sáttr „verglichen, versöhnt", aus germ. **sanhtaz* (oder **gasanhtaz*), ist lautlich gleich dem lat. *sanctus*; Grundbedeutung „durch Vertrag geschützt, unverletzlich gemacht". Danach ist es eine jüngere Bedeutungsschattierung, wenn *sáttr* in den Rechtsbüchern auch bei dén Vergleichen gebraucht wird, die der einen Partei strenge Acht auferlegen (Maurer 5, 688 ff.): das Moment der Versöhntheit, Unverletzlichkeit ist dann zurückgetreten und nur die Vorstellung des Vertrages (im Gegensatz zum Gerichtsurteil oder auch zur formlosen Fehde) geblieben.

Zu *sáttr* das Subst. *sætt*, *sátt* (älter *sǫtt*) „Vergleich, schiedlicher Vertrag, Versöhnung" (aus germ. **sanhtiz* oder **gasanhtiz*), am öftesten pluralisch gebraucht, *sættir*, *sáttir*; auch für den Inhalt des Vertrages: „Schiedsspruch; verhängte Buße"; das vb. *sætta* mit Akk. „Vergleich stiften zwischen, versöhnen", refl. *sættaz* „sich vertragen".

Der gemeinnordische Stamm ist auch im Altenglischen vertreten (*séht* mit Ableitungen), offenbar nicht als skandinavisches Lehnwort. Dagegen sind fernzuhalten aus Bedeutungsgründen die beiden gotischen *saht-* in *gasahts* „Tadel" u. Gen. (zu *sakan* „verfolgen, beschuldigen") und *insahts* „Erklärung", *frisahts* „Beispiel" (zu germ. **sagēn* „erzählen, kundtun, sagen").

sátt- tritt in echten und unechten Kompp. auf, z. B. *sáttmál* „Vergleichsvorschlag, -verhandlung", *sáttvænlegt* „was einen schiedlichen Abschluß erhoffen läßt"; *sáttarfundr* s. u. § 51; *jafnsætti* § 45; — *gøra e-n alsáttum sáttan við e-n* (Njála 398, 11) wörtlich „jem. durch Vollvergleich mit jem. vergleichen".

gøra (älter *gørva*, jünger *gera*) ist das gemeinnordische Zeitwort für „facere", der Ersatz der westgermanischen *machen* und *tun;* germ. **garwjan* (= deutschem *gerben*), Grundbedeutung „zurüsten, herstellen, bereiten". Als Rechtsausdruck bedeutet *gøra* „den Schiedsspruch fällen, schlichten (*um mál*, in einer Sache), schiedlich verhängen, auferlegen, bestimmen (mit Objekt der Strafe)". Man könnte diese Bedeutung an den Grundsinn anschließen mittelst einer Übergangsstufe „zurechtmachen, -legen": der Schlichter legt den Parteien die Bedingungen, die Strafen zurecht. Wahrscheinlicher aber ist — woran auch Maurer 5, 677 zu denken scheint —, daß aus einem *gøra sætt* „den Vergleich herstellen" das selbständige *gøra* „schlichten, verhängen" ausgelöst wurde, wie auch das Subst. *gørð* aus dem häufigen zusammengesetzten *sættargørð*. Dieses *gørð* (jünger *gerð*) bezeichnet die Fällung des Schiedsspruches, dann den Schiedsspruch selbst, endlich dessen Inhalt, die verhängte Strafe oder Busse. Es deckt sich also oftmals mit *sætt*. Von den Kompp. ist am häufigsten *gørðarmaðr* „Schiedsrichter, Schlichter".

Die Sippe von *sáttr,* als die altererbte, ist auch der Dichtung geläufig; die von *gøra* — in der hier gemeinten Bedeutung —, als die jüngere, mehr technisch und prosaisch klingende, dringt nur vereinzelt in junge Skaldenstrophen ein.

Das Wort *dómr* „Urteil" mit seinen Ableitungen geht zwar als term. techn. auf das G e r i c h t s verfahren, wird aber in unsern Sagas gelegentlich, viel häufiger noch in der Sturlungasammlung, auch vom Vergleichswesen gebraucht, wovon sich auch die Graugans nicht frei hält[1]. Also *dómr* = *gørð*, *dœma* = *gøra*. Man darf darin keine „falsche Anwendung" sehen, aber auch keine „Unsicherheit der Terminologie, die unmöglich von Anfang an gegeben sein konnte" (Maurer), vielmehr den allgemeineren, untechnischen Sprachgebrauch, der von jeher neben dem fachmännischen bestand[2] — wofür jede Sprache hundert Beispiele bietet. Der germanische Stamm *dóm-* hat sich ja niemals auf das ordentliche Gerichtswesen eingeschränkt. Die allgemein üblichen und alten Ausdrücke *sjálfdœmi, eindœmi,* die nicht nur usuell, sondern technisch auf den Schiedsspruch gehn, beweisen klar, daß die Sippe von *dómr* seit Alters auch zu den Vergleichen Zutritt hatte. Über diese termini s. u. § 45; über *jafnaðardómr* ebd.

---

[1] Lehmann-Schnorr S. 22 f.; Maurer 5, 690 f.

[2] F. Jónsson, Brennu-Njáls saga zu S. 149, 2.

Mehr gelegentlich und ohne technische Ausprägung erscheinen Wörter und Wendungen wie: *órskurðr* „Entscheidung“ =*gerð; sannr* m. „Wahrspruch“ Fóstbr. 43, 17[1]; *á kveða, mæla um* „formulieren“ = *gera; leggja mál undir e-n* „die Sache einem (zum Schiedsspruch) unterstellen“; *einn skapa ok skera* „unbeschränkt verhängen“ Eg. 281, 4 (Sturl. 2, 129, 15), ähnlich Hrafnk. 134, 12. Finnb. 91, 5. Háv. 19, 10. Hœns. 11, 13. Die der Sturl.[2] und andern Quellen geläufigen *semja* (eigentlich „in Einklang bringen“), *samning* werden in den Íslendinga sögur kaum vom Vergleichswesen gebraucht.

§ 43. Von den Ausdrücken, die in unsern Sagas dem Fehdewesen gelten, begegnet kaum ein zweiter so auf Schritt und Tritt wie das *leita um sættir*, „einen Vergleich nachsuchen“. Welch große Bedeutung dem Vergleich, der schiedlichen Austragung zwischen den Parteien zukommt, konnten schon die statistischen Angaben in § 25 lehren. Der Schiedsspruch mit 164 Fällen ist ein ungleich häufigerer Abschluß als der Gerichtsspruch mit 50 bzw. 33 Fällen. Anders als in der Grágás, die zwar den Vergleich auch kennt, aber den Gerichtsgang doch immer als das Regelmäßige behandelt[3]. Die *sætt* ist, nicht viel weniger als die Rache, eines der Hauptthemen des isländischen Erzählers. Ganze Kapitel sind mitunter der Schilderung ihres zusammengesetzten Herganges gewidmet[4]. Schon Wilda bemerkte (S. 206), daß wir „die Einrichtung dieser uralt germanischen Austräge“ nirgends so kennen lernen wie in den isländischen Denkmälern; und zwar stehn die Sagas an Vielseitigkeit der Nachrichten den Rechtsbüchern weit voraus.

Man darf es als das Normale bezeichnen, daß auf irgendeiner Stufe des Fehdeganges ein Vergleich wenigstens angestrebt wird. Mit der Möglichkeit der *sætt* wird sozusagen immer gerechnet. In der Novelle von Ölkofri ist Skapti von seinen fünf Mitklägern beauftragt worden, die Klage gegen den Bierbrauer zu führen. Er hat diesen auf Waldgang geladen. Später erfahren wir wie bei-

---

[1] Nähert sich in der Sturl. einem term. techn.: 2, 119, 33. 131, 8. 145, 37. 233, 16.

[2] 1, 478, 2. 2, 16, 18. 69, 5. 92, 19. 116, 32. 150, 9. 154, 23. 263, 8.

[3] Sieh V. Finsen, Grág. 3, 596: „in der Grág. ist es durchgehende Voraussetzung, daß man Rechtsentscheid vor Gericht holt, daß Urteile das Gewöhnliche sind, Vergleiche und Schiedssprüche das Außergewöhnliche, z. T. sogar ungnädig Angesehene.“

[4] Zwei Hauptbeispiele: Ljósv. c. 11 f.; Eyj. c. 27.

läufig (17, 30. 33. 18, 1), daß Skapti auch die Vollmacht hatte, die Sache schiedlich — durch Selbsturteil — zu erledigen[1]. Der Erzähler hat dies stillschweigend vorausgesetzt. So sehr versteht es sich von selbst, daß die *gørð* überall zu den möglichen Auswegen gehört. Es wird eigens angemerkt, daß ein Totschläger *bauð engar sættir*, „keinen Vergleich anbot" (Eyj. 30, 25); daß ein Ehrabschneider, gegen den eine Klage schwebt, *vill engi boð bjóða*, „kein Anerbieten machen will" (Korm. 45, 12). Der Umstand, daß der Beklagte keine *sættir* antrug, bestärkte den Kläger Snorri in dem Verdachte, daß er sich vor dem Prozeß außer Landes stehlen wolle (Eyrb. 75, 14).

Thórdh, der so oft vor Björn den Kürzeren zog, hat endlich eine Klage gegen ihn, wegen Bergung von Ächtern, „und meinte diesmal mehr Prozeßglück zu haben (*vera saksælli*)". Björn stellt sich auf dem Allding, zeigt sich sehr entgegenkommend: er wolle dem Thórdh sein Recht nicht weigern, er wolle Buße zahlen. „Sie schlossen einen Vergleich", fährt es unmittelbar fort, „und Björn zahlte gemäß dem Schiedsspruch" (Bjarn. 48, 8). Wäre Björn renitent gewesen, dann hätte Thórdh sein Prozeßglück erprobt. Allgemeiner: ist der Beklagte gefügig, dann kann man auf *sætt* rechnen — wenigstens wenn er zugleich so mächtig ist, daß ein Gerichts- oder Waffengang mit ihm eine zweischneidige Sache wäre. Dann nimmt man die *sætt* als das Sichrere entgegen. Dem Machtlosen freilich garantiert auch die Fügsamkeit keine schiedliche Sühnung: sein Kläger wird nach dem Maße seines Rachedurstes das *eptirmál* einrichten. Der Machtlose täte besser, auf den Luxus einer Missetat zu verzichten.

Der Vergleich ist der glimpflichste Ausgang einer Fehde. Er verhängt im äußersten Falle lebenslängliche Landesverweisung, keinen Waldgang (u. § 53). Das Blutvergießen wird somit durch den Vergleich unter allen Umständen beendet, wogegen das auf strenge Acht lautende Gerichtsurteil zur Fortsetzung der Feindschaft auffordert. Außerdem geht die schiedliche Behandlung dem Ehrgefühle des Verklagten leichter ein als das Einmengen der staatlichen Gerichte (u. § 60).

Aus diesem Grunde ist der Vergleich auch für den Gekränkten

[1] Vgl. die stabenden Formeln Sturl. 2, 116, 32: der Sachführer *skyldi vera semjandi ok sækjandi allra mála* . . ., „sollte Vollmacht haben, zu schlichten (Vergleich einzugehn) und zu klagen . . ."; ebd. 1, 547, 16: *Sturla tók málit til sóknar ok sættar*, „Sturla übernahm die Sache zu Klage und Vergleich" ähnlich Eg. 279, 31 unten § 44.

die bescheidenste Erstattung. Weil für den erschlagenen Arnkel, sagt die Eyrb. 138, 3, nur Weiber klagberechtigt waren, gab es keine gebührend hohe Genugtuung für einen so vornehmen Mann: es kam nur zu einem Vergleich. In der Vatnds. 69, 8 gelangen die Totschläger leichter zu einer *sætt*, dadurch daß die Söhne des Ermordeten noch jung sind und nicht auf ein schärferes Vorgehn dringen können. Oder der Beschützer der Täter sagt: es wäre leicht, eine *sætt* nachzusuchen, wenn meine Schützlinge vorher außer Landes bugsiert wären (Vall. 5, 180): dann wären sie den Klägern entzogen, und diese würden um so eher mit einem Vergleich vorlieb nehmen; s. § 68. 89 Nr. 4.

Unter den verschiedenen Vergleichsarten jedoch ist es die eine, das Selbsturteil, die das Übergewicht des Klägers am schärfsten ausprägt und dem Täter am meisten Demütigung aufhalst: sie rückt dadurch der gerichtlichen Verurteilung nahe. Als Herstein und die Seinen beim Hochzeitsgelage das feierliche Gelübde ablegen, sich Genugtuung für Blundketil zu holen, da lautet ihr Wahlspruch: eh das nächste Allding aus ist, soll der Gegner (gerichtlich) zur Acht verurteilt oder mir das Selbsturteil zugesichert sein! Hœns. 18, 27 [1].

Wiederum fließt die *sætt*, ohne scharfe Grenzen, über einerseits in den unförmlichen Machtspruch, den selbstherrlichen Befehl des Überlegenen [2]; anderseits in die harmlosen, familiären Versöhnungen, die noch außerhalb des Rechtslebens stehn.

§ 44. Die Grágás kennt das *sáttaleyfi*, die „Vergleichserlaubnis“, d. h. sie fordert in allen halbwegs ernsten Fällen, daß man für den schiedlichen Austrag die Erlaubnis (*lof*) der gesetzgebenden Kammer auf dem Allding, der *lǫgrétta*, einhole. Außerdem überwacht die Grágás durch eingehende Vorschriften die Wahl und das Verhalten der Schiedsleute [3]. Die fest und breit wurzelnde Einrichtung des Vergleichs soll möglichst in den Bereich des Staates gezogen werden. Der Antrieb hierzu war ein doppelter: der mächtige Missetäter sollte sich nicht allzu leichten Kaufes abfinden können, dem machtlosen sollten keine überharten Bedingungen gestellt werden.

In den Familiengeschichten ist von solchem Bestreben nicht

---

[1] Auch Glúma 7, 50 verlangen die Kläger, den beschuldigten Sklaven gegenüber, entweder Selbsturteil oder (gerichtliche) Ächtung.

[2] Z. B. Bjarn. 18, 7; Vatsd. 57, 27; Vall. 7, 52; Hrafnk. 122, 9. 134, 11.

[3] Sieh V. Finsen, Grág. 3 s. v. *lof, sátt*; Wilda S. 206 f.; Maurer 5, 678 ff.

die Spur zu entdecken. Die *sætt* ist eine rein private, von den öffentlichen Gewalten unabhängige Sache. Ihre Formen sind auch, z. B. was die Zahl der Schlichter anlangt, weit ungebundener; ja es ist im Grunde alles dem Belieben des Augenblicks überlassen[1].

Wenn die Eg. 279, 31 die Wendung gebraucht: der Mann, dem der Kläger die Prozeßführung einhändigte, „sollte nun klagen oder sich vertragen, so wie das Gesetz es lehrte“ (*sækja eða sættaz á, svá sem lǫg kendu til*), so könnte man wohl an gesetzliche Bindungen der *sætt* denken. Aber der weitere Verlauf zeigt, daß auch hier der Vergleich ohne jegliches Befragen des Gesetzes vor sich geht.

Die Sagas gewähren ein äußerst buntes Bild von den Formen des Vergleiches. Ich suche dem überreichen Materiale die allgemeinen Richtlinien zu entnehmen; nur bei einigen auffallenderen Erscheinungen erstrebe ich Vollständigkeit der Belege. Die weitere Betrachtung gliedere ich so:

die Inhaber des Schiedsspruches — der äußere Verlauf der sætt — ihr Inhalt — ihre Befolgung.

§ 45. Wer darf den Schiedsspruch fällen?

Es gibt:

1. den einseitigen Schiedsspruch: der eine der Gegner, normalerweise der Kläger, erlangt das Recht, nach eigenem Gutdünken zu entscheiden[2]. Terminus technicus dafür ist *sjálfdœmi* „Selbsturteil“, woneben selten *eindœmi* „Einurteil“[3]. Auch eine Mehrheit von Klagenden kann dieses Selbsturteil übernehmen; s. u. § 46.

Der Vorzug, den das *sjálfdœmi* für den Ehrgeiz des Klägers besitzt, spricht sich aus in Stellen wie diesen. „Ich gönne keinem andern Menschen, hierin den Spruch zu fällen, als mir“, sagt Gudhmund, Ljósv. 14, 86, ähnlich ebd. 16, 51. „Da suchte man einen Vergleich nach zwischen den Gegnern, und es war nichts anderes

[1] Die Sturl. stimmt hierin zu unsern Sagas. Daß häufig die isländischen Bischöfe oder, in den späteren Jahrzehnten, der norwegische König als Schlichter walten, ist eine Sache für sich und bedeutet keine Annäherung an die Tendenzen der Graugans.

[2] Beispiele: Laxd. 161, 14; Gullth. 19, 15. 27, 7; Gísl. 99, 5; Fóstbr. 27, 7. 85, 22; Band. 51, 9; Vatsd. 49, 5. 74, 27; Ljósv. 17, 70; Glúma 9, 68. 18, 26; Thorst. 16, 1; Vápnf. 71, 15; Dropl. 152, 17. 155, 22; Njála 80—104 (sechsmal). 116, 23. 176, 17. 230, 4.

[3] Bjarn. 61, 26; Hallfr. 90, 32; Glúma 18, 26. *eindœmi* hat insofern einen weiteren Sinn, als es auch den freien Schiedsspruch meinen kann, der nicht in eigner Sache gefällt wird.

zu erlangen, als daß Helgi allein verfügte" (Dropl. 155, 21, vgl. ebd. 152, 17). Björn bietet dem Kálf Sohnesbuße; „Kálf sagte, er wolle Buße nehmen, wenn er das *sjálfdœmi* bekäme, sonst nicht. Björn sagte, davon könne keine Rede sein" (Bjarn. 45, 5). Der Gode Hrafnkel will den Thorbjörn, dessen Sohn er getötet hat, aufs glänzendste entschädigen, aber nur nach eigenem Ermessen. Darauf geht Thorbjörn nicht ein; er will den Schiedsspruch anderer Leute, d. h. also, er gönnt dem Töter seines Sohnes nicht die souveräne Ehre des *sjálfdœmi* (Hrafnk. 103 f.).

Selten kommt es vor, daß der Vertreter des Beklagten das *sjálfdœmi* erhält: Eg. 281, 4. Hallfr. 87, 21. Beidemal wird dem Vater des Beklagten, einem angesehenen Häuptling, das Entscheidungsrecht vertrauensvoll eingehändigt; er aber fällt den Spruch zugunsten seines Sohnes, sodaß sich die Klägerpartei verkürzt fühlt. Ähnlich auch Hallfr. 90, 9. 32. Vereinzelt steht ein Fall wie Finnb. 89, 6, wo der in der Oberhand befindliche Verteidiger edelmütig dem Angreifer das *sjálfdœmi* erlaubt.

In der Ljósv. 12, 38 endet ein Prozeß mit zwei Selbsturteilen, indem jeder der beiden Gegner seine Klage gegen den andern erhoben hatte und sie sich nun gegenseitig den freien Schiedsspruch zugestehn.

2. Haben wir den beidseitigen Schiedsspruch: der Schuldige und der Verletzte tun sich zusammen, um gemeinsam die Bedingungen des Vertrages festzustellen. Der Fall ist selten [1].

In der Vall. 7, 6 kommt es dahin, daß Ljót, der Vertreter der Beklagten, den südländischen Häuptling Skapti als Schiedsrichter für seine Sache wählt, während Gudhmund, das Haupt der Kläger, selber zu seinen Handen urteilt. Dies bildet einen Übergang zum folgenden.

3. Vielleicht am häufigsten ist der Schiedsspruch durch Dritte oder einen Dritten.

a) Die Schlichter (*gørðarmenn*) werden gewählt durch den Verletzten oder seinen Vertreter [2].

b) Sie werden gewählt durch beide Parteien: jede ernennt éinen Schiedssprecher [3] oder zwei [4] oder drei [5] oder sechs [6]; oder sie einigen sich auf éinen gemeinsamen Vergleichsmann [7].

---

[1] Ein Beispiel Flóam. 149, 23. [2] Njála 155, 24.

[3] Bjarn. 74, 29; Laxd. 214, 10; Grett. 160, 4; Reykd. 16, 146. 18, 149. 24, 79.

[4] Heidh. 101, 11. [5] Njála 129, 18. [6] Njála 163, 8. 283, 26. 377, 9.

[7] Bjarn. 59, 24; Eyrb. 23, 7; Hallfr. 111, 17; Eyj. 27, 116; Vall. 4, 40; Reykd. 1, 41. 6, 34; Njála 33, 14.

c) Sie setzen sich selbst als Schlichter ein, oft gegen das Widerstreben der Streitenden[1]. Es kommt vor, daß der eigentliche Vergleichsmann zu der Fällung des Spruches weitere verständige Männer zuzieht (Eyrb. 173, 8; vgl. Njála 155, 7. 26).

Die Form a) nähert sich 1, dem Selbsturteile; b) liegt hinüber nach 2, dem beidseitigen Schiedsspruche. Auch c) kann sich der Form 1 oder 2 nähern, je nachdem die Schiedsleute mit den Parteien verwandt oder befreundet sind und daher für den Vorteil ihrer Klienten sorgen.

Die Arten 2 und 3 b) bilden das, was gelegentlich *jafnsætti* oder *jafnaðardómr* genannt wird, d. i. „ebenmäßiger, billiger, beiden Teilen gerecht werdender Vergleich"; sieh Njála 33, 11. 373, 26; 149, 1[2]; vgl. *jafnmæli* Laxd. 180, 16. Daß Kläger und Schuldiger dritten Leuten ihren Handel zum Entscheid unterbreiten, schließt eine gewisse Gleichstellung der beiden Parteien in sich. Darum kann der mächtige Hrafnkel den Wunsch des Kleinbauers Thorbjörn (s. o.): „ich möchte, daß wir Leute zum Schiedsspruch zwischen uns wählten" beantworten mit: „dann stellst du dich auf eine Stufe mit mir; darauf werden wir uns nicht vergleichen" (Hrafnk. 104, 13).

§ 46. Wie der Beklagte darauf aus sein kann, sich eine mildere *gørð* zu ergattern, und wie anderseits der Führer der Klage eifersüchtig darüber wachen kann, daß der Schiedsspruch nach seinem Kopfe erfolge, zeigt ein Abschnitt aus dem Schluß der Bjarn., der einen guten Einblick gibt in die Hintergründe des isländischen Vergleiches und den wir etwas ausführlicher hier wiedergeben wollen.

Zweie haben gemeinsam die Totschlagsklage für Björn übernommen, der Freund Thorstein und der Bruder Ásgrím. Der Beklagte Thórdh versieht sich des schärferen Vorgehns vonseiten des energischen Thorstein. Auf dem Ding beschickt er daher nächtlicher Weile den Ásgrím zu sich, und dieser, an Gerichtshändel

[1] Hardh. 28; Eyrb. 173, 3; Boll. 251, 30; Háv. 19; Thórdh. 20. 54; Finnb. 90, 22; Reykd. 10, 2. 11, 124. 13, 70. 169. 14, 85. In Norwegen kann der König oder Jarl die Rolle des Schiedsrichters übernehmen: Bjarn. 19; Korm. 51, 18. 52, 15; Grett. 94 f. Der in der Sturl. nicht seltene Fall, daß in isländischen Händeln die Entscheidung des Norwegerkönigs angerufen wird, kommt in der Sagazeit noch nicht vor.

[2] Der Sturl. sind diese Ausdrücke geläufiger: 1, 69, 13. 567, 5. 568, 12. 15. 2, 40, 12. 142, 22. 145, 30. 147, 24 (opp. *sjálfdæmi*). 212, 37. Vgl. *leggja mál undi jafna hǫnd* 2, 212, 33.

nicht gewöhnt, läßt sich beschwatzen, geht auf den von Thórdh gebotenen Vergleich ein und nimmt die Busse entgegen. Das Geschehene kommt vor Thorstein. Der findet, so eigensinnigen Leuten wie dem Ásgrím sei schwer Hilfe zu leisten: „übrigens weiß man noch nicht, was Thórd dabei gewinnt!" Dann meldet Thorstein seinem Vetter Thorkel, der es mit dem Beklagten hält, er habe mit ihm zu reden. Mit starkem Gefolge sucht er ihn auf: „wir sind einhellig entschlossen, diesen Vergleich durchzutun, den Ásgrím mit Thórdh gemacht hat". Thorkel wendet ein, ob denn der Bruder, der gesetzliche Klagberechtigte, nicht dén Vergleich erlangen dürfe, der ihm beliebe. Aber Thorstein will hier selbst entscheiden; hat er sich doch dem Björn eidlich verpflichtet, für ihn Rache zu nehmen oder Klage zu führen (o. § 33); er werde es auf einen Kampf ankommen lassen. Thorkel will nicht für Thórdh mit seinem Vetter die Waffen kreuzen, um so weniger als Thórdh, ohne ihn zu fragen, diesen Vergleich gezettelt hat. Er möchte also nur ausbedingen, daß über Thórdh keine Acht und keine weitere Busse verhängt werde; den Mitschuldigen möge Thorstein diktieren, was er wolle. Aber auch davon muß er noch ablassen. Thorstein bewilligt ihm nur, daß Thórdh ohne Ächtung davonkomme. Nach diesem Gespräch wurde nun der Vergleich zwischen den Parteien feierlich zugesichert, und zwar mit Thorstein und Thorkel als Schiedsleuten. „Es war ziemlich so, als ob Thorstein allein über den Schiedsspruch zu schalten hätte, sobald Thorkel den Thórdh gegen die Acht gedeckt hatte." Thórdh hat schließlich das Dreifache von dem zu erlegen, was er mit Ásgrím abgemacht hatte (Bjarn. 72 ff.).

Setzt hier der Kläger seine hohen Ansprüche durch, so kann es ein andermal umgekehrt dem schlauen Vertreter des Beklagten gelingen, das Selbsturteil der Gegner durch List und Bestechung zu seinen Gunsten zu wenden. So in einer liebevoll durchgeführten Episode der Band., S. 44—54. Acht Goden klagen gegen Odd wegen Bestechung des Gerichtes; Friedlosigkeit oder *sjálfdœmi* haben sie sich vorgesetzt. Der Vater des Beklagten, der durchtriebene Ófeig, kommt aufs Ding und bringt zwei der Goden herum, sodaß sie versprechen, im Interesse seines Sohnes zu verhängen. Darauf erbittet Ófeig von den versammelten acht Gegnern, daß sie sich für das *sjálfdœmi* — nicht für die Weiterführung der gerichtlichen Klage — entscheiden. Und er fährt fort: daß Einer an a c h t Männer das *sjálfdœmi* erteilt habe in éiner Sache, wäre kaum erhört; wohl aber, daß Einer es einem Einzelnen erteilt habe. Bei der gegenwärtigen Klage, die ohnedies etwas Beispielloses sei (das Komplott der acht Häuptlinge gegen den Einen!)' wolle er vorschlagen, daß Zweie den Spruch fällten. Als auch dies genehmigt wird, erlangt Ófeig weiter die Erlaubnis, diese zwei auszuwählen. Er wählt seine beiden Bestochenen, und diese verhängen zum Entsetzen der sechs Verbündeten eine wertlose Hohnbusse!

Dieses gute Lustspielmotiv von den übertölpelten Selbsturteilsmännern hat die Erzählung von Ölkofri zu freier Nachbildung übernommen.

§ 47. Der äußere Verlauf der sætt bekommt seine Mannigfaltigkeit erstens durch die Art, wie der Vergleich angetragen wird.

Ganz alltäglich ist es der Schuldige (oder sein Vertreter), der, kurz oder lange nach der Tat, *býðr sættir*, „Vergleich anbietet“ oder Leute mit Friedensvorschlägen *(sættarboð, sáttmál)* zum Gegner entsendet[1]; auch das sjálfdœmi wird nicht selten durch den (unterliegenden) Schuldigen dem Kläger angeboten[2]. Worauf dann, nach den Umständen, Annahme oder Abschlag erfolgt. Statt des Schuldigen könnte man mehrmals den Angegriffenen setzen, der den Kampf durch den Friedensantrag beschwichtigen will.

Daß sich der Verletzte herbeiläßt zu der ersten Vergleichsanregung, ist seltener[3]. Hinzuzurechnen sind die Fälle, wo er zunächst nach Busse fragt (u. § 123); denn ein Nach-Buße-fragen ist eben ein Sich-bereit-erklären zur *sætt*.

Am häufigsten aber sind es Dritte, die mit dem typischen *leita um sættir* beginnen. Es sind die vielgenannten *góðgjarnir menn*, die friedliebenden Leute, die „die Händel zum Vergleiche drehen“ *(snúa málum til sátta)*[4]. Es sind unbeteiligte Häuptlinge auf dem Ding, besorgt um den allgemeinen Frieden; sie fühlen sich verpflichtet *(skyldir)*, wohl zu vermitteln[5]. Es sind die beidseitigen Freunde, die vom Vergleiche reden[6], oder die Nachbaren,

[1] Laxd. 161, 13; Fóstbr. 85, 22; Gísl. 99, 4; Ljósv. 16, 45; Glúma 18, 26; Reykd. 12, 74; Thorst. 16, 1; Vápnf. 58, 6; Njála 111, 19. 112, 15. 155,1. 229, 14. 282, 18. 300, 11.

[2] Vgl. die Wendung Vápnf. 58, 6: Bjarni schickte Leute, „um dem Thorkel anzubieten Vergleich und Ehre und Selbsturteil“ *(sætt ok sæmð ok sjálfdœmi)*.

[3] Ein Beispiel Reykd. 2, 33.

[4] Hœns. 21, 8; Eyrb. 95, 20. 172, 17. 173, 5.

[5] Ljósv. 11, 26. 47.

[6] Grett. 159, 14; Ljósv. 11, 47.

die zu einem Gefechte heranstieben und zunächst einmal die Streitenden auseinanderbringen müssen. Dieses *ganga í milli*, das „Dazwischentreten", bereitet oft der *sætt*-Beredung den Boden[1]. Einmal auf dem Dinge heißt es auch: „man sah sich nun um, welche am geschicktesten seien, einen Vergleich nachzusuchen"[2]. Thórdh gelli, der mit der einen Partei verwandt, mit der andern verschwägert ist, „galt als der Tauglichste, sie zu versöhnen" (Eyrb. 23, 3). Auch Eyrb. 173, 4 ist einer der „Obmann" *(fyrirmaðr)* beim Betreiben der *sættir*. In der Thorst. Sídh. 226, 29 sind es die Bauern des Bezirks, die eine Versammlung einberufen, um ihren Goden mit Thórhadd auszusöhnen: „wir wollens uns ernstlich angelegen sein lassen und weder Geld noch anderes daran sparen."

Zuweilen ist es ein Einzelner, der diese Rolle des Vermittlers spielt. Er wirbt heimlich einen gewichtigen Schiedsmann an (Hardh. 27); er erbietet sich zur *gørð*, falls beide Teile es wünschen (Hallfr. 109, 21); er verspricht, dem Freunde einen günstigen Schiedsspruch zu verschaffen (Bjarn. 58, 26). Oder aber er droht, an der Spitze eines Gefolges, dem Widersetzlichen mit Angriff[3], er will dér Partei helfen, die dem Vergleiche geneigt ist (Finnb. 90, 22).

Durch diese wechselnden Arten der Einfädelung wird der Frage, in wessen Hand dann der Schiedsspruch komme, nicht vorgegriffen. Viele *leita um sættir*, die nicht *gøra um málit*.

§ 48. Auf jeder erdenklichen Stufe der Fehde kann der Vergleich einsetzen.

Man kann sich in der Stunde und am Orte der Missetat vergleichen, so daß der Zwist im Keime erstickt wird. Oder eh man die weitläufigen Vorbereitungen zu einem Prozesse trifft, versucht man es mit der *sætt*. Oder die Feindseligkeit hat in irgend eine Notlage geführt, woraus man auf schiedlichem Wege zu entkommen sucht. Oder endlich der Gerichtshandel ist schon im Gange und wird früher oder später zum Vergleich umgebogen.

Wir sahen in § 25, wie von 119 angefangenen Prozessen in unsern Sagas reichlich die Hälfte auf die Bahn des schiedlichen Verfahrens hinübergerät. Geradezu stehend sind Wendungen von der Art wie: „diese Klage wurde nun anhängig gemacht beim

[1] Glúma 11, 75; Thórdh. 20; Eyj. 27, 80; Reykd. 18, 148.
[2] Heidh. 101, 11.
[3] Bjarn. 74, 10; Boll. 251, 30; Thórdh. 54; vgl. Ljósv. 4, 66.

Ding, und sie verglichen sich auf dem Dinge" oder: „die Sache kam ans Ding, und es wurde ein Vergleich nachgesucht"[1] — also ohne daß der Erzähler eine Begründung für dieses Umspringen nötig fände. Anderemale tritt die Suche nach der *sætt* erst ein, nachdem sich der Dinghandel für die Beklagten bedenklich gestaltet hat[2] oder wenn es hart an eine Schlägerei auf dem Dingfelde gekommen ist[3]. Noch unmittelbar vor Abschluß des richterlichen Verfahrens, wenn das Urteil dem Richter schon auf der Zunge liegt, kann alles durchgetan und die Schwenkung zum Schiedsspruch genommen werden.

Die ausgeführtesten Bilder gibt auch hier die Njála. Njál, als Helfer des verklagten Gunnar, erklärt vor dem Gericht, er habe einen gültigen Einspruch gegen die Klage, und er werde ihn vorbringen, wenn sie nicht zum Vergleiche schritten. Worauf sofort viele Häuptlinge die Bitte um *sætt* unterstützen (Njála 162 f.; ähnlich 281, 18). Bei einem andern Prozesse Gunnars ergreift Njál das Wort, nachdem Klage und Gegenklage aufeinandergeprallt sind: „so soll es nicht weiter gehn! denn beide Teile lassen es hier zum äußersten kommen, auch haben beide Klagen viel Berechtigtes . . . (zu dem ersten Kläger:) Vergiß nicht, daß gegen dich noch eine Waldgangsklage auf Vorrat ist: die soll nicht liegen bleiben, wenn du nicht auf mich hörst!" Und ein unbeteiligter Gode tritt ihm bei: „uns will scheinen, es sei das Friedlichste, daß man sich vergleiche in der Sache . . ."; worauf die andern eingehn (ebd. 129, 7).

Als einmal Gunnar im Begriffe ist, seine Gegenklage gegen Mördh vor dem Gericht durchzuführen, da tritt im letzten Augenblicke der Häuptling Hjalti vor und sagt: „ich habe mich nicht in eure Händel gemischt; aber jetzt möcht ich wissen, Gunnar, was meine Worte und meine Freundschaft über dich vermögen! — Was verlangst du? fragt Gunnar. — Dies, sagt Hjalti, daß du die ganze Sache einem billigen Schiedsspruch *(jafnaðardómr)* unterbreitest und wackere Männer den Spruch tun. — Gunnar sagt: dann sollst dus nie gegen mich halten, mit wem ichs auch zu tun habe! — Das will ich dir versprechen, sagt Hjalti." Und er setzt

---

[1] Eyrb. 95, 18; Vatsd. 53, 10. 65, 18; Grett. 25, 5; Ljósv. 1, 65. 14, 97. 16, 16; Vall. 4, 2. 6, 59; Glúma 19, 82. 23, 98; Reykd. 27, 21. 29, 34. Weniger schroff: Hœns. 21, 17; Háv. 49; Hallfr. 109, 21; Grett. 159, 14; Ljósv. 11, 26; Eyj. 30, 38; Vall. 7, 5; Dropl. 149, 2. 155, 20.

[2] Eyrb. 116, 7; Grett. 184, 4. 291, 16; Glúma 9, 69; Dropl. 152, 16.

[3] Eyj. 27, 88.

es bei Gunnars Gegnern durch, daß sie den Vergleich schließen (ebd. 148, 19).

Oder endlich der breit unterbaute Prozeß hat sich verloren in ein Wirrsal von Einsprüchen und neuen Gegenklagen, ist dann überschwemmt worden von einem wilden Waffengange am Allding, und nachdem man die Leichen zur Kirche geschafft und die Wunden verbunden hat, kommt als letztes ein großer umfassender Vergleich für die alten und die neuen Beschwerden (ebd. 373 ff.). Die seitenfüllenden Prozeßhandlungen, die formgerechten Zeugenladungen und Gerichtsreden sind umsonst gewesen: das Ziel wurde auf anderem Wege erreicht.

§ 49. Oft wird der Vergleich ohne Apparat, gleichsam aus dem Stegreif geschlossen und vollzogen.

Als Thordís ihrem Gaste Eyjólf, zur Rache für ihren Bruder Gísli, eine schwere Wunde am Schenkel beigebracht hat, entwindet ihr Mann ihr das Schwert und bietet alsbald das *sjálfdœmi* an. Eyjólf verhängt eine volle Mannesbuße und sagt, er würde noch mehr verhängen, wenn sich der Andere nicht so anständig benommen hätte. Damit ist der Fall erledigt (Gísl. 99, 5, ähnlich Eyrb. 36, 2).

In der Njála spielt sich sechsmal dieser Vorgang ab. Die Freunde Gunnar und Njál sind auf dem Ding. Die Botschaft kommt, daß daheim bei ihnen ein Todschlag erfolgt ist: das einemal hat einer von Gunnars Leuten einen Njálsmann umgebracht, das nächstemal umgekehrt. Und nun geht es, mutatis mutandis, só weiter: Gunnar geht vor Njáls Baracke und läßt ihn herausrufen: „ich hab dir einen Totschlag zu melden: mein Knecht Kol hat deinen Knecht Svart erschlagen“. Njál läßt sich schweigend die Geschichte erzählen. „Fäll selbst den Spruch!“ sagt Gunnar. Njál antwortet, die Sache sei nicht gut; aber ihre Freundschaft werde das schon noch aushalten; er traue Gunnar das beste zu. Dann übernimmt er das angebotene Selbsturteil und nennt die herkömmliche Bußsumme: „wenn das nächstemal der Schlag von meinem Hause ausgeht, so fälle du keinen strengeren Spruch!“ Gunnar entrichtet das Geld.

Auch die aus einem Prozeß entspringende *sætt* gehört unter Umständen zu den schlichten Abmachungen zwischen den beiden Teilen.

Daß der Verklagte zugleich mit der Einwilligung in die *sætt* sich durch Handschlag verbürgt (*handsalar*) für die Erfüllung des zu verhängenden Urteils, oder daß Anwesende als Bürgen für ihn eintreten; worauf dann der Kläger seinerseits durch Handschlag das Erlöschen der Klage zusichert *(handsalar niðrfall at sǫkum)*: diese Bräuche wurden wohl auch bei den einfachen Formen des Vergleiches beobachtet, nur daß die Erzähler sie meist übergehn[1].

§ 50. Oft aber geht es bei den Vergleichen umständlicher und förmlicher zu.

Man bleibt nicht in dem Kreise der streitenden Personen, sondern man ernennt Schiedsleute. Sieh o. § 45 Form 3). Am häufigsten ist der éine Schiedsmann, demnächst die zweie, die der Grágás meist vorschwebende Zahl. Die höhern Zahlen treten nur vereinzelt auf. Im besondern der *tólf manna dómr*, das „Zwölfmännerurteil", beschränkt sich auf die Njála[2] und gehört mutmaßlich zu ihrer Ausstaffierung mit dem Rechte des 13. Jahrhunderts: Wort und Sache sind der Sturl. bekannt (2, 68, 14; 2, 14, 17), die Sache auch der Graugans, die für einen bestimmten Fall zwölf Schiedsrichter vorschreibt (2, 281). In den Sagas zeigen sich keine derartigen Regeln; auch éin Schiedsmann kann bis auf lebenslängliche Landesverweisung erkennen[3].

Davon daß die *gørðarmenn* sich nicht einigen und dann ein *oddamaðr* den Stichentscheid gibt, wie in der Sturl. und der Grág., reden unsre Erzählungen nicht[4]. Wie zwanglos und lebhaft übrigens die Parteien in die Verhandlung der Schlichter hereinreden konnten, zeigt die Heidh. 102, 1; sieh auch Eyrb. 23, 10.

Ein paarmal erscheinen Leute, die das Schlichten nachbarlicher Händel nahezu berufsmäßig treiben.

Von dem blinden Halli sagt die Glúma 17, 18: „er wurde in alle Vergleichssachen der Landschaft hereingezogen, weil er so verständig und gerecht war". Nach der Vatsd. 74, 2 pflegte man sich an die Seherin Thordís zu wenden, damit sie große Händel schlichte *(at gøra um stór mál)*; die von der Saga selbst erzählte Probe läßt die Seherin freilich nur mit einem Zauberstückchen ein-

---

[1] Eg. 280, 4; Eyrb. 96, 1; Fóstbr. 85, 22; Band. 51, 23; Thórdh. 54, 17; Vatsd. 74, 28; Ljósv. 4, 75. 11, 12. 17, 70; Njála 97, 20. 163, 3. 283, 26. 377, 5. 9. Danach schließe ich auch in Eyrb. 108, 2; Grett. 53, 6 auf *sætt*, nicht *dóm*.

[2] 155, 26. 377, 9, der Sache nach auch 163, 3. 283, 26.

[3] Laxd. 162, 3; Eyj. 27, 124; vgl. Háv. 50 f.

[4] Sturl. 2, 154, 23; vgl. 1, 95, 18. 2, 16, 14; Grág. 2, 279. *oddamaðr* gehört nicht zu *oddr* „Spitze", sondern zu *oddi* „ungerade Zahl" und bedeutet nicht „Obmann" (Wilda, Maurer), sondern den Mann, der eine ungerade Zahl herstellt und dadurch die Stimmengleichheit beseitigt.

greifen. Es ist übrigens die einzige Stelle unsrer Geschichten, die ein Weib unmittelbar mit dem Geschäfte des *gora* zusammenbringt [1]. Durch die halbe Reykd. zieht sich hin die Rolle Áskels, der „der Gerechteste war im Abschluß von Vergleichen, um wen es sich auch handelte", die Rolle des autorisierten Schlichters innerhalb der eignen Sippe und gegenüber dem fremden Bezirk (vgl. § 51).

Zweimal wird der Gesetzsprecher des Landes um Übernahme des Schiedsspruches angegangen: Thorkel máni in der Hardh. 27, Skapti Thóroddsson in der Vall. 4, 40; wogegen Skapti in der Grett. 184, 6 nur als kritischer Berater der Schiedsrichter auftritt. Thorkel máni läßt sich pränumerando ein Hundert Silbers in den Schoß schütten.

§ 51. Außerdem zerfällt der Vergleich mitunter in mehrere zeitlich getrennte Akte.

Ein dutzendmal in den Isländersagas widmet man ihm einen eignen *(sáttar-)fundr*, eine „Zusammenkunft (zum Vergleiche)", auch *sættarstefna, heraðsfundr, þing* (Boll. 252, 16) genannt. Die Wahl besondrer *gørðarmenn* ist nur in fünf Fällen damit verbunden.

Der Hergang im einzelnen ist etwas verschieden. Nachdem sich die beiden Parteien die Versöhnung zugesichert oder doch ihre Vergleichswilligkeit ausgesprochen haben, verabredet man den *fund*, wozu man sich wohl auch die gegenseitigen *grið*, „Waffenstillstand, freies Geleite", einhändigt [2]. Die Wahl der Schiedsrichter, sofern man solcher bedarf, pflegt ebenfalls dem *fundr* vorauszugehn [3]. Auf der Zusammenkunft selbst berät man die Bedingungen der *sætt* und formuliert ihren Abschluß; oder der Inhaber des Schiedsspruches ist sich schon schlüssig geworden [4]: dann bildet das *lúka upp (gørðinni)*, das „Aufschließen, Eröffnen", Proklamieren des Schiedsspruches den eigentlichen Inhalt der Begegnung. Die Auszahlung der verhängten Bußen kann sich gleich anschließen. Unter Umständen erwähnt die Saga als Krönung des Ganzen das *mæla fyrir tryggðum*, das Abnehmen der Friedensgelübde [5]. Für sich

[1] Dagegen kennt die Sturl. 2, 16 eine Frau, die zusammen mit dem Bischof von Skálaholt einen Schiedsspruch fällt.

[2] Eyrb. 23, 6; Njála 385, 2.

[3] Laxd. 214, 10, 13; Reykd. 16, 115. 146; Njála 213, 26, unklarer 176, 20. Dagegen Eyrb. 23, 6 wird Thórdh gelli erst auf der Zusammenkunft mit dem Schiedsrechte betraut.

[4] Boll. 252, 19; Thórdh. 54.

[5] Eyj. 27, 125; Njála 214, 2, ähnlich Reykd. 16, 155: Njála 129, 23. 149, 7. 156, 2. 249, 4. 285, 26.

steht der Fall Laxd. 161, 16, wo die Zusammenkunft nur dem Haupte der Kläger den unbeschränkten Schiedsspruch zusichert, ohne daß dieser selbst schon eröffnet würde[1].

Eine Eigentümlichkeit der Reykd. sind die unfeierlichen Vergleichszusammenkünfte, die Stelldichein unter vier Augen, die der Gode Áskel, als Vertreter der Rauchtäler, mit dem Goden Eyjólf, dem Vertreter der Inselföhrdler, abhält. Fünfmal endet ein Zwist der beiden Lager so, daß die zwei würdigen friedliebenden Herren in einem Hofe auf halbem Wege sich treffen, die Totschläge und Räubereien ihrer heißblütigen Verwandten oder Bezirksgenossen miteinander verhandeln und einen Vergleich feststellen, dem sich die Störenfriede hüben und drüben mehr oder minder willig fügen (Reykd. c. 10. 11. 13 [bis]. 14).

Auch die ordentliche Dingversammlung wird bisweilen erwählt zum Proklamieren des schon vorher zugesicherten Vergleiches. Der Kläger, dem man die Entscheidung zugestanden hat, erklärt etwa, nur auf dem Dinge, unter Beisein der bewährtesten Männer, werde er den Spruch fällen: Njála 155, 4, ähnlich Vatnsd. 49, 6. Brand in der Finnb. 90, 4 verspricht sich am meisten Auszeichnung davon, wenn er sein *sjálfdœmi* auf dem Ding vortrage[2]. Man kann zu diesem Akte mit kopfreichem Gefolge anrücken, wie zu einem sonstigen Dinghandel: Vatnsd. 49, 9. Auch sein auf dem Dinge erst erlangtes Selbsturteil verkündet der alte Egil nachdrucksvoll vom Dingbrink aus: Eg. 280, 23[3].

Daß man die Ehre des eignen Verfügungsrechtes vor der Dinggemeinde wollte leuchten lassen, begreift man. Nicht so unmittelbar klar ist das Verhalten Thórdhs in der Bjarn. 36, 25. Als Björn ihn wegen einer Hohnstrophe vor Gericht geladen hat, „erklärten die beidseitigen Freunde, man solle diese Sache nicht aufs

---

[1] In der Sturl. sind die *sáttarfundir* noch viel beliebter, sie gehören dort zum gewohnten Bestande der größeren Vergleiche. In der Regel erfolgt auf ihnen das *lúka upp* des Schiedsspruches, das auch sonst, wo keiner eignen Zusammenkunft gedacht wird, gern von dem ersten Versöhnungsakte zeitlich getrennt steht. Aber auch der vorläufige *fundr*, der nur z. B. die Wahl der Schlichter bringt und die *gørð* einer späteren Gelegenheit aufhebt, begegnet mehrmals, u. a. 1, 315 f. 483.

[2] Ferner Eyrb. 173, 6; Laxd. 161, 19 und wahrscheinlich Vápnf. 54, 17 (lückenhafter Text); vollzieht sich auch Hallfr. 90, 32 auf dem Dinge?

[3] Etwas anderes ist es, wenn Gunnar den Vergleich, den er mit Njál unter vier Augen erledigt hat, vor dichter Dingmenge zu wissen gibt: Njála 104, 15. — In der Laxd. 214, 24 erfolgt nur das Bezahlen der früher verhängten Buße auf dem Dinge.

Ding bringen, sie sollten sich lieber hier im Bezirke vertragen. Aber dies ließ sich nicht machen; Thórdh wollte sich nicht eher als auf dem Ding vergleichen. Sie verglichen sich denn auf dem Ding, und Thórdh hatte ein Hundert Silbers zu bezahlen für die Strophe." — Der Vorgang wiederholt sich eine Seite später: diesmal ist Björn der vors Allding Geladene, die Freunde wünschen das *heima sættaz*, „lieber als eine so häßliche Sache aufs Allding zu bringen. Björn will das nicht, und so kamen sie aufs Ding und verglichen sich dort in der Sache, und Björn hatte zu zahlen . . ." Ein Abschätzen der gerichtlichen gegen die schiedliche Austragung steht hier nicht in Frage: der Geladene will den Vergleich und ist zur Busse bereit — aber er will ihn auf dem Ding. Der Gedanke kann wohl nur der sein, daß der Beklagte für die *sætt*, der er sich unterwirft, das Licht der Öffentlichkeit wünscht, damit ihm nicht etwa nachgesagt werde, er habe sich daheim im Bezirk einschüchtern lassen und sich irgendwelchen unrühmlichen Bedingungen gebeugt.

Eine letzte Förmlichkeit, die in der Band. 54, 1 und im Ölk. 19, 5 episch verwertet wird, besteht darin: wenn aus einer Mehrheit von Klägern Zweie dazu ersehen sind, das der Partei zuerkannte Selbsturteil zu formen, dann verteilen sie die Rollen so, daß der Eine den Schiedsspruch vor den Parteigenossen vorträgt *(segir upp)*, der Andere „der Verteidigung vorsitzt" *(sitr fyrir svǫrum)*, d. h. den Spruch gegen die Kritik der Genossen rechtfertigt. Daß dieses letzte Amt unter Umständen gefürchtet war und in der Tat seinen Mann einem Regen von Beschimpfungen aussetzen konnte, zeigen die beiden Erzählungen[1].

§ 52. Schauen wir zurück auf den äußeren Verlauf des schiedlichen Vergleiches, so sehen wir, daß die *sætt* als umständlicher, gliederreicher Hergang auftreten kann, nicht unähnlich einem Gerichtshandel. Das Vermitteln zwischen den Streitenden, das *leita um sættir* durch wohlwollende Dritte, die vorläufige Einwilligung in den Vergleich; die Wahl der Schlichter und die Verabredung einer Zusammenkunft, das Zusichern eines vorläufigen Friedens; dann die Zusammenkunft selbst mit der Beratung der Schiedsleute; weiter deren Verkündigung und Verteidigung des Spruches auf

[1] Unbekannt ist den Familiensagas eine Maßregel, die in der Sturl. 1, 69. 16. 225, 9. 342, 20. 2, 91, 11 als bekannt vorausgesetzt wird: der Schlichter hat auf das Begehren des beklagten Teiles einen Eid zu schwören, daß er seinen Schiedsspruch gerecht, nach bestem Wissen fällen werde oder gefällt habe.

dem nächsten Dinge; endlich die Abnahme der endgültigen Friedensgelübde: aus diesen Gliedern kann sich eine voll ausgewachsene *sætt* zusammensetzen.

Nach dem Sprachgebrauch gewisser Teile der Sturlungasammlung gilt man als *sáttr*, „verglichen", schon eh der Schiedsspruch verkündet ist, ja schon eh die Schlichter ernannt sind[1]. Das förmliche Zusichern (*handsala*, *festa*) des Vergleichswillens gilt als entscheidend. In den Geschichten aus der Sagazeit finde ich keine darüber aufklärenden Stellen[2].

Sieht man ab von den schließenden Friedensgelübden (*tryggðamál*) mit ihrem dichterisch gesteigerten Pathos, so erscheint der ganze Hergang als ein durchaus nüchterner, verstandesmäßiger: die am Grunde liegenden Leidenschaften des Ehrgeizes, des Macht- und Besitztriebes äußern sich in kühlem Berechnen oder auch in gewalttätigem Durchreißen der angesponnenen Fäden. Es fehlen die symbolischen Handlungen, die den Vergleich zu einem fast bühnenhaften Schauspiel machen. Es fehlt das ergriffene Ethos, womit der reuige Täter die Gnade der Verletzten erfleht. Es ist ein rechnerischer Vergleich, keine Sühne. Welch andere Welt in den Sühneverträgen, die Frauenstädt und His aus dem deutschen, flandrischen und friesischen Spätmittelalter herausgehoben haben[3]! Der Gegensatz liegt z. T. gewiß an der nordischen Volksart, noch mehr aber an der ungleichen innern Altersstufe: wir dürfen in dem Hergange der Isländersagas den heidnischen Germanengeist erkennen, welchem zerknirschte Reue und die Beredsamkeit der Selbstanklage fremd sind, und welcher den für das „deutsche Mittelalter" so bezeichnenden farbensatten, sinnlich-spielerischen Gedankenausdruck erst in einigen Ansätzen aufweist.

Die vorhin erwähnten *tryggðamál*, die den Vergleichsgang abschließen, werden bei keiner der massenhaften *sættir* in unsern Sagas mitgeteilt, weder inhaltlich noch wörtlich; nicht einmal die Njála benützt diese Gelegenheit, mit authentischen Formeln zu glänzen. Diese Friedensgelübde werden, bezeichnender- und verständlicherweise, nur an zwei Stellen in extenso angebracht, wo sie nicht dem ordentlichen *sætt*-Verfahren dienen, sondern die Spannung der Hörer wecken, indem sie eine Überlistung der An-

---

[1] Sturl. 2, 152, 10. 240, 35. 2, 230, 16.

[2] Aus Eyrb. 173, 6; Thórdh. 54, 16 möchte ich nichts Bestimmtes herauslesen.

[3] Frauenstädt, Blutrache und Todtschlagsühne S. 105 ff.; His, Das Strafrecht der Friesen S. 214 ff.

wesenden herbeiführen: Heidh. 98 ff., Grett. 255 ff. Beidemal handelt es sich nicht um eine schiedliche Aussöhnung, sondern um die Zusicherung zeitlich begrenzten Friedens *(grið)*.

§ 53. Der Inhalt des Schiedsspruches.

Zweierlei Strafen werden von der *gørð*, dem Schiedsspruche der Sagazeit häufiger verhängt: Geldbussen, *fésekþir*; und die verschiedenen Formen der milden Acht, *sekþ*. Daß die strenge Acht, der Waldgang, in unsern Sagas — abweichend von der Graugans — nicht durch Schiedsspruch verhängt wird, werde ich in Kapitel VIII zeigen.

Am häufigsten beschränkt sich der Schiedsspruch auf Bussen. So verhängt — um ein extremes Beispiel zu nennen — die einseitige, von Njál bewirkte *gørð*, Njála 155, 26, gegen die dreizehn Männer, die einen Überfall auf Gunnar versucht hatten, eine Gesamtbusse von 28 Hunderten Silbers.

Was die schiedlich verhängte Ächtung betrifft, mit oder ohne genannte Busse, so zähle ich 29—31 Fälle von Landesverweisungen. Manche davon treffen mehrere, ja eine ganze Reihe von Personen. So enthält die *gørð* der Vall. 7, 14 neun lebenslängliche Verweisungen; die der Eyj. 27, 123 eine lebenslängliche und vier dreijährige Verbannungen; die der Heidh. 102, 9 vierzehn dreijährige, die der Háv. 50 sieben Landesverweisungen auf begrenzte Zeit.

Lebenslängliche Acht erfolgt in sechs Fällen mit mindestens zwanzig Personen. Dreijährige in sechzehn Fällen. Acht von sonstiger Zeitdauer oder ohne zeitliche Angabe in neun Fällen.

Dazu kommt die Bezirksacht mit einigen zwanzig Fällen.

Als Beispiel einer viel umfassenden *gørð* nehme man die der Bjarn. 75,4: sie verhängt zwölf Landesverweisungen (ohne Angabe der Dauer), eine Bezirksverweisung; gegen das Haupt der Beklagten die außerordentliche Buße von neun Hunderten Silbers; zugleich wird eine ganze Anzahl von Gefallenen der Beklagtenpartei als unheilig, unbüßbar erklärt.

Als schiedliche Strafen mehr individueller Art begegnen folgende. Der Schuldige muß sein halbes Godentum abtreten: Dropl. 151, 9. Die *sætt* wird daran geknüpft, daß sich der Verletzer einer demütigenden Zeremonie unterziehe: Vatnsd. 53, 11. Der Schiedsspruch diktiert dem Beklagten einen Reinigungseid, den er im folgenden Herbst in drei Tempeln zu schwören hat: Glúma 24, 68. Der Verletzte bestimmt in der *sætt*, daß der Gegner als Hausgenosse bei ihm eintrete: Thorst. 16, 9. Thorst. stang. 84, 13.

Dies wirkt nicht als Strafe, nicht als Beschränkung der persönlichen Freiheit, sondern als hochherziges Anerbieten, das dem Betroffenen eine günstigere Lebensstellung schafft. Doch dürfte ein Zusammenhang bestehn mit dem für altnordische Fürstenhöfe bezeugten Brauche, daß wer einen Gefolgsmann oder sonstigen Herrendiener umgebracht hat, zur Sühne an dessen Stelle im Hofdienste treten soll[1]. Und diese Verfügung konnte allerdings als Strafe, als erniedrigendes Schicksal empfunden werden.

Zwar nicht zum offiziellen Schiedsspruche, aber zu den nebenher gehenden Bedingungen, die offen oder heimlich zwischen den Vergleichschließenden erörtert werden, gehört hin und wieder eine gute Heiratspartie, die dem Einen der Streitenden verschafft wird und die der *sætt* die Wege ebnet. Man sehe Eyrb. 24, 13. Band. 48 ff. Korm. 18, 7. 31, 18. Ljósv. 11, 39. Glúma 11, 79. Reykd. 24, 86. (Sturl. 1, 162, 4.)

Obwohl die Schiedssprüche, wie wir sahen, häufig genug die milde Acht in sich begriffen, bringen einige Stellen „Acht" und „Vergleich" (oder Selbsturteil) in einen Gegensatz. Sechs der Stellen erklären sich ohne weiteres daraus, daß sie das Wort *sekþ* im engeren Sinne brauchen, = Waldgang[2]: dieser bildet ja einen Gegensatz zu den Inhalten des Vergleiches. Auch an den zwei Stellen Hœns. 18, 29. 32 geht nicht nur das *sækja til útlegðar* (auf Acht verklagen bezw. zur Acht verurteilen lassen), sondern gewiß auch das *fullsekþa* (in volle Acht bringen) auf gerichtliche Aktion, so daß diese Begriffe mit Fug dem *sjálfdœmi* entgegengesetzt werden. Bleiben nur die beiden Stellen: Bjarn. 61, 26 (vgl. o. § 33): Thorstein verspricht dem Björn *eindœmi eða sekþir ok fébœtr*, „Selbsturteil oder Acht mit Geldbusse": das *eða* ist hier notwendig disjunktiv, und die „Acht mit Geldbuße" kann nur die milde Acht meinen: die Fortsetzung Bjarn. 75, 15 bestätigt dies und zeigt zugleich, daß diese milde Acht durch Selbsturteil zustande kommt. Also ein Gegensatz von *eindœmi* zu *sekþir* ist ungenau. Gemeint ist vielleicht „Selbsturteil oder sonstwie bewirkte Acht". — Glúma 26, 14: Glúms Freunde wünschen, *at heldr skyldi sættaz, en sekþ kœmi á eða utanferð*, „man solle sich lieber vergleichen, als daß Acht oder Landesverweisung herauskäme". Wieder hat hier *sekþ* den engeren Sinn der strengen Acht; aber die *utanferð* könnte von Rechts wegen dem *sættaz* nicht entgegengesetzt werden. —

[1] Heimskr. 2, 260, 4; Fornm. 7, 39; Njála 400, 27.

[2] Sieh unten § 78.

Dieser vereinzelte Sprachgebrauch hat gewiß keinen tieferen Hintergrund: mit *sættaz, eindœmi* konnte sich, a potiori, die Vorstellung des auf Buße lautenden Schiedsspruches verbinden.

§ 54. Bisweilen fügt sich der Täter dem Vergleiche nur auf gewisse Bedingungen hin; d. h. eh der Schiedsspruch ergeht, schränkt er dessen Machtbereich durch bestimmte Vorbehalte ein. Die technischen Ausdrücke sind: *til skilja*[1] „etwas dazu bedingen" (auch *undir skilja* Eyrb. 23, 14) und *undan skilja*, *undan mæla* „etwas weg bedingen = aus dem Schiedsspruche ausschließen". So heißt es von Atli, Grett. 160, 3: er „bedang sich das aus, daß er weder Bezirks- noch Landesverweisung haben wollte" (also nur eine *gørð* auf Buße annahm). Vatnsd. 74, 27: Gudhmund „übernahm das Selbsturteil von Thórorm: Buße nach Belieben zu verhängen, mit Ausscheidung der Landes- und Bezirksverweisungen". Eyj. 27, 117 bedangen sich die Beklagten aus *(sǫgðu þat upp)*, daß sie alle, bis auf Einen, freie Rückkehr (nach drei Jahren) haben sollten. Halldór in der Laxd. 213, 29 entzieht dem Schiedsspruch: die Ächtungen aller Art, sein Godentum, seinen Wohnsitz, desgleichen die Wohnsitze seiner Brüder. Sieh noch Bjarn. 74, 20 und Eyrb. 23, 7. 14. Diese letzte Stelle hebt hervor, daß diese Vinkulierungen — sie gehn hier von beiden Teilen aus — dem Schiedsmann das Geschäft erschwerten[2].

Auf der andern Seite kann der Kläger von vornherein gewisse strenge Forderungen zur Bedingung machen, wenn er in die *sætt* willigen solle: Gullth. 45, 10. Eyj. 27, 45. Glúma 9, 70.

§ 55. Eine charakteristische Erscheinung der Sagakultur, die das Vergleichswesen in seiner schroffsten Ausgestaltung zeigt, auch mit einer ungewöhnlich reichen Terminologie ausgestattet ist, lernen wir in dem kennen, was ich kurz die Verrechnung nenne.

Schließen zwei Parteien nach einem bewegteren Vorleben den Vergleich, so pflegen sie wohl die erlittenen Verluste von hüben und drüben — Tote, Wunden, auch Kränkungen — gegeneinander zu verrechnen: der Tote A wiegt auf, gleicht aus den Toten B; so führt man die Rechnung weiter, und bleibt ein Überschuß auf

---

[1] Dies auch Grág. 1a, 121 f. 2, 284.

[2] Das *skilja til* und *skilja undan* (oder *frá*) ist auch der Sturl. geläufig; dort kommt auch vor (2, 227, 2), daß ein Teil der Streitpunkte dem Bereich des Schiedsspruches entzogen wird.

der einen Seite, so heißt es: *var bættr skakki*, „für die Differenz wurde gebüßt“. Ein paar Beispiele trafen wir schon in § 39.

Von den sprachlichen Ausdrücken hebe ich hervor: Bildungen mit *jafn* „eben, ebenmäßig, gleich“: *var saman jafnat* (c. dat.) „es wurden untereinander verebnet, gegen einander verrechnet“; zwei Menschen oder Dinge *váru jǫfn látin* oder *jǫfn gǫr*, „wurden als gleich (als Äquivalente) geschätzt“ oder sehr oft einfach *A ok B váru jafnir*, „waren gleich“. Das Wort *mannjǫfnuðr* im Sinne unserer „Verrechnung“ steht nur in der Heidh. 101, 15. 17. 22 (außerdem noch Flat. 3, 453 belegt); es ist der einzige substantivische Ausdruck für die Sache.

Seltener sind Verbindungen mit *líkr* „gleich“: *A ok B váru líkir kallaðir*, „wurden als gleich betrachtet“, *var líkt látit x ok y*. Dagegen beliebt: *x kom á móti* (oder *kom fyrir*) *y*, die eine Sache „kam wider (balancierte)“ die andere. Am meisten Bildkraft und technische Haltung haben die Ausdrücke: die Totschläge *fallaz í faðma*, „fallen sich in die Arme“ wie zwei Ringer, sodaß sie sich gegenseitig in Beschlag nehmen, kalt stellen[1]; die Totschläge *skyldu á standaz*, „sollten sich decken“ (eigentlich „sich gleich lang erstrecken“)[2].

Ich zähle 29 Fälle der Verrechnung, die sich auf 13 Sagas verteilen; dazu 3 in Norwegen spielende (Bjarn. 20, 8. Korm. 51, 18. 52, 15)[3]. Prachtsbeispiele sind Eyrb. 173, 9 und Heidh. 100, 25. Das erste führe ich im Wortlaut an; es zeigt, mit welcher statistischen Schärfe eine Saga wie die Eyrbyggja einen solchen, mehr als 200 Jahre zurückliegenden Vorgang abbildet; man glaubt, einen Berichterstatter erster Hand zu hören.

Zwei Gefechte stehn zur schiedlichen Austragung, das eine an der Schwanenföhrde, das andere, vom Winter danach, auf dem Eise der Speerföhrde. Die Häupter sind auf der einen Seite Snorri und die Thorbrandssöhne (darunter Thorleif kimbi und Freystein), auf der andern Steinthór und Thórdh blíg. In dem ersten Treffen sind 2 + 5 Mann gefallen, in dem zweiten auf jeder Seite einer. Endlich im Frühjahr gelingt es, die beiden Lager zu einem Vergleich zu bewegen; Vermund bekommt den

[1] Gullth. 27, 7; Glúma 27, 116; Flóam. 127, 1. 3. 139, 33.

[2] Gullth. 38, 23; Grett. 184, 5; Eyj. 27, 120; Reykd. 16, 152. Vgl. Grett. 160, 12: *stóðz á endum*.

[3] In der Sturl. ist die Verrechnung viel seltener; ich finde sie sechsmal: 1, 184, 4. 213, 15. 214, 9. 574, 5. 2, 108, 28. 241, 5. Ein guter Fall in dem späteren Grœnlendinga þáttr, Flat. 3, 453.

Schiedsspruch in die Hand und fällt ihn auf dem Bezirksding unter dem Beirat der verständigsten Männer.

„Von dem Schiedsspruch wird berichtet, daß man die Menschenverluste und die Angriffe untereinander verebnete. Gleich gesetzt wurden die Wunde des Thórdh blíg von der Schwanenföhrde und die Wunde des Thórodd, Sohnes des Goden Snorri. Aber die Wunde des Má Hallvardhsson und der Hieb, den Steinthór dem Goden Snorri gehauen hatte, dáwider kamen drei Totschläge von der Schwanenföhrde. Aber die zwei Totschläge, die Styr in den beiden Lagern verübt hatte, wurden als gleich gerechnet. Aber aus dem Speerföhrdekampf wurden gleich gerechnet die Tötung Bergthórs und die Wunden der drei Thorbrandssöhne. Aber die Tötung Freysteins kam wider den bisher noch Ungerechneten, der an der Schwanenföhrde auf seiten Steinthórs umgekommen war. Dem Thorleif kimbi wurde seine Beinwunde gebüßt. Aber der Mann, der an der Schwanenföhrde auf seiten des Goden Snorri umgekommen war, wurde verrechnet gegen den Angriff, womit Thorleif kimbi dort den Streit geweckt hatte. Alsdann wurden untereinander verebnet die Wunden der andern Männer und der Überschuß, den man auf der einen Seite fand, gebüßt; und man ging versöhnt auseinander."

§ 56. Man sieht, wie dieses Verfahren das Flüssigmachen größerer Summen ersparte. Neun Wergelder waren in den beiden Kämpfen verspielt worden, aber was man schließlich zu erlegen hatte, waren ein paar Unzen Silbers für die überschüssigen Wunden!

Der Hergang ähnelt dem bei der Pferdehatz, wie ihn die Glúma 18, 33 skizziert. Auch da wählt man Schiedsrichter, die zu erkennen haben, auf welcher Seite sich die Hengste besser hielten; auch da rechnet man aus, daß gleich viele hüben und drüben gut gebissen hatten und gleich viele davon gerannt waren; „und man vertrug sich darauf, daß es ein ebenmäßiger Kampf *(jamvígi)* gewesen sei."

Die Probe aus der Eyrb. zeigte, wie Totschläge und Wunden und erster Angriff einander zu kompensieren vermögen. Auch Demütigungen *(svívirðingar)* können verrechnet werden gegen Beraubung und Ablistung einer Braut (Bjarn. 20, 11), oder eine *skapraun*, ein kränkendes Herzeleid, wird gegen einen Totschlag auf die Wage gelegt (Reykd. 11, 135). Der Gegenwert eines Toten kann auch darin bestehn, daß man einem Geächteten derselben Partei seine *sykna*, die Achtfreiheit, zuerkennt (Glúma 23, 100. Reykd. 13, 174). Die gerichtlichen Klagen, die sich Gunnar von seinem Freunde Njál abtreten ließ gegen seinen, Gunnars, Prozeßgegner, erweisen sich bei der *sætt* als wirksame Posten in dem Haben Gunnars; sie absorbieren mehrere der von ihm verübten Leibesverletzungen und Totschläge (Njála 149, 8).

Das Aufwiegen des erschlagenen B durch den erschlagenen A verträgt sich damit, daß der Töter des B dazu noch des Landes verwiesen wird: Reykd. 16, 151. 157. Dann spart die A-Partei nur die Buße, die sonst zu der Landesverweisung hinzukäme (u. § 101). Der Fall tritt wohl nur ein bei entschiedener Überlegenheit der B-Leute, oder wenn der getötete B (Áskel in der Reykd.) in besonders hoher Schätzung steht.

Über die Verrechnung der Totschläge bringt die Glúma 23, 80 eine direkte Belehrung: „Dies war Rechtens, daß wo gleich Viele (auf beiden Seiten) umkamen, es ebenmäßig gekämpft *(jamvegit)* heißen sollte, auch wo man eine Ungleichwertigkeit der Männer annahm[1]. Aber die, die einen Überschuß an Toten hatten[2], sollten éinen Mann (aus ihren Toten) auswählen, für den man die Totschlagsklage führen sollte;" d. h. sie durften den Vornehmsten wählen, bei dem die Klage am aussichtsvollsten war. Zu ergänzen ist: wenn sie überhaupt klagen wollten (wie dies in unsrer Saga geschieht). Denn der Sinn kann nicht sein, daß die Partei für ihren Plustoten keine schiedliche Vergeltung suchen durfte; das widerspräche allem, was wir sonst wissen. — Der erste Satz der Stelle sagt aus, daß man nach Gewohnheitsrecht nur die Zahl der beidseitig Gefallenen berechnete, nicht den *mannamunr*, den „Mannesunterschied", die Ungleichwertigkeit namentlich nach der Geburt.

Andere Sagas aber erwähnen ausdrücklich, daß man auch die Würdigkeit in Anschlag brachte. Bei der Verrechnung der Heidh. 101, 27 müssen zwei erschlagene Gegner den toten Hall aufwiegen, „denn es war ein großer Unterschied der Sippe *(kyns munr)*".

Als Gudhrún für ihren ermordeten Mann, Bolli, zur Rache

---

[1] *jamvegit* auch Örvar-Odds saga 92, 11. 18 (Boer 1888) in der Bedeutung „mit gleichem Erfolge gekämpft"; sieh auch vorhin Glúma 18, 33 *jamvigi*. An „gleichgewogen" ist nicht zu denken.

[2] *þeir er ávíga urðu:* der Sinn des hap. leg. ergibt sich aus dem Zusammenhang; und zwar ist hier an éinen Plustoten gedacht. Rein sprachlich konnte *verða ávíga* nur bedeuten „von einem Todschlag betroffen werden".

schreiten will, da berät sie sich mit dem welterfahrenen Snorri. Sie hätte Lust, aus der Zahl der Schuldigen den Lambi aufs Korn zu nehmen. Snorri rät es ihr ab: er hätte es zwar verdient; aber an ihm hast du keine befriedigende Rache für einen Mann wie Bolli; und dann beim Vergleich, wenn man die Totschläge verebnet, wird man den Unterschied zwischen ihm und Bolli nicht nach Gebühr anschlagen (Laxd. 180, 10). Die Stelle lehrt allerlei; u. a. daß man ohne weiteres einen Vergleich, mit Verrechnung, als Ende der künftigen Racheaktion voraussieht; sodann daß man einer ungünstigen Verrechnung ausweichen will: den eigenen Toten soll nicht ein Minderwertiger kompensieren.

§ 57. An dieser Sitte der Verrechnung zeigt sich in grellem Lichte, wie die Partei solidarisch ist und wie man von ihrem Standpunkte die Menschenleben wertet. A hat den B erschlagen; zur Rache erschlägt man später den A. Und die Verrechnung sagt: A und B wiegen sich auf. So, um ein beliebiges Beispiel zu nehmen, Skarphedhin und Höskuld in der Njála 377, 11. Hatte Höskuld Kinder, so gingen sie leer aus: die Tötung Skarphedhins mußte ihnen genügen — auch wenn sie dieser Rachetat fern standen. Ihr Oheim Flosi, als Führer der Partei, hat dafür gesorgt, daß Höskuld durch Skarphedhin kompensiert worden ist. Damit erscheint die Rechnung als beglichen — vom Standpunkt der Partei, des Kriegslagers aus.

Doch hier hat wenigstens der Töter selbst den Getöteten aufgewogen. Aber es kann ebenso leicht vorkommen, daß der erschlagene B gegen irgend einen C verrechnet wird, der niemals mit B die Waffe kreuzte! Dann entgeht den Kindern des B (und ebenso denen des C) nicht nur die Vaterbuße, sondern die innere Genugtuung, daß der Töter ihres Vaters mit dem Leben zahlen mußte.

Nehmen wir jene Verrechnung der Eyrb. in § 55. Der tote Freystein wird verebnet durch einen in dem frühern Treffen Gefallenen. Daß dieser etwa gerade durch Freystein gefallen wäre, daran denkt die Geschichte gar nicht. Und von Ansprüchen der Erben ist nicht die Rede. Genug, daß der Tote des einen Lagers gegen den Toten des andern zu stehn kommt. In der Partei ertrinken die Rechte des Einzelnen, oft auch der Sippe[1].

Einen extremen Fall liefert dieselbe Verrechnung bei Styr.

[1] Man vergleiche die Erwägung u. § 136.

Seine zwei Totschläge in den beiden Lagern wurden als gleich gerechnet, sagt der Erzähler ohne jedes Aufheben. Es hatte sich damit so verhalten. In dem Kampf an der Schwanenföhrde stand der alte Haudegen Styr, der Schwiegervater Snorris, auf seiten seines Vetters Steinthór und brachte, tapfer vordringend, den ersten Toten in Snorris Reihen zur Strecke. Da ruft ihm Snorri zu: „ist das die Rache für deinen Enkel (Snorris zwölfjährigen Knaben), der von Steinthór eine tötliche Wunde hat? Dann bist du der größte Neiding!" — Styr erwidert: „das kann ich dir rasch büßen!" Er stellt sich in die Schar Snorris und erschlägt einen zweiten Mann, einen auf Steinthórs Seite. Diese zwei Opfer Styrs haben sich dann also aufgewogen! Eine ganz egozentrische Totschlagssühne; der Täter hält sich selbst in der Balance.

Hier erscheint der Mensch in der Tat nur als Nummer in einer Partei. Die Schuldfrage, der Totschlag als Missetat: das ist völlig aus der Sehweite geschwunden. Die Fehde mit dem Nachbar gilt etwa wie ein Krieg mit dem Landesfeinde, nach dessen unentschiedenem Abschluß man sich für die beidseitigen Verluste entschädigen würde, rein rechnerisch, natürlich ohne zu fragen, wer durch wen gefallen ist.

Doch glaube man nicht, daß dieses Verrechnen ohne Wurzel war im Gemütsleben der Menschen! Der Umstand, daß die beiden Wagschalen ebenmäßig mit Leichen beschwert sind, konnte nicht nur für den rechnenden Verstand der Parteiführer, nein auch für eine leidenschaftliche Frauenseele Genugtuung und Trost bedeuten. Hierher die wort- und gefühlsspröden fünf Zeilen der Eyrb. 172, 9, die ein so einzigartiges Menschendokument bergen (auch auf das Verhältnis der Blutsverwandtschaft zur Verschwägerung fällt ein helles Licht).

Es spielt nach jenem Gefecht an der Speerföhrde, noch eh der große Schiedsspruch ergangen ist. Steinthór mit den Seinen kehrt als Sieger von dem Kampfe zurück nach dem gemeinsamen Hofe. Während auf Seiten der Gegner, der Thorbrandssöhne, Einer umgekommen ist, hat Steinthór noch keinen Toten zu beklagen, doch kann sein jüngster Bruder, Bergthór, schwer verwundet, nur noch bis zum Bothause geschafft werden. Ein andrer Bruder, Thormódh, ist verheiratet mit Thorgerdh, der Schwester der besiegten Thorbrandssöhne. Und nun heißt es in der Saga:

„So wird berichtet, daß Frau Thorgerdh an diesem Abend nicht zu ihrem Manne Thormódh ins Bett wollte. Zu eben der

Zeit kam ein Mann vom Bothause herauf und meldete, jetzt sei Bergthór verschieden. Als die drinnen das vernahmen, da ging Frau Thorgerdh in das gemeinsame Bett; und es verlautet nicht, daß sich die Gatten ferner darum veruneinigten."

Wundern kann man sich, daß bei diesem rechnerischen Sinne nicht auch die Talion Eingang fand, diese Übertragung des Schadenersatzgedankens auf die Rache. In den Familiensagas finde ich nichts, was nach einer Talion hinüberläge; in der Sturl. nur éine Stelle, und die bezeugt keine ernstliche Absicht, geschweige denn einen überkommenen Brauch[1]. Dem Skæring, einem Verwandten des Gudhmund dýri, haben norwegische Kaufleute eine Hand abgehauen. Gudhmund erhält das Selbsturteil und verfügt 30 Hunderte[2]. Die Norweger machen Schwierigkeiten. Da sagt Gudhmund, dann schlage er dies vor: „die für Skæring verhängten 30 Hunderte will ich bezahlen, dafür wähle ich Einen von euch aus, den ich dem Skæring gleichwertig finde, und haue ihm eine Hand ab: die mögt ihr dann so niedrig büßen, wie ihr wollt!" Die Norweger bezahlten doch lieber die Summe (Sturl. 1, 225, 5; spielt um das Jahr 1200).

§ 58. Zum Schluß ein paar Worte über die Befolgung des Vergleiches.

Obwohl eine rein private Abmachung, findet die *sætt* oft, vielleicht in der Mehrzahl der Fälle, ehrliche Befolgung. *Sættaz heilum sáttum*, „sich versöhnen mit aufrichtiger (falschloser) Versöhnung" ist eine häufige Formel[3]. Die ausdrückliche Erwähnung, daß „dieser Vergleich sich gut hielt" oder daß die vom Schlichter verhängte Acht erfüllt werden mußte, erscheint den Erzählern freilich nicht immer überflüssig[4].

Ich will nicht damit zum Neiding werden *(níðaz)*, sagt Gunnars Bruder in der Njála 165, 9, daß ich die schiedlich verhängte Außerlandesfahrt versitze.

Daß ein Schiedsspruch déshalb unerfüllt bleibt, weil sein Inhaber großmütig dem Gegner die Forderung aufgibt *(upp gefr)*:

---

[1] Über das Ungermanische der Talion vgl. Brunner, Zum ältesten Strafrecht S. 60 f.; Binding a. a. O. S. 24.

[2] Das „Hundert" der Sturl. beträgt, nach der Berechnung von V. Guðmundsson, ein Fünfzehntel von dem „Hundert Silbers" der ältern Sagas.

[3] Háv. 50; Vatnsd. 80, 6; Finnb. 91, 4; Svarfd. 32, 21; Glúma 28, 4 Vápnf. 71, 19; Flóam. 127, 14; Njála 421, 20.

[4] Bjarn. 75, 22; Eyrb. 174, 5; Heidh. 106, 30; Ljósv. 12, 66; Njála 378, 2.

davon finde ich in den Íslendinga sögur nur éin Beispiel, Ljósv. 12, 58[1].

Öfter kommt es vor, daß ein Teil der Verfehdeten sich von dem Vertrage ausschließt. So bleiben nach dem großen Mordbrandsprozeß der Njála einige Anwesende von der Klägerpartei „außerhalb des Vergleichs“, *utan sætta*, weil sie die Rache vorziehen[2]; man muß dann später Sondervergleiche mit ihnen abschließen: bis dahin erfreuen sich die Mordbrenner keines allseitigen Friedens.

Von dem Sohne, der zur Zeit des Vergleiches ein Kind war, versieht man sich acht Jahre später des Friedensbruches, der Rache für den Vater (Thorst. 17, 13, s. o. § 35). Ein Verwandter des Toten, der beim Vergleiche im Auslande weilte, beruft sich nachmals darauf: ich war nicht dabei — bin also zur Rache berechtigt (Vall. 4, 33. Eyj. 29, 84). Als man für Áskels Erschlagung die *sætt* schließt, weiß man gleich, daß die Friedensgelübde den landfernen Sohn nicht umspannen werden (Reykd. 16, 155, vgl. 17, 9).

Jenem *sættaz heilum sáttum* steht nicht selten entgegen das weniger hochgestimmte *þeir váru þá sáttir at kalla*, „sie waren nun sozusagen verglichen“[3]. Die eine Partei hat sich nur unlustig dem Vertrage gefügt[4], oder „allen beiden mißfiel der Schiedsspruch, und doch wurde er sozusagen gehalten“ (Hardh. 29). In der Gullth. 19, 19 rechnet man gleich schon mit der Möglichkeit, daß die *sætt* nicht daure: „es sollte alles im Schiedsspruche ungültig werden, wenn der Beklagte den Vergleich nicht hielte“[5]. Noch während man die Bedingungen des Schiedsspruches verhandelt, droht eine hochgespannte Forderung der Beklagten das Ganze zu verderben (Heidh. 101, 25); oder durch einen unerwarteten Zwischenfall wird tatsächlich das Begonnene zerrissen (Bjarn. 60, 7. Svarfd. 25, 42). Anderemale schlägt der kaum geschlossene Friede, noch

[1] In den jüngern Zeitabschnitten der Sturlungasammlung wird der Fall etwas häufiger: 1, 444, 1. 467, 5. 2, 123, 14. 152, 15. 176, 31. 233, 33. Eines der Anzeichen des neuen ritterlichen Einflusses.

[2] Njála 377, 1. 384, 33. 386, 7.

[3] Gullth. 31, 10; Ljósv. 19, 48; Reykd. 30, 70; ähnlich Eyrb. 150, 18.

[4] Eg. 282, 6; Hœns. 26, 12; Hallfr. 87, 27; Vatnsd. 63, 9; Glúma 23, 103. 27, 116; Reykd. 1, 46. 10, 19.

[5] Eine *sætt* auf Vorbehalt bringt die Sturl. 2, 16, 15: „die Bauern sollten nichts gegen Thórdh unternehmen, bis Gizur nach Island zurückkehrte: dann sollte der Vergleich aus sein zwischen Thórdh und den Bauern, wenn Gizur zur Stelle käme, im andern Falle sollte er gehalten werden.“

an Ort und Stelle, in neue Gewalttat um (Eyrb. 47, 2. Háv. 19). Fälle von später wieder ausbrechender Fehde: Eg. 283, 16; Vatsd. 63, 19. Eyj. 28, 11 (o. § 33). 30, 1. Vápnf. 55, 7[1].

Dieser Bruch des Vergleiches — das *rjúfa sætt*, *sáttar rof*, *sáttrof*, das *ganga á (gǫrvar) sættir*, das „Angreifen des (geschlossenen) Vergleichs" — zieht nach der Graugans 1a, 203 doppelten Bußanspruch nach sich, d. h. soviel wie: die *tryggðir*, die Sicherheitsgelübde, sollen zwischen den Parteien die höhere Unverletzlichkeit herstellen, die gleich dem Dingfrieden doppelt geschützt ist. In dem offiziellen Friedensformular, den *Tryggjamál* (o. § 52), die wohl aus der Wurzel einer bedingten Selbstverfluchung der Parteien hervorwuchsen, wird das Zerreißen der *sáttir* mit strenger Acht bedroht. Auch unsre Erzählungen haben tadelnde Worte für diese ungeziemende, unehrenhafte Handlung; sie bildet für einige Sagas, wie die Laxd., Vall., Vápnf., Njála, ein ausgiebiges Thema, ein sittliches Problem, sofern gegen die Vertragstreue der ehrwürdige Rachewunsch ankämpft[2].

Den Beschluß mache eine Stelle vom Sneglu-Halli, dem isländischen Spottdichter und Spaßmacher des Norwegerkönigs Harald des Gestrengen (Mork. 97, 5). Dem Halli wirft ein andrer Isländer, der Hofskald des Königs, vor: er täte besser, seinen Vater zu rächen, als mich mit seinen nichtsnutzigen Reden zu bewerfen! „Der König fragte: ist es wahr, Halli, daß du deinen Vater nicht gerochen hast? — Allerdings, Herr, sagte Halli. — Der König sagte: wie konntest du so nach Norwegen reisen? — Die Sache war die, Herr, sagte Halli, daß ich damals noch ein Kind war an Jahren, als er erschlagen wurde, und da übernahmen meine Verwandten die Sache und verglichen sich zu meinen Handen. Aber der Name hat bei uns keinen guten Klang, ein Vertragsneiding zu heißen. — Der König sagte: gut hast du dich aus der Sache gezogen!"

---

[1] In der Sturl. dürfte die Verletzung der *sættir* um ein gut Teil häufiger begegnen.

[2] Laxd. 166, 25; Vall. 4, 30. 5, 81. 99. 7, 44; Vápnf. 57, 4; Njála 225, 28. 230, 15. 307, 15. Vgl. o. § 33.

Siebentes Kapitel.

Der Gerichtsgang.

§ 59. Aus den zerstreuten Angaben der Sagas läßt sich ein nicht armes, wenn auch keineswegs vollständiges Bild vom altisländischen Prozesse zusammentragen. Allein schon die Njála gibt zu den meisten Teilen des Gerichtswesens umständliche Beiträge, mit schwer entwirrbarem Durcheinander des episch Überlieferten und des aus den Rechtsbüchern Konstruierten; ihre Sonderstellung zeigt sich auf diesem Gebiete am deutlichsten.

Die vorliegende Arbeit zieht sich hier enge Grenzen: sie verzichtet auf die Beschreibung der Gerichte, der Beweismittel und schiebt von den Formen des Gerichtsverfahrens das eigentlich Technische, in Sache und Ausdruck, zurück. Sie hält sich mehr an die Erscheinungen, die Aufschluß versprechen über das Menschliche, die Gesinnungen; mithin an Vorkommnisse, die großenteils dem Grenzgebiete angehören zwischen formalem Rechtsgange und freier Fehde. Mit dem Ziele, das sich die übrigen Abschnitte des Buches stecken, verträgt sich diese Beschränkung; außerdem aber hat gerade diese Seite des Sagastrafrechts, die Lehre von den Gerichten und den Prozeßformen, bei den frühern Forschern am meisten Beachtung gefunden, sodaß es mir schwer fiele, zu den Darlegungen von Maurer, V. Finsen, Lehmann, Pappenheim, F. Jónsson Erkleckliches hinzuzufügen.

Neben der Rache und dem Vergleich bleibt dem verletzten Teile in unsern Erzählungen ein dritter Ausweg: er kann seine Sache vor die Öffentlichkeit bringen, an einem der staatlichen Gerichte, auf dem Bezirks- oder Allding, Klage führen.

Sœkja málit til laga[1], wörtlich „die Sache auf das Gesetz hin verfolgen“, auch *til fullra laga*[2] „zum vollen Gesetz = bis zum gerichtlichen Urteile“ oder noch nachdrücklicher *fylgja máli til*

[1] Vatsd. 74, 26; Njála 124, 13.
[2] Hrafnk. 117, 15; Njála 264, 19; vgl. Háv. 45, 26.

enna fremstu laga[1] „die Sache bis zum äußersten gesetzlichen Abschluß führen"; dann *framm(i) hafa mál*[2], *framm halda málum (sǫk)*[3] „die Sache (Klage) vorwärts bringen (steuern)", nämlich vor die Gerichtskammer; auch *koma málum (lǫgum) framm*[4] „die Sache (das Recht) durchsetzen":

diese Ausdrücke bezeichnen den Klageweg im Gegensatz zu dem schiedlichen oder fehdemäßigen Vorgehn.

Wir fanden in § 25, daß 119 mal eine Klage angestrengt wird; daß aber nur 50 dieser Fälle rechtsförmlich durchgeführt werden, während 60 in einen Vergleich auslaufen, 9 gewaltsam abbrechen. Die gerichtlichen Abschlüsse treten demnach, zahlenmäßig, hinter den Austragungen durch Selbsthilfe (zusammen 470) stark zurück. Ihr Gewicht erhöht sich indessen dadurch, daß die schwerste der Strafen nicht anders als auf gerichtlichem Wege zustande kommt: die Fälle des Waldgangs gehören alle dem *dóm*, dem Gerichtsurteile an.

Das völlige Fehlen oder starke Zurücktreten des Dingwesens ruft in Gullth. und Svarfd., auch Korm., Thórdh. den Eindruck eines regellosen, höchst gefährlichen Faustrechtes hervor, während die Zustände der Laxd., Hallfr. und Reykd. (Teil I) mehr nach einer patriarchalischen Gesellschaft hinüberliegen, die mit den Ausschreitungen ihrer Störenfriede gewöhnlich ohne die Öffentlichkeit fertig wird. Gunnl., Finnb. und Flóam. nehmen eine mittlere Stellung ein. Die meisten dieser prozeßarmen Sagas — ich würde Gullth., Reykd., auch Hallfr. ausnehmen — wirken nach ihrer Kulturschilderung im ganzen minder altertümlich.

§ 60. Es kommt vor, daß der Verletzte zunächst einen Versuch mit bewaffneter Hand macht und erst nach dessen Mißlingen zur Klage greift[5]. Viel öfter aber geht es umgekehrt: man beginnt mit dem glimpflicheren Mittel der *sætt*, und wenn sich dies zerschlagen hat, zieht man die schärfere Saite auf und lädt vors Ding[6].

Für den stolzen wohlgeborenen Mann kann es etwas Beleidigendes haben, sich vor das Gericht zerren zu lassen. Ein

[1] Hardh. 64.
[2] Eyrb. 203, 17. 205, 11; Eyj. 27, 66. 30, 54; Glúma 9, 54. 70. 24, 72; Ölk. 16, 18.
[3] Bjarn. 47, 17; Eyrb. 45, 7. 78, 5. 95, 17; Grett. 102, 8.
[4] Eg. 277, 12; Eyj. 30, 51; Vápnf. 40, 19; vgl. Ljósv. 4, 70.
[5] Reykd. 3, 24. 34.
[6] Hœns. 11, 1; Eyrb. 80, 2; Finnb. 46, 13; Hrafnk. 103, 12; Flóam. 124, 30.

Zeugnis dafür bietet die Njála S. 117. Wilda hat diese Erzählung von Hallgerdhs Diebstahl und Gunnars Selbsturteil sehr ausführlich mitgeteilt (S. 200 ff.). Die Hauptpunkte sind diese.

Gunnars Frau hat durch einen Sklaven ein Vorratshaus des Otkel plündern und verbrennen lassen. Als Gunnar es erfährt, bietet er dem Geschädigten den doppelten Wert zu sofortiger Zahlung an. Otkel läßt sich aufreizen, das Angebot zurückzuweisen und eine gerichtliche Klage gegen Gunnar und Hallgerdh anzustrengen. Auf dem Allding aber sieht er sich von seinen Helfern im Stich gelassen, seine Klage hat also keine Aussichten, und man hält es für das beste, dem erzürnten Gunnar die Entscheidung in eigener Sache anzutragen. Er nimmt sie an; „aber jetzt, finde ich, steht Größeres zur Beurteilung,“ sagt er und fällt nun den Spruch, daß den Wert des Hauses und der Ware aufwiege die schimpfliche Vorladung durch Otkel; sodaß Gunnar keinerlei Buße zu entrichten hat.

Wilda betont das Würdige und Gesittete an dem Hergang; aber ein andrer Eindruck, der weniger in der Linie von Wildas Tendenzen liegt, drängt sich stärker auf: auch bei einem Falle von Diebstahl nimmt die Staatsgewalt in der Anschauung der Isländer die Stellung ein, daß eine Anrufung dieser Gewalt, eine Ladung vor Gericht, als Schimpf empfunden wird, ebenso hoher Strafe würdig wie der Diebstahl selbst; und dies unter Billigung der wackersten Männer. Ein Mann wie Gunnar will nicht, daß man den Staat mit seinen Angelegenheiten bemenge. Für sühnbare Sachen, wie diesen Frevel seines Weibes, soll der Appell an das eigene Anstandsgefühl genügen.

Diese Denkweise hängt doch wohl damit zusammen, daß die Gerichtsbank mit kleinen Leuten besetzt war; Bauern, die man schon mit ein paar Unzen glücklich machen und zur Umstoßung ihres ersten Urteils verführen konnte, wie ein Auftritt der Band. zeigt. Einer von denen sollte das Urteil finden über einen Gunnar von Hlídharendi! In solchen Leuten konnte ein Mann von Standesgefühl und mit den Gewohnheiten eines kleinen Selbstherrschers keine Pairs erblicken.

In gleicher Richtung liegt Hallfr. 87, 14. Den Óttar verdrießen die Besuche, die der schöne Ingólf seiner Tochter abstattet. Er beschwert sich bei Ingólfs Vater, dem angesehenen Seetäler-Goden Thorstein, und der redet dem Sohne zu: „anders treibt ihr es als wir in unsrer Jugend, spielt die Narren, ihr, die ihr einmal Häuptlinge geben sollt! Laß diese Gespräche mit Bauer Óttars Tochter!“

Ingólf bessert sich fürs erste, dann aber dichtet er ein großes kunstvolles Liebeslied auf das Mädchen, und in diesem Punkte verstanden die Isländer, wie die Androhungen der Graugans bestätigen, keinen Spaß. Óttar läuft zornig zu Vater Thorstein: „bitte, erlaube mir, daß ich deinen Sohn vor Gericht lade . . .“ Thorstein erwidert: „besonders ratsam ist das nicht, aber ich will es dir nicht verbieten.“ Jökul aber, Thorsteins Bruder, steht dabei und ruft aus: „Unerhört! du solltest uns Seetäler vorladen hier in unserm Kreise? Fahr dirs in die Glieder!“ Worauf der friedliebende Thorstein einen Vergleich erwirkt und von Óttar das Selbsturteil erhält — das die Ehre der Seetäler begreiflicherweise nicht verkürzt!

In dem Parallelberichte der Vatsd. 61, 2 nimmt Óttar die Ladung Ingólfs wirklich vor, worauf Jökul wütend ausbricht: das wäre doch unerhört, wenn Einer aus ihrer Sippe hier in ihrem Erblande geächtet werden sollte! Und wie das Ding herankommt, sagt Ingólf zu seinem Vater, er möge jetzt Rat schaffen, sonst treibe er dem Óttar die Axt in den Schädel. Thorstein, sehr entgegenkommend, hilft Óttars Klage gewaltsam niederschlagen[1].

§ 61. Das Vorgeführte zeigt: wer einen Andern vor Gericht lädt, sollte ihm womöglich an Macht mindestens gleich stehn.

Als Hrafnkel hört, daß der Plebejer Sám eine Klage gegen ihn eingeleitet hat, dünkt es ihn *hlægilegt* „lächerlich“; und als er dann auf dem Allding erfährt, daß Sám wirklich da ist, dünkt es ihn wieder *hlægilegt*. Wie man ihm meldet, daß sein Ächtungsurteil bevorstehe, springt er auf und ruft sein Gefolge: er wolle es den Bäuerlein *(smámonnum)* verleiden, gegen ihn Klagen anzustrengen! (Hrafnk. 106, 22. 108, 7, 117, 5).

Will der Schwache prozessieren, so muß er einen Starken als Beistand gewinnen. Bisweilen kann er den eignen Goden an der Ehre fassen: „So wird mans beurteilen,“ sagt Ísólf zu Eyjólf, „daß dein Ansehen darunter leide, wenn weniger vornehme Männer als du sich meiner Sache annehmen“ (Eyj. 22, 134). Das Hauptbeispiel dafür, wie mit Hilfe fremder Häuptlinge ein Kleiner seine Totschlagsklage bis zum Waldgangsurteil durchführt, ist die Hrafnk. Die Saga versenkt sich tief in die hoffnungslose Stimmung des Mannes, wie nun auf dem Dinge Ernst aus der Sache werden sollte, und veranschaulicht gut die Mischung von Mitleid, Ge-

[1] Vergleichbar der Fall Sturl. 1, 59, 24.

rechtigkeitssinn, Tatendrang und Ehrgeiz, die die beiden Westföhrdler zur Unterstützung Sáms antreibt[1]. Als Hördh seine unselige Tat an Audh begangen hat, da tritt ohne weiteres der Nachbar und Freund Torfi — er ist zugleich der Gode der Gegend — als Kläger ein und setzt die Friedlosigkeit des Täters durch (Hardh. 65); Audhs Verwandte waren wohl kleinere Leute.

Der Größere kann die dem Kleinen entlehnte Klage als willkommene Waffe wider den Gegner benützen. So Bjarn. 47, 10: Der Sohn des Dálk hat Spottverse vorgetragen, die Thórdh auf seinen Rivalen Björn gedichtet hatte; dafür hat ihn Björn totgeschlagen. Dálk berichtet dies seinem Beschützer Thórdh; dieser fühlt sich als Miturheber des Geschehenen und zahlt dem Dálk die Sohnesbuße. Damit könnte ja nun die Sache beglichen sein; allein dem Thórdh kommt es nicht darauf an, seinen Schützling Dálk für den Sohn zu trösten, sondern dem Feinde Björn zu schaden: daher übernimmt er von Dálk die Totschlagsklage[2].

Mit dem Gesagten ist auch gegeben: unsre Sagas kennen keine Popularklage, weder primär noch subsidiär. Das wiederkehrende „sá á sǫk er vill" (es hat die Klage, wer will) der Rechtsbücher ist ihnen unbekannt[3]. Ein solches Eingreifen der Allgemeinheit würde sich auch fremdartig ausnehmen in dieser Sagawelt, die Alles in Parteien aufteilt, der Partei die denkbar größte Bewegungsfreiheit läßt.

§ 62. Das Klagen ist ein Verfolgen, ein *sækja;* nicht ein sich Beklagen, sich Beschweren, *kæra;* obschon auch dieses Wort hin und wieder, untechnisch, da gebraucht wird, wo *sækja* stehn könnte[4].

Wie überall bei den älteren Germanen sind es die Parteien, die den Prozeß leiten, nicht die Urteiler. Es gibt keinen verhörenden, zur Rede stellenden, inquirierenden Richter. Man naht sich dem Gerichte nicht mit der Ehrfurcht des Rechtsuchenden; viel eher erscheint das Gericht als ein passiver Gegenstand des

---

[1] Dem alten Hávardh helfen seine vornehmen Gönner, Gest und Steinthór, das erstemal bei einem *sætt*-Versuch, das zweitemal bei der Abwehr einer Dingklage (Háv. 17. 44).

[2] Vgl. die Klageabtretungen an den Mächtigeren: Reykd. 15, 8. 15, 57; Vápnf. 35, 10.

[3] Sieh Wilda S. 214 ff.; V. Finsen, Annaler 1850 S. 213; Amira, Pauls Grundriß 3, 202.

[4] Hardh. 70, 6; Grett. 33, 7. 53, 6. 183, 24; Ölk. 19, 11; dagegen in dem ältern Sinne „Beschwerde erheben, Auseinandersetzung haben über etwas": Eyrb. 204, 19; Finnb. 87, 4; Reykd. 1, 73. Andere Belege bei Fritzner.

Wettstreites der Parteien, zu vergleichen etwa mit einem guten *vígi*, einer Festung, einem sichern Posten im Gefechte, dessen Besitz ein taktischer Gewinn ist. Wer das Gericht an sich reißt, hat gewonnen; d. h. er kann mit diesem Werkzeuge den Gegner friedlos machen oder, wenn er selbst der Beklagte ist, die Friedlosigkeit abwenden. Es gibt zu denken und ist logisch kaum zu fassen, daß der Spruch dieser Gerichte schließlich doch das Ansehn hatte, daß man sich das schwerste Schicksal von ihm diktieren ließ.

Ohne Macht kein Erfolg im Prozesse. Als typisch darf gelten das Doppelvertrauen Steinars (Eg. 277, 11): „seine Klage erschien ihm rechtmäßig und seine Streitkraft genügend, um zu seinem Rechte zu kommen“!

Denn der Gerichtsgang ist eine stilisierte Fehde. Schon die Wahl des Dinges (Entscheidung zwischen Frühjahrsding und Allding) kann unter strategischen Rücksichten erfolgen. Thorvardh glaubt endlich eine Handhabe zum Prozeß gegen Glúm gefunden zu haben; aber sein Verbündeter Thórarin sagt: „die Sache ans Allding zu bringen, scheint mir mißlich bei dem Sippenanhang Glúms. Thorvardh meint: da weiß ich Rat! lad ihn vors Hegranesding; dort hast du den Sippenanhang; dort wirds schwer halten, die Klage abzuwehren.“ So geschieht es; Thórarin klagt ans Hegranesding, „denn all die Goden, welche dieses Ding zu leiten hatten, waren dem Thórarin schwägerschaftlich verbunden (Glúma 24, 21).

Wenn der andere Thórarin, der der Heidh. 80, 23, dem rächenden Bardhi empfiehlt, den bevorstehenden Kampf mit den Verfolgern an einen gewissen nördlicheren Punkt zu verlegen, weil dann die Geschworenen aus der Nordgegend, der des Bardhi, gewählt würden „und dies für dich der größte Vorteil ist“, — da verflicht sich die Strategie der Fehde mit der des Prozesses.

Und so geht es weiter durch alle Akte des Gerichtsganges: das „Recht“ ist nur für den da, der es zu erobern weiß. Selbst das vom Kläger glücklich durchgedrückte Urteil bleibt Theorie, wenn ihm nicht die eigene Tat folgt; s. u. § 93. 98[1].

[1] Zwei bezeichnende Stellen aus der Sturl.: 1, 159, 16 die Beklagten verzichten auf Gegenwehr am Allding: „sie sagten, sie würdens nachher in die Finger nehmen (*klappa um*), wenn die Sache zu ihnen in den Bezirk heraus käme.“ Was auf dem Ding geschieht, das braucht einem den Schlaf nicht zu rauben! — 2, 237, 21 Thorvardh sträubt sich, seine Friedlosigkeitsklage gegen Jón zurückzuziehen; da erklärt Thorgils: „das sage ich dir, Thorvardh, magst du Jón auch zum friedlosen Waldmann machen, bei mir hast du ihn zu holen, und ich werd ihn darum noch nicht vor die Tür setzen!“

§ 63. Ob eine Klage zu ihrem letzten Ziele, zum Urteil, durchdringe, das hängt, wenn überhaupt, nur mittelbar von der Gerechtigkeit der Sache ab. Bis zur Verurteilung kommt ein altisländischer Prozeß in der Regel da, wo auf dem Dinge niemand zur Verteidigung vorhanden ist oder wo die Klägerpartei die Verteidigung zu überwältigen vermag.

Der unschuldige Gretti wird friedlos, weil *engi var til svara*, „Keiner zur Antwort da war" (Grett. 164, 23), der unschuldige Háls desgleichen, weil sein Oheim Áskel *vildi eigi svara fyrir hann*, „nicht für ihn antworten wollte" (Reykd. 2, 58). Der schuldige Hördh verfällt der Acht, weil *engi kómu svǫr á móti*, „keine Antwort der Klage begegnete" (Hardh. 66), der schuldige Eystein desgleichen, weil *engir menn urðu til at svara fyrir hann*, „niemand es unternahm, für ihn zu antworten" (Reykd. 3, 36)[1].

In dem Falle Gretti wird das Ergebnis etwas eingehender begründet. Der Gesetzessprecher gab sein Gutachten dahin ab, daß der dem Gretti zur Last gelegte Mordbrand nicht erwiesen sei; er könne die Ächtung unter diesen Umständen nicht befürworten. Thóri aber, der Kläger, der seine Söhne durch Gretti gemordet glaubt, „war ein in seinem Bezirke mächtiger Mann und großer Häuptling, auch befreundet mit vielen angesehenen Herren. Er ging so scharf vor, daß mit der Freisprechung Grettis nichts auszurichten war". Dann setzt er einen Preis auf den Kopf des Geächteten. „Viele meinten, dies sei mehr aus Leidenschaft als nach dem Gesetze gehandelt *(meir af kappi en eptir lǫgum)*; aber doch ließ mans so bewenden."

Die Mischung von „af kappi" und „eptir lǫgum" durchdringt das ganze Strafrecht der Isländersaga.

Wie das *eptirmál* im weitern Sinne (§ 24), so kann das Eingreifen in einen Gerichtshandel gefahrvoll sein. Vor der Mordbrandsklage um Njál sagt Bjarni zu dem Beklagten Flosi: wer gegen die Klage einen gesetzlichen Einspruch vorführt, der hat den Tod an der Hand. Und er fügt bei, seinem Vetter Thorkel wünsche er diese lebensgefährliche Rolle nicht; man müsse sich anderwärts umtun: Eyjólf Bölverksson sei der Rechte dafür (Njála 334, 23).

Übrigens konnte auch derjenige von den Richtern, der vor dem Urteil die Klagepunkte zu resumieren hatte *(at reifa málit)*, dadurch der Rache des Beklagten sich aussetzen: Band. 58, 18; und

[1] Ähnlich Sturl. 1, 173, 11. 2, 91, 19.

so konnte es als Wagnis gelten, bei der Achtklage gegen den Götterlästerer Hjalti diese Aufgabe des *reifa* zu übernehmen (Krist. 31, 3; vgl. Maurer 5, 451). Der Gedanke der persönlichen Gegnerschaft erstreckt sich bis auf die Richterbank!

§ 64. Die innere Verwandtschaft des Prozesses mit der Fehde zeigt sich auf allen seinen Stufen. Es beginnt mit dem Mannschaftswerben, als ginge es auf einen Feldzug. Als schlössen Kriegführende ein Bündnis, so sucht man die Nachbaren zu gewinnen, daß sie *veita at máli*, „bei dem Handel mithelfen".

Dann der erste Akt, die *stefna*, die Vorladung des Gegners an seinem Wohnsitze: ein berüchtigter Streiterreger! In der Vorladungsformel tritt zum erstenmal das Beleidigende der Klage grell hervor. Als der humane Blundketil der *stefna* seines Anklägers zugehört hat, wendet er sich seinem Hause zu und begegnet seinem Gaste, dem norwegischen Kaufmann; der fragt ihn: „bist du verwundet, Bauer, daß du so rot bist wie Blut? — Er antwortet: verwundet nicht, aber dies ist nicht weniger arg: Worte hat man gegen mich gebraucht, wie sie nie bisher gebraucht worden sind: ich bin ein Dieb und ein Räuber genannt worden!" Worauf der Norweger, seinen Wirt zu rächen, einen Pfeil in den Haufen der Vorladenden schießt und einen harmlosen Knaben trifft, einen Häuptlingssohn: eine Tat, welche Rache heischt und den eben angefangenen Prozeß in grimmige Fehde verwandelt mit Mordbrand gleich die nächste Nacht (Hœns. 11, 8).

So wird die *stefna* öfter zum verhängnisvollen Umschlag[1]. Das Gefährliche, Zunderhafte an ihr zeigt die Gunn. 198, 5, 14. 199, 12. Ketil hat erlaubt, daß man den bei ihm einquartierten Schuldner vorlade, nur müsse es mit wenig Mann geschehen. Die Anderen bitten den überall beliebten jungen Thidhrandi mitzureiten, da sie dann auf friedlicheren Verlauf hoffen. Dennoch hegt man bange Ahnungen. Sie sind zu sieben, und noch ganz zuletzt sagt Thidhrandi: ich fürchte, Ketil findet uns zu Viele und wird kopfscheu.

Andremale bietet man ganz andre Zahlen auf, und der Vorzuladende (oder sein Vertreter) rüstet sich ebenfalls zu einem Scharmützel an Ort und Stelle. Eyrb. 75, 16 kommt Snorri an der Spitze von achtzig Mann geritten, und als Arnkels Leute ihn

[1] Ljósv. 1, 58; Reykd. 18, 122; Vápnf. 43, 18; Gunn. 199, 15; sieh auch Hróm. 412, 11 und die äußerlich verwandten Vorgänge Eyrb. 50, 14. 157, 22.

sehen, fragen sie, ob man gleich tätlich gegen sie losgehn solle. Aber Arnkel befiehlt, daß Snorri des Gesetzes genieße.

In der Glúma 22, 78 werden die zur *stefna* Ausgezogenen schon unterwegs angehalten und in ein Gefecht verwickelt. Doch war es nach Heidh. 35, 7. Reykd. 24, 57 Rechtens, wo den Vorladenden der Weg versperrt wird, daß sie die *stefna* an dér Stelle vorbringen, die sie ungefährdet noch erreichen können [1].

Der nächste Anlaß zum bewaffneten Durchkreuzen des Rechtsganges kommt mit dem Dingritte. An der Furt über die Weissach wirft sich Odd mit doppelter Truppenmacht dem Thórdh gelli entgegen, sodaß dieser nach einem Verluste von vier Mann auf den Dingbesuch verzichtet und seine Hilfskräfte bis übers Jahr auflösen kann (Hœns. 19, 31).

Dann auf dem Dinge selbst: da sucht man wohl dem Gegner das Dingfeld zu verwehren (u. § 67); oder ihn von der tagenden Gerichtskammer abzudrängen [2]. Oder endlich man rückt im Schlachtkeile gegen das Gericht vor und sprengt es auseinander (*hleypir upp dómi*) [3]. Richtige Massenkämpfe auf dem Dingplatze erzählen die Eyrb., Glúma und Njála [4]. Neues Hilfewerben bei den auf dem Ding versammelten Großen, auch gegenseitiges sich Ablocken der Streitkräfte (Eyrb. 82, 1) arbeitet diesen stürmischen Auftritten vor.

Den Schluß bildet, nach erlangtem Waldgangsurteile, die Frohnung: sie ist nach den Sagas schon an und für sich ein

[1] Die entsprechende Regel beim Frohnungszuge: Sturl. 1, 31, 13 (32, 16). 160, 16. — Eigentümlich ist der Bericht der Gísl. 49 ff. von der stefna Börks bei Gísli. Schon daß der vorzuladende Gísli von seinem Bruder gewarnt wird und in den Wald entweicht, hat in unsern Erzählungen keine Seitenstücke. Die Vorladenden greifen sonst nicht an, wenn man sie gewähren läßt. Noch auffälliger ist, daß Gísli einen Schlitten mit Fahrhabe belädt und nach dem Walde führen will: Beraubung ist sonst nie mit der *stefna* verbunden, auch in unserm Falle (52, 4) nehmen Börks Leute nichts mit sich. Hält man daneben, daß Gísli gleich darauf sein Vermögen an Bord bringt und daß die zu erwartende Frohnung unterbleibt (s. u. § 121), so kommt man auf den Argwohn, die Saga habe hier eine Verwirrung angerichtet: Motive, die zur Frohnung gehörten, die Flucht des Ächters, das Bergen seiner Habe (s. § 97), sind in den Zusammenhang der *stefna* geraten. Das Bild der beiden Handlungen hat darunter gelitten.

[2] Eyrb. 203, 19; Hrafnk. 117, 12; wohl auch Grett. 183, 25; Vápnf. 40, 18. 21.

[3] Glúma 24, 47; sonstige Dingsprengung: Vatsd. 61, 10; Ljósv. 11, 16; beabsichtigt Eyrb. 45, 6.

[4] Eyrb. (21, 19) 47, 3. 204, 1; Glúma 27, 62; Njála 369 ff.; sieh auch Eyj. 27, 85.

Mittelding zwischen Rechtsgang und Fehdegang; zudem kommt es vor, daß die zur Frohnung Ausgezogenen gewaltsam zurückgetrieben werden; s. u. § 97.

§ 65. Rechtsförmlicher Einspruch gegen eine Klage *(vǫrn, lýritr)* und gewaltsame Störung, Irrung des Gerichtes *(þings afglǫpun)* werden nicht immer scharf auseinander gehalten; sie können für das Gefühl der Beteiligten ineinander fließen. Beide Handlungen bezeichnet der Ausdruck *eyða málum*, „eine Sache veröden = zerstören“.

Ljósv. c. 10. 11 hat Gudhmund der Mächtige eine Klage gegen Brand auf dem nordländischen Vödhlading anhängig gemacht. Thorkel Geitisson aber hat seinem Schützling Brand das Heimatsrecht bei sich im Ostviertel verschafft. Daraus ergibt sich ihm ein gesetzlicher Einspruch gegen Gudhmunds Klage. Er ist gewillt, diesen Einspruch geltend zu machen, und erbittet von seinem Freunde Thorstein Hilfe, um die Sache gegen Gudhmund mit Eifer, um die Wette *(með kappi)* zu verteidigen. „Thorstein sagte, er sehe wohl, daß ein gesetzlicher Einspruch vorhanden sei; aber doch wird man finden, es werde *með kappi* vorgegangen.“ — Die beiden richten es nun so ein, daß ihre Hauptschar unbemerkt in der Nähe des Dinges zurückbleibt, während sie selbst nur mit drei Mann auf dem Dingplatze erscheinen. Gudhmund erklärt, er ahne zwar, daß er seine Klage bei dem falschen Gerichte eingeleitet habe; aber da der Gegner nur selbfünft gekommen sei, habe er schwerlich die Absicht, den Prozeß zu zerstören *(eyða)*. Nachdem Gudhmund seine Klage vorgebracht und ein erneutes Vergleichsangebot Thorkels abgelehnt hat, erhebt Thorkel feierlich seine Einrede „und verbot ihnen (den Richtern) zu urteilen“. Gudhmund sagte, er betreibe da seine Verteidigung *með kappi;* das solle ihm aber hier (auf dem ihm fremden, nordländischen Dinge) nicht gelingen. Übrigens werde er den Schuldigen im Ostviertel verklagen, wenn sie ihm hier den Prozeß zerstören *(eyða)* wollten. Thorkel traut offenbar seinem rechtsförmlichen *eyða* nicht, denn er gibt jetzt seinen versteckten 120 Mann das Zeichen: „sie stürmen los auf das Ding und sprengen das Gericht“. Dies ist nun eine unzweifelhafte *þings afglǫpun*, wofür Gudhmund alsbald Klage gegen Thorkel erhebt. Aber schon all das Vorausgehende spielt in bezeichnender Weise zwischen dem gesetzlichen Verteidigungsgrunde und der Absicht gewaltsamer Dingirrung[1].

[1] Vgl. auch die nicht ganz durchsichtige Stelle Ljósv. 4, 49: Höskuld als

§ 66. Der altisländische Prozeß, sagten wir, ist eine Fehde, aber eine stilisierte, durch bestimmte Formen gebundene.

Die isländischen Rechtsbücher des 13. Jahrhunderts sind berühmt, ja verrufen für ihren maßlos verwickelten Formalismus. Daß sehr Vieles davon allezeit nur im fachmännischen Rechtsvortrage und auf dem Pergament gestanden hat, bezweifelt man nicht. Wie vieles der Art dem strafrechtlichen Brauche der Sagazeit angehörte, auf diese Frage geben die Familiengeschichten keine Antwort. Auf die Njála ist darin kein Verlaß, denn sie schwelgt ja eben in dem Formelkrame, den sie aus der Doktrin der spätfreistaatlichen Zeit schöpft. Die andern Sagas aber bringen von den Einzelheiten des Gerichtsverfahrens nur das, was für die Geschichte bezeichnend, was ein erzählerisches Motiv ist; hin und wieder sind solche Punkte deshalb festgehalten, weil sie als ausgestorbener Brauch fesselten[1].

Aus der Angabe der Hrafnk. 116, 15, Sáms Klagevortrag sei *miskviðalaust*, „ohne Versprechen, ohne falsche Ausdrücke" von Statten gegangen, ist nicht viel zu folgern; an einen Aufwand wie den der Njála oder der Grágás braucht dabei nicht gedacht zu sein; vgl. auch Dropl. 156, 13.

Spärlich sind die Fälle, wo das Übersehen einer Form der Klage den Hals bricht. Band. 36, 20 wählt Odd für seine Totschlagsklage die neun Geschworenen ganz richtig daheim im Bezirk; dann aber stirbt einer davon, und den Ersatzmann wählt Odd wieder im Bezirk: dies hätte er auf dem Ding tun sollen, und an diesem Verstoß scheitert seine Klage. Auch Flóam. 159, 13 beruft der Kläger neun Geschworene, und der Gesetzessprecher nennt — ohne Begründung — diese Klagezurüstung falsch; der Prozeß fällt nieder. Dann kann man etwa noch hierher rechnen, daß in der Glúma 24, 54 der Abschluß einer Klageverhandlung untersagt wird mit Berufung darauf, daß die Sonne schon auf das Dingfeld scheine. (Man war die helle kurze Frühsommernacht

Kläger hat vor, die Geschworenen wider die Gegenpartei aussagen zu lassen: es ist wohl im besondern an die Unbüßbarkeit des erschlagenen Gegners gedacht (sieh 3, 12. 4, 77), jedenfalls doch an ein rechtsförmliches Prozeßmittel. Aber der Berater Ófeig erwidert: „das ist kein Plan; es ist schlimm, eine *þings afglǫpun* zu bewirken."

[1] Man wird das so zu erklären haben, daß zu den Zeiten, wo der neuere Brauch aufkam, die Erzähler der Geschichten das Abweichende an dem alten Hergange eigens anmerkten. Die ersten Berichterstatter, die Zeitgenossen der Ereignisse, konnten ja nicht ahnen, welche Dinge später veralten und dadurch interessant werden würden.

hindurch versammelt geblieben.) Der von Glúm wortspielend-doppelsinnig gehandhabte Eid bezeugt keinen starren Formalismus der Rede, im Gegenteil; denn die Anwesenden erklären arglos, in diesem Wortlaute hätten sie ihn noch nie gehört (Glúma 25, 22).

Die Sagas belehren uns nicht, in welchem Maße jenes unerbittliche „Qui cadit a syllaba, cadit a tota causa“ Geltung hatte[1].

§ 67. Von den Punkten, worin die Saga von den Rechtsbüchern abweicht, hat der folgende größere Bedeutung.

Nach der Grágás hat bei Totschlag oder schwerer Verwundung die *lýsing*, die rechtsförmliche Verkündigung binnen dreier Tage durch den Kläger, die Folge, daß der Täter *óæll til dóms* wird, „nicht genährt werden darf bis zum Urteile“, und daß ihm das Betreten des Dings untersagt ist[2].

Die Bestimmung zählt zu denen, die von vornherein gegen den Angeklagten Partei ergreifen und sich in den Fall einer ungerechten Anklage gar nicht hineindenken. Denn die *lýsing* war ja noch kein Beweis für die Schuld; aber dem Betroffenen raubte jene Vorschrift die Möglichkeit, sich in eigener Person vor Gericht zu verteidigen. In der Klausel, daß er das Betreten des Dinges erwirken könne durch den Nachweis, der Gegner habe ihn wissentlich falsch beschuldigt, liegt nur ein Notbehelf. Denn dieser Nachweis war von einem *óæll til dóms* schwer zu leisten und hätte ja nur auf dem Dinge erbracht werden können; abgesehen davon, daß mit einer falschen Beschuldigung bona fide gar nicht gerechnet wird[3]. Außerdem vereinigt sich die Strafe für den unerlaubten

---

[1] Die Sturlunga saga erzählt ihre Prozesse im ganzen noch knapper, das fachmäßige Detail ist noch spärlicher, Formeln fehlen so gut wie ganz. Das bestätigt, daß der altisländische Realismus, anders als unser moderner, keinen Reiz darin fand, das Zuständliche der eignen Zeit, das jedem vertraut war, abzubilden. Ebendaher werden die breiten Rechtsgemälde der Njála — wie auf anderm Gebiete die Zustandsbilder des Eddaliedes Rígsthula — nur als archaisierende Dichtung faßbar (o. § 8).

[2] Vgl. Wilda S. 308 ff.; V. Finsen, Annaler 1850 S. 236 f.; Maurer 5, 93 ff. 463. 485. 728 ff.

[3] Die von Wilda in diesen Zusammenhang gebrachte Vorschrift der Grágás, daß der Verletzte dem Totschläger die in bestimmten Formen nachgesuchten *grið* (zeitweilige Sicherheit) gewähren müsse, ist, wie Maurer 5, 729 zeigt, von dem Verbote des Dingbesuches zu trennen. Es handelt sich dabei um einen Anlauf zu schiedlicher Auseinandersetzung (*til heilla sátta*). Die genannte Vorschrift ist wohl ein Versuch, die in praxi so unendlich beliebten *sættir* zu systematisieren.

Dingbesuch, die dreijährige Landesverweisung, schlecht mit der zugrunde liegenden Klage um Totschlag oder schwere Verwundung. Denn diese Klage ging nach der Grágás auf strenge Acht, Waldgang. Führte also das Dinggericht zum Waldgang des Beklagten, so absorbierte dies die dreijährige Verbannung. Erfolgte aber Freisprechung, so trat die Strafe für den Dingbesuch gegen einen anerkannt Unschuldigen ein, der auch nach isländischem Rechtsgefühle den triftigsten Grund hatte, zur Bekämpfung der unberechtigten Anklage vor Gericht zu erscheinen.

Man darf danach diese ganze Verfügung der Graugans zu den wirklichkeitsfremden Klügeleien rechnen, an denen die isländischen Rechtsbücher so reich sind. Jedenfalls sind die Geschichten, sowohl die der Sagazeit wie die der Sturlungasammlung, von diesem Rechtssatze frei zu sprechen [1].

Wenn der Norweger Gunnar schon vor seiner Ächtung sich verstecken muß wie ein gehetztes Wild (Gunn. 203 ff.); wenn Hall gleich den Winter nach seiner Tat in einem Winkel des Hauses verborgen gehalten wird (Eyj. 25, 14) und die Söhne des Ósvífr nach Kjartans Tötung sich in einen unterirdischen Gang zurückziehen (Laxd. 158, 22; sieh auch Vatsd. 73, 14), so ist allemal lediglich an die Verfolgung durch die feindliche Sippe gedacht: der Zeitraum vor dem Urteil bildet ja kein Pausieren der Feindschaft zwischen den Parteien. Ein „óœll til dóms“ dürfte man in solchen Vorkommnissen nicht erblicken.

Was dann den verbotenen Dingritt anlangt, so beruft sich Maurer in erster Linie auf die Hœns. 21, 3 als Beweis dafür, daß es Ernst gewesen sei mit dem Ausschluß von der Dingstätte. Allein, der hier ausgeschlossen wird, Odd, ist ja gar kein Beklagter; gegen ihn ist weder *lýsing* noch *stefna* ergangen! Überdies dürfen Odds Leute tatsächlich das Ding besuchen, nur zelten sollen sie außerhalb des geweihten Dinggrundes. Jenes Grágás-Verbot kommt hier gar nicht in Frage, vielmehr ein Akt formloser Gewalt, ausmündend in einen vermittelnden Vertrag: erst will man den Gegnern den Zutritt zum Ding abschneiden, gerade so wie das Jahr vorher den Klägern der Zutritt verwehrt worden war (wofür es doch kein Gesetz gab!); es entsteht eine große

[1] Die schon von Wilda S. 310 f. erwähnte Ausnahme in der Njála (144, 10. 147, 9) zielt auf etwas anderes: das Klagerecht dessen, der einen Andern (unblutig) geschlagen hat; sieh F. Jónssons Anm. zur Stelle, wo aber das „hafir áðr lostit þorgeir“ irrig mit Totschlag zusammengebracht wird (vgl. 135, 11). Ob die betr. Angabe der Njála zu retten sei, lasse ich dahingestellt.

Schlägerei und dann die übliche *sætt:* weil Odds Partei erstens die mißliebige Seite des Handels vertritt und zweitens an Streitmacht zurücksteht, muß sie nachgeben, d. h. in diesem Falle Platz machen; aber die Teilnahme an den Dingverhandlungen soll ihr nicht entzogen sein, das bedingt man gleich aus, gesittetes Betragen vorbehalten.

Auch die zwei weiteren Stellen, die Maurer heranzieht, Eyj. 26, 64 und Glúma 24, 36, bieten den Sachverhalt, daß der Beklagte, halbfreiwillig oder gezwungen, außerhalb der Dingheiligkeit seine Zelte aufschlägt, damit Reibungen zwischen ihm und den Klägern vermieden werden; wogegen ihm der Zugang zum Gerichte, also das worauf es ankommt, unverkümmert bleibt. Beidemale ist es die überlegene Macht der Gegenpartei, die dem Beklagten jene Schranke zieht. Bei unbefangenem Lesen hat man den Eindruck, daß unter gewöhnlichen Umständen dort Thorvardh, hier Glúm ruhig ihre Baracken auf dem Dingfeld beziehen würden. Eine „symbolische Anerkennung der eigenen Friedlosigkeit“ (Maurer 5, 101) trägt einen fremden Gedanken hinein: weder Thorvardh noch Glúm sind je friedlos geworden.

§ 68. Dies bestätigen nun weitere Fälle, wo der auf Totschlag Verklagte entweder das Ding besucht, ohne daß sich jemand dagegen erhebt:

Hrafnk. 107 (hier mit ausdrücklich erwähnter *lýsing* durch den Kläger 106, 21); Eg. 276, 15; Bjarn. 72, 19; Heidh. 48, 20; Eyj. 30, 25; Njála 331, 22;

oder wo sein Ausbleiben vom Dinge eigens begründet wird, wie in der Hardh. 65, 17: hier bittet Hördh seinen Schwager, ihn auf dem Ding zu vertreten, da er selbst wegen der Feindschaft des mächtigen Klägers Torfi nicht wage, dort einen Vergleich anzubieten. Oder in der Vatnsd. 78, 11: der Totschläger läßt seine zwei Fürsprecher aufs Ding reiten und bleibt zurück, weil „er hoffte, daß dann weniger Geld bezahlt würde, wenn er nicht selbst hinzöge“.

Daneben halte man die Stelle der Grett. (53, 1): Der alte Häuptling Thorkel verspricht seinem Verwandten Gretti, der einen Begleiter auf dem Dingritte umgebracht hat: „. . . . ich werde die Buße tragen, die über dich verhängt wird; aber die Ächtung habe ich nicht in meiner Gewalt. Du hast nun die Wahl, Gretti, ob du lieber mit aufs Ding reiten willst und es drauf ankommen lassen, wie es dort ausläuft, — oder hier umkehren.“ Gretti wählt das erste, und es verlautet nichts davon, daß man ihn dafür angefochten hätte; für seinen Totschlag kommt es zu dreijähriger Landesverweisung. — Es ist klar, so könnte der Erzähler den Thorkel nicht reden lassen, wenn ihm der Dingbesuch des Totschlägers als Gesetzwidrigkeit vorschwebte. Anderseits jedoch liegt in den Worten, daß ein solcher Dingbesuch als Wagnis galt. Die vorangehende Stelle der Vatnsd. beleuchtet dies von der andern Seite: das Fernbleiben des Schuldigen ist geeignet, die Kläger zu milderen Bedingungen zu bewegen.

Damit wird man die Tatsache zu verbinden haben, daß in der großen Mehrzahl der Fälle allerdings der Totschläger wegbleibt von der Gerichtsversammlung, die über sein Schicksal entscheidet. Da das Verbot des Dingrittes, wie wir sahen, für die Sagazeit nicht anzuerkennen ist, hat man andere, nicht formal-rechtliche Ursachen zu suchen. Die Gegenwart des Täters wirkte auf die Verletzten als Herausforderung, ja legte die Gefahr nahe, daß auch auf dem geweihten Boden des Dinges gewaltsame Rache aufflammte. Zugleich war der abwesende Täter seinen Klägern gewissermaßen entzogen, aus der Hand geschlüpft: man konnte nicht wissen, ob er sich nicht schon aufs Schiff gerettet, vielleicht seine fahrende Habe geflüchtet hatte. Dann hatte ein Friedlosigkeitsurteil für die Kläger nicht mehr den vollen Wert: der Mann selbst nicht mehr zu fassen, die Aussichten auf die Frohnung ungewiß. So mochten sie sich l e i c h t e r dazu verstehn, ihre Ansprüche herabzustimmen auf Landesverweisung oder auf Bußen von der Höhe, wie die anwesenden Freunde des Schuldigen sie ihnen einräumten. Damit zogen sie, um isländisch zu reden, die eine Krähe in der Hand den zweien im Walde vor.

Man vergleiche damit die vorbauende Landflucht u. § 89, namentlich Nr. 4; die Fortschaffung der Ächter u. § 94, sowie den Gedankengang der Band. 42, 12. 45, 23. 49, 6: der Beklagte Odd bleibt dem Dinge fern und hält sich bereit, mit seinem beweglichen Gute davonzusegeln, für den Fall daß er friedlos würde und die Achtleger zur Frohnung anrückten.

War es aus den angeführten Gründen vorherrschender Brauch, daß der um schwere Missetat Verklagte die Nähe der Gegner und damit die Dingversammlung mied, so kann man verstehn, daß die Rechtstheorie dies zuspitzte zu dem V e r b o t e des Dingrittes nach erfolgter *lýsing*. Das norwegische Recht kennt dieses Verbot nicht[1] (nach Wilda S. 311 ist es auch den andern germanischen

[1] Frostath. IV 30: „so ist auch bestimmt, daß man keinem Menschen den

Rechten fremd); nur verlangen die Gulathingslög § 160 von dem Totschläger, der das Ding betreten will, gewisse Förmlichkeiten. Derartiges mag leicht auch der isländischen Sagazeit bekannt gewesen sein: es wäre nur das zu Erwartende, wenn solche äußern Formen in den Erzählungen verschwiegen würden und das Recht des Täters auf den Dingbesuch als theoretisch unbeschränkt dasteht.

§ 69. Zu der *lýsing* o. § 67 sei dies noch angemerkt.

Diese Verkündigung durch den Klageberechtigten ist zu unterscheiden von der *víglýsing*, „der Totschlagsverkündigung, -verklarung", die dem Täter selbst obliegt, soll sein Totschlag nicht als „Mord" d. i. verhehlte Tötung gelten. Maurer bemerkt zu diesen beiden Arten von *lýsing*: „die *víglýsing* des Täters ist bereits dem norwegischen Rechte ganz in derselben Weise bekannt wie dem isländischen und offenbar von Norwegen aus nach Island herübergekommen; von einer *lýsing*, die dem Klagberechtigten zustehn würde, weiß dagegen das norwegische Recht nichts, und sie ist somit ganz entschieden erst ein Erzeugnis späterer Zeit und spezifisch isländischer Verhältnisse" (5, 773).

Danach legt sich die Frage nahe, ob diese spätere, nur-isländische *lýsing* den ersten fünf Menschenaltern der Insel, also der (Besiedelungs- und) Sagazeit schon angehört habe, und ob die Erzählungen hierauf Licht werfen.

Ich finde dieses jüngere *lýsa* an 5 Stellen in 5 Sagas erwähnt[1]:

Laxd. 160, 5 (11). Fóstbr. 34, 7. Vatsd. 53, 9. Finnb. 46, 12. Hrafnk. 106, 21.

Das ältere, vom Totschläger ausgehende *lýsa* finde ich an 16 Stellen in 11 Sagas:

Bjarn. 70, 7. Laxd. 157, 26. Band. 59, 6. Thórdh. 26, 27. Grett. 159, 2. 164, 9. 175, 15. Korm. 35, 31. Heidh. 10, 4. 16, 11. 47, 2. Vall. 3, 141. Glúma 23, 59. 27, 32. Reykd. 13, 59. Dropl. 148, 25.

Demnach immerhin ein nennenswertes Überwiegen der ältern Erscheinung. Wobei man noch beachte, daß in der zweiten Gruppe sechs Sagas stehn von archaischer Deutlichkeit in juristischen

Dinggang verweigern soll, außer dem Totschläger, der auf dem Dinge jemand tötet und beim Nachlaufen ergriffen wird, oder dem Diebe, dem das Gestohlene auf den Rücken gebunden war."

[1] Die Njála bleibt auch hier besser aus dem Spiele.

Dingen [1], in der ersten Gruppe nur eine, die Hrafnk. Als Möglichkeit wird man es gelten lassen, daß die *lýsing* durch den Kläger erst nach der Sagazeit aufkam und daß die fünf widersprechenden Stellen Kostümverstöße sind. Aber die Sagas lassen sicher auch die Annahme zu, daß dieser jüngere Rechtsbrauch bereits im 10. Jahrhundert begann, hinter der altererbten *lýsing* des Täters jedoch an Verbreitung noch zurückstand.

§ 70. Der Inhalt (das Ziel) einer Klage wird nicht allzuhäufig angegeben; Ausdrücke wie: *lét varða skóggang* „ließ Waldgang darauf stehn" (§ 82 Nr. 9 a. b. d. e); *sœkja til sekþa* (Gunn. 209, 24), *til útlegðar* (Hœns. 18, 32) „auf Acht verklagen".

Oft ist erst aus dem Urteil zu ersehen, worauf die Klage sich richtete. Die Abwechslung ist hier nicht groß: reine Bußen sind kein Gegenstand von Gerichtsklagen (u. § 122); milde Acht scheint zwar dreimal durchs Gericht verhängt zu werden (u. § 99), aber daß die Klage *til utanferðar*, „auf Landesverweisung" lautete, kann ich nicht belegen: wo auf „sekþ" geklagt wird, hat man dieses mehrdeutige Wort vielleicht immer auf strenge Acht zu beziehen [2]; wer sich mit milder Acht des Gegners begnügen wollte, pflegte schiedlich vorzugehn. Eg. 276, 5 klagt Steinar zwar auf Landesverweisung *(fjǫrbaugsgarð)*; aber es sind zwei Klagen dieses Inhaltes, die zusammen einen Waldgang erzielen sollen (u. § 88 Nr. 67 a).

Der Hauptfall gerichtlicher Klage war die auf strenge Acht, Friedlosigkeit; darüber sieh u. § 92. 108. Hier ist noch eine angrenzende Erscheinung zu untersuchen, die schon in § 39 gestreifte Klage auf Unheiligkeit des erschlagenen Gegners, die sogen. „Klage gegen den toten Mann" [3].

Der zur Rache oder in Notwehr Erschlagene kann als *óheilagr* oder *ógildr* erklärt werden.

óheilagr „unheilig" ist die Verneinung von *heilagr* „unverletzlich, unter (höherem) Rechtsschutz stehend"; also = „an dem man sich vergreifen darf". Dazu das Hauptwort *óhelgi* „Unheiligkeit, Unbüßbarkeit" und das Zeitwort *óhelga* „als unheilig erklären", auch mit unpersönlichem Subjekt: *stafshǫggit ok orðin*

[1] Die Bjarn., Heidh., Vall., Glúma, Reykd., Dropl.; die Heidh. allerdings nur mit ihrem ersten, von Jón Ólafsson nachgeschriebenen Teile.

[2] Vgl. u. § 84 Nr. 36 a—d.

[3] Dazu Wilda S. 162 ff.; Maurer 5, 55 ff. 726 ff.; Hermann Scherer, Die Klage gegen den toten Mann, Heidelberg 1910.

skulu óhelga hann, „der Stockhieb und die (beleidigenden) Worte sollen ihm die Bußbarkeit aberkennen“ (Reykd. 24, 81).

ógildr ist wörtlich „der nicht zu Vergeltende, Bezahlende“ = „den man nicht zu büßen braucht“. (Das Wort kann auch die präterital-passive Bedeutung annehmen: „unvergolten“ = *ógoldinn;* z. B. Njála 287, 11.)

In dem *óhelga* liegt, allgemein gefaßt, der Gedanke: „meine Rachetat brauche ich nicht zu büßen, denn mein Gegner durfte erschlagen werden“.

§ 71. Die Sagas zeigen das *óhelga* teils als richtige Klage gegen den Toten, ehe die Auseinandersetzung mit den Gegnern beginnt.

1. Eyrb. 95, 14: ein von Vigfús entsandter Knecht hat, anstatt Snorri zu fällen, dessen Oheim Má verwundet; darauf ließ Snorri den Vigfús umbringen. Im Frühjahr danach erwidert Snorri die Klage um Vigfús durch eine Gegenklage auf Vigfús' Unheiligkeit wegen des Mordanschlags gegen ihn und der Verwundung Más *(lét til búa fjǫrráðamál við sik ok áverkamál Más til óhelgi Vigfúsi)*. Die beiden Klagen münden in ein schiedliches Verfahren aus, das die Unbüßbarkeit Vigfús' nicht anerkennt.

2. Eyrb. 129, 12: Arnkel hat eines Sommers den Hauk, der ihn im Auftrage Snorris überfiel, totgeschlagen. Im nächsten Frühling klagt Snorri für Hauk, Arnkel seinerseits auf Unheiligkeit des Hauk wegen seines Überfalles *(bjó frumhlaupit til óhelgi Hauki)*. Hauk wird vor Gericht *óheilagr*, Snorris Klage wird niedergeschlagen.

3. Grett. 159, 11: die wegen Tötung der Thórissöhne angeklagten Grím und Atli erheben die Abwehrklage auf Unheiligkeit der Gefällten wegen Angriffs und Überfalls *(bjuggu til varna um atfarir ok frumhlaup til óhelgi þeim brœðrum)*; die Tat liegt ein halbes Jahr zurück. Es kommt auf dem Ding zum Vergleiche (s. o. § 39).

4. Glúma 9, 42: Glúm hat an Sigmund die ränkevolle Erpressung eines Grundstückes gerochen und wird um diesen Totschlag verklagt (das Nähere oben § 29). Er seinerseits rüstet eine Klage gegen Sigmund zu „und lud ihn vor um Diebstahl ... und verklagte ihn auf Unheiligkeit, da er auf Glúms (widerrechtlich angemaßtem) Eigentum gefallen war, und grub Sigmunds Leichnam aus“ *(stefnir honum til óhelgi, er hann fell á hans eign, ok gróf Sigmund upp)*. Vor Gericht bringt Glúm dies vor zur Abwehr *(til*

varna) der gegnerischen Klage: „er ernannte sich Zeugen dafür und wehrte so die Klage ab; und seine Verwandten standen ihm bei, sodaß Sigmund unheilig fiel.“

5. Glúma 22, 40: Arngrím hat seinen Vetter Steinólf aus Eifersucht erschlagen. Ein halbes Jahr später, als Glúm die Klage für Steinólf anhängig macht, reizt Einer die Gegner, Steinólf auf Unheiligkeit zu verklagen *(stefna til óhelgi).* Ihr Vorhaben wird durch Glúm vereitelt, der sie in einen Kampf verwickelt. Später beim Vergleiche wird für Steinólfs Tötung gebüßt (23, 99).

6. Dropl. 153, 21: Helgi haut den Ehebrecher Björn nieder und verklagte ihn auf Unheiligkeit, weil er aus gültigem Grunde erschlagen worden war *(stefndi honum til óhelgi, fyrir þat er hann var um sanna sǫk veginn).* Die Tat bleibt beim Vergleiche bußlos; s. u. § 75.

7. Dropl. 156, 26: Flosi hatte den Arnór erschlagen lassen und zieht nun 120 Mann zusammen, um Arnór an dessen Wohnsitz auf Unheiligkeit zu verklagen (*stefna til óhelgi*). Keine näheren Angaben. Also ein Aufgebot wie bei der gefährlichen Vorladung eines lebenden Gegners.

8. Njála 144, 7: Njál gibt dem Gunnar, der 14 Angreifer erschlagen hat, den Rat: „geh an den Kampfplatz und grab die Toten aus und ernenne Zeugen zu ihren Wunden und erkläre die Toten alle als unheilig, weil sie mit der Absicht euch entgegentraten, dir und deinen Brüdern Überfall und jähen Tod zu bereiten.“ Gunnar tut so und verklagte sie auf Unheiligkeit (*stefndi þeim til óhelgi*). Beim Vergleiche auf dem Ding sind die Erschlagenen dann mit halben Bußen zu vergelten.

In den bisherigen Fällen sind die für das Erheben einer Klage üblichen Ausdrücke gebraucht: *búa (mál) til, stefna.* Diese fehlen in den folgenden.

9. Ljósv. 3, 12: die Thorgeirssöhne haben den Sölmund, der gegen seine Landesverweisung verstoßen hat, erschlagen und entheiligen ihn nun (*óhelguðu;* einige Zeit nach der Tat); vgl. 3, 19. Auf dem Ding schließt man endlich Vergleich, wobei Sölmund, als unheilig gefallen, nicht gebüßt wird.

10. Bjarn. 40, 31: Björn und sein Oheim haben die zwei auflauernden Norweger besiegt und mit Lava gedeckt; sie erklären sie (sogleich nach der Tat) als unheilig, dem Gesetze gemäß, für ihren Überfall und Hinterhalt *(þeir óhelga þá, sem lǫg lágu til, fyrir athlaup ok fyrirsát).* Es folgt keine Aktion der Gegenpartei.

11. Bjarn. 44, 31: Björn hat seinen Angreifer Thorstein er-

würgt; am Morgen nach der Tat begibt er sich mit seinen Knechten zu der Stelle, wo er den Toten eingescharrt hatte, „und ernannte Zeugen und erklärte ihn als unheilig nach dem Gesetz“ *(nefndi vátta ok óhelgaði hann at lǫgum)*. Gleichwohl bietet er dann Busse für Thorstein, s. o. § 39.

Verschwommener heißt es in der Finnb. 50, 3: „diese (von Finnbogi gefällten) Leute erklärte *man* für unheilig gefallen, Finnbogi aber sei schuldlos und habe sich seiner Haut gewehrt“. Die Klage der Gegner folgt erst später; die Toten bleiben ungebüßt. Und ebenda 46, 13: Finnbogi weigert Busse für den Erschlagenen, weil dieser durch seine Schmähreden die Heiligkeit verwirkt hatte *(hefir mælt sér til óhelgi)*; zugleich stand Finnbogi in Notwehr (45, 13). Die Dingklage wird damit abgeschlagen (47, 4).

Hervorzuheben sind die zwei negativen Punkte:

der Tote wurde nicht immer auf handhafter Tat oder in Gegenwehr erschlagen; sieh Nr. 1. 4. 5. 6. 9;

die Klage gegen den Toten folgt der Erschlagung nur selten auf dem Fuße, nämlich in Nr. 6. 10. 11.

Beides entfernt sich von dem anderwärts vorherrschenden Brauche, s. Scherer a. a. O. S. 72. 76. 81. 179.

Dazu der positive Punkt: das Ausgraben der Leichen in Nr. 4 und 8 ist eine Altertümlichkeit, die die Grágás nicht bewahrt hat, und die sich aus Abstand vergleicht mit dem Schleppen des verklagten Toten vor Gericht in schwedischen und deutschen Rechten; s. Lehmann-Schnorr S. 71. Scherer S. 85. 149 f.

§ 72. Andremale wird die *óhelgi* des Erschlagenen erst vor der Gegenpartei geltend gemacht, sei es als Einspruch (*vǫrn*) bei der Gerichtsverhandlung[1]; sei es bei der Beratung des Vergleiches[2]. Es heißt beispielsweise (Eg. 281, 17): „Nun sieht jedermann leicht ein — erklärt der Inhaber des Schiedsspruches —, daß sie auf ihren Werken gefallen sind, und sie sind *óbótamenn*, nicht zu büßende Leute“[3].

---

[1] Eyrb. 116, 1; Grett. 34, 8; Njála 162, 12.

[2] Eg. 281, 17; Eyrb. 23, 10; Laxd. 162, 5; Boll. 252, 21; Háv. 50; Thórdh. 20, 21. 54, 25; Vatsd. 63, 3. 74, 23; Reykd. 13, 174. 24, 80; Njála 104, 14. 129, 20. 230, 1 (= 248, 2). 376, 11. 377, 27.

[3] Weil das Wort *óbótamaðr* der Grágás unbekannt ist, und weil im norwegischen Rechte der term. techn. *úbótamaðr* einen abweichenden Sinn entwickelt hat („der Friedlose, der sich nicht durch Buße freimachen darf“), nimmt Maurer 5, 71 an, in den Sagas werde ein „fremder Ausdruck verkehrt angewendet“. Ich halte das für unbegründet. Die isl. Bedeutung ist ungezwungen

§ 73. Besonderheiten zeigen die folgenden Fälle.

a) Eyrb. 80, 6: Björn hat einen Hirten ohnmächtig geschlagen und ist dafür von Má schwer verwundet worden. Für diese Wunde wird auf dem Ding geklagt, aber Snorri hat Gegenklage eingeleitet auf Unheiligkeit des Björn *(bjó drepit til óhelgi við Bjǫrn)* und erreicht es, daß Björn unheilig wurde für den Angriff auf den Hirten und keine Buße erhielt für seine Verwundung.

Also eine Klage nicht gegen den toten, sondern gegen den verwundeten Mann. Auch Reykd. 13, 172 geht ein Schiedsspruch dahin, daß zwei Verwundete *bótalausir*, „bußlos" sein sollen; ähnlich Thórdh. 20, 22, vgl. Vatsd. 49, 17.

b) Njála 128, 1: Gunnar hat den Otkel vor Zeugen als unheilig erklärt *(óhelgaða ek Otkel)*, weil dieser ihm mit dem Sporn eine beschimpfende Wunde beibrachte; dieses *óhelga* geschah, bevor Gunnar den Otkel zur Rache erschlug.

Also ein vorbauendes Aberkennen der Unverletzlichkeit. Eine Klage *(stefna)* auf Unheiligkeit, die vor dem Gerichte zu führen wäre, ist hier offenbar nicht gemeint. Die Erklärung Gunnars soll an und für sich wirksam sein, sie ergibt auch später einen Einspruch gegen die Klage um Otkels Tötung.

c) Bjarn. 36, 29: Björn verlangt beim Vergleiche, wenn sein Gegner oder er vor andern Leuten Schmähverse vortrügen, so sollte der Betreffende unheilig fallen *(skyldi óheilagr falla)*.

d) Vatsd. 63, 3: zu den Bestimmungen eines Vergleiches gehört es, daß Ingólf unheilig fallen sollte, wenn er künftig ohne Begleitung seines Bruders die Valgerdh besuchen käme.

In b—d haben wir Übergänge zur Acht, imbesondern zur Bezirksacht, die ebenfalls auf einzelne Gegner (Kläger) zugeschnitten sein kann (s. u. § 106). Man vergleiche Reykd. 13, 174, wo zuerst von dem Toten die Rede ist, der unheilig gefallen sein soll, und gleich darauf von zwei Lebenden, die in Zukunft unheilig fallen sollen im Gebiete der Inselföhrde, außer wenn sie in Begleitung Áskels seien.

§ 74. Überblicken wir das Vorgeführte. Wir fanden in § 71 und § 73a Klagen auf *óhelgi*, die wie andere Klagen vor Gericht gebracht werden oder doch darauf berechnet sind. Dann in § 72 Konstatierungen der *óhelgi*, die bisweilen vor Gericht, viel öfter

aus den Bestandteilen des Kompositums herzuleiten, und eben ihre Abweichung von der norwegischen spricht gegen Entlehnung. Auch Grett. 173, 2 kann *óbótamaðr* den isländischen Sinn haben.

beim Vergleiche dem Kläger entgegengehalten werden[1]. Endlich in § 73 b—d die vorbauenden Erklärungen, womit sich jemand für die Zukunft die *óhelgi* eines Andern ausbedingt.

Die drei Arten heischen wohl eine einheitliche Beurteilung. Die formale Klage war demnach nicht notwendig, um die *óhelgi* des Gegners zu erlangen; daß anderseits die Klage nicht immer vor den Richtern endete und nicht immer Erfolg hatte, versteht sich nach den isländischen Verhältnissen von selbst.

Nun ist kein Zweifel: die *óhelgi* in § 73 ist nicht als allgemeine Friedlosigkeit gedacht. In c) und d) sollen die gegen den Vertrag Verstoßenden nicht etwa Waldmänner werden, sondern dem einen Gegner bezw. seiner Partei preisgegeben sein. Auch Otkel unter b) wurde nicht durch Gunnar mit strenger Acht belegt; das wäre ein Widersinn; nur für sich selbst nimmt Gunnar die freie Tötung Otkels in Anspruch. Besonders klar ist der Fall a). Daß der verwundete Björn friedlos gelegt würde, daran ist kein Gedanke: die beiden Hälften des Schlußsatzes: „daß Björn unheilig wurde für den Angriff auf den Hirten“ und „daß er keine Buße erhielt für seine Verwundung“ sagen das Nämliche aus: die Unheiligkeit besteht in der Aberkennung der Buße. Dieser Fall der Eyrb. ist aber einer von denen mit förmlicher *óhelgi*-Klage. Umsoweniger wird man anstehn, auch den Fällen von § 71 den einfachen Inhalt zu geben: der Kläger will sich vom Gericht bescheinigen lassen, daß er den Gegner zu Recht erschlagen hat und nicht dafür belangt werden kann. Die Idee der „Vollstreckung vor dem Urteil“ würde den Hergang dem alten Denken nicht näher rücken.

Trifft man damit das Richtige, so sind die Worte „friedlos“ für *óheilagr*, „Friedlosigkeit“ für *óhelgi* abzulehnen[2]; denn unter „friedlos“ versteht man nun doch einmal, daß der Betroffene der Gesamtheit gegenüber vogelfrei ist. Und dies gilt eben für unsere *óhelgi*-Fälle nicht; hier bedeutet das Wort *óheilagr* nicht, um Maurersch zu reden, „den völligen Entgang jedes Rechtsschutzes“ (5, 52), sondern fordert die stillschweigende Ergänzung

---

[1] In der Sturl. finde ich nur zwei Fälle, daß die *óhelgi* der Erschlagenen in aller Form in Rechnung gebracht wird, und zwar bei einem Vergleiche (1, 26, 32. 197, 14). Das erstemal beruht diese geforderte Unbüßbarkeit des Toten auf einer früher (durch Schiedsspruch) verhängten Acht. Ein *stefna til óhelgi* od. ä. kennt die Sturl. nicht.

[2] In dem hier besprochenen Zusammenhange! *óheilagr* an und für sich kann natürlich auch von dem Friedlosen gebraucht werden.

eines *fyrir NN*, „(unheilig) dem Kläger gegenüber“ [1]. Womit Hand in Hand geht, daß sich der Getötete durch Kränkung eben dieses Klägers oder seiner Angehörigen die *óhelgi* zugezogen hat. Auch Nr. 9 macht keine Ausnahme: es ist eine Ungehorsamsacht, die nach § 109 den Schuldigen nicht Jedem erschlagbar macht; die Thorgeirssöhne sind dem Achtleger verbunden.

§ 75. Nach der Grágás 1 a, 165 stellt sich das Bild etwas anders dar. Da ist die Klage gegen den toten Mann eine richtige Friedlosigkeitsklage: man „lädt den Toten vor zum Waldgang“ *(stefnir honum til skógar)* [2], man „erklärt all sein Gut für verfallen“ *(telr sekt fé hans alt)*. Eine Klage auf strenge Acht, nur daß der Hauptakt der Vollstreckung, die Tötung des Ächters, im voraus vollzogen worden ist.

Ich glaube nicht, daß man die Angaben der Sagas damit vereinigen kann. Schon der Sprachgebrauch widersetzt sich: es wird regelmäßig unterschieden zwischen der Friedlosigkeitsklage: *sótti hann til sekþar, lét varða skóggang* — und der Unheiligkeitsklage: *stefndi honum til óhelgi, bjó málit (drepit) til óhelgi.* Ferner folgt auf die durchgeführte *óhelgi*-Klage nie eine Einziehung des Ver-

---

[1] Ich übersehe nicht, daß man anknüpfend an Brunner, DRg. 1, 219, zwei Arten der Friedlosigkeit unterscheiden könnte: die „allgemeine“, die Friedlosigkeit im gewöhnlichen Sinne, und diejenige, die „den Täter nur der Feindschaft des Verletzten und seiner Sippe preisgibt“. So redet His (Strafrecht der Friesen S. 165. 201 u. ö.) von einer „beschränkten Friedlosigkeit“, die tatsächlich nichts anderes wäre als die Fehde. Brunner selbst aber dehnt das Wort „friedlos“ nicht auf dieses zweite Verhältnis aus (sieh bes. 1, 232 ff.); der Unterschied zwischen den zwei Erscheinungen ist auch so groß, daß beide nur dann unter dem gemeinsamen Namen Platz fänden, wenn man den Sinn des Wortes verflüchtigte. In den nordischen *óheilagr*, *ógildr* hätte man ja Ausdrücke, die im gegebenen Zusammenhang die zweite, persönlich begrenzte „Friedlosigkeit“ bezeichnen. Aber ihr Wortsinn und ihr tatsächlicher Gebrauch ist viel weiter und unbestimmter: es würde nie von einem Totschläger heißen: „er war nun *óheilagr*“, „er verfiel durch seine Tat der *óhelgi*“ od. ä., im Sinne von „er war nun der Feindschaft des Verletzten und seiner Sippe preisgegeben“, — so wie es bei der echten Friedlosigkeit allgemein heißt: „er war nun *sekr*“, „er verfiel der *sekþ*, dem *skóggang*“. Die im Text besprochenen Verwendungen von *óheilagr* usf. erhalten erst durch den bestimmten Zusammenhang den genau umrissenen Sinn: „einer, den der rächende Gegner nicht zu büßen braucht“.

[2] In dem Paralleltext der Staðarhólsbók, Grág. 2, 333, fehlt dieser Satz; auch die Konungsbók fügt ein *ef hann vill þat* bei, „wenn er (der Kläger) das will“. Aber die Ächtung der Habe ist beiden Texten gemeinsam.

mögens; die neun Fälle von Frohnung beschränken sich auf die richtigen Waldgangsurteile.

Es ist nicht aus der Anschauung der Sagas heraus gesprochen, wenn Lehmann-Schnorr S. 71 sagen: die „Friedloserklärung“ (d. h. hier: das *stefna til óhelgi*) „hat ja mit der Tötung nichts zu tun, sie ist ein davon unabhängiger, hier zufällig nach dem Tode vorgenommener Akt“. Daß die Sagas ihr *stefna til óhelgi* elfmal bei Toten, einmal bei einem Lebenden gebrauchen, dagegen ihre Dutzende von Waldgangsklagen ausschließlich bei Lebenden, das kann kein Zufall sein. Und grade jener éine Lebende mit dem *stefna til óhelgi* spricht ja, wie wir sahen, aufs bestimmteste gegen die Friedlosigkeit.

Eine Ausnahme aber sei nicht übergangen. In dem Falle der Dropl., o. Nr. 6, heißt es 154, 12: bei der Gerichtsverhandlung will Helgi den von ihm auf Unheiligkeit verklagten Björn *gøra sekjan*, „friedlos machen“. Aber Björns Vertreter bot Geld dafür an, und da erlangte Helgi die eigene Entscheidung (das Selbsturteil); er erkannte für sich auf ein Hundert Unzen.

Hier fällt zunächst die Verwendung von *sekjan* für *óhelgan* auf, die übrigens nicht zur Grágás stimmt (sieh 2, 333, 7). Merkwürdiger aber ist die Wirkung der Klage auf den Gegner: dieser will durchaus dem Akte zuvorkommen, er bietet das Selbsturteil als Gegenwert. Das wäre nicht zu verstehn, wenn Helgis Klage einfach auf seine Indemnität ausging; sie muß Björns Partei mit Schlimmerem bedroht haben als mit dem Verluste von Hundert Unzen. Und das ist wohl nur auf eine Waldgangsklage gegen den Toten zu deuten: ginge die durch, so würde Björns Hinterlassenschaft gefrohnt.

Hier also haben wir ein vereinzeltes Zeugnis, das sich auf die Seite der Graugans stellt, und zwar in einer altertümlichen, ernst zu nehmenden Saga. Man wird sich entscheiden müssen, welcher Partei man die größere Heiligkeit zuerkennt: der Dropl., verstärkt durch die Grág., oder jenen andern Erzählungen, darunter die Eyrb. und die Glúma!

Die außerisländischen Rechte treten z. T. in das eine, z. T. in das andere Lager; d. h. einige lassen es bei der Tötung des Verklagten bewenden, andere denken die Klage gegen den Toten konsequenter durch und fügen noch Einziehung seines Gutes oder zeichenhafte Hinrichtung seines Leichnams hinzu [1]. Konfisziert wird

[1] Vgl. Alfred Schultze, Zs. f. Rechtsg. 31, 625 (1910).

die Habe des unheilig Gefallenen nach Bjark. 28, nicht nach Gul. 160; auch nicht nach Östg. (Eþzsöre XXVI), denn hier verfällt bloß die fahrende Habe, und zwar nur dann, wenn der Betroffene schon vor seiner Tötung durch Zeugen überführt war, also bei normaler Achtklage (bei Scherer S. 100 f. ist die letzte Stelle irrig umschrieben). Welche der beiden Auffassungen die ältere sei, wird schwer auszumachen sein; die norwegischen Rechte entscheiden auch nicht, was man an die Spitze der isländischen Sonderentwicklung zu stellen hat.

§ 76. Aber auch auf die Grágás kann man sich nicht berufen für den oft wiederholten Satz: die isländische Klage auf *óhelgi* beweise, daß der Täter ipso facto, nicht erst durch das Urteil, friedlos werde. Denn erstens würde jene Waldgangsklage gegen den Toten ihr Ziel, die Friedlosigkeit des Beklagten und Frohnbarkeit seines Gutes, doch erst durch das Urteil erreichen, nicht schon durch die Klage selbst. Zweitens hätte jene Auffassung zur Folge, daß der Kläger einen in wildfremder Sache schuldig Gewordenen töten und dann auf Unheiligkeit verklagen könnte. Denn hatte Eyjólf z. B. einen Totschlag verübt, so wäre er ipso facto friedlos gewesen, ein beliebiger Thórarin hätte die „Vollstreckung vor dem Urteil" ausführen und dann durch seine Klage das Urteil nachholen können. Aber dies ist ja nach der Grágás noch weniger möglich als nach den Geschichten, da dort das *vígt*, das Tötungsrecht, nur einem engen Kreise von Betroffenen zusteht.

Danach glaube ich, daß der folgenreiche Wilda'sche Satz von der Friedlosigkeit vor dem Urteile durch die isländische *óhelgi*-Klage nicht gestützt wird. Soviel ich sehe, kann man aus der Grágás zugunsten jenes Satzes nur das „óœll til dóms" anführen (o. § 67): der Verüber gewisser Gewalttaten soll auf die bloße *lýsing* des Gegners hin „unnährbar" werden, was in der Tat ein bezeichnendes Attribut des Friedlosen ist. Wir sahen, daß diese Vorschrift in den Sagas keinen Rückhalt hat; ob sie je der wirklichen Rechtsübung angehörte, erschien zweifelhaft. Dazu bringt die selbe Grágás das Gebot: „kein Mann ist erschlagbar vor Schluß des Dinges, dessen Gericht ihn verurteilt hat" (1a, 83): das Recht der straflosen Tötung also, dieses eigentlich entscheidende Wahrzeichen der Friedlosigkeit, tritt erst nach, nicht vor dem Urteil ein.

Sooft in Maurers Vorlesungen über das Altisländische Strafrecht jener Wilda'sche Satz auftaucht, entsteht nach meinem Gefühl eine feindliche Spannung zwischen den Quellenaussagen und den erklärenden Erörterungen, verliert sich die enge Berührung mit den Tatsachen, die sonst die Darlegungen dieses Forschers auszeichnet. Wenn Maurer in seiner Zusammenfassung S. 730 f. bis zu dem Schlusse vorschreitet, daß der Schuldige vom Augenblicke der Tat ab „folgerichtigerweise" jeder Gewalttat aller Volksgenossen preisgegeben war, und daß der widerrechtliche Angriff auf den Einzelnen „alle Volksgenossen als dessen Verbündete auf seine Seite stellte": so kann man nur sagen, daß dies dem Gesamtzeugnis der isländischen Erzählungswerke schroff widerspricht, aber auch in den Rechtsbüchern keine Bestätigung findet.

§ 77. Die Sagas kennen zweierlei Strafen (dieses Wort im allgemeinen, unjuristischen Sinne genommen): Acht und Buße, *sekþir* und *bœtr*.

Die Graugans kennt außerdem die Schuldknechtschaft; dafür bringen die Erzählungen keine Beispiele.

Rufen wir uns die Sätze in Erinnerung: Acht wird teils durch Gericht, teils durch Schiedsspruch verhängt[1]; Buße, soweit sie nicht mit (milder) Acht verknüpft ist, gehört ganz dem Bereiche des Schiedsspruches, auf Buße wird nicht gerichtlich geklagt.

[1] Unrichtig sagt Wilda S. 199, *sekþ* (Acht) und *sátt* (Vergleich) bezeichneten den Gegensatz von gerichtlicher Verfolgung einer Sache und außergerichtlicher Sühne. Vielmehr wird *sekþ* auch durch *sátt* verhängt, nach den Sagas und in noch weiterem Umfange nach der Graugans. Den Gegensatz zur *sátt* drückt *dómr* aus, „Urteil, Gericht", oder *sókn* „Verfolgung (vor Gericht)", sowie die in § 59 erwähnten mannigfachen Wendungen.

Achtes Kapitel.

Die Acht.

§ 78. Zum Wortgebrauch. Den alten, gemein-germanischen Namen des Friedlosen, *vargr*, hat die isländische Prosa nur in ein paar festen Formeln bewahrt, die für die Erzähler längst einen altertümlichen, halb dichterischen Klang hatten. In der lebenden Sprache sind neue, nur-nordische Wörter an die Stelle getreten. Der umfassende Ausdruck für alle Arten der Acht, von der Friedlosigkeit bis herab zur Bezirksverweisung, ist *sekr* Adj., *sekþ* fem., vb. *sekja*, seltener *sekþa* „ächten".

sekr (altschwedisch *saker*, *sæker*), ein gemeinnordisches Rechtswort, ist Ableitung zu dem gemeingermanischen *sakan* „verfolgen, anklagen" [1]. *sekr* aus germ. **sakjaz*, eine der *ja*-Bildungen mit der Bedeutung der „Notwendigkeit, Möglichkeit, Ausführbarkeit", hat als Grundsinn „verfolgbar" [2]. Daran schließen sich die

[1] Das einstige Vorhandensein des Adjektivs im Dänischen wird vorausgesetzt durch altdän. *sæktæ* „anklagen" (neudän. *sigte*, Falk-Torp, Norweg.-dän. etymol. Wörterbuch S. 964); denn *sæktæ* ist gebildet zu *sækt* fem. und dieses zu **sækær*, nicht unmittelbar zu *saka*, *sǫk*. — Außerhalb des Nordischen begegnet altenglisch *sac*, *sæc* (*unsac*, *onsæc*), was als englisches Erbwort eine Bildung ohne *-j-* sein müßte. Aber das Vorkommen der Wörter verträgt sich mit der Annahme, daß sie nordisches Lehngut sind (freundliche Mitteilung von Felix Liebermann). Dann kommt man mit der einen Bildung **sakjaz* aus, die ursprünglich nur dem nordischen Gebiete gehörte (altschwed. *saker* ist mit der *j*-Bildung zu vereinen nach Noreen, Aschwed. Gramm. § 455, 1). Das altengl. Wort hat den Sinn „schuldig, strafbar", setzt also nord. *sekr* in der Bedeutung 2 a fort (s. o.); in den Bereich des Ächtungswesens fällt es nicht.

[2] Nur bei Amira, Oblig. 2, 86 finde ich dies ausgesprochen. — Als sprachliche Bildung vergleicht sich am nächsten germ. **gildjaz* (altnord. *gildr*) „bezahlbar" zu *geldan* „bezahlen, vergelten"; auch hier hat das Adj. die Vokalstufe des Präsensstammes, was entweder aus sehr alter Entstehung oder aus Anschluß an die Substantiva (**sakō*, **gelda*) zu erklären ist. Im allg. hat das Germanische diese sogen. Participia necessitatis zu dem Präteritalstamm gebildet, also zu *sakan* ein **sōkjaz*, das sich fortsetzt in got. *unandsōks* „unwiderleglich", auch altschwed. *sœker* neben *saker*, *sæker*, Noreen a. a. O. § 174.

vorhandenen Bedeutungen so an: verfolgbar ist einerseits der, der eine Missetat verübt und sich dadurch die Fehde der Verletzten zugezogen hat, also der Schuldige, Strafbare; anderseits der, der gerichtlich in den Zustand der allgemeinen Verfolgbarkeit gesetzt worden ist, also der Friedlose. Diese zweite Bedeutung, auf die Habe des Friedlosen angewandt, ergibt „der Frohnung verfallen“, *sekt fé;* in andrer Richtung wird sie abgeschwächt zu dem Begriffe der milden Acht, bei der die Verfolgbarkeit eine sehr bedingte ist, oder vielmehr zu dem der Acht im allgemeinen. Und daraus entspringt weiter der Sinn „verurteilt im allgemeinen“, auch zu Bußen, z. B. *sekr sex mǫrkum* „zu sechs Mark verurteilt“. Diese jüngste Bedeutung ist den isländischen Rechtsbüchern geläufig, unsern Sagas noch nicht, was damit zusammenhängt, daß die Sagas keine Strafurteile nur auf Busse kennen. Also dieses Bild:

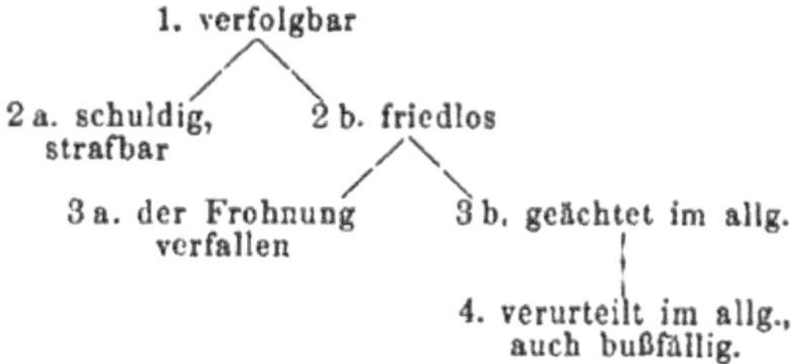

Es wäre vielleicht möglich, 4 von 2a abzuleiten. Unrichtig ist es aber, wenn einige Wörterbücher „verurteilt, sentenced“ an die Spitze stellen. Die Bedeutungsentwicklung von 1 (oder 2b) zu 4 hat Gegenstücke bei *útlagr* (s. u.) und bei got. *gawargjan*, ursprünglich „friedloslegen“, bei Wulfila nur noch *κατακρίνειν*.

In den Familiensagas herrscht bei weitem vor die Bedeutung 3b, die ja, als der umfassendere Begriff, das 2b ohne weiteres mit einschließt[1].

Das Hauptwort *sekþ*[2], oft im Plural *sekþir*, hat die analogen Bedeutungen: 1. Verfolgbarkeit, 2a. Verschuldung, Missetat, 2b Friedlosigkeit, 3. Acht i. a., 4. Verurteilung, Strafe i. a., und

---

Zu der *ja*-Bildung überhaupt sieh Karsten, Studier öfver ... primär Nominalbildning (1895) 1, 88 ff.

[1] Ein vereinzelter Fall von 2a: Njála 208, 1 ... *allir urðu sekir þessa orða*, „sie machten sich alle dieser Reden schuldig“; wohl auch Ljósv. 10, 4.

[2] So, mit hartem *þ* (= engl. *th* in *depth*), lautete das Wort auf Island bis ca. 1250, also in der Blütezeit der Sagaschreibung; von da ab *sekt* (wie *vakta* aus *vakþa* „wachte“ u. a.). Der codex Regius der Graugans schreibt noch überwiegend *sekþ* (sieh Oxf. Dict. s. v.).

daraus weiter 5. Bußsumme[1]. In unsern Geschichten sind wohl ausschließlich 2b und 3 vertreten. An einer Reihe von Stellen wird *sekþ (sekr, sekja)* so in Gegensatz zu *sættir* oder *sjálfdœmi* gebracht, daß man die ältere, engere Bedeutung 2b annehmen muß: man kann nicht von „Acht oder Selbsturteil" reden, wohl aber von „Friedlosigkeit oder Selbsturteil" (s. o. § 53); vgl. Hœns. 9, 36. Band. 46, 30. Vatsd. 73, 31. Ljósv. 10, 1 cp. 11, 3. 11. 15; 14, 94 (113). Glúma 7, 50. 26, 14. Njála 166, 4. 22. Auch Ari, Lib. Isl. 16, 16 *(seker eþa landflótta)*. Der älteste isländische Grammatiker, um 1150, sagt kurzweg: *secr es scógarmaþr* „secr bedeutet den Waldmann" (Isl. gramm. Litt. 1, 48, 3); sieh auch Grág. 1a, 91, 7. — Auch die Urbedeutung 1 fühlt man hin und wieder aus *sekþ* und *sekr* mehr oder weniger stark heraus; man trifft da und dort den genaueren Sinn einer Wendung, wenn man sich an das „verfolgbar" mit der verbalen Kraft erinnert; vgl. Laxd. 162, 14 unten § 100 und den Ausdruck für „friedlos, Waldmann": *sekr um alt landit* = verfolgbar über das ganze Land (Grett. 165, 2. 10. 201, 13): zu *sekr* mit dem fertigen Sinne 2b oder 3b hätte man nicht das *um alt landit* zugefügt, denn „friedlos" ist man nicht „über das ganze Land" sondern überall, soweit die Erde reicht; und „verwiesen über das ganze Land" ergäbe nicht den hier vorliegenden Sinn von Waldmann, sondern wäre nur eine Umschreibung der gewöhnlichen Landesverweisung oder milden Acht.

In der Bedeutung 5 ist das Subst. *sekþ* den Sagas noch nicht bekannt; dafür dient das zusammengesetzte *fésekþ* „Geldacht". Als Gegensatz dazu bildete man *mannsekþir* „Menschenacht". *sekþarfé* „Ächtungsgeld" ist im allg. = *sekt fé*, die der Frohnung ausgesetzte Habe des Ächters; nur Grett. 291, 9 meint es das auf den Ächter gesetzte Kopfgeld.

alsekr „vollständig, endgiltig geächtet" (Hrafnk. 118, 8) nimmt okkasionell den Sinn von „friedlos" an, Hrafnk. 117, 15. Bjarn. 75, 17. Glúma 19, 92, doch an den beiden letzten Stellen nicht für den eigentlichen Waldgang.

full sekþ „volle Acht" (und vb. *fullsekþa*) meint Hœns. 18, 29. 23, 7 vermutlich die lebenslängliche Landesverweisung, dagegen in den Klageformeln der Njála 161, 5. 350, 13 u. ö. die Friedlosigkeit, stimmend mit der Graugans 1a, 110, 24. 183, 4. 1b, 240, 3. 2, 199, 3. 281, 20[2].

---

[1] So Sturl. 1, 165, 21. 2, 181, 11 *(var þá upp skipat allri þeiri sekþ, er Hrafn átti at gjalda Þorgilsi)*. Für die Grágás sieh Maurer 5, 156.

[2] Dagegen Grág. 1a, 94, 18 *at eigi kømr . . . sekþ þeira upp full* bedeutet

Das Gegenteil von *sekr* und *sekþ* bezeichnen: *sykn* „achtfrei, der Acht entledigt“ und *sykna* „Achtfreiheit“ (mit kurzem *y*). Das Wort ist ein altgermanisches Erbstück (got. *swikns* mit Ableitungen, altengl. *swicn* f.) und kommt auch in der Dichtung vor, z. T. mit dem allgemeineren Sinne „befreit von der Anschuldigung“ (Guðr. III 9, 6).

§ 79. Der mit strenger Acht Belegte heißt *skógarmaðr*, „Waldmann“; sehr beliebt die Verbindung *sekr skógarmaðr*. Die Friedlosigkeit oder strenge Acht ist der *skóggangr*, „Waldgang“. Die Ausdrücke stammen aus der norwegischen Heimat, wo die ausgedehnten Waldungen das gegebene Versteck für den Ächter waren [1]. Die Rechtsbücher Norwegens aus dem 12. 13. Jahrhundert kennen allerdings nur noch Spuren dieser Wald-Terminologie, die auch den schwedischen und dänischen nicht fehlen [2]. Auf Island, dessen Wald dürftiges Birkengestrüpp war, suchte der Friedlose die kahlen, felsigen oder sandigen Hochebenen auf, wie dies die Grett. aufs Lebendigste schildert, und der für den Friedlosen gebrauchte Ausdruck *urðarmaðr*, „Geröllmann“, Eg. 278, 20, ist eine Gelegenheitsbildung, die den Waldmann in die isländische Landschaft einführt.

An Häufigkeit stehn diese *skóg*-Bildungen hinter der neutralen Sippe von *sekr* zurück: auch Sagas, die viel von Friedlosigkeit zu erzählen haben, wie die Hardh., Gísl., Band., kennen nur den *sekr* und die *sekþ*, nicht den Waldmann und den Waldgang.

Technischer Ausdruck für die milde Acht, die Landesverweisung, ist *utanferð* „Außerlandesfahrt“, *utan fara* „das Land verlassen“ [3]. Ein paar Sagas, wie Háv., Svarfd., kennen nur diese Wörter, behelfen sich ohne die Gruppe von *sekr* [4].

„daß ihre Bußsumme nicht voll herauskommt“ = daß die Zahlung beim féránsdóm nicht in vollem Umfange entrichtet wird. Hier liegt also nicht das formelhaft verbundene „full sekþ“ vor. — Auch Sturl. 1, 26, 27. 94, 9. 100, 7. 101, 5. 2, 253, 8 meint *full sekþ* den Waldgang, während 1, 16, 16 *sekr fullri sekþ* den allgemeineren Sinn von „unheilig, erschlagbar“ hat.

[1] Fornm. 6, 111 von einem Totschläger in Norwegen: „darauf betrat er Wälder und Gehölze mit verhülltem Haupte.“ Vgl. Grimm, RA. 2, 334.

[2] Amira, Das altnorwegische Vollstreckungsverfahren S. 52; Maurer 5, 157.

[3] Eigentlich „von außen = hinein fahren“; der Isländer faßt seine Insel als ein Draußen: wer nach Norwegen oder Britannien steuert, der fährt hinein; der nach Island Zurückkehrende fährt heraus (*út*).

[4] *landrekstr* „Landesvertreibung“ gebraucht Sturla in einer Strophe für (schiedliche) Landesverweisung (Sturl. 1, 574, 22); vgl. *landflótta* „landflüchtig“, wahrscheinlich von der Landesverweisung verstanden, bei Ari 16, 6.

Über die Sonderart der Landesverweisung, *fjǫrbaugsgarðr*, und Zugehöriges sieh unten § 101. 104.

§ 80. Neben den genannten Ausdrücken, die volles technisches Leben besitzen, bringen unsre Geschichten in teils freierer, teils mehr okkasioneller Verwendung 22mal die Wortgruppe von *útlagr* „exlex". Dies war einst eine gemeinnordische Bezeichnung des Friedlosen; von den Dänen ist sie nach 900 zu den Engländern gedrungen (altengl. *útlah*, neuengl. *outlaw*)[1]. Während sie in unsern dänischen Rechtsbüchern ganz, in den schwedischen bis auf einen Rest geschwunden ist, lebt sie in den norwegischen fort als dér Ausdruck für die Acht (denn *sekr* und seine Sippe hat sich hier auf den jüngern Sinn „öffentlicher Buße schuldig" zurückgezogen). In den isländischen Rechtsbüchern dagegen hat *útlagr*, *útlegð* (Subst.), *útlagaz* (Verbum) den alten Sinn durchaus eingebüßt; es ist term. techn. für die öffentliche Busse von drei Mark; diese heißt die *þriggja marka útlegð*[2].

Zweimal zeigen auch die Íslendinga sögur den Ausdruck in dieser jungen und spezialisierten Bedeutung, Heidh. 78, 16 und Njála 22, 8 (u. § 131): man darf darin unbedenklich eine Einwirkung der jüngern Gesetzessprache sehen. Daß neben der jüngsten Saga gerade die vielleicht älteste, die Heidh., das Wort aufweist, warnt vor Schlüssen aus dem Alter der schriftlichen Sagatexte.

In den 20 übrigen Fällen hat *útlagr*, *útlægr*, *útlegð*, *útlegðarverk*, *-maðr*[3] den ältern Sinn von „Acht", und zwar geht es überall

[1] Liebermann, Brunnerfestschrift S. 18.

[2] Den folgenreichen Schluß, daß diese Dreimarkstrafe, weil sie *útlegð* heißt, genetisch aus einer Friedloslegung, einer „útlegð" im älteren Sinne, abzuleiten sei, halte ich nicht für berechtigt. Die Tatsache, daß diese Geldstrafe „eben doch vorwiegend geringe Vergehen, zum Teil ziemlich formeller Natur" trifft (Maurer), bildet m. E. ein unüberwindliches Hindernis. Wenn die Vokabel *útlegð* die Bedeutungsentwicklung von „Acht" zu „Strafe" durchmachte, so war sie von einer gewissen Zeit ab tauglich, die Dreimarkstrafe zu bezeichnen, die bisher unter den Namen *bót* oder *víti* gehn mochte; die Dreimarkstrafe selbst braucht nicht die gleiche Entwicklung wie ihr Name erlebt zu haben. Man dürfte auch nicht folgern, daß alle die Bußen, bei denen das norwegische Recht die Wörter *sekr*, *sekt* gebraucht, aus einer *sekþ* im alten Sinne, d. i. einer Acht, erwachsen seien. Anderer Ansicht sind Amira, Oblig. 2, 144; Maurer 5, 228. 256 f.; Merker, Das Strafrecht der altisländischen Grágás (Altenburg 1907) S. 49.

[3] *útlagr* Fóstbr. 78, 16, dazu Landn. 70, 29; *útlægr* Fóstbr. 69, 21; Grett. 136, 23. 173, 2. 285, 21. 291, 22; Reykd. 13, 83; Njála 179, 6; *útlagi* Njála 12, 13. 179, 9. 192, 14. 196, 24; *útlegð* Hardh. 67, 14. 117, 17; Hœns. 18, 32; Grett. 203, 6; *útlegðarverk* Grett. 269, 3. 14; *útlegðarmaðr* Grett. 198, 17. 285, 18.

mit Ausnahme von Hœns. 18, 32 (vgl. 23, 8) auf die strenge Ächtung. Nur Fóstbr. 69, 21, wo es von dem entlarvten Diebe heißt: *útlægr skal hann vera af Reykjanesi*, „ütl. soll er sein aus der Landschaft R.", möchte ich die Bedeutung annehmen, die in drei Stellen der Sturl. hervortritt[1]: formlose Vertreibung aus dem Wohnsitz, verschieden von der durch *gerð* verhängten Bezirksacht. Diese durch die Sturl. genügend beglaubigte Bedeutung hat sich offenbar, unberührt von dem ganz andersartigen Wortgebrauche der Grágás, aus dem ältern Sinne „geächtet" entwickelt; da für diesen Begriff die Wörter *sekþ* und *skóggangr* die autorisierten waren, wurde das alte *útlegð* gleichsam frei. In den Familiensagas jedoch zeigt es 19 mal jene alte Bedeutung, und es fragt sich nun, ob darin der vorisländische Wortgebrauch organisch weiterlebt, oder ob das Eindringen des norwegischen Rechtes um 1270 die Vokabel verschuldet hat. Für die letzte Annahme spricht der Umstand, daß zwei notorisch junge Sagas, die Grett. und die Njála, das Wort begünstigen. Doch möchte ich den Mittelweg vorziehen: *útlagr* im Sinne von „geächtet" war auf Island nicht ausgestorben, aber jene jüngern Sagaverfasser haben es unter dem Einfluß des neuen Gesetzes, der Jónsbók, wieder mehr zu Ehren gebracht; nur das viermalige *útlagi* der Njála ist geradezu Lehnwort: eben diese Form, die schwache substantivierte, findet sich zweimal in der Jónsbók (sieh NgL. 5, 676); da drei von den vier Njálastellen auf norwegische Verhältnisse zielen, hat der Verfasser den Norwagismus mit Bedacht angewandt[2]. Daß sich die Sagaschreiber nicht etwa von dem Sprachgebrauch der Jónsbók ins Schlepptau nehmen ließen, zeigt der Umstand, daß das in der Bók auf Schritt und Tritt begegnende *sekr hálfri mǫrk* usw. — *sekr* in der Bedeutung 4 o. § 78 — in den Isländergeschichten keine Spur hinterlassen hat.

Fügen wir noch bei, daß Ausdrücke mit der Wurzel von „Frieden" -- *ófriðr* „Unfriede", *friðbrot* „Friedensbruch", *friðlauss* „friedlos", *í frið kaupa* „in den Frieden einkaufen", dazu Subst. *friðkaup*[3] — entweder nicht auf das Achtwesen Bezug haben, oder dann als untechnische Gelegenheitswendungen.

---

[1] Sturl. 1, 289, 11 *útlagr;* 1, 352, 18 *útlegð;* 1, 350, 21 *útlaga.* Sonst finde ich die Sippe nur noch 1, 276, 21: *sœkja til dauða ok útlegðar,* untechnisch und halb poetisch.

[2] Sieh Lehmann-Schnorr S. 24 f. Gegen norwegischen Einfluß erklärt sich Amira, Oblig. 2, 144.

[3] Flóam. 148, 3; Eyrb. 24, 7; Hrafns th. 113; Flóam. 148, 2; Fóstbr. 18, 15. 20; Laxd. 181, 7. 185, 3. 186, 10.

Im Gebrauche der beiden Ausdrücke Acht und Friedlosigkeit glaube ich von Maurer und andern Forschern abgehn zu sollen. Bei Maurer ist „Friedlosigkeit“ das umfassende Wort: es begreift den Waldgang und die Landesverweisung; diese heißt die „mildere Friedlosigkeit“. „Acht“ ist gleichbedeutend mit der strengen Friedlosigkeit, dem Waldgang, und steht im Gegensatz zur Landesverweisung. Dagegen ist einzuwenden, daß die Landesverweisung tatsächlich keine Friedlosigkeit ist, in den Sagas noch weniger als in den Rechtsbüchern (u. § 108); ferner daß die Bezirksverweisung, die sich vollends gegen die Benennung Friedlosigkeit sträubt, dann unter dem umfassenden Namen keinen Platz findet. Das Wort „Acht“, das für unser heutiges Sprachgefühl ein neutraler Schall ist, bietet sich eben dadurch als Gegenwert an für das altisländische *sekþ*, das gleichfalls etymologisch verdunkelt war, keinen unmittelbar empfundenen Lautsinn mehr hatte.

Wir gebrauchen also „Acht“ u. Gen., gleich *sekþ* u. Gen., als den umfassenden Begriff. Die Acht zerfällt in: 1. Friedlosigkeit oder Waldgang oder strenge Acht, 2. Landes- und Bezirksverweisung oder Verbannung oder milde Acht.

§ 81. Die Graugans rechnet im allgemeinen, an hundert und aberhundert Stellen, mit zwei Arten der Acht: Waldgang (*skóggangr*) und dreijähriger Landesverweisung (*fjǫrbaugsgarðr*, wörtlich „Lebensringzaun“).

Trotz dem gemeinsamen Namen *sekþ* ist der Unterschied ein wesentlicher und nicht nur gradmäßiger. Kurz gesagt: der Waldgang geht auf Vernichtung des Ächters aus; die Landesverweisung läßt dem Ächter die Persönlichkeit, den status libertatis[1].

Die Familiensagas zeigen auf den ersten Blick verschwommene Verhältnisse. Die Vokabeln werden an vielen Stellen sorglos gebraucht; das neutrale *sekr* überwiegt. Bei genauerer Betrachtung und Zusammenstellung der Angaben gelangt man doch dahin, schärfere Grenzlinien zu erkennen. Es stellt sich heraus, daß auch unsre Erzählungen zwei Hauptarten der Acht unterscheiden. Die erste steht dem Waldgang der Grágás nahe. Die zweite weicht von dem *fjǫrbaugsgarðr* der Rechtsbücher erheblicher ab: sie umspannt weit mehr, ist viel weniger spezialisiert, und sie liegt als ganzes genommen von dem Waldgang noch weiter entfernt.

Um den Beweis dafür zu führen, müssen wir zuerst die sämt-

---

[1] Binding a. a. O. S. 16 Note.

lichen Fälle der Acht aus unsern Geschichten in knapper Aufreihung vorbringen. Die weitere Erörterung kann sich dann auf die Nummern der Liste beziehen.

Die Worte *dóm* und *sætt* im folgenden zeigen an, ob die Ächtung durch Gerichtsurteil oder durch Schiedsspruch verhängt worden ist. Die Sagas geben dies lange nicht immer ausdrücklich an, aber meist läßt es sich mit Sicherheit erschließen. Wo Zweifel bleibt, deute ich dies an.

§ 82. **1.** Fóstbr. 24, 3. Grett. 103, 20. Eyj. 32, 8. Thorgeir wird *sekr skógarmaðr* (nach Grett., Eyj. nur *sekr*, aber jedenfalls auch Waldgang gemeint). dóm. Grund: Totschlag bei Streit um einen Wal.

2. Fóstbr. 91, 23. Thormódh wird in Grönland *sekr skógarmaðr*. dóm. Grund: Totschlag aus Rache für den Schwurbruder.

3. Fóstbr. 34, 12. Der Sklave Kolbak wird *sekr skógarmaðr*. dóm. Grund: Verwundung eines Freien im Auftrage seiner Herrschaft.

4. Fóstbr. 78, 16. Thórarin ofsi und seine Mitschuldigen werden *útlagir skógarmenn*. dóm. Grund: Totschlag aus Blutrache.

5. Laxd. 174, 12. Grím wird *sekr skógarmaðr*. dóm. Grund: Totschlag.

6. Grett. 165, 10. Gretti wird *sekr um alt landit, skógarmaðr*. dóm. Grund: angebliche nächtliche Verbrennung der Thórissöhne auf einer Reise in Norwegen.

7. Flóam. 140, 15. Kol wird *sekr skógarmaðr*. dóm. Grund: Tötung des Sörli, der bei Kols Schwester unliebsame Besuche gemacht hat.

8. Hrafns th. 107, 4. Hrafn wird *sekr skógarmaðr*. dóm. Grund: Totschlag aus Vaterrache.

9. Thorst. stang. 78, 23. Bjarni macht den Thorstein *sekr* wegen Rachetotschlags; 79, 6. 8 heißt er *skógarmaðr*. dóm.

Beabsichtigte Erwirkung von Waldgang:

a) Laxd. 104, 16. Thórdh lädt eine Familie um Diebstahl und Zauberei vors Allding und „klagte auf Waldgang", *lét varða skóggang*.

b) Boll. 245, 16. Helgi lädt den Bolli vor wegen Diebstahls (Nutznießung fremden Heues für seine Pferde) und *lét varða skóggang*.

c) Boll. 246, 2. Gegenklage Bollis wegen Beschimpfung und Erpressung (*brekráð*), ebenfalls auf *skóggang*.

d) Ölk. 16, 13. Skapti lädt Ölkofri vor wegen (fahrlässiger) Verbrennung fremden Waldes, *lét varða skóggang.*

e) Grett. 291, 15. Skeggi verklagt den Thorbjörn öngul um Zauberei und um Erschlagung des halbtoten Ächters Gretti, *lét varða skóggang.*

Bis hierher die Fälle mit dem eindeutigen Worte *skóggangr* oder *skógarmaðr.*

10. Hardh. 66. Hördh und sein Hausgenosse Helgi wurden *sekir.* dóm. Grund: Erschlagung zweier Nachbaren und Verbrennung ihres Gehöftes.

11. Gísl. 53, 10. Gísli wird *sekr.* dóm. Grund: Totschlag an dem Schwager aus Rache für den Schwurbruder.

Daß in Nr. 10 und 11 Waldgang gemeint ist, ergibt sich klar aus den weiteren Schicksalen der Ächter.

12. Hrafnk. 117, 15. Hrafnkel wird *alsekr.* dóm. Grund: Erschlagung eines ungehorsamen Hirten. Es folgt Frohnung; dabei artet die strenge Acht in Bezirksverweisung aus (u. § 97).

13. Glúma 19, 92. Vigfús wird *alsekr*, weil er seiner Landesverweisung innerhalb der drei vorgeschriebenen Jahre nicht nachgekommen ist (s. Nr. 67). Ein besonderes Verfahren dazu wird nicht erwähnt.

14. Njála 166, 3. 22. Gunnar verfällt der *sekþ*, wird erschlagbar für die Verwandten des von ihm Getöteten, weil er seiner Landesverweisung im selben Sommer nicht nachgekommen ist (s. Nr. 62). Die *sekþ* wird am Allding auf dem Gesetzesfelsen kund gemacht *(lýst).*

Die Ungehorsamsacht in Nr. 13 und 14 ist hier den gesicherten Waldgangsfällen angereiht; daß ein Unterschied besteht, sehen wir in § 92. 109.

§ 83. 15. Ljósv. 14, 117. Akra-Thóri wird *sekr (sekþir* 14, 80). dóm. Grund: Zahlung schlechter Ware an den Kaufmann. Es folgt Frohnung.

16. Eyrb. 212, 18. Óspak und Genossen werden *sekir.* dóm. Grund: Räubereien und Totschläge. Es folgt Frohnung.

17. Glúma 27, 41. Klage gegen Klœng um *morð*, „verhehlten Totschlag". „Die Klage ging auf dem Ding durch", also dóm, und zwar auf strenge Acht; denn es folgt versuchte Frohnung.

18. Eyrb. 78, 4. Thórarin und Genossen wurden *sekir.* dóm. Grund: mehrere Rachetotschläge. Der Kläger Snorri zieht die erreichbare Ächterhabe ein.

19. Reykd. 3, 36. Eystein wird *sekr.* dóm. Grund: verleumderische Intrigue gegen einen Schuldlosen. Der Kläger zieht alsbald mit einer Schar gegen den Ächter, um ihn zu entleiben; Eystein hat sein Gehöft samt Insassen schon verbrannt; sein Land wird Ächtergut.

20. Gunn. 209, 23. Der Norweger Gunnar wird *sekr.* dóm. Grund: Totschlag aus Rache für seinen isländischen Hauswirt. Der Kläger versucht, das Ächtergut einzuziehen.

Ein nicht zur Ausführung gekommener Fall der Ächtung:

a) Band. 46, 30. Die acht Goden erstreben gegen Odd *sekþir* (durch dóm) oder Selbsturteil; und zwar wäre mit den *sekþir* die Einziehung von Odds ganzer zugänglicher Habe verbunden. Grund: Bestechung einer Gerichtskammer.

21. Dropl. 171, 25. Grím wird *sekr.* dóm. Grund: Rachetotschlag für den Bruder. Der Ächter fristet sich lange in Verstecken, wird dann heimlich aufs Schiff gebracht und läßt sich mit seinem Hausstand in Norwegen nieder.

22. Boll. 239, 20. Bolli ächtete (*sekþi*) den Thórólf. dóm. Grund: Tötung eines Knaben, dessen Vater den Bullen Thórólfs erlegt hatte. Der Kläger Bolli verfolgt und erschlägt den Ächter, der in einer Höhle geborgen und dann zum Schiff geschafft worden war.

23. Vápnf. 25, 15. Broddhelgi macht den Svart *sekr.* dóm. Grund: Erschlagung eines unbegüterten Nachbars im Streit um die Viehtrift. Der Ächter bezieht das Hochland und raubt Vieh bei seinem Achtleger, bis dieser ihm den Garaus macht.

24. Band. 40, 21. Óspak wird *sekr.* dóm. Grund: Erschlagung eines Schuldlosen. Der Kläger verkündet auf dem Gesetzesfelsen den Steckbrief des Ächters; dieser flieht in die Einsamkeit und unternimmt von da Rachezüge (S. 58 f.).

25. Reykd. 5, 45. Hánef wird *sekr.* dóm. Grund: Schafdiebstahl. Sein Schützer sucht ihn unter Bedeckung an Bord zu bringen; der Kläger hat schon umfassende Maßregeln dagegen getroffen und läßt jene nun durch eine bewaffnete Schar überfallen.

26. Eir. 7, 3 (Landn. 34, 27): Eirík und Genossen werden *sekir.* dóm. Grund: Totschläge. Ein Freund versteckt den Ächter, der sich rüstet, Island zu verlassen; die Achtleger suchen nach ihm die Inseln der Breitföhrde ab (vgl. Eyrb. 82).

Daß in den Fällen 15—26 an strenge Acht, Waldgang zu denken ist, hat man zu folgern aus den Begleitumständen, von denen ich die wesentlichen kurz angemerkt habe: in Nr. 15—20 vollzogene oder versuchte Frohnung; in 21—24. 26 das lichtscheue

Verstecken des Ächters, in 21. 22. 25. 26 das verstohlene Einschiffen, dem sich der Kläger womöglich widersetzt: alles Züge, die die Acht als Fortführung der Feindschaft, den Zustand des Ächters als einen gefährdeten, gehetzten kennzeichnen. Dies trifft aber auf die Friedlosigkeit, nicht die milde Acht zu (s. u. § 93 ff.).

§ **84.** Bei den folgenden Fällen mangeln solche Haltepunkte.

27. Glúma 19, 85. Zwei Norweger, die den Vigfús bei einem Totschlage unterstützt haben, werden *sekir*. Da es gleich fortfährt: „dem Vigfús wurde freie Ausfahrt erkauft . .", wird die Meinung sein, daß dies für die Norweger nicht geschah: ein Merkmal der Friedlosigkeit. dóm.

28. Hróm. 412. Die Norweger werden auf dem isländischen Allding *sekir* wegen Pferdediebstahls. dóm.

29. Vatnsd. 79, 11. Húnrödh setzt die *sekþir* zweier Brüder durch; offenbar dóm. Grund: Rachetotschlag. Die beiden Ächter verschanzen ihr Gehöft und werden von Húnrödh angegriffen. Buße haben sie an den Kläger nicht gezahlt (79, 20. 22). Danach ist es Friedlosigkeit[1].

30. Fóstbr. 105, 27. Bödhvar macht den Sigurdh auf dem grönländischen Ding *sekr* wegen Leibesverletzung. dóm. Sigurdh hat sich schon vorher reisefertig gemacht und kauft sich in Norwegen an.

31. Thorst. 15, 10. Thorstein wird *sekr* wegen eines Rachetotschlags. dóm. Als er nach fünf Jahren aus der Fremde heimkehrt, betrachtet er sich noch nicht als versühnt; was für strenge Acht spräche. Vgl. u. § 115.

32. Reykd. 2, 58. Háls wird *sekr* wegen angeblichen Schafdiebstahls. dóm. Er ist schon vor dem Urteil außer Landes gezogen und kehrt im nächsten Sommer, nachdem er einen Entlastungszeugen gefunden hat, zurück.

33. Reykd. 20, 1. Thóri, des Goden Áskel Töter, wurde später wegen eines ganz unabhängigen Totschlags *sekr*. dóm? Das Nähere bleibt dunkel, weil die Folgen der früheren Ächtung (u. Nr. 37) einfließen.

34. Grett. 33, 3. Flosi mit manchen Genossen wird auf dem Allding *sekr*. Wahrscheinlich dóm, trotz der abschließenden Bemerkung 34,9: „danach versöhnten sie sich". Grund: Fehdetaten.

[1] Trotz der widersprechenden Wendung 79, 28: die Ächter sollten, wie es bestimmt war, außer Landes ziehen. Falls dies aber auf die *sætt* von Z. 24 ff. geht, dann ist es in Ordnung.

Da Flosi zugleich hohe Bußen zu tragen hat, ist milde Acht anzunehmen.

35. Grett. 25, 6. Thorbjörn wird um Totschlag *sekr.* sætt. Hohe Buße ist damit verbunden.

36. Glúma 23, 101. Der junge Gudhbrand wird wegen des ihm eingeredeten Totschlags *sekr.* sætt. Glúm brachte ihn außer Landes (für wie lange?).

Ferner Verwendung dieser allgemeinen Ausdrücke „sekr, sekþ" bei nicht durchgeführter Klage, die mit schiedlichem Bußurteil endet:

a) Glúma 7, 31. Die des Diebstahls bezichtigten Sklaven stehn in Gefahr, *sekir* zu werden.

b) Glúma 9, 68. Es ist nahe daran, daß der auf Erpressung verklagte Thorkel *sekr* werde.

c) Glúma 26, 14. Glúms Freunde möchten vermeiden, daß er für seinen endlich eingestandenen Fehdetotschlag *sekþ* oder *utanferð* erlebe.

d) Vatnsd. 73, 32. Der Kläger Gudhmund will anfangs keinen Vergleich, nur *sekþir* (er klagt um einen Rachetotschlag).

In allen vier Fällen wird „sekr, sekþir" auf strenge Acht zu beziehen sein; vgl. o. § 78.

In Nr. 27—32 ist Friedlosigkeit nach den Umständen das Wahrscheinliche. Die lückenhafte Nr. 33 bleibt fraglich. Mit Nr. 34 beginnen die Fälle, die man als milde Acht auszulegen hat; über die Verbindung mit Buße in 34. 35 sieh unten § 101; in 35 haben wir zugleich zum erstenmale sætt-Entscheidung, ebenfalls ein Argument für milde Acht. Dieses gilt auch für Nr. 36.

§ 85. Deutlich heben sich alle folgenden Fälle ab, indem sie die Vorschrift an den Ächter enthalten, außer Landes zu fahren. Dies ist unvereinbar mit dem isländischen Begriffe der Friedlosigkeit: diese kennt das Fortschaffen des Ächters nur als heimlichen, von dem Kläger bekämpften Trick. Also wo von „fara utan, vera utan" die Rede ist, da ist strenge Acht ausgeschlossen, da stehn wir bei der milden.

Wir bringen zunächst drei Nummern, die über die Dauer der Landesverweisung nichts aussagen; dann die klarer umrissenen Formen in drei Gruppen: Nr. 40—45; 46—49; 50—67.

37. Reykd. 16, 157. Áskels Töter Thóri mußte *fara utan*, außer Landes ziehen. (Nachher sollte sich Bezirksacht anschließen.) sætt.

38. Svarfd. 23, 188. Die zwei Brüder der Yngvild müssen wegen Totschlags *utan fara.* sætt.

39. Bjarn. 75, 15. Zwölf Männer, die an dem Überfall auf Björn teilnahmen, sollten im selben Sommer das Land verlassen; wenn sie binnen dieser Zeit sich nicht einschifften, sollten sie *alsekir* werden. Diese oder eine ähnliche Bedingung wird zwar am öftesten bei dreijähriger Verbannung gestellt (Nr. 62. 63. 65. 66, vgl. 67), aber doch auch zweimal bei lebenslänglicher (Nr. 41. 43): daher muß man es offen lassen, welche Dauer unsere Stelle der Bjarn. meint. sætt.

§ 86. Lebenslängliche Landesverweisung.

40. Hœns. 23, 7. Alle Mordbrenner, ausgenommen Thorvald, werden *sekir fullri sekþ.* Daß mit dieser „vollen Acht" nicht Waldgang gemeint ist, zeigt die Angabe, man habe den Ächtern freie Fahrt erkauft (u. § 101), auch begegnet nirgends sonst eine solche Friedloslegung en masse. Daß lebenslängliche Verbannung gemeint ist, wird wahrscheinlich durch die Kontrastierung mit der dreijährigen des Thorvald. sætt.

41. Vall. 7, 14. Neun Männer, die an Bödhvar u. Gen. Rache vollzogen haben, müssen außer Landes und *skulu eigi eiga útkvæmt*, „sollen keine freie Rückkehr haben". sætt.

42. Njála 377, 23. Viere von den Mordbrennern *skyldu aldri útkvæmt eiga*, „sollten nie freie Rückkehr haben". Sie müssen binnen drei Jahren außer Landes ziehen, sonst werden sie friedlose Waldmänner, *sekir skógarmenn* (vgl. Nr. 65). sætt.

43. Reykd. 13, 79. Gnúp und Thorstein, Teilnehmer an einem Rachezuge, *skulu fara utan ok aldri útkvæmt eiga.* Diese Acht soll fällig werden im dritten Sommer: dann werden die Säumigen friedlos, s. Nr. 66[1]. sætt.

44. Ljósv. 1, 66. Söxólf, der einen norwegischen Kaufmann erschossen hat, „sollte außer Landes ziehen und nicht zurückkehren". sætt.

45. Eyj. (25, 22) 27, 117. 124. Hall soll aus dem Lande „ohne Hoffnung auf Rückkehr", *eiga eigi út*[2] *ván.* sætt. Grund: Erschlagung eines Gegners in einem Gefechte.

---

[1] Daß diese Angabe nicht nur die Ächter von Nr. 66, sondern auch die von Nr. 43 trifft, folgt aus der weitern Erzählung der Reykd., spez. 13, 173.

[2] Die Ausgaben lesen *utan;* das ergäbe den hier unmöglichen Sinn: „ohne Hoffnung darauf, Island zu verlassen" — was zu einem Waldmann passen würde.

§ 87. Landesverweisung auf bedingte Zeit.

46. Laxd. 162, 3. Die an dem Überfall auf Kjartan beteiligten Söhne Ósvífrs wurden alle *sekir*, sollten keine freie Rückkehr haben, solange Kjartans Brüder oder sein Sohn am Leben wären. Was nach der Wahrscheinlichkeitsrechnung soviel wie lebenslänglich bedeutete. (Nach 162, 22 kehrten sie nie nach Island zurück.) sætt.

47. Grett. 291, 18. Thorbjörn öngul „sollte im selben Sommer in See gehn und niemals nach Island kommen, solange die für Illugi und Gretti Klageberechtigten am Leben wären". Auch dies faktisch lebenslänglich. sætt. Grund s. o. Nr. 9e).

48. Háv. 50. Sieben Männer von der Partei des greisen Hávardh sollen das Land räumen und „nicht eher zurückkehren, als bis sie erfahren, daß es mit dir (Thórarin) zu Ende ist". Thórarin ist das schon bejahrte Haupt der Gegenpartei. Die Bedingung wird erfüllt. sætt. Grund: eine totschlagreiche Blutrache.

Dazu ein unbestimmter Fall:

49. Gullth. 45, 14. Thóris Sohn und drei seiner Helfer „sollten außer Landes fahren und lange fort sein": hier bricht die Handschrift ab. sætt. Grund: Fehdetaten.

§ 88. Dreijährige Landesverweisung.

50. Hœns. 23, 8. Thorvald, der den Mordbrand an Blundketil geleitet hat, „sollte drei Jahre außer Landes sein und dann freie Rückkehr haben", *skyldi vera utan þrjá vetr ok eiga þá útkvæmt.* sætt.

51. Eyrb. 96, 2. Má, Snorris Oheim, *skyldi vera utan þrjá vetr.* Grund: ein zeitlich weit zurückliegender Rachehieb gegen Björn, der einen Schafhirten Snorris geschlagen hatte; s. u. § 90. sætt.

52. Eyrb. 138, 6. Thorleif kimbi, der Töter Arnkels, *skyldi vera utan þrjá vetr.* sætt.

53. Eyrb. 108, 3. Björn von der Breitbucht *var sekr gǫrr utan*[1] *um þrjá vetr.* Wahrscheinlich sætt[2]. Grund: Erschlagung der zwei Thórissöhne, die Björns ehebrecherische Besuche bei Thurídh rächen wollten.

---

[1] Diese Stilisierung ist eine sonst kaum begegnende Brachylogie für *var sekr gǫrr ok skyldi vera utan*, „wurde geächtet und sollte außer Landes sein."

[2] Weil es von dem Vater des Beklagten heißt: *hann gekk til handsala fyrir Bjǫrn*, „er verbürgte sich durch Handschlag für Björn"; s. o. § 49.

54. Heidh. 49, 1. Vier Helfer Snorris bei einem Rachezuge werden auf drei Jahre verbannt. Daß sætt gemeint ist, zeigt die Angabe der Eyrb. 205, 13.

55. Heidh. 102, 24. Bardhi nebst dreizehn seiner Rachegenossen „sollten drei Jahre außer Landes sein und freie Rückkehr haben im dritten Sommer". sætt.

56. Grett. 53, 7. Gretti, der einen freien Diener des Goden Thorkel nach einem Wortwechsel erschlagen hat, *skyldi vera sekr ok vera utan þrjá vetr.* Wahrscheinlich sætt (aus dem zu Nr. 53 genannten Grunde).

57. Ljósv. 1, 67. Sölmund, der eine Zahlung verweigert und seinen Gefährten zu einem Totschlage gereizt hat, *skyldi vera utan þrjá vetr.* sætt.

58. Eyj. 27, 123. Vier Anführer bei dem Angriff auf Eyjólf *skyldi vera utan þrjá vetr.* sætt.

59. Reykd. 24, 82. Eyjólf Thormódhsson „soll drei Jahre außer Landes sein und dann seinen Hof beziehen, wenn er zurückkommt". sætt. Grund: Eyjólf hatte an Bjarni die Rache für seinen Vater Thormódh vollstreckt; doch wurde Thormód als unbüßbar gefallen erklärt; die nähern Umstände o. § 29.

60. Reykd. 30, 67. Thórdh Illugi, der den Skúta in seiner Schlafkammer gemeuchelt hat (Vaterrache), wird *sekr* und soll drei Jahre außer Landes sein. Wohl eher dóm.

61. Vápnf. 54, 12. Die Mitschuldigen an Broddhelgis Tode werden auf drei Jahre verwiesen. (Die Stelle der Handschrift ist lückenhaft; das Nähere wird nicht ersichtlich.) sætt.

62. Njála 163, 6. Gunnar und sein Bruder Kolskegg „sollten außer Landes fahren (wie das folgende zeigt, im nämlichen Sommer) und drei Jahre fort sein". „Wenn Gunnar nicht abreiste . . . ., dann sollte er erschlagbar sein für die Verwandten des Getöteten" (s. o. Nr. 14). sætt. Grund s. o. § 39.

63. Dropl. 155, 25. Helgi, Sohn der Droplaug, der die Ermordung seines Stiefvaters angetrieben oder begünstigt hat, „sollte außer Landes ziehen und drei Jahre fort sein und nur éine Nacht in éinem Hause sein *(vera nótt í húsi)* bis zu seiner Abfahrt. Aber wenn er nicht außer Landes zöge, sollte er friedlos *(sekr)* fallen vor (von der Hand des Klägers) Helgi Ásbjarnarson zwischen dem Hochlande von Smjörvatn und dem von Lón, also innerhalb eines bestimmten Gebietes, das als Machtbereich des Klägers galt. sætt.

64. Ljósv. 14, 161. 17, 73. Den Thóri, Helgis Sohn, der einen

Teil von fremdem Ächtergute trügerisch dem Frohnenden entzogen hatte, lädt Gudhmund vors Allding „und erklärt, Thóri müsse ein geächteter Lebensringmann werden“, *telr hann eiga verða sekjan fjǫrbaugsmann.* In seinem Selbsturteil auf dem Ding verfügt Gudhmund: „du sollst auch geächtet *(sekr)* sein und drei Jahre außer Landes sein wie ein Lebensringmann *(svá sem fjǫrbaugsmaðr)*; aber für jedes Jahr, das du hier im Lande bleibst (vor der Abfahrt), sollst du ein Hundert Silbers bezahlen“. sætt.

65. Njála 377, 17. Bei dem umständlichen Schiedsspruche, der die Mordbrandssache auf dem Allding abschließt, heißt es: „Flosi wurde auch des Landes verwiesen und alle (andern) Mordbrenner, und sie brauchten nicht im selben Sommer zu fahren, wenn sie nicht wollten; aber wenn sie nicht außer Landes zögen, bis daß drei Jahre verstrichen wären, dann sollten er und alle andern Mordbrenner friedlose Waldmänner sein *(sekir skógarmenn)*“. „Flosi sollte doch nur drei Jahre außer Landes sein“ (dagegen Vier seiner Mitschuldigen lebenslänglich; o. Nr. 42). sætt.

66. Reykd. 13, 81. Stein und Hrafn, Teilnehmer an einem Rachezuge, „sollten drei Jahre außer Landes sein. Diese Acht soll fällig werden im dritten Sommer, auf der Herbstversammlung des Inselföhrdelandes: dann sollten sie friedlos *(útlægir)* fallen“. sætt.

67. Glúma 19, 86. Vigfús wird für einen Totschlag des Landes verwiesen „und sollte drei Sommer die Abfahrt versuchen und in jedem dieser Jahre drei Wohnstätten haben; und er war nun Lebensringmann *(fjǫrbaugsmaðr)*“. Da diese Andeutungen so genau zu der milden Acht der Grágás stimmen, darf man gewiß ergänzen, daß auch die Saga dreijährige Landflucht meint. dóm. Vgl. o. Nr. 13.

Noch ein beabsichtigter Fall:

a) Eg. 276 4. „Steinar lud den Thorstein vor wegen Erschlagung seiner zwei Knechte und klagte auf Lebensringzaun für jeden der beiden Todschläge“, *lét varða fjǫrbaugsgarð um hvárt vígit.* Der Erzähler fügt bei, in Übereinstimmung mit der Grágás 1a, 110. 2, 304, daß zwei fjǫrbaugsklagen gleich éiner Waldgangsklage gemessen werden sollten. Dieselbe Bemerkung Njála 362, 4 (vgl. o. § 5).

§ 89. Anhangsweise schließen wir gleich noch die Fälle von vorbauender (prophylaktischer) Landesräumung an. Sie geben ganz gute Einblicke in diese Sagawelt.

1. Eyrb. 74, 13. Thórarin, dem um seine Rachetotschläge

eine mißliche Dingklage droht, entscheidet sich auf des Goden Arnkel Rat dafür, mit möglichster Eile und Heimlichkeit in See zu gehn, die bewegliche Habe mitzunehmen und das Landgut aufs Spiel zu setzen. Der Kläger Snorri sucht es umsonst zu hindern. Thórarin wird dann in absentia auf dem Ding friedlos gemacht (o. Nr. 18). Er scheint nicht mehr nach Island zurückzukehren (83, 6).

2. Reykd. 2, 43. In ähnlicher Weise zieht Háls auf den Rat seines Oheims Áskel außer Landes und wird alsdann abwesend geächtet (o. Nr. 32). Aber hier schwebt eine völlig grundlose Klage gegen den Flüchtigen, auch hätte der Kläger nicht die Macht, daß sich die vereinigte Sippe seiner nicht erwehren könnte. Das Mittel der vorbauenden Landflucht kommt in der kurzatmigen Erzählung nicht als begründet heraus.

3. Heidh. 35, 21. Nachdem die Klage gegen Gest, den Töter Styrs, anhängig gemacht ist, verhelfen die Borgföhrde-Leute dem Jüngling zur Einschiffung. Zur Acht kommt es nicht, da die Klage rechtsförmlich niedergeschlagen wird. Es bleibt also bei der primären Fehde; der Sohn Styrs segelt dem Flüchtling nach Norwegen nach und weiter bis Byzanz und nimmt ihm, nach fruchtlosen Racheversuchen, das Versprechen ab, nie in die Nordlande zurückzukehren.

4. Vall. 5, 177. Seine sechs Schützlinge, denen ein Totschlagsprozeß bevorsteht, schickt der Gode Ljót zu Häuptlingen andrer Landesviertel: „es wäre dann leicht, sagt er, einen Vergleich nachzusuchen, wenn sie sich außer Landes schaffen könnten“ (vgl. o. § 68). Bei den Verhandlungen auf dem Ding ist von diesem Vorteil nicht mehr die Rede. Doch kommt es wenigstens nur zu milder Acht (o. Nr. 41), nicht zu Waldgang, und mit dieser letzten Möglichkeit konnte Ljót bei der Schwere des Falles wohl rechnen.

5. Glúma 18, 64. Der alte Halli befürchtet Schlimmes für seinen Sohn Bárdh, der den Häuptlingssohn Vigfús beleidigt hat; er rät ihm, auf drei Jahre das Land zu räumen, sonst sei er des Todes. Bárdh nennt das anfangs eine Feigheit, geht dann aber für ein Jahr ins Ausland. Zu einem Einschreiten des Vigfús kommt es diesmal nicht.

6. Glúma 14, 41. Ingólf hat sich in den Verdacht gebracht, den Kálf erschlagen zu haben. Da schickt ihn sein Beschützer Glúm für ein Jahr in die Fremde, obwohl Glúm selber gewillt ist, die Totschlagsklage zu parieren und sich als Täter zu bekennen.

7. Flóam. 138, 25. Helgi erschlägt einen Liebhaber seiner Mutter, einen angesehenen Häuptling. Die Mutter warnt ihn: „ich kann dir sagen, das ist dein Tod!“ Da kauft sich Helgi in einem Schiff ein und will außer Landes. Aber der Sohn des Getöteten wehrt ihm die Fahrt und schlägt ihn später tot.

8. Flóam. 158, 10. Dem Ásgrím, der von Thorgils Demütigungen eingesteckt hat, rät sein Sohn, fortzureisen: „dann könnten diese Reibereien zwischen euch zur Ruhe kommen“. Ásgrím will nichts davon wissen.

9. Laxd. 116, 4. Ólaf Pfau bittet seinen Bruder Thorleik, von Island auszuwandern, damit es nicht zu schlimmerem Hader mit dem Oheim Hrút und dessen Söhnen komme; er, Ólaf, fühle sich der Verantwortung nicht gewachsen. Wirklich verkauft Thorleik seine Ländereien und zieht mit Frau und Gesinde für immer davon.

10. Eyrb. 178, 19. Freiwillig bietet Björn von der Breitbucht dem Goden Snorri an, das Land zu verlassen, damit Snorri und die Seinen keine Anfechtung mehr von ihm erleben sollten. Den Tag darauf kauft er sich im nächsten Hafen die Fahrgelegenheit.

§ 90. Mustern wir die hinter uns liegende Reihe § 82—88 zuerst nach den G r ü n d e n und den P e r s o n e n der Ächtung.

Die Gründe sind unter der einzelnen Nummer angegeben. Die Missetaten spannen von der minderwertigen Warenlieferung (15) oder dem pflichtmäßigen Mittun im Gefechte bis zum Mordbrande oder der schurkischen Tötung eines Knaben (22); Rachewerke und Taten erster Hand, Ruhmwürdiges und Niedriges geht, oft schwer scheidbar, durcheinander.

Vor allem: eine Abstufung der Achtgrade nach der Schwere der Missetat besteht nicht. Wir finden die gleichen Delikte in allen Gruppen; z. B. die so wenig heldische Hinwegräumung des Stiefvaters steht unter der dreijährigen Verbannung (63)! Umstände, die außerhalb der Tat liegen, entscheiden über die Strafe: vornehme Geburt und Machtstellung, auch die zufällige, augenblickliche Truppenstärke von Beklagtem und Kläger und das weitere, keiner Rechtsregel unterworfene Hazardspiel des Einzelfalles. Von Hördh wie Gísli, den zwei tragischen Waldmännern, darf man sagen, daß sie durch Zufall geächtet wurden: hätte sich ein tat- und geldkräftiger Verwandter auf dem Ding zum Bußangebote gestellt, so wäre es anders gekommen.

Hier im Rahmen der Ächtung erblickt man dasselbe, was das altisländische Fehdewesen insgesamt kennzeichnet (o. § 27. 63): die Missetatsfolge wird nur nebenbei von der Missetat bedingt.

Dazu gehört auch, daß mehrmals der verantwortliche, der Haupttäter die leichteste Strafe empfängt. Bisweilen allerdings deshalb, weil er der Nächstgeborene zur Rache war. Vall. 7, 15: Björn, der Bruder des gerochenen Toten, muß nur ein Hundert zahlen und ist damit frei (*skal vera þar með frjáls*) — während neun Helfer ins lebenslängliche Exil wandern! Nr. 65: Flosi, der die Njálsbrenna organisiert hat, erhält drei Jahre; die von ihm Geworbenen und Geleiteten müssen auf Lebenszeit hinaus.

Gleich gewertet wird es, wenn ein Draußenstehender die Klage rechtsförmlich übernommen hat. Daß für die Verbrennung Blundketils der Führer Thorvald am wenigsten zu büßen hat (Nr. 40: 50), beruht darauf, daß er an Klägers Statt gegen Blundketil vorging. Allerdings — wohl auch darauf, daß er Sohn ist des mächtigen Goden Odd von Tunga! Und auch bei Flosi war der „Mannesunterschied" nicht unwirksam und bei Björn die Protektion des Oheims Ljót!

Schlagende Beispiele dafür, wie der Große glimpflicher davonkommt, der Kleine die Schärfe des Gesetzes oder Schiedsspruches zu fühlen hat, sind: Nr. 28, der Herrensohn Vigfús hat seine zwei norwegischen Gäste auf den Ausritt mitgenommen; als sie hören, daß es dem Angriff auf Bárdh gilt, sagen sie, dann wären sie lieber zu Hause geblieben; als aber ihr Wirt vor dem tapfern Gegner den Kürzern zieht, wollen sie doch nicht müssig zuschauen und schlagen Bárdh nieder. Dafür werden sie mit (wahrscheinlich) strenger, der Godensohn mit dreijähriger Acht belegt! Ferner Nr. 39 (vgl. o. § 46): der ansehnliche Thórdh Kolbeinsson wird mit Bussen schwer geschröpft, bleibt aber im Lande (sein Vetter hat dies als Grundlage des Vergleiches ausbedungen); die zwölf Gehilfen bei Thórdhs Rachezug, die trifft die Acht.

Am verblüffendsten für das nicht altisländisch gebildete Rechtsgefühl Eyrb. 95, 12. 96, 2 (vgl. o. Nr. 51): der von Vigfús entsandte Attentäter führt seinen Streich versehentlich auf Má, statt auf Snorri. Snorri zieht sogleich mit sechs Mann hinauf zu dem kohlenbrennenden Vigfús; sie überraschen und erschlagen ihn. Die Witwe macht ihren bittern Rachewerbungsgang bei der Verwandtschaft. Der Gode Arnkel läßt sich gewinnen: „er machte die Totschlagsklage für Vigfús anhängig gegen Alle, die zu dem Totschlag ausgezogen waren, nur nicht gegen den Goden Snorri":

kein Wort der Erklärung dafür; Snorri ist eben der Gewaltige der Landschaft. Man einigt sich auf *sætt*; diese verhängt, neben Bußen, éine Ächtung: Má, der seine versehentliche Rückenwunde zu beklagen hat, muß drei Winter außer Landes! Viel früher einmal (79, 14) hatte Má gegen Björn, den Schwestersohn des Vigfús, einen rächenden Schwerthieb geführt und damit allerdings die Feindseligkeit zwischen den Häusern Snorri und Vigfús begründet[1].

Zu den Personen der Acht sei noch bemerkt, daß es sich vorwiegend um Isländer von guter Herkunft handelt. Kleinere Leute werden geächtet in Nr. 23. 25. 29. 38. 44. 57. 72; Sklaven in Nr. 3. 36a[2]; Norweger in Nr. 20. 27. 28; ein geborener Grönländer in Nr. 30.

§ 91. Schreiten wir jetzt dazu, die Formen der Saga-Acht zu bestimmen.

Unsere Liste zählt 14 sichere Fälle von strenger Acht (Nr. 1 bis 14), 31 sichere Fälle von milder Acht (Nr. 37—67); dazwischen 22 Fälle mit mehrdeutiger Benennung, wovon ich vorläufig zwölf (Nr. 15—26) mit Zuversicht, weitere sechs (Nr. 27—32) mit Vorbehalt für die strenge Acht in Anspruch genommen habe, während Nr. 34—36 auf das zweite Hauptlager entfallen[3].

---

[1] Den mangelnden Zusammenhang zwischen Strafmaß und persönlicher Schuld zeigt auch dieses strafrechtliche Kuriosum aus der Sturl. 1, 197, 23. Zu den Teilnehmern an einem Mordbrande im Jahr 1197 gehören zwei Brüderpaare, die Söhne der Arnthrúdh und die Söhne des Thórdh. Beiden Paaren verhängt der Schiedsspruch je eine dreijährige und eine lebenslängliche Landesverweisung, so zwar, daß die Brüder nach eigenem Belieben diese zwei ungleichen Lasten auf sich verteilen sollen.

[2] Über Ächtung von Sklaven nach den Rechtsbüchern s. Amira, Oblig. 2, 420; Maurer 5, 462.

[3] Ich füge hier gleich die statistischen Angaben für die Sturl. bei; wir werden öfter darauf zu verweisen haben. Um die Kontrole zu ermöglichen, setze ich die Belegstellen her.

Waldgang, 15 sichere Fälle: 1, 9, 30. 29, 28. 94, 9. 100, 7. 101, 5. 102, 8. 143, 5. 280, 4 (cf. 282, 7). 304, 20. 307, 23. 327, 27. 368, 24. 543, 20. 2, 100, 9. 253, 8; 20 wahrscheinliche Fälle: 1, 59, 15. 84, 15. 130, 3. 145, 10. 159, 23. 173, 12. 242, 22. 279, 23. 312, 3. 323, 12. 347, 8. 374, 11. 412, 2. 462, 10. 2, 26, 38. 90, 28. 91, 22. 180, 8. 196, 17.

Landesverweisung: lebenslängliche, 6 Fälle: 1, 197, 23. 198, 2. 240, 9. 316, 15. 2, 99, 19. 255, 19, dazu zwei nicht verwirklichte Fälle: 1, 531, 6. 2, 130, 15; — auf bedingte Zeit: 2, 98, 18 (nur anerboten); — auf fünf Jahre: 1, 316, 3; — dreijährige, 8 Fälle: 1, 67, 3. 67, 16. 102, 10. 197, 23. 198, 1. 297, 6. 574, 10. 2, 99, 16, dazu ein nur beabsichtigter: 1, 99, 6; —

Wo man den Versuch macht, die Arten nach Möglichkeit zu sondern, wird es geboten sein, von den sichern Fällen rechts und links ausgehend, ihre Merkmale festzustellen und mit diesem Maßstabe die mitteninne liegenden mehrdeutigen Fälle zu behandeln.

§ 92. Die strenge Acht — die Friedlosigkeit, der Waldgang — wird in unsern Sagas durch Gerichtsurteil (*dóm*) verhängt. Die *dóm*-Fälle reichen in unsrer Liste geschlossen bis Nr. 32 bezw. 34.

Ein bedeutsamer Unterschied von der Graugans, die ihre — halb verstaatlichten — Schiedsgerichte auch auf Waldgang erkennen läßt[1].

Eine Ausnahme bilden die zwei Fälle von Ungehorsamsacht, Nr. 13 und 14. Hier entspringt die zweite, strenge Ächtung nicht einem besondern Gerichtsverfahren: sie folgt automatisch aus der ersten, milden Acht, mag diese nun durch Vergleich (wie in Nr. 14/62) oder gerichtlich (wie in Nr. 13/67) verhängt worden sein. Es ist hier ein Überfließen der milden in die strenge Form. Diese *sekþ* hebt sich merkbar von den primären Friedlosigkeiten ab, sieh § 109. Doch rechnen wir im folgenden die zwei Fälle in der ersten Hauptgruppe, der der Waldgänge, mit.

§ 93. Daß jemand von der klagenden Partei gegen den Ächter bewaffnet einschreitet, ohne daß von dessen Seite ein neuer Angriff stattfand, begegnet, wenn wir von der gewaltsamen Frohnung absehen, in diesen elf Fällen: Nr. 4. 5. 9. 11. 14. 16. 19. 22. 25. 26. 31. Die vier ersten sind sichere Waldgangsfälle. Bei den sicheren Landverweisungsfällen findet sich ein solches Vorgehn nur unter bestimmten Bedingungen, mit eigener Begründung. Der Unterschied ist sehr fühlbar (s. u. § 100). Ich betrachte da-

ohne Angabe der Dauer, 9 Fälle: 1, 15, 19. 16, 14. 76, 21. 171, 21. 234, 8. 316, 19. 498, 1. 505, 23. 2, 268, 31, dazu 5 angebotene: 1, 438, 7. 2, 39, 26. 45, 15. 81, 4. 255, 23.

Alles zusammen sind es 35 strenge, 33 milde Ächtungen, also ungefähr gleiche Zahlen wie in den Geschichten aus der Sagazeit (32 : 34), doch sind hier die nicht verwirklichten Fälle ausgeschlossen. Zieht man sie auch in der Sturl. ab, so bekommt diese ein beträchtliches Plus von Waldgängen (35 : 24).

[1] Die Sturl. stellt sich hierin auf die Seite der Familiengeschichten: bei ihren 35 Fällen strenger Acht erwähnt sie zwar lange nicht immer ausdrücklich das Gerichtsurteil, aber nirgends macht der Zusammenhang ein schiedliches Verfahren wahrscheinlicher; man kann ohne Bedenken in der ganzen Reihe gerichtliche Ächtung ansetzen.

nach diese Verfolgung des Ächters durch die Klägerpartei als ein Kennzeichen der strengen Acht. Die gerichtliche Friedloslegung ist noch keine Genugtuung für die Verletzten. Das Waldgangsurteil händigt ihnen gleichsam den Freibrief für die Rache ein: ihre Sache ist es nun, *at reka síns réttar,* „ihr Recht zu verfolgen"; sonst haben sie halbe Arbeit gemacht. Die Ehre des Achtlegers wird erst befriedigt durch Verwirklichung der Friedlosigkeit, d. h. durch Ausrottung des Friedlosen, nicht durch das bloße *skóggangs*-Urteil.

Hrafnk. 118, 11 sagt der Beschützer Thorgeir zu Sám, als dieser triumphiert, daß der mächtige Hrafnkel gedemütigt ist: was nützt es dir, daß du ihn einen Waldmann nennst? Er bleibt, der er war — außer wenn wir mit der Tat einschreiten!

Grím, der den Sohn des Eidh erschlagen hat, lebt als *sekr skógarmaðr* in der Bergwildnis. „Eidh war damals schon hoch bei Jahren; . . . deshalb geschah keine Verfolgung in der Sache". Dem Thorkel aber, seinem streitbaren Verwandten, „lagen die Leute sehr auf dem Halse, daß er dieses Recht nicht verfolgte". Bis er endlich dem Eidh erklärt, er sei bereit zu dem gefährlichen Gange und wolle ohne Gefolge, gleich wie in ritterlicher Fehde, seinen Waldmann aufsuchen (Laxd. 174, 12; vgl. u. § 115).

Der Häuptling Bjarni muß sich sagen lassen, daß seine Ehre befleckt ist: daß seine Dingleute kein Vertrauen zu ihm haben, weil er seinen Waldmann Thorstein ruhig wohnen läßt (Thorst. stang. 79, 10. 81, 4). Die Friedloslegung allein war kein Verdienst[1].

Als Bolli für einen Verwandten den Totschläger Thórólf friedlos gemacht hat, „überlegt er die Lage und findet, seine Hilfeleistung sei keine vollständige, wenn Thórólf entwischen sollte." So macht er sich auf und rennt dem Ächter, der eben am Einschiffen ist, das Schwert durch den Leib. Er gewann großen Ruhm damit, daß er den Mann in einem fremden Landesviertel friedlos gemacht hatte und dann allein unter seine Gegner geritten war und ihn dort erschlagen hatte (Boll. 240, 6).

Lakonisch heißt es in der Reykd. 3, 38, nachdem Eysteins Ächtung durch Áskel berichtet worden ist: „und als sie vom Dinge heimkamen, ritt Áskel hin mit einer Schar von Leuten und dachte ihn ums Leben zu bringen" (die Fortsetzung u. § 97).

[1] Nach der Sturl. 1, 143, 15 gilt dér als gedemütigt, der einen Andern in die Acht bringt und dann keinen weitern Fortschritt in seiner Sache erreicht.

§ 94. Mit dem Gesagten hängt zusammen, daß die Angehörigen des Ächters öfter ihren Mann heimlich aufs Schiff bringen oder zu bringen suchen, unbemerkt von dem Achtleger. Dies findet sich in Nr. 1. 3. 8. 18. 20. 21. 22. 25. 26. Der Gedanke ist klar: der Achtleger will nicht die Verbannung des Feindes, sondern seine Vernichtung. Daher widersetzt er sich seiner Landflucht. Waldgang und Landesverweisung sind hier unmittelbare Gegenfüßler[1].

Auch der (norwegische) Schiffsherr trägt Bedenken, den Friedlosen an Bord zu nehmen; man muß ihn mit Geld gewinnen und sein Schweigen erkaufen[2]. Oder die Schiffsbemannung fürchtet sich, dem Waldmann zusammen mit einem Gliede der gegnerischen Sippe die Fahrt zu erlauben[3]; denn ein Waldgangsurteil hat ja keinen Frieden gestiftet.

Ebenso kennzeichnend für die strenge Acht ist es, daß die Helfer den Geächteten in einem Versteck unterbringen, oder daß er selbst die Einsamkeit, das menschenleere Hochland oder eine unbewohnte Insel, zum Aufenthalt wählt. Dies begegnet in Nr. 2. 5. 6. 11. 13. 21. 22. 23. 24. Diese Flucht vor den Menschen, die eigene Sippschaft nicht ausgeschlossen, ist ja die eigentliche Marke des Friedlosen, die ihm den Namen des *skógarmaðr* oder *urðarmaðr* eingetragen hat. Er ist ein Ausgestoßener, kein Verbannter; ein Menschen-, kein Landflüchtiger. Das Schicksal des Mannes außerhalb der menschlichen Gesellschaft sollen uns später noch die Ächtersagas genauer verdeutlichen.

§ 95. Ein weiterer Zug: zusammen mit der Ächtung erwähnen die Familiengeschichten sehr oft *bætr*, Bußen — aber stets nur bei milder Acht, nie beim Waldgang. Dafür hat dieser einen Ersatz in der Frohnung, dem *féránsdómr*, d. i. wörtlich „Geldraubgericht".

Diese dem isländischen Rechtsbuche wohlbekannte Konfiskation des Ächtergutes[4] begegnet in unsern Sagas viermal unter dem technischen Namen; vier oder fünf weitere Stellen kennen die Sache: sieh Nr. 12. 15—20a; dazu Hardh. 67 (Nr. 10)[5].

---

[1] Auch in der Sturl. gehören die Fälle dieses verstohlenen Fortbugsierens zum Waldgang; sieh 1, 59, 19. 94, 11. 323, 16. 379, 4. (100, 7).

[2] Fóstbr. 35, 5 (zu Nr. 3); Dropl. 173, 15 (zu Nr. 21).

[3] Fóstbr. 27, 23 (zu Nr. 1).

[4] Grágás 1 a, 83 — 125 passim; Wilda S. 288; V. Finsen, Grág. 3 s. v. *féránsdómr;* Amira, Oblig. 2, 124 ff.; Maurer 5, 146. 336. 810.

[5] Außerdem redet die Grett. 290, 1 von *hefja féránsdóm*, aber in uneigent-

Keine dieser Stellen findet sich bei den sicheren Landesverweisungen, obwohl diese doch an Zahl den Waldgängen mindestens gleichkommen und die Bußentrichtung bei ihnen oft mit großer Ausführlichkeit verhandelt wird. Ich ziehe daraus den Schluß: wo Frohnung begegnet, da haben wir es mit strenger Acht zu tun; die Íslendinga sögur kennen den *féránsdóm* nur beim Waldgang, im Gegensatz zu der Graugans, die ihn gleichmäßig beim *skóggangr* wie beim *fjǫrbaugsgarðr* vorschreibt. Mithin folgt er auch in den Sagas nur auf ein Gerichtsurteil, nicht, wie dies die Graugans zuläßt, auch auf einen Schiedsspruch[1].

Die Frage, ob in der Sagazeit die Frohnung beim Waldgang regelmäßig eintrat und nur zufällig bloß in dem Viertel der Fälle erwähnt wird, wage ich nicht zu beantworten. Allerdings legt die Hrafnk. 118,8 dem Thorgeir den Satz in den Mund: „der Mann ist nicht endgültig geächtet (*alsekr*), solange nicht die Frohnung vollzogen ist“, und nach der Grágás stand sogar die Strafe der Landesverweisung auf dem Unterlassen des Aktes. Wo Sklaven oder Fremde oder Mittellose der Acht verfielen, mag wohl in der Praxis die Frohnung mindestens zuweilen (denn s. Nr. 20) unterblieben sein.

Auch in der Art der Abhaltung weichen die Frohnungen der Sagas von den Vorschriften des Rechtsbuches beträchtlich ab. Kein Gewicht ist darauf zu legen, daß das meiste der vielen Grágás-Förmlichkeiten den Erzählungen fehlt, da diese ja nicht den Anspruch machen, ein erschöpfendes juristisches Bild der Frohnung zu geben. Eine Einzelheit, den Sonnenstand beim *féránsdóm* be-

lichem Sinne, einfach = formlosem Einziehen eines Vermögens. In der Eyj. 24, 38 hat *féránsdómar* den seltsamen, jedenfalls sehr abgeleiteten Sinn von Mannschaftswerbung.

[1] Es ist von Belang, daß die Sturl. in dieser Sache fast uneingeschränkt zu den Familiensagas stimmt. Bei ihren 35 Fällen von strenger Acht (s. o. § 91) wird niemals Buße erwähnt. Ausdrücklich bezeichneten *féránsdóm* hat die Sturl. dreizehnmal: 1, 9, 29. 30, 13. 67, 20. 100, 8. 102, 12. 143, 8. 145, 12. 160, 16. 279, 25. 280, 5—282, 23. 412, 6. 543, 22. 2, 91, 27; dazu den Hergang ohne den technischen Namen: 1, 308, 3. Dreizehn dieser Frohnungen gehören zu den (sichern oder wahrscheinlichen) skóggangsfällen (auch 102, 12 braucht man nur auf den Waldmann Bergthór, nicht auf den Landesverwiesenen Tjörvi zu beziehen); nur in dem einen Doppelfalle 1, 67, 20 verbindet sich *féránsdómr* mit sicherm *fjǫrbaugsgarðr*, und diese Landesverweisung ist zugleich eine der ganz wenigen, die durch Gerichtsurteil erfolgen (u. § 99); der Fall spielt im Jahre 1160. Somit geht auch in der Sturl. die Regel durch, daß Frohnung eine vorangehende gerichtliche Ächtung erheischt.

treffend, ist freilich nur in Sagas überliefert[1]. Im übrigen ist mehr als wahrscheinlich, daß der wirkliche Hergang um das Jahr 1000 sehr viel einfacher und handlicher war als die Doktrin im 13. Jahrhundert.

§ 96. Von Bedeutung scheinen mir dagegen diese Abweichungen.

1. Der wirkliche Veranstalter des *féránsdóms* ist an den Stellen, die diesen Punkt beleuchten (Nr. 12. 15. 16. 18), der Kläger selbst; ér *heyir* den *féránsdóm*, auch Ljósv. 14, 125, wo, mit der Grágás stimmend, der Gode des Ächters den *dóm* „ernennt" *(nefnir)*. Dieser Gode des Ächters erscheint im Rechtsbuche als die Hauptperson; ihn muß der Kläger erst zur Abhaltung des *dóms* auffordern.

Der Versuch Maurers, die Abweichung zu erklären (5, 341), ist etwas künstlich und stellt dabei doch keinen Einklang mit der Grágás her. Glaubhafter dünkt mich, daß die alte Praxis därin wie in so vielen anderen Dingen den Parteien mehr Spielraum ließ, daß sie dem Achtleger ohne weiteres auch die Leitung des Exekutionsgerichtes zuteilte.

2. Während nach der Grágás die Hälfte des Ächtervermögens (nach bestimmten Abzügen) den Ding- oder Viertelsgenossen zufällt, kennen unsre Familiengeschichten keine Beteiligung der Öffentlichkeit. Denn eine solche ist es nicht, wenn Snorri die Ächterhabe „verteilt unter die Leute, die am meisten den Übermut der Geächteten erfahren hatten und von ihren Räubereien betroffen worden waren" (Eyrb. 214, 1): dies hält sich im Rahmen der Partei. Auch bei den eingehender erzählten *féránsdómar* von Nr. 12 und 15 ist der Zusammenhang so, daß die Beteiligung der Gemeinde nicht etwa stillschweigend vorausgesetzt sein kann.

Nur bei der nicht verwirklichten, bloß angedrohten Frohnung der Band. 45, 17 wird der Halbpart der Viertelsgenossen erwähnt. Aber solche Äußerungen, die von der Handlung der Sagas nicht getragen werden, unterliegen am meisten dem Verdacht, daß sie von späteren Anschauungen beeinflußt sind: ohne Zweifel sind ja diese langen, fein ausgeführten Gespräche der Band. das Werk eines Erzählers des 13. Jahrhunderts und ruhen nur mit ihren allgemeinsten Motiven auf Überlieferung aus der Zeit der Ereignisse. Ich glaube daher nicht, daß man diese Stelle gegen das

[1] Hrafnk. 121, 7; Sturl. 1, 160, 22.

Zeugnis der erzählten Frohnungen ausspielen darf[1]. Es wird für die Sagazeit bei dem Satze bleiben: der im eignen Namen frohnende Achtleger schuldet der Gemeinde keinen Tribut. Der Ausdruck Frohnung wäre also, streng genommen, auf den *féránsdóm* der Sagas nicht anzuwenden[2].

Aus dem Schluß der Besiedelungszeit berichtet Ari, Lib. Isl. III 2, den Fall, daß Einer um Ermordung eines Knechtes oder Freigelassenen geächtet wurde *(secr of prœls morþ eþa laysings)*, und daß sein Landbesitz (oder allenfalls ein Teil davon) Gemeindegut wurde. Das „secr" darf man unbedenklich auf Waldgang beziehen. Es liegt hier offenbar Frohnung zu Handen der Öffentlichkeit vor[3]; ob an eine Halbierung gedacht ist nach den Regeln der Graugans, steht dahin. Auch darin ist es kein typisches Fehdebeispiel, daß der Getötete ein „Knecht oder Freigelassener" war, und daß es sich um *morþ*, „verhohlenen (ehrlosen) Totschlag" handelte. Man muß mit der Möglichkeit rechnen, daß ein privater Kläger nicht vorhanden war, sondern der Gode des Kjalarnesdings die Ächtung des Mörders bewirkte; dann konnte die ganze Ächterhabe Gemeindegut werden. Der Fall ist nicht geeignet, die Sagaberichte in diesem Punkte als unglaubwürdig oder lückenhaft zu erweisen. Daß den Isländern von Anfang an die öffentliche Frohnung nicht schlechthin unbekannt war, ist auch aus dem Verhalten der andern germanischen Rechte zu schließen (vgl. u. § 142 Nr. 12).

3. Terminologisches: die Grágás gebraucht in Verbindung mit *féránsdómr* die Zeitwörter *beiða*, *kveðja* „auffordern zu", *nefna* „ernennen", *eiga* „abhalten" (meist mit kollektivem Subjekt: *menn eigu féránsdóm*; *féránsdómr er áttr*). Die Sagas bringen éinmal (s. o.) *nefna*; sodann éinmal *sœkja* „als Kläger auftreten

[1] Abzusehen ist natürlich von den der Grágás entlehnten Klageformeln der Njála S. 350 ff.

[2] Die Sturl. 1, 9, 30 erwähnt beiläufig, daß ein gewisser Ólaf als Kind bei der Friedloslegung seines Vaters „zum *féránsdóm* geführt und zum Pflegling (Kostgänger) des Landesviertels gemacht worden war". Dies ist zu verbinden mit Grág. 1 a, 86 f. 115 f., wonach die der Gemeinde zufallende Hälfte des eingezogenen Gutes zum Unterhalte der Armen dienen soll, die der Geächtete zu versorgen gehabt hatte. Bei allen übrigen *féránsdómar* der Sturl. ist keine Spur von Gemeindeanteil zu gewahren, auch nicht bei dem so einläßlichen Inventar 2, 91, 33, obwohl die Ansprüche der Frau des Ächters hier ausdrücklich erwähnt werden.

[3] Sieh Bj. M. Ólsen, Maurerfestschrift 1893 S. 128 ff.; Bogi Th. Melsteð, Íslendinga saga (Kopenhagen 1903) 1, 308 ff.

in" (Ljósv. 14, 126) und als Hauptausdruck *heyja* „abhalten" (Nr. 12. 15—17): diese zwei Verba fehlen dem Rechtsbuche beim *féránsdóm*[1].

4. Wenn die Graugans uns eine geschäftliche Liquidation durch ein Konsortium pflichttreuer Nachbaren vor Augen führt, so bringen wenigstens zwei der Sagastellen ein Bild ganz anders urwüchsiger Art. Da macht der *féránsdómr* seinem Namen noch Ehre: er ist ein *rán*, ein Raubzug, der nicht bloß die Habe des Ächters gefährdet.

§ 97. Áskel zieht nach der Ächtung Eysteins mit einem Haufen gegen ihn, in der Absicht, ihn zu entleiben. Dem Eystein hat schon Böses geschwant, „und so entschied er sich dafür, daß er zusammentrieb alle schreitende Habe aus seinem Besitz und trieb sie in die Ställe und verbrannte dann alles zusammen, den Hof und das Vieh und insgleichen alle Hausgenossen und Gesinde". Ob er selbst mit in den Flammen endete, darüber waren sich die Leute nicht einig. (Mitsamt diesem gut realistischen Zweifel ist es das echte bäuerliche Gegenstück zu jenem schwedischen Sagenkönig, der, als der Feind im Anzug ist, sich und seinem Hause das Ende in den Flammen setzt! Heimskr. 1, 72 f.) „Aber die hinterbliebenen Grundstücke wurden Ächtergut", schließt die Saga. Kein Zweifel, daß Áskels Zug nicht nur dem Leben Eysteins, sondern auch der Frohnung gegolten hatte. Die *Wüstung* — die in ihrem eigentlichen Sinne den Isländersagas unbekannt ist — hat hier der Ächter selbst besorgt (Reykd. 3, 40).

Auch Hardh. 67 verbrennt der Friedlosgewordene, eh er abzieht, alle Hofgebäude samt dem Heu: „er sagte, Torfi (der Kläger) solle da keinen Schnitt machen!"

Daß die Ächterhabe ganz oder teilweise geflüchtet wird, eh man frohnen kommt, erzählen Nr. 15. 18. 20; auch in der Band. 42, 16 (45, 23. 49, 6) wird es geplant. In Nr. 17 „rüsten sie sich zum *féránsdóm* und hatten vier Schiffe und dreißig Mann auf jedem": man sieht, es geht wie zum Gefecht. Aber auf Seiten des Ächters ist die doppelte Mannschaft zusammengebracht: ohne Frohnung und mit Schanden müssen die Klägerischen zurück[2].

---

[1] Auch in der Sturl. ist *heyja féránsdóm* stehende Formel: 1, 32, 17. 68, 3. 15. 100, 8. 143, 8. 160, 16. 280, 6. 543, 22. 2, 91, 27.

[2] Auch der Sturl. ist der *féránsdómr* als kriegerisches Unternehmen wohlbekannt. Fünfmal berichtet sie, daß man große Streitkräfte dazu sammelt (1, 30, 14. 67, 20. 102, 12. 160, 1. 280, 5). Mehrmals kommt es nahe an den

Das Hauptbeispiel des „fĕráns“ aber bietet der schaurig-schöne Bericht der Hrafnk. 120 ff. (o. Nr. 12). Mit achtzig Wohlausgerüsteten haben Sám und seine Protektoren den Raubzug angetreten. Sie überraschen die Ächtersfamilie im Schlaf, brechen die Tür auf und holen die Leute aus den Betten. Weiber und Kinder treibt man in das eine Gebäude; den Männern sticht man ein Loch unter der Fersensehne, zieht ein Seil durch und fädelt sie so, ihrer achte, die Köpfe nach unten (121, 13) an dem Wäschebalken im Hofe auf: ein Bild fremdanmutender, simplizianischer Rohheit. Umso isländischer ist Hrafnkels Rede: er bittet um das Leben seiner Männer; „denn sie haben euch nichts zuleid getan. Aber mir ists keine Unehre, wenn ihr mich totschlagt: ich bitte mich davon nicht frei. Von Mißhandlungen bitt ich mich frei: ihr habt keine Ehre davon.“ — Darauf gingen Thorgeir und Sám und *háðu féránsdóm*; selbstverständlich ganz autonom: falls man ein Ernennen von „Richtern“ zu ergänzen hat, können sie nur aus den eignen Achtzig stammen; das Versammeln der Gläubiger und Schuldner war in den paar Stunden ausgeschlossen — das *rán* überwiegt eben den *dóm*! — Sám stellt nun Hrafnkel vor die Wahl: sterben — oder wegziehen mit dem ganzen Hausvolk und mit dem Bischen Habe, das ihm bleiben soll; weder er noch seine Erben sollen je ein Recht geltend machen; nicht näher soll er wohnen als an der Ostseite des nächsten Haupttales: damit ist tatsächlich der Waldgang in eine Bezirksacht gewandelt (s. u. § 106). Hrafnkel erwidert: „Mancher fände wohl einen schnellen Tod besser als solche Mißhandlungen. Aber mir wirds gehn wie vielen Andern: ich wähle das Leben, wenn es zu haben ist. Ich tu das zumeist meiner Söhne wegen, denn sie werdens nicht hoch bringen, wenn ich draus weg sterbe“. Dann wird er von der Leine gelöst „und übergab dem Sám das Selbsturteil“ *(sjálfdœmi)*: der neuen Form der Acht entspricht eine neue Form des Urteils (der Waldgang war ja durch das Alldings*gericht* verhängt worden). Mit seinem Speer als einziger Waffe zieht Hrafnkel davon; er siedelt sich mit den Seinen im nächstöstlichen Flußgebiete an.

§ 98. Die Frohnung der Íslendinga sögur, wie wir sie kennen lernten, stellt sich dar als der erste Akt der Rache, den nach dem Waldgangsurteile der Kläger gegen den geächteten Feind

---

Massenkampf; die Nachbaren legen sich bewaffnet ins Mittel. 1, 160, 21 ziehen die Klägerischen unverrichteter Dinge ab. 1, 100, 8 wagen sie das Unternehmen überhaupt nicht.

unternimmt. Das erste Ziel dabei war die Befriedigung an Geld und Gut; der Waldmann soll besitzlos sein. Der sonst verpönte Raub wird dem Friedlosen gegenüber zur Sitte, beinah zur Pflicht. Traf man zugleich das Leben des Ächters, so entsprach dies umso besser dem Zweck der Feindseligkeit. Ich sage Feindseligkeit, nicht Fehde, weil sie sich nur noch gegen den Ächter kehrt, nicht mehr gegen seine Sippe oder Partei.

So tritt der *féránsdómr* der Saga an die Seite jener andern Waffentaten (§ 93), womit der Achtleger die nunmehr staatlich gebilligte Rache wider den Friedlosen fortsetzt. Mißglückte die Frohnung, dann war es eine Art Niederlage für den Achteigner, und er mochte dann bereuen, daß er auf der Friedloslegung bestanden und sich nicht zu dem einträglicheren Modus der *sætt ok fébœtr*, „des Vergleichs und der Geldbußen" herbeigelassen hatte.

So geht es dem Húnrödh in Nr. 29. Seinen Ächtern kommt er in ihrer Verschanzung nicht bei; mit seinem Vermögen geht es abwärts: als er dem Goden Thorkel seine Not klagt, meint der: hättest du Buße für deinen Bruder angenommen! Jetzt hast du weder Geld noch Rache! — Die Stelle beleuchtet noch einmal klar, wie das Waldgangsurteil als solches keinen greifbaren Gewinn für den Kläger bedeutete. Die milde Acht war die sichrere Einnahme: s. § 101 f.

Über die rechtliche Stellung und die Lebensführung des Waldmannes handeln wir in § 112 ff. Zunächst haben wir die Merkmale der milden Acht, der Landesverweisung, zu betrachten.

§ **99.** Landesverweisung, *utanferð*, ist in unsrer Reihe durch 31 sichere + 3 minder sichere Fälle vertreten; s. o. § 91.

31 dieser Verweisungen (davon zwei unsichere: Nr. 35. 36) werden durch *sætt* verhängt. Dreie (davon ein unsichrer Fall: Nr. 34) erfolgen durch Gerichtsurteil, *dóm*. Dies muß man wenigstens für Nr. 67 nach dem Wortlaute der Saga annehmen; bei Nr. 34 und 60 reden die Erzähler nicht so bestimmt, daß Zweifel ausgeschlossen wäre.

Es läge ja nahe, diese kleine Minderzahl von *dóm*-Verbannungen als Ungenauigkeiten der Sagamänner beiseite zu schieben. Aber da auch die Sturl., neben 20 *sætt*-Fällen, drei dreijährige Landesverweisungen durch Gerichtsurteil erzählt[1], finde ich keinen genügenden Grund für jenes Verfahren. Wir beruhigen uns daher

[1] 1, 67, 19 (Doppelfall). 102, 10.

bei dem Satze, daß die milde Acht in der Sagazeit durch das öffentliche Gericht verhängt werden konnte, daß sie aber für gewöhnlich einem Schiedsspruche entsprang. Darin liegt ein bedeutsamer Unterschied einerseits von dem Waldgange der Sagas, der stets durch *dóm* eintritt, anderseits von den isländischen Rechtsbüchern, die als eines der allerhäufigsten Gerichtsurteile die dreijährige Verbannung, den *fjǫrbaugsgarð*, kennen.

Den verschiedenen Formen der Landesverweisung sind ferner gemeinsam folgende Züge.

§ 100. Die Fehde mit dem Verbannten ist normalerweise erloschen. Nur unter bestimmten Umständen ist er weiteren Angriffen ausgesetzt, nämlich:

a) wenn ein Teil der Klägerpartei sich von dem Vergleiche in aller Form ausgeschlossen hat. So in der Njála 377 ff. (o. Nr. 42), s. o. § 58.

b) wenn Angehörige des Klägers bei der Schließung des Vergleiches im Auslande waren und daher das Recht fernerer Rache für sich in Anspruch nehmen. Sieh die Fälle o. § 58, dazu die umständlichen Verfolgungen Landesverwiesener in Norwegen und Byzanz: Heidh. 50 ff. (Nr. 54). Grett. 294 ff. (Nr. 47). So prophezeit ein norwegischer Schiffsherr von den landesverwiesenen Ósvífrssöhnen: „die *sekþ* dieser Männer wird in Norwegen nicht geringer sein, wofern die Freunde Kjartans (des Erschlagenen) leben“, nämlich die norwegischen Freunde, die sich durch den isländischen Schiedsspruch nicht gebunden fühlen (Laxd. 162, 14).

c) wenn der Landesverwiesene gegen die Bedingungen seiner Acht verstößt und dadurch — auch ohne ausdrückliches Eintreten der schärferen Acht — vor dem Kläger bußlos fallen kann: Ljósv. c. 2 f. (Nr. 57). Reykd. 13, 85. 172 (Nr. 43 und 66); vgl. u. § 109.

Was dann noch bleibt an Rachetaten gegen den mit milder *sekþ* Behafteten, wird als Vergleichsbruch gerügt (o. § 33. 58). Eine solche Handlung steht auf einer Linie mit dem Angriff auf ein nicht geächtetes Mitglied der Sippe, mit der man sich verglichen hat (wie in Eyj. 30, 1).

Aber auch die unter b) erwähnte Rache findet den Tadel des norwegischen Königs (Eyj. 29, 82); er sagt zu dem angriffslustigen Isländer: „du hast diese Männer für achtfrei gehalten (dánn wäre deine Rache erlaubt) . . . aber es will mir scheinen, daß ein Angriff sich nicht paßt auf Leute, die eine Menge Geld bezahlt und ihr Land geflohen haben“: mit andern Worten, durch die (milde)

Acht sollen die Racheansprüche der Gegner befriedigt sein. Die *sætt*, der die milde Acht entstammt, ist ein Friedensschluß, wenn auch ein bedingter, dem Ächter Lasten auferlegender. Die Stelle der Laxd. vorhin unter b) schließt den zutreffenden Gedanken ein: erfüllen die Landesverwiesenen den Vertrag und räumen die Heimat, so würde ihre *sekþ*, ihre „Verfolgbarkeit" aufhören — wenn nicht in diesem besondern Falle die ausländischen Gegner wären!

Den Zweck der Landesverweisung spricht die Heidh. 102, 20 mit diesen treuherzigen Worten aus: „sie (die Kläger) erwarteten, daß sich der Unfriede leichter legen würde, wenn die Andern außer Landes wären, und für sich selber fanden sie es keine geringere Ehrung (als Bußen). Auch den verständigen Männern (die zu dem Vergleiche geholfen hatten) dünkte es dann am wahrscheinlichsten, daß dieser große Trotz zwischen ihnen sich legen würde, wenn sie fürs erste nicht im Lande beisammen wohnten."

Man sieht, der Gegensatz zur Friedlosigkeit (§ 93) ist ein grundsätzlicher: bei der Landesverweisung ist mit dem Achtspruche die Aufgabe des Klägers erfüllt; er kann nur noch darüber wachen, daß der Verwiesene dem Spruch nachkomme. Erst wenn dies nicht geschieht, wacht die Fehde aus ihrem Schlafe auf.

Die weiteren Unterschiede von der strengen Acht (vgl. § 94): daß es keiner verstohlenen Einschiffung bedarf, und daß jenes tagscheue Sichbergen in Schlupfwinkeln und in der Einöde bei dem Landesverwiesenen keine Stelle hat: dies versteht sich nach dem Gesagten von selbst. Der von milder Acht Betroffene ist eben, um altenglische Ausdrücke zu gebrauchen[1], kein *fliema*, kein *fugitivus*: offen und unangefochten mietet er sich in dem Schiffe ein, das ihn in seine Verbannung trägt[2].

Bezeichnend ist eine kleine Äußerung der Njála 377, 25: man ist mit der Schlichtung der verwickelten Mordbrandssache beschäftigt; den Flosi hat man soeben mit dreijähriger Acht beladen; da richtet man die Frage an ihn, „ob er sich für seine Wunde etwas wolle zuerkennen lassen"; was er vornehm ausschlägt. Also der Landesverwiesene hat immer noch finanzielle Rechte; er ist nichts weniger als exlex! Mit Frohnung wäre natürlich solch ein Zug nicht zu vereinen[3].

---

[1] Liebermann, Brunnerfestschrift S. 18 f.

[2] Unbeschadet der Gelegenheitsausdrücke *landflótta*, *landrekstr*, o. § 79.

[3] Auch der den Geschichten der Sagazeit fehlende Zug der Sturl. 1, 438, 8. 570, 14: daß der des Landes zu Verweisende bis zu seiner Abfahrt „in der Gewalt" des Klägers sein (*vera í valdi hans*), „sich in seine Gewalt geben" soll

§ **101.** Wir begründeten die Annahme: die *utanferð* kennt, im Gegensatz zu der Vorschrift der Graugans, keinen *féránsdóm*. Also diese halb fehdemäßige Einnahmequelle war dem Verhänger der milden Acht verschlossen. Dafür konnte der Schiedsspruch von vornherein mit der Landesverweisung Bußen verbinden, *bœtr* oder *fésekþir*.

Von den 34 Nummern der milden Acht sind es 27, die in der einen oder andern Form der verhängten Buße gedenken. Beispielsweise Eyrb. 96, 1: „Snorri verbürgte sich (für die Beklagten) in der Totschlagssache um Vigfüs, und es wurden nun hohe Geldbußen verhängt; aber Má sollte drei Jahre außer Landes sein; Snorri aber zahlte das Geld aus." Oft freilich bringt die Saga viel mehr Einzelheiten.

Zu den 27 Fällen kommt noch Nr. 55, wo das Nichtzahlen der Buße eigens begründet wird, und Nr. 37, wo der erschlagene Áskel, die Ursache der Ächtung, gegen einen andern Toten verrechnet wird. Aus der Wendung in Nr. 52: *urðu þær einar mannsekþir, at . .*, „von Mannesächtung gab es nur dies, daß . ." darf man herauslesen, daß der Erzähler die *fésekþir* übergeht.

Dann bleiben gegenüber den 30 Fällen mit erwähnter Buße nur vier ohne solche: Nr. 36. 44. 47. 57. Wir zerbrechen uns nicht den Kopf, ob hier lückenhafte Mitteilung oder wirklicher Verzicht auf Buße vorliege. Genug, daß Bußentrichtung neben der milden Acht die entschiedene Regel ist[1]. Dies bestätigt wiederum, daß das gewaltsame Gegenstück zur Buße, die Frohnung, nicht etwa zufällig nur bei Waldgangsfällen erscheint.

Die Stellung der Frohnung im Zusammenhang der strengen Acht hat ihre einfache Logik: wie ist die Buße neben der Landesverweisung zu verstehn? — Auf die Antwort führen uns die Sagas mit folgendem Umstande.

(*gefa sjálfan sik í hans vald*): auch dieser Zug veranschaulicht gut den innern Gegensatz von Waldgang und Landesverweisung: Der Verwiesene kann sich in des Gegners Gewalt geben, weil der Friede zwischen ihnen geschlossen ist; der Gegner darf sich nicht mehr an ihm vergreifen. Für den Waldmann wäre eine solche Ergebung gleich Selbstmord, weil das Waldgangsurteil nur ein neues Stadium der Feindseligkeiten bedeutet.

[1] Sieh auch die Äußerung des norwegischen Königs o. § 100: das Geldzahlen und das Landfliehen erscheinen als zusammengehörige Dinge bei der milden Acht. Njála 420, 18: die Pflichten der *sætt* bestehn in *utanferðir* und *fégjold*. — Die Sturl. erwähnt Bussen verbunden mit Landesverweisung verhältnismäßig seltener: 1, 16, 13. 99, 8. 197, 9. 297, 7. 317, 1. 574, 9. 2, 99, 15. 255, 5.

An fünf Stellen trägt die mit milder Acht verknüpfte Buße eine technische Bezeichnung: „es wurde Geld gegeben zur Beförderung für NN“ oder ähnlich; das einemal mit der Umschreibung, die den Sinn noch klarer herausbringt: „es wurde Geld gegeben, dazu daß sie (die Landesverwiesenen) führbar sein, freie Fahrt haben sollten“ [1]. Es handelt sich teils um lebenslängliche, teils um zeitlich bedingte, teils um dreijährige Verbannung. Das Technische des Ausdrucks sowie seine Bedeutung wird bestätigt durch vier Stellen der Sturl. [2].

Die Empfänger der Summe sind nach dem Zusammenhange notwendig die Verletzten; bei einem schiedlichen Verfahren — nur in Nr. 67 ist es *dóm* — käme eine andere Instanz gar nicht in Frage. Die Höhe der Summe wird nur einmal genannt (Nr. 39), und zwar eine Mark für jeden Ächter.

Also eine Art Loskaufsumme, der klagenden Partei entrichtet. Man erkauft dem Schuldigen die *farning*, die freie Einschiffung; die Freiheit, unangefochten das Land zu verlassen. Der Gedanke kann nur sein: sonst müßte er im Lande bleiben — als Friedloser. Dem Täter wird der Waldgang abgelöst.

Man denkt sogleich an den *fjǫrbaugr*, den „Lebensring“ der Rechtsbücher. Das ist die Summe, die der zur dreijährigen Landflucht Verurteilte zu zahlen hat, soll sich seine Acht nicht zum Waldgang verschärfen. Ein Lebenslösegeld, wie der Name bezeugt; denn der Waldgang ist Lebensbedrohung. Die Höhe beträgt ebenfalls eine Mark.

Aber der *fjǫrbaugr* der Grágás wird an den Goden entrichtet, eine außerhalb der Parteien stehende, staatliche Person. Und die Zahlung, bezw. die Verbürgung dafür, gehört zu dem Vorgange des *féránsdóms*, der Frohnung; der Lebensring erscheint als ein

---

[1] Nr. 67: *var gefit fé til farningar Vigfúsi*. Nr. 40 + 50: *gefit var fé fyrir hann* (den dreijährig Verbannten) *ok svá til farningar ǫðrum mǫnnum* (den lebenslänglich Verbannten; das *til farningar* geht auf beide Satzhälften); . . *er þat eigi ákveðit, hversu mikit fé goldit var*. Nr. 55, ein negativer Fall: *en ekki skyldi fé til farningar þeim* (den 14 dreijährig Verbannten). Nr. 39: (die Ächter) *skyldi utan fara et sama sumar ok gefa fé til færingar þeim, mǫrk fyrir hvern þeira*. Nr. 46: *var gefit fé til, at þeir skyldi vera ferjandi*. Man mißverstehe die Dative (*Vigfúsi, ǫðrum mǫnnum, þeim*) nicht etwa als Dative des Empfängers, abhängig von *gefa!* Doch kann, in anderm Zusammenhange, ein „leggr NN honum fé til farningar“ den ganz unjuristischen Sinn haben: „er zahlt ihm das Geld zur Reise“ (Heidh. 36, 6).

[2] Sturl. 1, 76, 22; 234, 8 *gefa fé til farningar;* 1, 15, 27 *bjóða fé til farningar*; 1, 171, 21 *gefa fé til utanferðar*. Immer mit dem Dativ des Verbannten.

Teil der eingezogenen Gesamthabe. Wogegen das „fé til farningar“ der Sagas mit Frohnung nichts zu tun hat; die spielt ja nur beim Waldgang.

In beiden Punkten haben die Sagas gewiß das Ältere. Daß die verletzte Partei den Kaufpreis dafür nimmt, dem Gegner die weitere Feindschaft zu erlassen, leuchtet unmittelbar ein: als Löhnung des bei der Frohnung diensttuenden Goden sieht eine „Lebensbuße“ sehr abgeleitet aus. Und daß diese für das Schicksal des Mannes entscheidende Zahlung in dem konfiszierten Gesamtvermögen gleichsam ertrinkt, wirkt auch als Verschiebung. Es hängt damit zusammen, daß sich die Frohnung in den Rechtsbüchern auf die milden Achtfälle ausgedehnt hat — was ich in § 143 als Neuerung zu erweisen suche[1].

§ **102.** Diesen fünf Fällen mit dem „Geld zur Beförderung“ stehn aber 25 Fälle gegenüber mit sonstigen *bœtr* oder *fésekþir*. Wie ist dies zu beurteilen?

Diese Bußen müssen doch wohl dem selben Zwecke dienen: den Kläger zu befriedigen, sodaß er in die milde Acht einwilligt. Sie sind also eine andere Form des Loskaufsgeldes. Ja man wäre versucht zu sagen, das „gefa fé til farningar“ sei nur ein spezialisierter Ausdruck für diese allgemeinen „bœtr“ und „fésekþir“ — wenn nicht die Höhe der Summe entgegenstände. Diese Bußen nämlich belaufen sich mitunter auf einfache und mehrfache Wergelder (*manngjǫld*), während das *fé til farningar* an der einzigen Stelle, die den Betrag angibt, nur eine Mark auf den Kopf ausmacht. Allerdings handelt es sich hierbei um zwölf Verbannte, also eine Summe von 12 Mark, die der einfachen Mannesbuße, 15 Mark, nahe kommt. Oder sollte etwa diese alleinstehende Angabe der Bjarn., *mǫrk fyrir hvern þeira*, von dem einmärkigen *fjǫrbaugr* zur Zeit des Sagaschreibers inspiriert worden sein? Der sicherlich alte Ausdruck *fjǫrbaugr* entscheidet die Höhe des Be-

[1] Kaum erklärlich wäre der von Maurer 5, 162 angenommene Wegfall des *fjǫrbaugr*, „wenn das Vermögen des Friedlosen ausreicht, um nach Befriedigung aller Gläubiger noch für den Goden die oben besprochenen Gerichtsgebühren abzuwerfen“. Ich sehe nicht anders, als daß Maurer die Worte: *ok á þá fjǫrbaugr at fara sem annat sekþarfé* (Grág. 1a, 88), *ok skal þá svá fara fjǫrbaugr . . . sem annat sekþarfé* (1a, 118) mißverstanden hat. Der Gedanke ist: wenn die Habe ausreicht für das Rind an den Goden, dann soll man's mit dem *fjǫrbaugr* halten wie mit dem übrigen Āchtergute; und dieses fällt an den Kläger und die Ding- oder Viertelsgenossen.

trages nicht: die Grágás rechnet ja z. B. mit Ringen bis zu drei Mark Silbers, und in den geschichtlichen Sagas gibt es auch Ringe von einer Mark Goldes, = ungefähr acht Mark Silbers (Eg. 205,1).

Wie es sich damit verhalten mag, diese Sätze dürfen wir den hier besprochenen Tatsachen entnehmen: der des Landes zu Verweisende hatte, im Gegensatz zum Friedlosen, Bußen von bestimmter Höhe zu erlegen; diese rundeten erst seine Strafe ab; durch sie entging er der Frohnung und den weiteren Nöten des Waldgangs; durch sie erwarb er die ungehemmte Fahrt. Zum Wesen der leichten Acht gehört die Zahlung, die dem Betroffenen die schwere Acht abnimmt und sein Schicksal zur Landesverweisung mildert.

Man kann die Verbindung von milder Acht und Buße auch von einer andern Seite betrachten. In sehr vielen Fällen endet eine *sætt* damit, daß nur Buße verhängt wird. In weniger zahlreichen (30) Fällen geht mit der Buße eine Landesverweisung zusammen. Man kann nun sagen: dort dient die Buße als Ersatz für Rache oder Friedloslegung — dies ist ja die primäre Aufgabe der Buße! Hier begnügt sich der Verletzte nicht mit Buße, es muß milde Acht dazu treten, um Rache oder Friedlosigkeit abzuwenden. Also die Buße ist hier nicht die Zugabe, die die strenge Acht zur milden erniedrigt, sondern die milde Acht ist das Plus zur Buße, die in andern Fällen schon als Ablösung der Friedlosigkeit genügt.

Doch diese Unterscheidung würde für das Denken des alten Isländers wohl schon einen Sophismus bedeuten; denn das Ergebnis bleibt ja dasselbe: Landesverweisung und Buße vereinigt haben die Wirkung, daß der Kläger von strenger Ächtung oder Fehde absteht.

§ 103. Das bisher Gesagte galt für die milde Acht insgesamt. Diese zerfällt nun aber in mehrere Arten. Wir haben oben nach der Dauer der Verbannung geschieden: die lebenslängliche, die von okkasionell bedingter Zeitdauer und die dreijährige. Die letzte ist die zahlreichste.

Es gibt noch weitere sondernde Faktoren. Die Frist bis zur Außerlandesfahrt wird vorgeschrieben:

a) in Nr. 39. 47. 62 soll der Ächter *samsumars*, „im selben Sommer“ abfahren. Eine den Rechtsbüchern unbekannte Bedingung [1].

---

[1] In der Sturl. kommt diese Frist vor: 1, 316, 4. (563, 14) 2, 81, 4. 268, 34.

(Daß die Verurteilten, auch ohne erwähnte Vorschrift, noch im nämlichen Jahre in See stechen, begegnet öfter.)

b) die Frist zählt drei Jahre in Nr. 42. 43. 65—67 (vgl. § 89 5). Nr. 65—67 sind die Formen, die sich dem *fjǫrbaugsgarðr* der Grágás nähern.

Dieser *fjǫrbaugsgarðr* der Grágás wird durch zahlreiche Klauseln bis ins einzelne geregelt. Ich hebe hervor: drei Jahre dauern die Verbannung und die Frist bis zur Abfahrt; dreimal jährlich muß die Einschiffung versucht werden, und in drei Wohnstätten ist der Ächter, eh er davon kommt, friedheilig.

Eine genaue Entsprechung zu der Grágás-Form besitzen die Erzählungen nicht, sofern ihnen ja der *féránsdómr* bei der Landesverweisung fehlt. Sehen wir davon ab, so entziehn sich Nr. 37. 38. 50—61 der Vergleichung, weil sie überhaupt nichts näheres oder bloß die drei Jahre des *utan vera* melden. Bestimmtere Angaben bringen die sechs letzten Fälle, Nr. 62—67.

Nr. 62 unterscheidet sich durch die Frist *samsumars*.

Nr. 63 nennt keine Frist, dafür das eigenartige Gebot, mit jedem Tage den Wohnort zu wechseln.

In Nr. 64 treffen wir zum erstenmal den Terminus *fjǫrbaugsmaðr*. Aber zu dem was die Rechtsbücher so nennen, stimmt nicht die Vorschrift, für jedes Jahr bis zur Reise ein Hundert Silbers (= einer einfachen Mannesbuße) zu erlegen. Man darf darin eine besondere Form jener Abkaufung des Waldgangs sehen, eine gelegentliche Spielart, wie sie der Willkür des Selbsturteilers entspringen konnte.

Am nächsten kommen dem *fjǫrbaugsgarðr* der Graugans die drei letzten Fälle, 65—67: sie verbinden mit der dreijährigen Dauer die dreijährige Frist. Die Dreizahl der Wohnstätten nennt nur Nr. 67: in 66 wird dies schwerlich, in 65 auf keinen Fall vorausgesetzt. Zugleich bringt Nr. 67 wieder den Namen *fjǫrbaugsmaðr* [1].

---

[1] In der Sturl. sind die Spielarten der Landesverweisung etwas weniger mannigfach. Die Angaben über die Dauer findet man oben § 91 Note; von sonstigen Bedingungen gibt es nur die Festlegung der Frist: dreijährige, einjährige (s. o.); 1, 316, 18 der alleinstehende Fall, daß vier lebenslänglich Verwiesene binnen eines halben Monats ihr Landesviertel räumen müssen. — Ob die Abwechslung in Wirklichkeit noch größer war und nur in den knappen Berichten der Sturl. nicht kenntlich wird, bleibt offen. Klar ist, daß auch in der Sturlungenzeit noch die einheitliche Gestalt der milden Acht, wie wir sie aus der Grágás kennen, nicht erreicht war.

§ **104.** Das Verhältnis der Landesverweisungen der Sagas zu dem *fjǫrbaugsgarðr* der Rechtsbücher glaube ich danach so beurteilen zu sollen.

Der altertümliche Terminus *fjǫrbaugr* mit seinen Komposita war schon der Sagazeit bekannt. Aber diese Ausdrücke hatten noch einen umfassenderen, minder spezialisierten Sinn. Der *fjǫrbaugr* war die Summe, womit der Beklagte den Waldgang umwandeln durfte in irgend eine der Formen der Landesverweisung. Mithin hieß „fjǫrbaugsmaðr" der Landesverwiesene überhaupt, gleichviel welche Dauer oder welche sonstigen Bestimmungen seiner Acht zukamen. Das Komp. *fjǫrbaugsgarðr*[1], das ebenfalls nach alter Prägung aussieht, meinte ursprünglich das Gehöft (eigentlich die Gehöftumzäunung, die Hofmauer), das sich der Ächter durch seinen Lebensring als Friedstätte bis zur Abfahrt sichert. In den Sagas tritt dieses Stück der Acht nicht in Erscheinung, was man wohl aus Lückenhaftigkeit der Tradition erklären muß. Aus den mannigfachen Spielarten der alten Landesverweisung hat das amtliche Recht der Insel éine scharf differenzierte Form ausgelöst: die stand nun als die Vertreterin der milden Acht dem Waldgang gegenüber, und sie erbte die alten Namen mit *fjǫrbaug*, sodaß diese Wörter eine bedeutende Verengung des Begriffes erfuhren. Wenn die Erzählungen diese Termini bei ihren vielen Landesverweisungen nur ein paar wenige Male gebrauchen, so ist das damit zu erklären, daß die Wortgruppe für den Isländer des 13. Jahrhunderts die ganz bestimmte Bedeutung, die der Grágás, angenommen hatte: die Sagaschreiber wußten aber noch, daß die *utanferðir* der alten Geschichten diese technisch bestimmte Form nicht oder doch nicht immer hatten[2]. Wo aber einer dieser alten Ausdrücke sich hielt, darf man ihm nicht ohne weiteres den jüngeren Sinn unterlegen: dies folgt klar aus Nr. 64 (s. o.). So wäre es auch unberechtigt, den *fjǫrbaugsmaðr* und den *fjǫrbaugsgarðr*, den Ari zum Jahre 1000 meldet[3], im Sinne der Grágás zu interpretieren. Die Echtheit des Namens ist nicht zu bezweifeln; aber für seinen Inhalt gibt es der Möglichkeiten mehrere.

[1] Eg. 276, 4 (o. Nr. 67a). Njála 362, 1. Ari, Lib. Isl. 15, 14.

[2] Die Erklärung bei Maurer 5, 173 f. scheint mir den Tatsachen weniger gerecht zu werden. — Auch innerhalb der Sturlungasammlung gebraucht nur éine Geschichte, die Sturlu saga, die Ausdrücke *fjǫrbaugsgarðr*, *-maðr* (1, 67, 4. 17. 20. 99, 6. 8). Der Grund wird der selbe sein: daß die Landesverweisungen des 12. 13. Jahrhunderts, auch die dreijährigen, dem Rezepte des amtlichen *fjǫrbaugsgarðr* nur selten entsprachen.

[3] Lib. Isl. 13, 1. 15, 14.

§ 105. Zur Stütze dient dem Gesagten das Folgende.

Während die Grágás im allgemeinen nur mit den zwei scharf geschiedenen Stufen des Waldgangs und des *fjǫrbaugsgarðr* rechnet und nur diese zwei bei den Strafsätzen für die einzelnen Delikte erwähnt, gibt es in ihrem älteren Haupttexte, der Konungsbók, etwa ein halbes Dutzend Stellen, die uns — mehr oder weniger beiläufig und abrupt — verraten, daß es in Wirklichkeit nicht ganz so einfach lag[1]. Es blicken da etwas verschwommen und ungreifbar andere, außerhalb des Systemes stehende Achtformen hindurch. Ja die Stelle 109,23 überrascht gradezu mit der Behauptung: „diese drei gesetzlichen Ächtungen (*lǫgsekþir*) gibt es in unserm Lande ...“, im Widerspruch mit dem Rechtsbuche in globo.

Man kann diese Nebenarten nicht kurzweg als Mittelstufen bezeichnen zwischen den gewöhnlichen Extremformen, *skóggangr* und *fjǫrbaugsgarðr*. Denn z. T. ist von einem Grade des Rechtsschutzes die Rede, der noch jenseits des *fjǫrbaugsgarðr* liegt; s. u. d). Es geht auch nicht an, mit V. Finsen und Lehmann aus diesen Angaben vier definierbare Gesamtformen herauszulesen. Maurer betont mit Recht das Fließende, die Vielgestaltigkeit von Fall zu Fall. Man darf beifügen, daß der Rechtsaufzeichner hier, wo er zur Ausnahme das sonst befahrene Gleis verläßt, in unklaren und nicht widerspruchsfreien Andeutungen stecken bleibt.

Stellen wir die Frage, welche dieser einzelnen Motive in unsern Sagas ihre Bestätigung finden, so sind es diese zwei:

a) was in 109, 25 als dritte *lǫgsekþ* hingestellt wird: *at auka svá fjǫrbaugs sekþ, at hann skyli eigi eiga fært út hingat*, „die dreijährige Landesverweisung so zu steigern, daß er (der Verbannte) keine freie Rückkehr haben soll“: dies ist die lebenslängliche Landesverweisung, die wir in 6 Fällen, Nr. 40—45, dazu an 8 Stellen der Sturl. vorgefunden haben;

b) die Befreiung der *sekir* — worunter hier mit V. Finsens Übersetzung Landesverwiesene zu verstehn sind — von der Vermögensächtung, der Frohnung, 94, 10: dies ist in der Sagazeit Regel ohne Ausnahme und auch in der Sturlungenzeit der vorherrschende Zustand.

Hier also haben wir zwei klare Zugeständnisse an die alte und im 13. Jahrhundert immer noch in Kraft stehende Praxis.

[1] Grág. 1a, 89, 6. 94, 10. 95, 8. 96, 5. 109, 23. 122, 11. 188, 9 (dies auch in der Staðarhólsbók, Grág. 2, 400, 1). Vgl. dazu Wilda S. 297 f. V. Finsen, Annaler 1850 S. 252 Note 3. Lehmann, Königsfriede S. 248. Maurer 5, 164 ff.

Dagegen keine Sagabelege kenne ich für:

c) den Waldmann, der freie Rückkehr hat[1], 122, 19;

d) den Waldmann, dem größerer Schutz *(meiri helgi)* ausbedungen ist als dem *fjǫrbaugsmaðr*, 95, 16;

und nur éinen Beleg[2] aus der Sturl. 1, 102, 8. 11 für:

e) den Waldmann, der *ferjandi*, „einschiffbar" ist, dem die *farning er mælt*, „die Beförderung zuerkannt ist", 89, 6. 95, 9. 20. 96, 5. 122, 12. 188, 9.

Die Motive c) und d) sind mir als gesetzliche Bestimmungen nicht vorstellbar; jedenfalls heben sie den Begriff des Waldmanns auf. Den Punkt e) scheint man nach 96, 5—10 dahin verstehn zu müssen, daß dieser führbare Ächter im Auslande die gleiche Unverletzlichkeit genieße wie sonst der Landesverwiesene. Von dem Begriffe des Waldmannes bliebe dann übrig der in der Heimat vollstreckte bürgerliche Tod. Ob diese Spielart in Wirklichkeit vorkam? Ob jener vereinzelte *skógarmaðr ferjandi* der Sturl. nicht eher ein wirklicher Friedloser war, auch in der Fremde, also ein aus der Heimat abgeschobener Waldmann?

Soweit die Milderungen c—e) tatsächlich geübt wurden, wird man sie mit Maurer 5, 171 zu betrachten haben als Umbildungen des altüberlieferten Waldganges, die „durch Privatwillkür oder Beschluß der gesetzgebenden Versammlung entstehn konnten". Und zwar nach dem Zeugnis der Sagas als junge (und seltene) Umbildungen. Der Mangel an technischen Namen begreift sich hier allerdings leicht.

Eine andere Beurteilung verlangen, wie schon bemerkt, die Punkte a) und b): dá enthalten die gelegentlichen Ausnahme-

---

[1] Dies steckt notwendig in dem „eiga eigi útkvæmt, ef svá var mælt"; sieh Maurer 5, 167.

[2] Einen zweiten, bloß beabsichtigten Fall hat man jedoch in Eyj. 27, 47 zu finden. Das im Text aufgenommene: . . *nema (þeir) fari utan ok sé skógarmenn óferjandi*, „außer wenn sie aus dem Lande zögen und unführbare Waldmänner seien" ist eine Contradictio in adjecto. Für *óferjandi* haben einige Codices das richtige *ferjandi*. Nach der Stelle sieht es so aus, als ob man diesen gemilderten Waldgang durch *sætt* verhängen konnte, und da wir uns in den 1050er Jahren befinden, möchte man darin eines der Anzeichen jüngerer Zeit erblicken. Aber ich zweifle doch, ob man die flüchtige Äußerung, die in der Sagahandlung keinen Halt hat, so pressen darf. Ich schließe aus der Stelle nur, daß der Sagaschreiber die Spielart des „skógarmaðr ferjandi" kannte. Diese könnte man auch bei Hœns. 23, 7. 10 erwägen; doch ist hier nach dem Zusammenhang die lebenslängliche Landesverweisung wahrscheinlicher (o. § 86 Nr. 40).

bestimmungen des Rechtsbuches kein sekundäres Abweichen von den zwei seit Alters gefestigten Achtformen; vielmehr sind es Zeugnisse des älteren Zustandes, der die Landesverweisung nicht in einer, sondern in mannigfacher Gestalt kannte und der diese milde Acht, die frohnungslose, vom Waldgang noch weiter abrückte. Gebilde, die der uniformierende Rechtsvortrag des 12. 13. Jahrhunderts zur Seite schob, blicken in den paar abgerissenen Bemerkungen in die Arbeit des rechtsgelehrten Schreibers herein. Daß ihm die Verbannung auf Lebensdauer als eine „Vermehrung" der dreijährigen Normalacht erschien (Punkt a), ist seine nicht anders zu erwartende ungeschichtliche Perspektive.

§ 106. Eine bisher übergangene Abart der milden Acht holen wir am besten an dieser Stelle nach: die *heraðssekþ*, die Bezirksacht. Ich kann dafür auf die sehr einläßliche Behandlung verweisen bei Karl Lehmann, Königsfriede der Nordgermanen S. 247 bis 284, und begnüge mich mit einer kürzeren Skizze.

Bezirksacht, Verweisung des Schuldigen aus einer isländischen Landschaft größerer oder kleinerer Erstreckung, begegnet in der Sagazeit häufig. Mit Zuziehung der Landnámabók, die für diese Form der Acht verhältnismäßig viel hergibt, stellt Lehmann 19 Fälle zusammen, dazu fünf nichtverwirklichte. Nachzutragen sind die vier oder fünf (verwirklichten) Belege: Laxd. 106, 4. Hallfr. 87, 26. Vápnf. 54, 14 (55, 7). Landn. c. 307 S. 108, 20 (dieses Kapitel enthält drei Fälle); allenfalls Fóstbr. 69, 21 (vgl. o. § 80). Ein halbfreiwilliges Weichen aus der Gegend treffen wir ferner Vatnsd. 49, 19. 61, 12 (wo der Parallelbericht der Hallfr. 87, 26 das befohlene hat). Freiwillige, vorbauende Bezirksräumung zeigt Thórdh. 29.

Auch den Geschichten der Sturl. ist die Erscheinung geläufig; Lehmanns Zitate erstrecken sich über die Zeit von 1191 bis 1262.

Große Herren, Goden sind es fast durchweg, die die *heraðssekþ* verhängen. Stets erfolgt sie durch Schiedsspruch und ist nie mit Frohnung verbunden, sie stellt sich also deutlich in das Lager der milden Ächtungen, wie sie denn auch „keine Folgen für die sonstige rechtliche Stellung des Betroffenen zu besitzen scheint" (Lehmann S. 249). Wenn der Verwiesene in der Eg. 281, 23 seinen Landbesitz preisgeben muß und „kein Geld dafür bekommt", so ist dies eine ausdrückliche Verschärfung der Lage: in andern Fällen sehen wir den Ächter sein Gut veräußern (Lehmann S. 263; auch Hallfr. 87, 26). Doch geht es nicht soweit wie bei der angelsächsischen Verschickung in fremde Grafschaft, wo der Eigner sein Land behält und es aus der Ferne durch Vögte verwalten läßt (Liebermann, Brunnerfestschrift S. 22).

Zur Landesverweisung stimmt auch, daß dieselbe Partei, die von der *heraðssekþ* betroffen wird, daneben noch mit Buße belastet werden kann; doch wird dies bei der Bezirksacht viel seltener angemerkt als bei der *utanferð*, wobei wohl Zufall mitspielen kann[1]. Eine Bezirksverweisung auf bedingte Zeit, nämlich solange die Gegner am Leben seien (Reykd. 16, 157), hat ihre Seitenstücke in den Landesverweisungen auf bedingte Zeit (Nr. 46—48 in unsrer obigen Liste); dagegen sind dreijährige *heraðssekþir* nicht überliefert[2].

Zuweilen verbindet sich die Bezirksacht mit einer Landesverweisung, wofür Nr. 63 (o. § 88) ein Beispiel gibt. Die Umbiegung eines Waldgangs in eine Gauverweisung lernten wir bei Hrafnkel kennen (o. § 97).

Ein Verbot, den Bezirksächter innerhalb der Landschaft zu hegen, war ausgeschlossen, dadurch daß ein Schiedsspruch zugrunde liegt: dieser konnte nur den Teilnehmern, also der Partei, Pflichten auflegen. Auch das Recht, den widersetzlichen Ächter straflos zu töten, nahm man nur für die eigne Partei in Anspruch. Die Worte der Eg. 281, 26: „du sollst unbüßbar fallen vor all den Leuten, die dem Thorstein (dem Kläger) Hilfe leisten wollen", sagen soviel wie „vor Thorsteins Partei" und drücken damit gewiß die allgemein gültige Anschauung aus — wo man den Kreis nicht noch enger zog, wie in der Landnáma 108, 21: „er sollte unheilig fallen vor den Önundssöhnen" oder in der Dropl., s. o. Nr. 63. Wenn Njál dem Lýting rät, den Bezirk zu räumen, weil es geschehen könnte, daß Einer aus der Gegend ihm gefährlich würde (Njála 230, 13), so spielt diese prophetische Ahnung auf 247, 12 an, wo der Sohn des von Lýting Getöteten zur Rache schreitet; um den Bruch einer Bezirksacht handelt es sich hier übrigens nicht (gegen Lehmann S. 264). Ich kenne keine Fälle,

---

[1] Sieh Bjarn. 75, 6. Háv. 50, 6. Grett. 160, 16. Glúma 26, 15. Reykd. 13, 175. 27, 23. Vápnf. 54, 17. Dropl. 155, 23. — Im Verhältnis öfter gedenkt die Sturl. dieser Zahlungen (vgl. o. § 101): 1, 173, 12. 13. 218, 3. 289, 10. 297, 8. 302, 11. 316, 23. 2, 241, 7. 255, 5 (284, 20).

[2] In der Sturl. 1, 198, 8 der eigentümliche Fall: die mit enormer Buße beladenen Kolbein und Gudhmund „sollten, wenn sie Lust hätten, drei Jahre aus ihren Höfen weg sein und damit jedes Jahr fünf Hundert von der Buße streichen". Wie sonst Buße die Acht mildert, so hier Acht die Buße.

daß ein Bezirksverwiesener von einem unbeteiligten Dritten bedroht oder als bußlos zu erjagende Beute betrachtet würde.

§ **107.** Den isländischen Rechtsbüchern ist die Bezirksacht völlig unbekannt. Lehmann fand darin den ältern Stand der Dinge und verfocht die Ansicht, die *heraðssekþ* sei eine ganz junge Einrichtung, erst für den Schluß des isländischen Freistaates gesichert; ihr Vorkommen in den Familiensagas wäre eine Zeitwidrigkeit. Mich hat sein Gedankengang nicht überzeugt, und ich versuche in Kürze die Ablehnung zu begründen.

Das „Fehlen der *heraðssekþ* in gewissen ganz zuverlässigen Sögur“ [1] bildet kein Argument; mit demselben Grunde könnte man beweisen, daß Name und Begriff des *skóggangs* jung seien. Die Bezirksacht steht in Quellen wie Eg., Glúma, Dropl., Hrafnk., von denen schwer zu beweisen wäre, daß sie „nicht über die Mitte des 13. Jahrhunderts hinaufreichen“, und die, worauf es ankommt, ausgeprägt archaische Bilder der ältern Kultur darbieten. Daß diese Sagaschreiber, die sich ja des Abstandes der Zeiten so wohl bewußt sind, eine auffällige Neuschöpfung ihrer eignen Tage oder der letztvergangenen Jahrzehnte in die heidnische Zeit zurückversetzt hätten, ist im höchsten Grade unwahrscheinlich. Daß die Bezirksacht gerad in jüngern Quellen besonders häufig sei, kann man nicht sagen; entfällt auf die Sturlungasammlung ein Viertel der Beispiele, so bleibt dies hinter dem zu Erwartenden weit zurück, wenn man vergleicht, daß die Sturl. den 32 Waldgangsfällen der ältern Geschichten 35 eigene gegenüberstellt!

Wenn der Bezirksverweisung die Frohnung fehlt, so teilt sie dies mit den gesamten milden Ächtungen der Sagazeit. Vor Úlfljóts Gesetzgebung 930 — nur die Landn. hat ein paar ältere Fälle — kann es nur „tatsächliche Verweisung“ gegeben haben. Also nennen wir die Bezirksacht eine tatsächliche Verweisung: sie ruht auf privatem Vergleiche; hatte man den Vertragsbrüchigen erschlagen, so mochte man seine Bußlosigkeit geltend machen bei der *sætt* oder am nächsten Lokalding und sehen, wie weit man damit kam. Die Einführung eines allgemeinen Landrechts brauchte man nicht abzuwarten, und die hat an diesen Verhältnissen auch nichts wesentliches geändert.

Die Frage nach der sprachlichen Bedeutung von *herað* und

---

[1] Darunter die Gunnl. und Laxd.! Diese letzte besitzt übrigens einen Fall, s. o.

nach der räumlichen Geschlossenheit der Godentümer spielt m. E. bei unserm Probleme nicht mit. Ein Gode konnte aus der Landschaft verbannen, in der seine Dingleute saßen, auch wenn Angehörige andrer Godorde dazwischen wohnten; er verhängte den Schiedsspruch nicht in seiner Stellung als Tempelpriester und Polizeiherr über eine bestimmte Gemeinde, sondern als Parteihaupt, das einen gewissen Umkreis als seine Machtsphäre ansah. Der Dingbezirk als räumlicher Verband wird von der *heraðssekþ* nicht vorausgesetzt.

Der Hauptgrund für Lehmanns Annahme war doch wohl das Schweigen der Rechtsbücher. Von der Njála her brachte er das Mißtrauen gegen die Sagas, da wo sie dem amtlichen Rechte des 12. 13. Jahrhunderts widersprechen (S. 283). Ich glaube, dieses Mißtrauen ist mehr dá nötig, wo die Saga in Einzelheiten auffällig zu dem Rechtsbuche stimmt, als wo sie im großen und planmäßig von dem Vorstellungskreise der Grágás abgeht, wie in unserm Falle. Man muß die Bezirksacht nehmen in ihrem Zusammenhang mit dem ganzen Ächtungswesen der Íslendinga sögur: dann erscheint sie nicht als ein einzelner Mißklang in einem sonst harmonischen Zusammengehn von Saga und Rechtsbuch!

Wo die Graugans einen Rechtsbrauch der Geschichten verleugnet, gilt nicht das Dilemma: entweder antiquiert oder ganz jung (S. 273. 281). Es gibt noch ein Drittes: Doktrin contra Praxis. Die Sturl. zeigt, daß es darauf in unserm Falle hinausläuft. Die Bezirksacht übte man bis zum Ende des Freistaats: in den Vortrag des Gesetzsprechers war sie nicht aufgenommen — oder daraus verschwunden. Der Grund kann der sein, daß man die Selbstherrlichkeit der Häuptlinge in ihren Landschaften nicht von Staats wegen befördern wollte. Die Bezirksacht war eine bequeme Waffe gegen den Kleineren, die sich die gesetzgebenden Herren gegenseitig mißgönnten. Sie in der Wirklichkeit abzuschaffen, vermochten sie freilich nicht. Außerdem mag man Bedenken gehabt haben, das Abschieben unruhiger Subjekte aus éinem Gau in den andern gutzuheißen.

Ich erblicke in der Bezirksverweisung zwar keinen der wichtigsten, aber einen der deutlichsten Fälle, worin die Sagas gegenüber dem Rechtsbuche die ältere und die tatsächliche Übung vertreten.

§ 108. Schauen wir zurück auf die beiden Hauptarten der Acht und ihre Unterschiede von der Grágás!

Die Familiengeschichten kennen die strenge Acht nur als Folge von Gerichtsurteil, die milde Acht fast nur als Folge von Vergleich. Sie verbinden die Frohnung, die in gewaltsamen Formen auftreten kann, nur mit der strengen Acht, zur milden gehören friedlich verabredete Bußen.

Dadurch bildet sich eine tiefere Kluft zwischen Waldgang und Verbannung, als sie in den Rechtsbüchern besteht.

Um den Gegner friedlos zu machen, braucht der Kläger den Arm der Öffentlichkeit: das Dinggericht muß verfügen, daß der Schuldige von niemand gehegt werden soll, von Jedem erschlagen werden darf. Es gibt dem Rachebegehren des Verletzten die Sanktion; es stellt die Gesamtheit in gewissem Sinne auf seine Seite.

Die Landesverweisung ist in der Regel ein Vertrag zwischen den Parteien: die eine Partei sichert der andern bestimmte Leistungen zu. Die Volksgenossen bleiben außerhalb. Es ist ein Friedensschluß, wenn auch ein verklausulierter. Den Gegner seines Hofes und seiner ganzen Habe gewaltsam zu berauben, wäre damit unvereinbar.

So tritt der Grundgegensatz schärfer heraus als in der Grágás: auf der einen Seite der weiterdauernde Rache- und Verfolgungszustand; Zweck des Urteils, dem Gekränkten eine neue, günstigere Bahn zur Durchführung der Rache zu öffnen; — auf der andern Seite ein Niederlegen der Waffen; das Urteil (der Schiedsspruch) soll dem Rachebedürfnis genügen.

Danach ist es berechtigt, wenn wir den Namen „Friedlosigkeit" für die milde Acht der Íslendinga sögur abgelehnt haben. Dieser Name würde, nach den realen seelischen Werten, einen fremden Klang hereinbringen. Die Landesverweisung der Sagazeit ist keine „sühnbare Friedlosigkeit" (vgl. u. § 111).

Wenn Wilda betont, auch die Verbannung werde auf Island „immer als eine Friedlosigkeit dargestellt", und wenn er die den beiden Achtformen gemeinsamen Züge unterstreicht, so hat er die Rechtsbücher im Auge, von denen er die Saga nicht unterscheidet[1]. Für die Saga würde man damit das in den Hinter-

[1] S. 299; daß die lebenslängliche Landesverweisung unter den Waldgang gerechnet werde, trifft auch auf die Graugans nicht zu, s. o. § 105. Auch Amira, Oblig. 2, 117 und Maurer 5, 67. 69. 726 (vgl. o. § 34) werden m. E. dem Abstande zwischen *skóggangr* und *fjǫrbaugsgarðr* nicht gerecht. Ein wunderliches Durcheinandermengen der beiden Hauptarten der Acht findet man bei Hans Hildebrand, Lifvet på Island² S. 128.

grund stellen, was nach dem Empfinden der Mitlebenden im Vordergrunde steht.

§ 109. Aber das Gemeinsame und die Übergänge sollen auch nicht verdunkelt werden! Gemeinsam ist einmal der Name *sekr* mit seiner Sippe (o. § 78). „Verfolgbar" sans phrase war der Waldmann; aber auch den des Landes Verwiesenen hat man ganz allgemein so nennen können, obwohl er doch normalerweise, d. h. wenn er den Vertrag hielt, nicht mehr verfolgbar war. Doch ist auf diese Gemeinsamkeit des Namens nicht zuviel Gewicht zu legen: wir wissen nicht, in welchem Grade der reine Wortsinn von *sekr* schon abgeblaßt war, damals als man die Vokabel auf die milde Acht anwandte. Auf noch jüngerer Stufe hat man *sekr* auch vom Bußfälligen gebraucht, ohne daß dadurch eine nähere Ähnlichkeit zwischen Buße und Acht begründet würde.

Brach der des Landes Verwiesene den Vertrag, dann wird er verfolgbar: dann tritt die milde Acht über in die strenge.

Die Sagas zeigen uns einerseits die Fälle, wo der Landesverwiesene durch Versäumung der Fluchtfrist der Verfolgbarkeit verfällt: in Nr. 13 und 14 geschieht es in aller Form, indem der Betroffene nunmehr *alsekr* oder *sekr* (im engeren Sinne) genannt wird; in Reykd. 13, 85 (Nr. 43/66) geschieht es de facto, sofern der Gegner alsbald nach Ablauf der Frist zu den Waffen greift und die Getöteten nachher beim Vergleiche als bußlos erklärt werden, „weil sie nicht weggefahren waren, wie es ihre Pflicht war"; in Nr. 39. 42/65. 63 wird es gleich bei dem Verbannungsspruche ausbedungen, ohne doch im weiteren Verlaufe wirksam zu werden.

Anderseits haben wir den Fall, daß der Landesverwiesene, der zu früh zurückgekehrt ist, vom Gegner umgebracht wird und dann beim Vergleiche als unheilig gefallen gilt: Ljósv. c. 2—4; in Svarfd. c. 24 nur die Verfolgung der zu früh Heimgekehrten.

Ein paarmal wird gegen die Achtbedingungen verstoßen, ohne daß es Folgen hat[1], wie dergleichen auch beim Waldgang vorkommt (u. § 119). Doch liegt es wohl im Wesen der milden Acht, daß im Ungehorsamsfalle ihre Verschärfung zur strengen in Aussicht steht.

Diese Ungehorsamsacht wird nicht durch erneutes Gerichts-

[1] Nr. 52. 63. 64. — Vgl. Sturl. 1, 18, 13. 371, 16. Die Sturl. zeigt bemerkenswerterweise keine Beispiele der Ungehorsamsacht.

urteil bewirkt, sie stellt sich durch den Achtverstoß von selber her (o. § 92). Daß wir hier den Zustand der strengen Acht ohne vorangehenden Gerichtsspruch finden, ist bemerkenswert und gewiß nicht selbstverständlich zu nennen. Denn es hat seinen guten Grund, wenn der Waldgang im allgemeinen nur durch das öffentliche Gericht verhängt wird, während für die Landesverweisung meist der private Vergleich genügt: dort ergeht ein Befehl an das Volk, sich so und so zu dem Ächter zu stellen; hier wird das Verhalten der Parteien geregelt.

Da ist es nun vielleicht nicht bedeutungslos, daß bei der Erwähnung von Ungehorsamsacht die Ausdrücke *skóggangr* und *skógarmaðr* fehlen: nur bei dem einen bloß angedrohten Falle, Njála 377, 21, steht ein „sekir skógarmenn“: der Verdacht liegt sehr nahe, daß die Njála hier wieder einen jüngern Zug anbringt; nach der Grágás wird ja, wer gegen die Bedingungen des *fjǫrbaugsgarðr* verstößt, zum *skógarmaðr* (1a, 91, 16. 18). Namentlich aber ist nicht zu verkennen, daß die ungehorsamen Ächter der Njála, Ljósv., Dropl. (Nr. 14. 57. 63) ganz anders dastehn als die im einzelnen geschilderten Waldmänner, Gísli, Gretti, Thormódh (in Grönland), Grím (Dropl.). Diese sind tatsächlich die Gemiedenen, mit denen man nur verstohlenen Verkehr wagt: jene Ungehorsamsächter bewegen sich im hellen Tageslicht[1]. Eine Einziehung ihres Gutes ist nicht in Sehweite.

Damit verbinde man den Umstand, daß in Nr. 14 die Bedingung lautet: „wenn Gunnar nicht außer Landes führe, obwohl er könnte, dann sollte er erschlagbar sein für die Verwandten des Getöteten“ *(dræpr fyrir frændum ens vegna)*; und in Nr. 63: „... dann sollte er friedlos fallen vor (dem Kläger) Helgi ....“ Ich halte es nicht für Zufall, daß bei den eigentlichen Waldgangsfällen niemals diese Einschränkung steht, die ja auch dem Wesen der vollkommenen Friedlosigkeit zuwiderläuft.

Nehmen wir alles dies zusammen, so legt sich uns der Satz nahe: die ohne Gerichtsurteil zustande kommende Ungehorsamsacht ist dem Waldgange nicht gleich zu stellen; sie hebt zwar den Frieden zwischen den Parteien auf, reißt aber den Ächter nicht von der Gemeinde los.

[1] Eine entschiedene Ausnahme macht nur Vigfús in der Glúma: ihn hält sein Vater versteckt (*á laun* 19, 93), ein paar Jahre lang ist er verborgen, sodaß die Meisten glauben, er sei außer Landes (23, 10). Die Fälle der Reykd. 13 und Svarfd. 24 sagen darüber nichts aus.

Verhält es sich so, dann hat die Grágás hier verschärft und zugleich vereinfacht, indem sie den gewöhnlichen Waldgang als Ungehorsamsstrafe eingesetzt hat.

§ **110.** Daß zur milden Acht normalerweise eine Bußzahlung gehörte, haben wir in § 101 gesehen. Wir stellen jetzt die andere Frage: gab es in der Sagazeit Buße als Ersatz der Acht? Kam es vor, daß der Beklagte vor die Wahl gestellt war: entweder Buße oder Ächtung?

Diese Frage ist zu bejahen.

In der Hardh. 66 fragt der Kläger Torfi auf dem Dinge, ob jemand Geldbuße aufbringen wolle für den abwesenden Beklagten Hördh: „ich werde Geldbuße annehmen, wenn jemand sie bieten will; aber dazu versteh ich mich nicht, daß diese Klage einfach zu Boden falle“. Es erfolgte kein Angebot, und so wurde Hördh friedlos[1].

Mit entgegengesetztem Ausgange Grett. 105, 16: Thormódh war verklagt, offenbar wie sein Mitschuldiger Thorgeir auf strenge Acht; auf dem Dinge aber tritt ein Verwandter für ihn ein, „es wurde Geldbuße für Thormódh genommen, und er sollte achtfrei (*sykn*) sein“. Also die Achtklage zugunsten einer schiedlichen Bußzahlung zurückgezogen. Es hängt selbstverständlich von der Einwilligung des Klägers ab.

Ähnliche Umwandlung der klägerischen Achtansprüche in Bußannahme zeigen die nicht durchgeführten Friedloslegungen o. Nr. 36 a—d)[2].

Bisher war es strenge Acht. Ein paar Fälle schließen sich an, wo die milde Acht als Gegenwert der Buße erscheint, während sie ja gewöhnlich mit Buße verbunden ist.

Heidh. 101 f. Nach dem Hochlandskampfe ist man auf dem Ding zusammengekommen, man hat sich auf Vergleich geeinigt, damit also auf Waldgang verzichtet. Bei der großen Verrechnung der Toten bleiben viere aus der südlichen Partei ungebüßt. Da erklärt Bardhi, das Haupt der Nordviertelsleute: wir Brüder und unsre Verwandten sind keine Reichen, und Geld erbetteln für die Bußen wollen wir nicht. Da wirft sein Berater Snorri ein: eines von beidem, Geld oder Ächtung, muß es hier doch geben! Worauf

[1] Ein entsprechender Fall Sturl. 2, 100, 9. 15.

[2] In der Sturl. 1, 209, 20 wird ein *sekr*, offenbar ein Waldmann, nicht achtfrei (*sykn*), weil der Verwandte, der auf dem Ding die Lösungssumme für ihn zugesichert hatte, die Zahlung unterläßt.

Bardhi: dagegen habe er nichts, daß man außer Landes ziehe, nur die Rückkehr nach drei Jahren vorbehalten; es sollten umso mehr ziehen (als Bußansprüche unerfüllt blieben); Einer aus ihrer Zahl sei nicht im Stande zu reisen: für den solle man Geld zahlen. — Auf dies verglich man sich. Die zugesagte Landesräumung erschien den Klägern als die beste Genugtuung, „da ja Bardhi gegen Geldbuße immun war“ *(eigi bítr á fébœtr,* „nicht beißbar durch Geldbuße“)! Bardhi selbvierzehnt soll also auf drei Winter das Land verlassen; „freie Fahrt brauchte man ihnen nicht zu erkaufen“ *(ekki skyldi fé til farningar þeim)*, fügt der genaue Verfasser bei (s. o. § 101).

Es wird hier ausdrücklich und umständlich begründet, daß mit Bußen nichts anzufangen war. Es kam daher nur die ungewöhnliche Form der bußfreien Landesverweisung in Betracht. Der eine Ungenannte aber, der nicht reisefähig war, wird durch die Bußzahlung ledig.

Dem reiht sich an Bjarn. 75, 10: zu den von Thórd zu tragenden Bußen gehören drei Hunderte Silbers, die er geben soll *til syknu sér*, „für seine Achtfreiheit“, und drei weitere Hunderte, die er zu erlegen hat *til syknu* seines Gehilfen Kálf. Während man für die zwölf des Landes Verwiesenen nur eine Mark auf den Kopf entrichtet *(fé til fœringar)*, braucht es ganz andere Summen für die Zweie, die sich die Verbannung abkaufen dürfen; bei denen die Buße der Ersatz der *utanferð* ist. Das *gefa til syknu*, ein gewiß formelhafter Ausdruck, ist die Steigerung zu dem *gefa til fœringar (farningar)* o. § 101. Sieh auch Laxd. 162, 8: „den Bolli wollte Ólaf nicht in die Acht bringen und sagte, er solle sich mit Geld lösen“ [1].

§ 111. Die Fälle zeigten, wie Acht aus der Bußweigerung entspringen konnte. Aber verkehrt wäre es, dies dahin zu verallgemeinern: Vorbedingung für die Acht ist geweigerte Buße. Denn sobald der Verletzte entschlossen ist, eine Acht durchzusetzen, sich nicht mit Geld zu begnügen, wird er geraden Weges auf die Ächtung hinsteuern und sich nicht bei Bußanfragen aufhalten. In solchem Falle bleibt ein Bußangebot des Gegners unwirksam.

---

[1] In der Sturl. findet sich Buße als Gegenwert (Ersatz) von Landesverweisung: 1, 198, 3. 210, 20. 316, 23 (man soll auf den Kopf drei Hunderte bezahlen, „damit sie freies Bleiben im Lande hätten“, *til þess at þeir ætti landvært*). 2, 98, 18. 255, 17.

So in der Dropl. 171, 15: Grims, Beschützer bot Geld für ihn, aber der Kläger wollte es nicht nehmen, und so wurde Grim friedlos. Ebenso Grett. 105, 2 (Ächtung Thorgeirs). Ljósv. 14, 113 und gewiß auch Gísl. 53, 5 (vgl. Ljósv. 10, 1).

Der Fall, daß der Beklagte Buße bietet, aber der Kläger auf milder Acht besteht, tritt weniger plastisch hervor; man vergleiche Gullth. 45, 11. Grett. 53, 1. Glúma 19, 82. 86. Dropl. 155, 21.

Also der Täter hat nie ein Recht auf Umwandlung der Acht in Buße. Die Entscheidung liegt beim Kläger.

Dies führt auf den großen Unterschied der isländischen Landesverweisung von der milderen Acht des altnorwegischen Rechtes (der *útlegð* im engeren Sinne). Diese mildere Acht unterscheidet sich von der strengen wesentlich dadurch, daß sie „resolutiv bedingt" ist[1], d. h. sie ist grundsätzlich ablösbar durch Buße; sie tritt nur dann ein, wenn der Täter die nötige Buße weigert. Die Entscheidung, ob Acht oder Buße, liegt hier beim Täter.

Die milde Acht der Graugans ist damit nicht zu verwechseln; inhaltlich und nach ihren Beziehungen zu der strengen Acht ist sie etwas ganz anderes. Es besteht nur die entfernte Ähnlichkeit, daß wenn eine Zahlung (auf Island die des *fjǫrbaugr*) unterbleibt, die strenge Acht eintritt.

Die Sagas ihrerseits kennen ein Ablösen der strengen Acht durch Buße in der zwiefachen Gestalt:

1. die Buße stellt den Zustand der milden Acht, der Landesverweisung, her; sieh § 102;
2. die Buße bewirkt völlige Ledigung des Täters; sieh § 110.

Beide Akte aber gehn dem Schiedsspruche voraus, gehören zu der Verhandlung des Vergleiches; und beidemal hängt es von der Willkür des Klägers ab, ob die Milderung eintreten soll. In dem ersten Falle entsteht durch die Bußzahlung eine neue Art Acht, die sich inhaltlich von der strengen unterscheidet.

Eine Acht, zu deren Wesen es gehörte, abkaufbar zu sein, gibt es auf Island nicht. „Sühnbar" sind zunächst alle Fehdesachen; d. h. alle können, wenn die verletzte Partei zustimmt, durch schiedliche Buße ausgeglichen werden. Ist aber einmal die Acht, die strenge oder die milde, durch Urteil oder Schiedsspruch verhängt, dann ist von einem Abkaufen der Acht nicht mehr die Rede — bis man unter Umständen aufs neue zu einer *sætt* schreitet,

[1] Brunner, DRg. 1, 240.

wobei wieder der Verletzte das Loos des Ächters in der Hand hat (unten § 114).

Ferner ist für die Sagas dies zu merken: Acht kann nicht eintreten dadurch, daß der Beklagte ein Gerichtsurteil auf Buße unerfüllt läßt. Denn solche Urteile gibt es im Strafrecht der Sagas nicht[1].

Allgemeiner gefaßt: die altisländische Acht ist nicht „Folge des Ungehorsamsverfahrens", wie sie es in den südgermanischen Rechten ist[2]. Sie ist eine primäre Strafe; keine subsidäre, die dann eintritt, wenn der Täter dem ersten Urteile durch Flucht oder Widersetzlichkeit ausweicht. Nach der Graugans ist sie dies allerdings auch: die Pfändung des Schuldners z. B. kann nicht anders als in der Gestalt der Ächtung erfolgen. Aber die *sekþ* als primäre Strafe steht auch im Rechtsbuche noch im Vordergrunde. Den Sagas ist die Acht als prozessuales Zwangsmittel unbekannt.

§ 112. Wir wenden uns noch einmal dem Friedlosen zu und malen sein Bild näher aus mit einem Teil der Züge, die die Sagas darbieten.

In manchen unsrer Geschichten ist der Waldmann eine hervorragende Persönlichkeit, ein Held, der die Sympathie der Erzähler und Hörer besitzt, ähnlich wie Robin Hood und andere outlaws in den englischen Wildererballaden des Spätmittelalters oder auch wie die französischen Barone, Girart de Roussillon, die Haimonskinder, die sich, verfehmt, in den Ardennen bergen[3]. Nur ist das Waldmannsporträt der Isländer rauher, lebenstreuer, von weniger Romantik getränkt, trägt die kenntlich germanischen Züge — wobei wir nicht gleich an gemein- oder urgermanisch denken. Keine andern Quellen unsrer Volksfamilie geben so reiche, intime und menschlich überzeugende Beiträge zur Biologie des Friedlosen.

Zur rechtlichen Stellung des Waldmanns seien diese Punkte besprochen.

Es folgt aus der Erschlagbarkeit des Friedlosen, daß seine

---

[1] Wenn der Schuldige eine durch *gørð* verhängte Buße versäumte, wäre das Gegebene, daß der Gegner Rache nähme oder neuen Vergleich nachsuchte oder klagte: genau so, wie wenn eine erste Feindseligkeit vorläge.

[2] Brunner, DRg. 1, 240. Liebermann, Brunnerfestschrift S. 27.

[3] Und wie manche andren Vertreter des „Banditentypus", sieh Valdemar Vedel, Helteliv, Kopenhagen 1903, S. 436f.

Angehörigen, wenn er getötet worden ist, um ihn keine Klage führen können. Als die Söhne des Ächters Önund ihren Verwandten, den rechtskundigen Mördh, um die Totschlagsklage für ihren Vater angehn, da nennt er dies mißlich bei einem friedlosen Manne *(óhægt um sekjan mann)* und rät, es vielmehr so anzufangen, daß man dem einen der Feinde eine sonstige Waldgangsklage anhänge (Landn. 108, 16). Auch Njál erklärt den Vettern des getöteten Gunnar, man könne nicht um ihn prozessieren, „weil der Mann friedlos geworden war“; eher habe man den Gegnern dámit eine Ehrverminderung *(vegskarð)* anzutun, daß man etliche von ihnen zur Rache für Gunnar umbringe (Njála 172, 27). Der Rat bewährt sich: nachdem viere erschlagen sind, schließt man einen Vergleich, und bei d i e s e m hindert nichts, den Angriff auf Gunnar mit in Rechnung zu stellen, als sei er kein Ächter gewesen (176, 20).

Eigenartiger ist, daß der Waldmann, weil für die in der Acht begangenen Handlungen nicht verklagbar, sich tatsächlich einer Galgenfreiheit erfreut. Laxd. 160, 5: gegen Alle, die wider Kjartan gezogen waren, erhebt der Vater Ólaf die Totschlagsklage, nur nicht gegen den Einen, Óspak: der war schon vorher friedlos. Fóstbr. 27, 7: als der geächtete Thorgeir auf dem Weg zum Hafen noch zwei Neue entleibt hat und die ihn begleitenden Häuptlinge die Sache sofort beilegen wollen, da geht der betroffene Vater willig auf das ihm angetragene Buß-Selbsturteil ein, „da es so vornehme Herren waren . ., und ganz besonders weil der Totschläger ein Friedloser war“. Lehrreich Grett. 183, 24: Gretti hat den Thorbjörn, den Töter seines Bruders Atli, zur Rache erschlagen. Auf dem Ding erheben die beiden Sippen die gegenseitige Klage. Als man zum Vergleiche schreitet, „waren die Meisten der Ansicht, die beiden Totschläge, der des Atli und der des Thorbjörn, würden sich ausgleichen“. Der Gesetzsprecher Skapti aber sieht, daß die Sache zugunsten von Atlis Leuten zu wenden ist. Er läßt die Schiedsrichter nachrechnen, und es stellt sich heraus, daß Gretti in die Acht fiel, eine Woche bevor Atli erschlagen wurde. Die Folge ist, daß Gretti weder Kläger noch Beklagter sein kann. Auf die Frage des gegnerischen Klägers: „wer soll denn Rede stehn für die Tötung meines Bruders Thorbjörn?“ antwortet der Gesetzsprecher: „da seht ihr selber zu! Aber für Gretti werden seine Verwandten kein Geld verschwenden, wenn ihm doch kein Friede erkauft werden kann.“ Es kommt dahin, daß Atli gebüßt wird, Thorbjörn nicht: dessen Tötung durch einen Friedlosen ist imaginär, ist eine nicht zu fassende Größe.

Umgekehrt weiß die Grett. zu berichten, daß man Klage führen kann um Taten, die an dem Friedlosen begangen worden sind. Thorbjörn öngul, der Überwinder Grettis, wird doppelt verklagt, „um den Zauber und die geheime Kunst, wovon Gretti vermutlich den Tod gefunden hat, und darum, daß sie ihn als halbtoten Mann angriffen" (291, 12). Daraufhin geht Thorbjörn nicht nur des Kopfgeldes verlustig, sondern wird durch Schiedsspruch des Landes verwiesen (o. § 87 Nr. 47). Danach hätte der Waldmann, den Klagen der Anderen entrückt, selbst noch einen Rechtsanspruch besessen, den auf männlich ehrenhafte Hinrichtung.

§ 113. Für die Stellung des Friedlosen zu seiner Frau kommen nur Hardh., Gísl., Dropl. und Band. (o. Nr. 10. 11. 21. 24) in Betracht. In den drei ersten Fällen wird nicht, wie in der Grágás, vorausgesetzt, daß die Ehe durch die strenge Acht gelöst werde; der entscheidende Punkt, die Erbfähigkeit des in der Acht erzeugten Kindes, wird allerdings nicht beleuchtet. In dem vierten Falle geht zwar die Frau des geächteten Óspak eine neue Ehe ein, aber erst nachdem der Ächter lange Zeit verschollen war.

Allein steht die Grett. mit der nachdrücklichen und in der Erzählung eine große Rolle spielenden Angabe, jeder Waldgang erlösche nach Ablauf von zwanzig Jahren, und auch ächtungswürdige Taten, in diesem Zeitraume verübt, vermöchten daran nichts zu ändern (268, 16. 269, 13). Man hat die Glaubwürdigkeit dieser zeitlichen Begrenzung bezweifelt. Aber die Fiktion daraus zu erklären, daß das norwegische, nach der Unterwerfung auch auf Island geltende Recht die Verjährung des Zeugenbeweises nach zwanzig Jahren kannte (Maurer 5, 146), scheint mir ein schwacher Behelf. Zugunsten der Saganachricht kann man wenigstens anführen, daß bei keinem Zweiten der altisländischen Waldmänner Gelegenheit war, dieses Erlöschen der Acht nach zwanzigjähriger Dauer zu melden; denn nach der Gísl. 56, 10 waren die vierzehn Ächterjahre Gíslis die zweitlängste Waldgangszeit, die man von einem Isländer kannte. Im Widerspruch mit den sonstigen Berichten steht also die Grett. nicht.

Die Angabe der selben Saga, daß der eine Ächter durch Tötung eines andern seinen Frieden erkaufe (200, 3. 201, 19), hat Gegenstücke in den Rechtsbüchern; sieh Maurer 5, 144 f.

§ 114. Noch einen andern Weg gab es für den Friedlosen, aus der Acht herauszukommen: sein Achtleger konnte einen neuen Vergleich mit ihm eingehn und ihm seine Ächtung aufgeben *(upp gefa)*, ihn begnadigen.

Den Händeln der Sturl. ist diese Aufhebung der Acht sehr geläufig: ich finde 16 Fälle, worin eine durch Gerichtsurteil erkannte Acht (vermutlich immer ein Waldgang) auf schiedlichem Wege erlassen bezw. in Buße umgesetzt wird, teils schon vor oder bei der Frohnung, teils erst nach Ablauf einiger Zeit[1]. In unsern Familiengeschichten ist es nicht so offen daliegender Brauch; doch gibt es ein paar sichere Vertreter, und die Möglichkeit wird zweifellos vorausgesetzt.

Bei jener Doppelklage um die Tötung Atlis und Thorbjörns, Grett. 185, 15 (oben § 112), macht der Gode Snorri der Sippe des Thorbjörn, die sich um die Buße für ihren Toten betrogen und zur einseitigen Büßung des Gegners gedrängt sieht, den Vorschlag: wollt ihr, daß diese Bußzahlung niederfalle und dafür Gretti achtfrei *(sykn)* werde? — Die Verwandten Grettis wären sehr geneigt dazu: ihnen liege nichts an dem Gelde, wenn er Frieden und Freiheit erlange. Auch der Kläger für Thorbjörn wäre einverstanden. Da fragt man Thóri, den Achtleger Grettis, ob er die Erlaubnis *(leyfi)* dazu gebe, daß Gretti achtfrei werde. Er aber schlägt es zornig ab, und daran scheitert der Vorschlag; die Partei Thorbjörns hat ihre Buße zu erlegen.

Die gerichtlich verhängte Friedlosigkeit eines Mannes erscheint hier als ein Tauschartikel zwischen den Parteien: Die Angehörigen des Ächters würden auf ein Wergeld verzichten, wenn sie dafür die Freiheit ihres Friedlosen erhandelten. Und wiederum die Gegner könnten sich eine Mannesbuße sparen, wenn sie die *sykna* eines Waldmannes bewilligten.

Wenn bei der Friedlosigkeit Nr. 9 der Achtleger Bjarni endlich gegen seinen Waldmann losgeht und ihn nach unentschiedenem Zweikampfe als Hausgenossen annimmt, so ist dies ein Fall durchgeführter Aufhebung der strengen Acht. Auch die schiedliche Wiederherstellung von Vigfús' *sykna*, Glúma 23, 100, und wahrscheinlich der Fall Húnrödh in der Vatnsdœla, Nr. 29, sind hierher zu rechnen. Bei Hrafnkel, Nr. 12, haben wir Umsetzung des

---

[1] Sturl. 1, 44, 12. 84, 17 (wiederholt 86, 9). 130, 5. 145, 13. 184, 23. 242, 23. 279, 5. 304, 21. 312, 3. 328, 5. 347, 8. 369, 16. 418, 21. 2, 90, 25. 92, 17. 197, 1. Eine aufgehobene dreijährige Verbannung: 1, 575, 7.

Waldganges in Bezirksacht auf dem Wege des Vergleiches. Etwas verschleiert ist das Beispiel im Hrafns th. 118, 29. 119, 10, wo der Gegenpartei nicht gedacht wird; so als ob es bei dem Friedlosen stände, sich „von Acht und Klage frei zu machen" (*at frelsa sik undan sekþ ok sǫkum*). Aber auch hier muß eine *sætt* dahinter stehn mit den Verwandten des Erschlagenen.

Die Erlaßbarkeit der milden Acht schwebt der Njála 385, 26 vor. Die an dem Mordbrande Schuldigen sind durch Vergleich geächtet worden; Thorgeir aber, der Neffe Njáls und nächste Klagberechtigte, hat sich von dieser *sætt* ausgeschlossen. Als er nun später seinen Sondervertrag mit den Gegnern eingeht und sich schwere Bußen zahlen läßt, heißt es: er gab ihnen weder die Landes- noch die Bezirksverweisungen auf. Diese Begnadigung also hätte in seiner Gewalt gestanden.

§ 115. Die folgenden Fälle dagegen sind andrer Art. Entweder ist es keine Aufhebung der strengen Acht, oder sie geht nicht von der Klägerpartei aus.

Ein bezeichnendes Stück Sagakultur steckt in der Episode von dem Ächter Grím, Laxd. 174—78, kürzer Grett. 228, 19. Thorkel zieht aufs Hochland, um den Töter seines Verwandten, den geächteten Grím, zu exequieren (vgl. o. § 93). Der Angriff mißlingt ihm, und im Ringkampfe ist ihm Grím über: „ich will dir das Leben schenken", sagt er zu Thorkel, „lohne mir's, wie du willst". Thorkel nimmt nun den Ächter mit sich (an dem Vater des von Grím Erschlagenen, dem alten Eidh, geht er wohlweislich vorüber!); mit seinem Zuge ist er zwar unzufrieden, aber Snorri findet, er könne sich nicht beklagen und solle diesen Ächter „gut aus der Hand lösen". Darauf nimmt Thorkel den Grím mit an Bord; in Norwegen verabschiedet er sich von ihm mit reichen Geschenken und mit der Mahnung, den Norden des Landes zu meiden, damit er nicht den vielen Verwandten des von ihm Getöteten begegne. „Viele redeten davon, dies sei wirklich großartig gehandelt." An eine förmliche Ledigung durch die gekränkte Partei denkt der Erzähler nicht.

In der Flóam. 148, 2. 150, 3 ist es ein außerhalb der Parteien Stehender, der einen Friedlosen in Grönland aus Dankbarkeit für seine Gastfreundschaft „bei den Leuten im Kreise in den Frieden kauft", „seine Achtfreiheit proklamiert, sodaß er friedheilig sein sollte". Vgl. Krist. 32, 4.

Eine etwas seltsame Begnadigung durch einen nicht Zuständigen haben wir in jener Erzählung von Thorstein dem Weißen: Wilda S. 175 hat sie zuerst entstellt wiedergegeben, und so hat sie dann durch ich weiß nicht wieviele rechtshistorische Schriften ihren Weg gemacht; auch Maurer 5, 84. 692 ist nicht auf die Quelle zurückgegangen. Der Bericht hat Interesse genug, um auch abgesehen von der kleinen Wahrheitsrettung vorgeführt zu werden.

Thorgils, der Sohn Thorsteins des Weißen, hat die Schwester Einars zur Frau. Als nun Einar durch den rächenden Thorstein den Schönen gefallen ist, macht sich der Schwager Thorgils zur Verfolgung auf, stößt auf Thorsteins zwei Brüder, greift sie in einer Sennhütte an und fällt von ihrer Hand, während sein Gefolge nachher die beiden niedermacht. Im selben Sommer wird Thorstein der Schöne um den Totschlag an Einar geächtet (es ist wahrscheinlich an strenge Acht zu denken, o. Nr. 31). Er war schon vor dem Achturteil im Auslande; nach fünf Jahren kehrt er nach Island zurück und sucht den alten, erblindeten Thorstein den Weißen auf. Und nun der viel zitierte Auftritt, der hier wörtlich stehn mag. „Thorstein sagte: schien dir meine Herzenskränkung noch nicht groß genug, daß du mich blinden alten Mann aufgesucht hast? Der andere Thorstein antwortete: so hatt ichs nicht gemeint; vielmehr möcht ich dir das Selbsturteil anbieten für deinen Sohn Thorgils: ich habe reichlich Gut, um ihn so zu büßen, daß kein Anderer teurer gewesen sein soll. Thorstein der Weiße meinte, er wolle seinen Sohn Thorgils nicht im Beutel tragen. Da sprang der andere Thorstein auf und legte seinen Kopf dem Namensvetter in den Schoß. Thorstein der Weiße erwiderte da: deinen Kopf will ich dir nicht vom Halse schlagen lassen: die Ohren passen doch wohl am besten dahin, wo sie gewachsen sind. Aber dies verfüge ich als Vergleich zwischen uns, daß du mit all dem Deinen herziehst nach Hof und hier zur Wirtschaft siehst und bleibst, solange ich es will; aber dein Schiff verkaufst du[1]. Diesen Vergleich nimmt Thorstein der Schöne an."

Thorstein der Schöne ist, wie man sieht, keineswegs der Mörder des Thorgils; er naht sich nicht dem alten Manne, dessen Sohn er getötet hat, und damit wird der seelische Hintergrund der Szene immerhin ein andrer. Daß gleichwohl diese starke Spannung von vorwurfsvollem Schmerz und hingebendem Sühneverlangen zwischen den beiden zittert, wird verständlich aus der

[1] Zur Beurteilung dieses *sjálfdœmi* s. o. § 53.

idealen Gemeinbürgschaft der Sippen und dient als sprechendes Zeugnis für diese (oben § 36). Die Tat der Brüder — in diesem Falle nur eine Tat der Notwehr! — wird so empfunden, als sei sie von Thorstein dem Schönen vollbracht. Das Auffälligere an dem Vorgang ist dies, daß Thorstein um die Tötung Einars in die Acht kam und nun von dem Haupte einer ganz andern Sippe aus der Acht genommen wird! Denn als Lösung der Acht ist offenbar diese Verhängung der *sætt* durch den Alten gemeint; und Thorstein lebt nun unangefochten zehn Jahre auf Hof: an eine Fehde der achtlegenden Familie hat der Sagamann nicht gedacht. Zur Erklärung mag man nehmen, daß die von Hof das vornehme Häuptlingsgeschlecht sind, hinter dem die Verwandten des Einar an Einfluß zurückstehn.

§ 116. Die Tatsache, daß B den A ohne weiteres aus der Acht entlassen kann, zeigt, wie sehr die Partei, nicht die Gesamtheit das Schicksal des Friedlosen in Händen hat. Die *sekþ*, auch die vom Staate verfügte, erscheint hier recht deutlich als ein auf den Kläger zugespitzter Zustand. Die isländischen Rechtsbücher beschweigen diese Freiheit des Privaten, die nach dem Zeugnis der Sturl. im 12. 13. Jahrhundert so gern geübt wurde; sie kennen nur eine Begnadigung *(syknuleyfi)* durch die gesetzgebende Kammer am Allding[1], jedenfalls doch auf Antrag oder mit Zustimmung des Achtlegers; eine Einrichtung, die wiederum den Familiensagas und der Sturlungasammlung fremd ist.

Das älteste Gegenstück zu dem hier besprochenen Aufgeben der Acht bietet diejenige Stelle der lex Salica, die am deutlichsten unter den südgermanischen Volksrechten das Institut der Friedlosigkeit erwähnt[2]:

55, 2 Si (quis) corpus iam sepultum effuderit et expoliaverit et ei fuerit adprobatum, vuargus sit usque in die illa, quam ille cum parentibus ipsius defuncti conveniat, et ipsi pro eum rogare debent, ut ille inter homines liceat accedere.

Der Unterschied von den Sagas liegt in dem „pro eum rogare"; andere Handschriften haben „rogare ad judicem; judicem rogare"

[1] Maurer 5, 167. — Für Norwegen sagt Brandt a. a. O. 2, 13: daß es immer von der Zustimmung des Königs oder seines Vogtes abhing, ob ein Verbrecher durch nachfolgenden Vergleich seinen Frieden wieder erlangte, versteht sich von selbst.

[2] Vgl. Wilda S. 278 f. Brunner DRg. 1, 241. Schreuer, Verbrechenskonkurrenz S. 185. Ich zitiere nach der Ausg. von Geffcken, Leipzig 1898.

(Behrend S. 30): das fränkische Recht denkt sich die verletzte Partei als Fürbitter vor dem Richter; in den Isländersagas begnadigt sie selbstherrlich.

§ 117. Wer auf die Klage eines Glúm hin dem Waldgange verfällt, der heißt „Glúms Waldmann", und Glúm kann von ihm sagen: *skógarmaðr minn* oder *ek á einn skógarmann*, „ich besitze einen Waldmann"[1]. In dem Besitzverhältnis liegt die Notwendigkeit, den Mann weiterhin zu bekämpfen. Und der Ächter seinerseits wendet diesem seinem „Besitzer" seinen Rachehaß zu: „als Thorgeir seine Friedloslegung erfuhr, sprach er so: das möcht ich wünschen, daß die, die mich friedlos gemacht haben, volle Vergeltung dafür bekämen, eh es zu Ende ist, wenn es bei mir stände!" (Grett. 105, 22). Ähnlich Gísli in einer vielleicht authentischen Strophe (Gísl. 54, 10): „ehrlos fällten sie auf dem Dinge das Urteil gegen mich; das hab ich Börk und Stein (den Klägern) bitterlich zu vergelten!" Mehrmals fängt der Waldmann selbst mit den weiteren Feindseligkeiten an[2]; namentlich die Fóstbr. S. 92 ff. zeigt anschaulich, wie sich der Friedlose als racheberechtigt fühlt gegen seine Achtleger, und wie es sich auswächst zu einer gliederreichen Feindschaft mit ihrer Sippe.

Der wirkliche Feind des Ächters bleibt eben die klägerische Partei, nicht das Volk. Der Ächter ist ausgestoßen, aber durchaus im Hinblick auf seine anfänglichen Gegner. Den Satz: die Fehde ist zu einer Fehde des Staates geworden[3], dürfte man auf die isländischen Verhältnisse nicht anwenden; wie ja auch die Graugans die Tötung und die Festnehmung des Friedlosen nicht befiehlt, nur erlaubt. Man kann nur sagen: der Staat schafft der verletzten Partei möglichst günstige Chancen. Da er ihr anders nicht zu Hilfe kommen kann, isoliert er durch seinen gerichtlichen Machtspruch den Verurteilten gegen die Angriffe der Kläger und macht diesen die Rache so leicht wie möglich. Es ist mehr Preisgebung des Ächters an den Feind als Todesurteil der Rechtsgenossenschaft[4]. Der Gedanke: Alle fühlen sich durch

---

[1] Laxd. 175, 4. Fóstbr. 25, 12. 35, 19. 95, 30. 97, 23. 28. 98, 23. 103, 17. Hrafns th. 107. — Sturl. 1, 143, 11. 144, 14. 184, 23. 282, 7. 2, 109, 23. Dagegen Bjarn. 49, 6 bedeutet *þína skógarmenn* „die von dir protegierten Waldmänner".

[2] In Nr. 2. 12. 23. 24. 28 unsrer Liste.

[3] Dahn, Bausteine 2, 115.

[4] Vgl. Brunner, Zum ältesten Strafrecht S. 57. Liebermann, Brunnerfestschrift S. 21.

die Tat des Ächters verletzt; dieser hat das Gemeindeband geschändet, und das rächt die Gemeinde an ihm: der Gedanke ist in unsern Geschichten nicht wirksam. Er würde auch voraussetzen, daß Waldgang nur auf außerordentliche Untaten gelegt würde, und wir haben gesehen, wie wenig das der Fall ist.

Dazu stimmt ja auch die Auffassung der Frohnung in den Sagas: sie erscheint als das mehr oder weniger kriegerische Einschreiten des Klägers gegen den ihm Preisgegebenen. Das Kopfgeld auch, das dem Töter des Friedlosen winkt[1]: es wird in der Grett. von den zwei Gegnern ausgesetzt (165, 12. 186, 5. 10. 211, 22); desgleichen Eyj. 32, 41: „die Leute, die Geld auf seinen Kopf gesetzt und ihre Kränkung an ihm zu rächen hatten . .“; auch die versprochenen Löhnungen der Hardh. 97, 12 und der Gísl. 55, 16 sind privater Art. Während nach der Grágás 1 a, 189 f. 2, 401 f. die Dinggenossen oder, bei den höheren Kopfgeldern, die sämtlichen Landeskinder die Kosten tragen. Der auf Grettis Haupt gesetzte hohe Preis treibt keine unbeteiligten Bauern zum Kampfe gegen ihn: nur die persönlich Geschädigten, darunter die von ihm beraubten Landleute, und die von ihnen Angeworbenen unternehmen die Angriffe.

Das hindert nicht, daß den Waldmann das Gefühl überkommen kann, er sei verfehmt, gehaßt bei den Vielen; weisen sie ihm doch fast Alle die Tür. Man nehme Gíslis wehmütige Worte an seinen Bruder, als er zum letzten Male heimlich an sein Tor geklopft hat und nun auf immer von ihm Abschied nimmt: du bist mit deinem Dasein zufrieden und weißt dich als Freund vieler Häuptlinge; „aber ich bin ein Friedloser und habe große Feindschaft bei vielen Männern“ (Gísl. 63, 16). Er braucht dabei nicht nur an die gegnerische Sippe zu denken, obwohl er einzig von ihr Verfolgungen zu leiden hat. Wenn aber der friedlose Hördh in den richtigen Volks- oder doch Bezirksfeind hinüberwächst, so liegt das an seinen eignen Raubzügen, die die Nachbarschaft gegen ihn erbittern.

§ 118. Der Ächter, bei dem die Kunst des Erzählers verweilt, der Mann von guter Herkunft, den keine verächtliche Tat in sein Schicksal gebracht hat: er bleibt die hochgeachtete Persönlichkeit, die man von der kleinbäuerlichen Gesellschaft respektvoll abrückt. „Das war ein rechtes Mißgeschick“, sagt die Godenfrau zu dem von den Bauern gefangen genommenen Gretti, „daß diese Jammer-

[1] Grimm, RA. 2, 338. Wilda S. 282.

kerle *(vesalmenni)* dich greifen sollten!" Und zu den Bauern gewandt: „das ist nicht euereins Sache, einen Gretti ums Leben zu bringen, denn er ist ein berühmter Mann aus großem Hause, mag er auch ein Unglücksmann sein". Sie verhandelt mit ihm wie mit einem Kriegsgefangenen, und zwar im Interesse des eignen Bezirkes: „schwör mir einen Eid, daß du keine Gewalttaten verübst hier an der Eisföhrde! Räche dich auch an Keinem von denen, die diesen Überfall auf dich gemacht haben!" So spricht die Frau eines regierenden Herrn zu einem Friedlosen. Dann begütigt sie ihren Mann, der von Grettis Ankunft nicht erbaut ist, ihn aber glimpflich entläßt.

Die Gebote der Ritterlichkeit sind dem Waldmann gegenüber nicht aufgehoben: der Gode Bjarni stellt sich seinem Ächter zu ehrlichem Zweikampf (Nr. 9), und Thorkel zieht wenigstens gefolglos gegen Grím (Nr. 5; s. o. § 93). Der unedel überwältigte Gretti hat *nóga eptirmálsmenn*, „genug Leute, die sich seiner Totschlagssache annehmen werden" (Grett. 280, 19), und nach der Erlegung des großen Ächters Hördh erhebt sich von seinen Verwandten ein Rachewüten, dem 24 Menschen zum Opfer fallen (Hardh. 117).

Auch bei dem Ächter selbst appelliert man an das Ehrgefühl des achtbaren Mannes, des gentleman. Skapti sagt zu Gretti: „ich höre, daß du ziemlich gewaltsam einherziehst und den Leuten ihr Gut greifst: das ziemt dir schlecht, einem Mann aus so großem Hause!" (Grett. 198, 13).

Zum Schrecken der Gesellschaft kann der Friedlose werden (Hördh, Gretti): als Auswurf der Gesellschaft empfindet man ihn nicht. Und so kann es von Gretti heißen, zu der Zeit da er von einer unstürmbaren Felshöhle aus die weitere Umgegend brandschatzt: „er war immer gut Freund mit seinen nächsten Nachbaren" (Grett. 210, 9). Den geächteten Thorgeir nimmt König Óláf in seine Hofmannschaft auf, und als später auf dem Allding Thorgeirs Tötung verkündet wird, erklärt Eyjólf Gudhmundssohn, Viele würden dies betrauern; sei doch der Tote ein Freund des Königs gewesen (Eyj. 32, 48). Auch ein Mann wie der Gode Snorri äußert sich voll Anerkennung über Gretti, nachdem dieser den Sohn des Goden überwunden und großmütig hat laufen lassen; „ich werde, glaub ich, etwas für ihn tun, wenn ich Anlaß habe, in seine Sache einzugreifen": „und von da ab war er ihm immer wohlgesinnt in seinen Ratschlägen" (Grett. 246, 10). Bei früherer Gelegenheit, als Grettis Achtleger seine Erlaubnis versagte zum Tilgen der Friedlosigkeit (s. o.) und vielmehr den Kopfpreis erhöhte, erklärte es Snorri für unverständig, „mit diesem Eifer einen Mann in der Acht festzuhalten, der so viel Schlimmes anrichten könne; Mancher werde dafür zu büßen haben“ (Grett. 186, 13). Hier erscheint die Ächtung nicht mehr als ein Mittel des Unschädlichmachens, im Gegenteil als eine Herausforderung, die man bei einem Haudegen wie Gretti besser unterließe!

§ 119. Die Erlaubnis, den Waldmann zu erschlagen, ist im allgemeinen, wie wir sahen, nur von der gegnerischen Partei ausgenützt worden. Das Verbot, ihn zu führen und zu hegen, ist trotz vielfältigen Übertretungen eine starke Macht im altisländischen Fehdeleben. Dieses Verbot löst ihn auch von seiner weiteren Sippe ab, macht ihn zum einsamen, auf sich gestellten Manne; es gibt überhaupt dem Zustande der friedlosen Leute vor anderem sein Gepräge und unterscheidet ihn von dem der Landesverwiesenen.

Ein völliges Mißachten der strengen *sckþ* begegnet dreimal. In Nr. 9 bleibt der Kleinbauernsohn Thorstein ruhig in seinem Hofe wohnen, weil sein Achtleger, der benachbarte Häuptling, die Verfolgung imgrunde nicht wünscht und andre Feinde nicht vorhanden sind. In Nr. 7 reitet der Waldmann Kol unter dem Schutze des mächtigen Thorgils durch die Landschaft, als wäre nichts geschehen, und besucht Versammlungen. Dies macht böses Blut, und die Häuptlinge *leita um sættir* — weitere Folgen erzählt die Flóam. nicht, die ja die juristischen Dinge wenig exakt behandelt[1]. In Nr. 14 endlich, wo Ungehorsamsacht, nicht Waldgang vorliegt, „reitet Gunnar zu allen Zusammenkünften und Dingen, und seine Gegner wagten nie, ihn anzugreifen. So ging es einige Zeit, daß er wie ein achtfreier Mann auftrat“. Dann kommt der Überfall der gegen ihn Verschworenen.

Häufiger, etwa in der Hälfte der Fälle, gelingt dem Friedlosen die Einschiffung, womit seine Fährlichkeiten gehoben sind, obgleich ja die strenge Acht — nach der Grágás wenigstens — keine räumlichen Grenzen kennt. Rückkehr des Waldmannes nach Island findet sich in Nr. 1. 31. 32: in dem ersten Falle führt es

[1] In der Sturl. sind Verstöße gegen die strenge Acht verhältnismäßig häufiger; mehrmals führen sie zu gerichtlicher Klage um *bjargir*, wegen Bergung der Waldmänner; man sehe 1, 33, 234 (34, 10. 29). 94, 20. 101, 5. 143, 6 (144, 13. 145, 14). 209, 4, 22. 276, 28 (280, 4. 11). 307, 25. 374, 12. 506, 17. 2, 27, 3. Vgl. o. § 94 Note 1.

zur Erschlagung des Ächters, in den zwei andern nimmt es eine friedliche Wendung.

Wo der Friedlose auf isländischem (oder grönländischem) Boden bleibt, da ist sein gewöhnliches Schicksal das des Gemiedenen und Verstoßenen. Dem Gerichtsspruch, wiewohl ihn keine Polizeimacht stützt, pflegt man sich soweit zu beugen, daß man nicht allzu offenkundig dem Ächter Schutz gewährt. Ein Wagnis war es immer, wenigstens für den, der nicht als der Erste in seiner Landschaft dastand. Wieder und wieder kehrt bei Gísli und Gretti der Auftritt: er bittet einen Verwandten oder Freund um Aufnahme; der sagt ihm, er wolle sich nicht straffällig machen durch seine Hegung; er möge es bei dem und dem versuchen. Ingjald, der auf seiner Insel dem Gísli Unterschlupf bot (s. § 121), hat dies mit Verlust seines Gutes zu büßen: Börk, der Achtleger, „erkennt ihm die Inseln ab“ (Gullth., Landn., s. o. § 6).

Vielsagend ist die Äußerung Skaptis: „weil ich doch den Namen des Gesetzsprechers im Lande führe, steht es mir nicht an, Friedlose aufzunehmen und so das Gesetz zu brechen.“ Er beschränkt sich also auf gute Ratschläge an Gretti (Grett. 198, 16). Und Snorri sagt: „ich bin nachgerade ein alter Mann und habe keine Lust mehr, Ächter zu beherbergen, wo mich keine Pflicht dazu treibt“ (Grett. 179, 1).

Aber der selbe Skapti kann bewundernd zu einem andern Häuptling sagen: „ist es wahr, Thorgils, daß du diesen Winter die drei Männer bei dir wohnen hattest, die als die größten Kampfhähne gelten, und sind dazu alle friedlos, und hast sie so im Zügel gehalten, daß keiner dem andern ein Leid tat[1]? . . . So etwas ist rechte Häuptlingsart!“ (Grett. 183, 9).

§ **120.** Solche mehr oder weniger unverhohlenen Bergungen blicken uns da und dort aus den Geschichten entgegen, auch wo es sich um minder namhafte Ächter handelt. So heißt es z. B. von Björn im Hítatal, daß er gewohnheitsmäßig Friedlose bei sich wohnen hatte (Grett. 208, 3). Seine Saga erzählt, wie er von einigen Waldmännern eine Befestigung um seinen Hof bauen ließ, worauf der Gegner Thórdh eine Klage „um Waldmännerbergung“ gegen ihn anstrengt. Kurz darauf aber birgt Thórdh selber zwei

---

[1] Gemeint sind Gretti und die beiden Schwurbrüder Thorgeir und Thormódh. Der letzte war allerdings kein Ächter (sieh Grett. 105, 17 und Fóstbr. 24. 29).

Waldmänner, und dies gibt dem Björn wieder Gelegenheit, einen Schlag zu führen (Bjarn. 48, 7. 16). Von einem Bauer im Nordlande erzählt der Boll. 238, 20, daß er einen unterirdischen Gang in seinem Gehöft hatte, weil gewöhnlich Waldmänner bei ihm lebten. Sieh noch Laxd. 189, 4. Gísl. 60, 22[1].

Die Verwendung dieser Schützlinge zu éinem Dienste ist beinah stehend zu nennen: zum bestellten Morde. Die sogen. *flugumenn*, die Leute, die ein Rachelustiger zu seinem Gegner hinschickt, damit sie bei ihm in Dienst treten und zu guter Stunde ihn aus dem Wege räumen, die rekrutieren sich zumeist aus Ächtern[2].

Dies hat uns auf eine andere Seite des isländischen Ächterwesens geführt. Neben den „berühmten Friedlosen aus großem Hause", den heldenhaften Lieblingen der Sagamänner, gibt es die kleinen, obskuren, verachteten *sekir*. Sie haben in den Erzählungen ihre Nebenrollen oder sind Staffage. Da und dort einmal wird im Vorübergehn ein *sekr* erwähnt, etwa so wie in andern Kulturen berufsmäßige Bettler auftreten. Das Schutzsuchen ist ihr Stichwort. Der Kundschafter Thorgils, der sich harmlos stellen will, findet es das nächstliegende, den schutzsuchenden Ächter zu spielen: Laxd. 188, 25.

Solche niedrigen Waldmänner beleben die Einsamkeit der isländischen Gebirgswüste: zu Gretti stoßen solche dunkeln Gesellen; aber auch zu Hördh, auf seine Küsteninsel, strömen sie hinaus. Das Räubergesindel, das ein paarmal im Hintergrunde auftaucht, die *ránsmenn* und *útilegumenn*, darf man wohl immer als Geächtete ansehen (Vatsd. 65, 28. Flóam. 149, 26[3]). Wie im einzelnen Falle aus dem Bauer der *sekr* und der Räuber wird, zeigt Vápnf. 25, 10.

Die Untat, die diese Menschen in die Acht stößt, braucht

---

[1] Nach der Sturl. 1, 85, 1 wintern einmal in Sturlas Gehöft achtzehn Ächter zugleich.

[2] Eyrb. 129, 18. Vatsd. 62, 3. Finnb. 77. 79. Grett. 200, 3. 201, 12. Reykd. 21, 1. 22, 1. 26, 1. 27, 6.

[3] Der Anklang zwischen dem *útilegumaðr*, „Draußenlieger = Räuber" und dem *útlegðarmaðr*, „exlex, Friedlosen" (o. § 80) ist allerdings zufällig. Wenn aber nach Apollinaris Sidonius ep. VI 4 die latrunculi „vargorum nomine" bezeichnet wurden, so kann man dies damit erklären, daß jene Räuber aus wirklichen Ächtern bestanden; ebenso hat das nordische „vargr" in der skaldischen Dichtung ein paarmal den Sinn von „Räuber" angenommen (s. Lex. poet.). Auch der „Bandit" war von Hause aus ein bannitus, ein Ächter, und nicht nur nach der äußern Ähnlichkeit so benannt. Vgl. damit Brunner, DRg. 1, 234 Note 15 und Amira, Zweck und Mittel S. 46ff.

nicht schurkischer gewesen zu sein als die eines Hördh, Thorgeir, Hrafnkel. Aber es fehlte ihnen der Sippenanhang und das Standesgefühl, die beiden Dinge, die den edlen Ächter vor dem gemeinen Verbrechertum bewahrten. Solch ein Bauer Svart konnte nicht eine Truppe organisieren, und kein grand seigneur deckte mit sechzig Bewaffneten seine Einschiffung; die bedauernde Teilnahme der Großen konnte sein Loos nicht erregen. So flüchtete er aufs Hochland und lebte vom Raub, oder wo er bei den Häuptlingen herumreiste, da war es, um ihnen seine Dienste anzutragen, darunter den Dienst des *flugumaðr*, des Meuchelmörders.

§ **121.** Drei der Isländersagas sind die eigentlichen Waldmännergeschichten, haben das Schicksal eines Friedlosen zum Hauptgegenstand: die Harðar, die Gísla und die Grettis saga.

Sie zeigen uns sehr ungleiche Bilder; das Thema war von erstaunlicher Vielseitigkeit. Jede trägt ihren Idealismus in das Ächterleben hinein; in allen ist der Held eine tragische Gestalt. Hördh wird mitgerissen von den gemeineren Gefährten, die sich ihm anhängen; das wilde Treiben wächst ihm über den Kopf, wie einem Karl Moor, nur daß ein Kampf ums Recht gegen die verrottete Gesellschaft hier nicht in Frage kommt. Bei Gísli liegt die Tragik darin, daß man das Edle und Notwendige seines Rachemordes empfindet; daß ein Verrat der eignen Schwester ihm zum Verhängnis wird, und daß man den Eindruck durchlebt: dieser ernste, innerliche Mensch ist zu gut für die Leiden der Friedlosigkeit. Gretti endlich fällt durch einen Justizmord in die Acht, und die Tücke des Fatums verfolgt ihn weiter durch die zwanzig Ächterjahre. Dabei bleibt er, neben all seinem Räuberwesen, der hilfsbereite Bekämpfer von Widergängern und Trollen, überhaupt mußte seine mannhafte Größe und seine humorvolle Kernigkeit ihn dem alten Hörer liebenswert und vertraut machen.

Hördh steht an dem einen Endpunkt als der berufsmäßige Räuberhauptmann, der den offenen Kampf aufnimmt mit der ihn verfehmenden Bauernschaft. Um eine Tat des Jähzorns geächtet, zieht er sich zuerst mit seinem Mitschuldigen, all seinen Hausgenossen und der beweglichen Habe zurück zu dem Schwurbruder und tapfern Waffengefährten Geir. In dessen Hofe leben sie anfangs unbehelligt, halten sogar Ballspiele ab mit den Nachbaren, wobei es zu Raufereien und zu Totschlägen kommt: diese wurden nicht gerichtlich verfolgt. Ein oder zwei namenlose Ächter schließen sich der Gesellschaft an. Einen Diebstahl, welchen Geir begeht, um die vielen Esser zu beköstigen, tadelt Hördh. Da kommt vom Allding die Nachricht, man plane einen Zug gegen sie. Geir denkt an Verschanzung des Gehöftes, aber Hördh befürchtet Aushungerung. So beziehen sie mit all dem Ihren ein Inselchen in der Föhrde und errichten sich über der schwer ersteiglichen Felswand einen geräumigen Saal. Eine Menge Gesindel *(óskilamenn)* strömt herzu und verpflichtet sich eidlich auf die Satzungen, die Hördh und Geir für die Bande erlassen. Zwischen einigen siebzig und zweihundert Seelen hausen auf dem Holm während der folgenden drei Jahre, darunter Hördhs Weib, eine schwedische Jarlstochter, und ihre zwei Söhnchen. Mit einzelnen Bauern der Umgegend stehn sie in geheimem Einvernehmen, die übrigen brandschatzen sie in neun Raubzügen, treiben ihre Herden aufs Schiff, erbrechen ihre Vorratshäuser: wiederholt setzt es Gefechte mit vielen Toten auf beiden Seiten. Der eine der Züge geht gegen Hördhs Schwestermann, der ihm bei der Achtklage die Hilfe verweigert hatte; die Schwester begrüßt den friedlosen Bruder: er solle sich doch von diesem Räuberpack trennen, dann würden Viele für ihn eintreten. Ein andermal fragt Hördh seine Genossen, ob sie nicht ihr Leben ändern wollten; es sei schlimm, sich so von Raub zu fristen; er hätte Lust, Kaufleuten in einem nahen Hafen ihr Schiff abzutrotzen (offenbar um Island zu fliehen). Aber der Schwurbruder Geir will vorher noch einigen der Gegner die Dächer überm Kopf anzünden, und die Mehrheit hält es mit ihm; da ergibt sich Hördh mißmutig in die Fortführung des Räuberlebens. Im dritten Jahre raffen sich die Bauern der Gegend unter ihren Häuptlingen zu gesammeltem Vorgehn auf. Sie locken die schädliche Bande aus ihrem Felshorste ans Land, umzingeln sie und machen an die sechzig nieder. Hördh selber fällt nach heldenhafter Gegenwehr. Seine Schwester rettet die Witwe mit den zwei Knaben und sorgt dafür, daß ihr Mann und Andere zur Rache für Hördh Mehrere seiner Hauptwidersacher erschlagen. Als die Knaben zu ihren Jahren gekommen sind, setzen sie das Rachewerk für den Vater fort (s. o. § 30. 36).

Den größten Gegensatz zu Hördh bildet G í s l i. Ihm schließt sich in seinen vierzehn Ächterjahren kein Schicksalsgefährte an: er ist der einsame Friedlose. Er flüchtet von einem Schlupfwinkel zum andern; an Raub denkt er nicht, er vollbringt auch keine gefeierten Ächtertaten (wie Gretti), nur seine letzte Gegenwehr ist ein Heldenstück. Bei ihm treten die Bitternis und die Schrecken der Friedlosigkeit am stärksten hervor. Das Mitdulden des standhaften Weibes vertieft den Klang von Wehmut in dem Lose dieses Waldmannes.

Gísli hat schon gleich nach der Vorladung durch die Kläger sein Land verkauft und sich mit der fahrenden Habe eingeschifft: die Saga scheint vorauszusetzen, daß er von der Dingklage das Schlimmste erwartet und der Frohnung zuvorkommen will. Er nimmt mit sich nur seine Gattin Audh und seine Pflegetochter; ziehn sich die Hausgenossen und Sklaven von dem angehenden Ächter zurück? Dann erbaut er, wie es scheint ohne männliche Hilfe, an einer abgelegenen Bucht (auf herrenlosem Lande?) ein vollständiges Gehöft. Hier wohnt er, nachdem ihm seine Ächtung gemeldet worden ist, drei Jahre; von einer Frohnung oder sonstigen Angriffen der Gegner verlautet nichts. (Die Gleichgültigkeit dieser Saga gegen Rechtsverhältnisse ist gerade in diesem Teile empfindlich, vgl. o. § 64.) „Die nächsten drei Jahre durchzieht er ganz Island und sucht die Häuptlinge auf und bittet sie um Hilfe . . . Aber obwohl sie mitunter nicht ganz abgeneigt waren, trat doch allenthalben etwas dazwischen." Nur der frühere Nachbar, der ihm sein Gut abgekauft hatte, nahm ihn längere Zeit auf. Auch in den folgenden Jahren lebte er bald in dem Hofe der Audh, bald in verschiedenen Verstecken, die er sich in der Nähe angelegt hatte. Mittlerweile gewinnt der Hauptgegner durch dreifaches Wergeld seinen Vetter Eyjólf, einen angesehenen Mann in Gíslis Bezirk, daß er dem Ächter nach dem Leben stelle. Eyjólf schickt abwechselnd einen Späher auf die Lauer und fährt selbst in Begleitung nach der Bucht; aber auf Gísli stößt er nicht, und seine Drohungen bei Audh sind vergebens. Dazwischen macht sich Gísli wieder auf die Wanderschaft, kommt zu seinem Bruder, der sich nur zu einer Darreichung von Fries und etwas Silber versteht; dann zu einer würdigen Witwe, deren Anwesen auf die Unterbringung von Waldmännern eingerichtet ist und bei welcher es Gísli einen Winter lang so gut hat wie bei keinen Andern. Aber es zieht ihn wieder zu seinem Weibe; zwei Sommer versteckt er sich in der Nähe ihres Hofes, dann nach einem letzten Vorsprechen bei dem zaghaften Bruder erlangt er Aufnahme bei einem Verwandten, Ingjald, auf einem Inselchen vor der Küste draußen. Hier hat er drei ungestörte Winter, denn die Leute halten ihn für ertrunken; doch muß er sich immer, wenn Besuch kommt, in den unterirdischen Gang verziehen. Neuen Verdacht weckt dann die gute Zimmermannsarbeit, die er seinem Wirte fertigt: Eyjólf setzt wieder seinen Späher in Bewegung, und nun macht sich

Börk selbst, der Achtleger, selbfünfzehnt gegen Gísli auf. Der wackere Ingjald will lieber das Leben lassen als seinen Schützling ausliefern; dieser entkommt in atemloser Fahrt an die Küste, wobei er Einem der Verfolger noch den Schädel spaltet; dann läßt ein Bauernpaar ihn bei sich unterschlüpfen und täuscht die Mannen Börks. Dieser kehrt mit Schanden nach Hause, während Gíslis Ruhm gewachsen ist. Seinen Rettern hat er beim Abschied ein Messer und einen Gürtel geschenkt: „mehr an loser Habe hatte er nicht". — Es wiederholen sich die Unternehmungen Eyjólfs gegen Gísli, der aufs neue die Schlupfwinkel bei seiner Gattin aufgesucht hat. Eyjólf bietet der Audh das für Gíslis Tötung empfangene Geld an, wenn sie ihren Mann verrate; er wolle ihr dann auch eine neue, bessere Heirat verschaffen: es sei doch hart, daß sie in dieser Einöde wohnen müsse und nie ihre Verwandten sehe. Sie schlägt ihm den Beutel mit dem Silber ins Gesicht; seine Begleiter dulden es nicht, daß er an einem Weibe Rache nehme, und so zieht Eyjólf gedemütigt heim. — Gísli wagt sich nicht mehr heraus. Seine beklemmenden Träume nehmen zu, voll blutiger Todesvisionen. Er traut sich nicht mehr im Dunkeln allein zu bleiben. Am Ende des vierzehnten Sommers gelingt es Eyjólf und seiner Schar, ihn zu überraschen und nach verlustreichem Kampfe zu überwältigen. Als er dem Börk die frohe Nachricht bringt, macht dessen Frau, Thordís, die Schwester Gíslis, einen Versuch, den Bruder zu rächen (s. o. § 49). Da Gísli wegen Ermordung ihres ersten Mannes friedlos geworden war, siegt auch hier das Gefühl der Blutsverwandtschaft über die Gattenbeziehung (vgl. § 56).

Den dritten der großen Waldmänner, G r e t t i, wollen wir nicht in gleicher Ausführlichkeit verfolgen. Seine Saga gab uns schon zu § 112ff. manchen Beitrag, wie sie denn am meisten Teilnahme hat für die rechtliche Seite des Ächterwesens. Gretti als Friedloser steht in der Mitte zwischen Hördh und Gísli. Mit jenem hat er gemein die Räubereien, den Kampf um sein Dasein, das Ausscheiden aus den Wohnsitzen der befriedeten Bevölkerung, die Niederlassung auf einer menschenleeren, nur durch List zu stürmenden Insel. Aber Gretti schart keinen Verbrecherhaufen um sich und wird nie in dem Maße wie Hördh zum Feinde der Gesellschaft. In der Einsamkeit des Hochlandes, wo er sich manchen Sommer von Fischfang nährt, gelegentlich auch von Plünderung der Durchreisenden, gesellt sich ihm dann und wann ein zweiter Ächter zu; seine Handstreiche gegen die Herden und

Ställe der Bauern drunten im bewohnten Tieflande vollführt er allein; seinen letzten Aufenthalt auf dem Inselhorste teilen nur sein junger Bruder und ein Knecht. An Gísli erinnert das unstäte Herumwandern im Lande, die bis in die letzten Jahre nie ganz gelöste Verbindung mit wohlwollenden Gutsherren: bei Gretti vollzieht sich dies weniger heimlich, er lebt zeitenweise fast wie ein Achtfreier unter dem Schutze eines Häuptlings. Mit Gísli teilt er auch den bemerkenswerten seelischen Zug: die wachsende Angst vor dem Alleinsein im Dunkeln. In diesen Beklemmungen haben wir gewiß einen echten Widerschein des Friedlosenzustandes zu erblicken. Diesen Kraftnaturen, die jedem offenen Feinde ohne Beben ins Auge schauen, setzt sich die Ausgestoßenheit, dieser ungreifbare, gespenstische Widersacher, in körperlich lähmende Angstgefühle um; sie werden friedlos in einem neuen Sinne des Wortes.

Neuntes Kapitel.

Die Buße.

§ 122. Die vorangehenden Betrachtungen haben uns wiederholt mit der Buße zusammengebracht. Ich trage in diesem Kapitel noch einiges nach.

Die Grágás kennt neben den Klagen auf Waldgang und dreijährige Landesverweisung die Klage auf Buße oder Geldstrafe. Anders die Sagas; da finde ich keinen sichern Fall, daß auf Buße geklagt, daß vom Gericht auf reine Buße erkannt würde[1]. Dasselbe gilt für die Fehdesachen der Sturlungasammlung[2].

Roethes Bemerkung: „das Abkaufen der Rache durch Geld, uralt wie es ist, setzt keineswegs ein jedesmaliges Eingreifen des Gemeinwesens voraus“[3] ist für Altisland dahin zu verschärfen: das Abkaufen der Rache wie der Acht durch Geld geschieht völlig ohne Eingreifen des Gemeinwesens. Dafür hat man die *sætt* mit ihrer *gørð*, den Vergleich mit seinem Schiedsspruch.

Ziehen wir von den 164 schiedlichen Abschlüssen die ca. 54 Fälle mit Landes- oder Gauverweisung ab, so behalten wir über

---

[1] Scheinbare Ausnahmen: Eyrb. 80, 9 „er erhielt keine Buße“ bedeutet nicht, daß die niedergeschlagene Klage Z. 6 nur auf Buße ging. Reykd. 19, 76 meint gewiß schiedliche Austragung des *eptirmáls*. Ebd. 30, 68 die von Thórodd und Ölvi gezahlten Bußen sind entweder die übliche Zugabe zu der vorher genannten *sekþ*, oder sie entspringen einer besondern *sætt*, die jene zwei Anstifter für sich erlangten. Heidh. 15, 7 das „lét dómendr dœma“ kann leicht auf Jón Ólafssons Rechnung fallen (auch 48, 21 schreibt er *dómr* für *gørð*, s. Eyrb. 205, 13); übrigens ist diese ganze Affäre Einar-Styr unklar. Njála 22, 5 *lýsti fésǫk* ist eine Zivilklage.

[2] Sturl. 1, 535, 21 ist ein schiedlicher Abschluß. Die Fälle 1, 59, 19. 102, 11. 323, 14 sind ähnlich zu beurteilen wie Reykd. 30, 68 in der vorigen Note. Die Klage 1, 99, 8 verbindet mit der Geldstrafe Landesverweisung. Das Urteil 1, 548, 2 betrifft eine Landbesitzfrage, die Klage 1, 99, 10 geht auf Verhaltung des kirchlichen Zehnten.

[3] Zum ältesten Strafrecht S. 65.

100 Fälle, wo die Sagas einen Handel mit reiner Bußzahlung enden lassen. Denn Vergleiche ohne Zahlung gibt es kaum [1].

Daß die Buße noch ganz (oder wieder ganz?) im Zusammenhang der Selbsthilfe steht, würde ich nach der Denkweise der Sagamenschen so erklären. Ist der Verletzte B bereit, sich mit Buße zu begnügen, und der Schuldige A zur Zahlung gewillt, so wird der Aufwand des Gerichtsganges überflüssig. Weigert A die von B nachgesuchte Buße, so ist es die gegebene Annahme, daß seine Widersetzlichkeit (oder allenfalls Zahlungsunfähigkeit) ein Urteil auf Buße überdauern würde. Daher folgt auf die Weigerung nicht gerichtliche Einklagung der Buße, sondern B greift sofort zu einem der zwei schärferen Mittel, Achtklage oder Rache. Sollte A, nachdem schon die Achtklage gegen ihn schwebt, bußwillig werden, so würde er den B zum Aufgeben der Klage zu bewegen suchen; gelänge dies, dann würde die Buße schiedlich abgemacht. Theoretisch denkbar wäre gewiß auch der Fall, daß ein Gerichtsurteil auf Buße diese Sinnesänderung in A bewirkte. Aber damit scheint die isländische Frühzeit nicht gerechnet zu haben; jedenfalls sind Klagen auf Buße nicht Sitte geworden und unsern Erzählungen, wie schon bemerkt, unbekannt.

§ 123. Den Gegensatz zum Bußenehmen bildet einerseits die Rache, Fehde.

Es ist ein ganz gewöhnlicher Hergang, daß der Gekränkte zuerst nach Buße fragt und dann, nach deren Verweigerung, erst zur Rache schreitet [2]. Das Hauptbeispiel bietet die Heidh. 55 ff. Um die Genugtuung für seinen Bruder zu erlangen, geht Bardhi, von dem weisen Thórarin beraten, so vor, daß er zuerst einmal drei Sommer hintereinander auf dem Allding die Bußforderung an die Gegenpartei richtet. Die zwei ersten Male antwortet man ihm mit Ausflüchten, das dritte Mal mit Hohn. Bei der Dinggemeinde findet sein maßvolles Vorgehn Beifall, und der alte Thórarin sagt ihm nach dem dritten Male: „es ist nach meinem Wunsche gegangen; nun haben wirs durchgesetzt, daß die verständigen Männer unsrer Meinung sind“; jetzt wird es uns leichter, es mit der Rache zu versuchen. Und nun planen sie jenen kleinen

[1] Man sehe etwa Heidh. 23, 30.

[2] Zu den im Text genannten Fällen sieh: Gullth. 23, 11; Háv. 15. 17; Heidh. 23, 11; Korm. 18, 3; Vatsd. 78, 19; Thorst. 10, 15; Thorst. staug. 77, 19; Dropl. 153, 19. Njála 247, 19.

Feldzug, der dann in den berühmten Heiðarvíg, dem „Hochlandskampfe", gipfelt.

Ein Fall mit schnellerem Tempo ist der der Fóstbr. 9, 24. Der fünfzehnjährige Thorgeir hat erfahren, daß sein Vater Hávar von dem gewalttätigen Jödhur erstochen worden ist. Er macht sich auf die Fahrt, trifft in einer dunkeln Winternacht vor Jödhurs Hofe ein und läßt den Hausherrn herausrufen. Es entspinnt sich folgendes Gespräch. Jödhur fragt nach dem Namen des Ankömmlings. „Ich heiße Thorgeir. — Jödhur sagte: was für ein Thorgeir? — Hávars Sohn. — Jödhur sagte: was führt dich her? — Er sagte: wie mein Geschäft ausfällt, weiß ich noch nicht; aber fragen möcht ich, ob du mir etwa büßen willst, dafür daß du meinen Vater Hávar erschlagen hast. — Jödhur sagte: ich weiß nicht, ob dir bekannt geworden ist, daß ich viele Totschläge begangen habe und keinen gebüßt. — Davon weiß ich nichts, sagte Thorgeir; aber wie es damit sein mag, so steht es mir zu, nach dieser Totschlagsbuße zu fragen; denn mich hats getroffen. — Jödhur sagte: ich wäre nicht ganz abgeneigt, etwelchermaßen an dich zu denken; aber darum kann ich dir diesen Totschlag nicht büßen, Thorgeir, weil dann die Andern es nötig finden, daß ich auch die übrigen büße. — Thorgeir antwortete: es steht bei dir, wie viel Ehre du mir zudenkst; wie ich damit zufrieden bin, steht bei mir." Und während der nächsten Repliken mißt er Lage und Abstand, macht dann unversehens ein paar Schritte auf die Haustür zu und treibt dem Andern den Speer mitten durch den Leib.

Der Haudegen, der sich brüstet, Viele erschlagen, Keinen gebüßt zu haben, und der im einzelnen Falle die Buße verweigert mit der Begründung, er dürfe den Andern kein ermutigendes Beispiel geben: er ist zwar weder die Durchschnitts- noch die Idealfigur unsrer Sagas, aber immerhin in einer Reihe von Exemplaren vertreten. Zu dem Jödhur gesellen sich Thorbjörn in der Háv. 15, Hrafnkel in seiner Saga 103, 15, Thjóstólf in der Njála 24, 10, die Norweger Hárek in der Ljósv. 8, 68 und Einar fluga in der Mork. 98, 29; vornehmlich aber Víga-Styr, der „Totschlags-Styr", in der Eyrb. 49, 2 und der Heidh. 15, 2. 16, 11. 23, 15: ein Mann von den Höhen der Gesellschaft, einflußreich in seinem Bezirk, Schwiegervater des Goden Snorri. Er rühmt sich in einer Strophe, 33 Männer ungebüßt zur Strecke gebracht zu haben — nach der Saga hat er den 34ten mit dem eignen Leben zu bezahlen [1]. Diese

[1] Ungefähr ebensohoch steigt die Ziffer bei dem Holmgangs-Bersi (Korm.

Männer sind wandelnde, höchst leibhafte Einsprüche gegen das Gespenst der Friedlosigkeit ipso facto!

Es kann als Entwertung einer schon vollzogenen Rache empfunden werden, wenn man sich zu Buße dafür herbeiläßt. Der dreizehnjährige Helgi hat mit seinem jüngern Bruder die Rache vollstreckt an Thorgrím, der ein ehrenrühriges Gerücht über ihre Mutter verbreitet hatte. Dann nimmt der ältere Vetter der beiden Knaben, Thorkel, die Sache in die Hand und befriedigt den Kläger durch Buße. „Aber Helgi war sehr unzufrieden, daß Geld für den Totschlag kam, und fand jenen Schimpf nun ungerochen“ (Dropl. 149, 3; sieh auch die Andeutung Laxd. 213, 1: für Helgis Tötung hat man gebüßt, daher zählt sie nicht als rechte Rache mit). Ähnlich Reykd. 25, 45: Glúm erzählt seinem Schwiegersohn Skúta, er habe für dessen Totschlag Vergleich geschlossen und die Buße erlegt. Skúta erwidert, das wäre nie geschehen, wenns nach ihm gegangen wäre; er wisse ihm dafür keinen Dank [1].

§ 124. Nicht jeder Verletzte hat die Gesinnung jenes Bardhi, der langmütig die Bußmöglichkeiten erschöpft. Der Stolz, keine Buße zu n e h m e n, bildet das edlere Gegenstück zu dem Ehrgeiz, keine Buße zu geben.

Als Thorstein dem Berg Geld bietet für den Hieb mit dem Schwertknauf, sagt Berg, er leide nicht an Geldmangel, er werde sich rächen (Vatnsd. 53, 2). Auch Gretti erklärt, er habe niemals Buße genommen, und fordert den zur Versöhnung geneigten Beleidiger alsbald vor die Klinge (Grett. 89, 15). Später sagt er zu seiner klagenden Mutter: „der Mensch hat noch andern Trost als nur Geldbuße; warte nur, mein Bruder soll gerochen werden!“ (173, 5); sieh auch Svarfd. 27, 47. 69. Selbst vom norwegischen König lehnen Thórólf und sein Freund Bußerstattung ab: sie hätten

30, 30), gleichfalls einer Respektsperson aus den guten Familien; doch wird hier das Ungebüßtlassen nicht erwähnt.

[1] Bezeichnend für die Wertung von pflichtmäßiger Buße und freiwilligem Geschenk ist der Auftritt zwischen Hafldhi und Thorgils, Sturl. 1, 27, 3. Haflidhi, das Haupt der beklagten Partei, erklärt: „ich will dem Thorgils acht Kuhwerte geben in Anbetracht seines Stolzes und seiner Würde, aber ich nenne es ein Geschenk, ganz und gar keine Bußzahlung (*gjald*). — Das entzweite sie“, fährt die Saga fort, „daß der Eine fand, er habe nichts zu büßen, aber der Andere lieber eine kleine Buße wollte als ein Geschenk, das man vergelten müßte. Jeder meinte, seine Ehre hänge daran, wie man es nenne, und dies stand dem Vergleich im Wege“. Man sieht, es war nicht immer Geiz, was den Beutel des Bußfälligen verschloß.

nie bisher Mannesbuße entgegengenommen (Eg. 142, 7). Flosi, gefragt, ob er sich seine Wunden wolle vergüten lassen, erwiderte, er schachere nicht mit seiner Person *(kvaz ekki vilja taka fémútur á sér)*, Njála 377, 25; ein geistreicher Njála-Ausdruck, den die Thórdh. 54 übernommen hat.

Das geflügelte Wort: „ich will meinen Bruder (Sohn) nicht im Beutel tragen“ begegnet an drei Stellen (Grett. 90, 26. 95, 1; Thorst. 16, 4), und zwar nie in der nachdrücklichen Prägung des pathetischen Bekenntnisses, sondern als abhängige Rede oder als Aussage über Dritte („sie wollten nicht . .“). Dies weist darauf, daß man die Wendung in der Schreibezeit als ein Zitat empfand, das man lieber nicht unterstrich. Die kühne, großzügige Metonymie stammt offenbar aus der Heldendichtung, und zwar wohl aus dem Ingeldsliede, das wir nur in Saxos lateinischer Wiedergabe besitzen; dort dürfen wir unsre Formel hinter der wortreichen Umschreibung mutmaßen:

Aere quis sumpto toleraret unquam
Funus amissi redimi parentis,
Aut loco patris peteret necati
Munus ab hoste?

Saxo gramm. ed. Müller S. 312; sieh Olrik, Danmarks Heltedigtning 2, 20. Für den Urtext des Liedes könnte man z. B. an eine Langzeile denken wie:

eða sinn fǫður í sjóði bar.

Dieses Verachten der Buße kann mitreden bei der Fürsorge für die Angehörigen. Gudhrún hat keine Lust, die angebotene Sühne für ihren getöteten Mann anzunehmen; denn damit würde sie ihrem vierjährigen Söhnchen die künftige Vaterrache verbauen (Laxd. 172, 19).

Für die bei Nord- und Südgermanen verbreitete Sitte des „Gleichheitseides“ *(jafnaðareiðr)*, wonach der Schuldige schwört, er würde sich, wenn die Kränkung ihn getroffen hätte, mit gleicher Buße zufrieden geben[1], kenne ich aus den Sagas keine Belege. Das kann Zufall sein; der Brauch würde sich mit dem argwöhnischen Ehrgefühl der Isländer gut vertragen. Es nähert sich einer solchen Versicherung, wenn die Freunde Gunnar und Njál bei ihren gegenseitigen Selbsturteilen die Erwartung aussprechen, der Andere werde, wenn die Reihe an ihn komme, eine ebenso maßvolle Summe verhängen (s. o. § 49).

---

[1] Brunner, DRg. 1, 227. His, Zs. f. Rechtsg. 27, 331 (1906).

Die Sentenz des dänischen Bischofs Andreas Sunonis: „pluris enim semper prudentes faciunt integritatem famae et honoris debiti restitutionem quam pecuniariam satisfactionem“ (lex Scaniae S. 130) könnte den meisten Fehden Altislands übergeschrieben werden.

§ 125. Selten kommt bei Gestalten der Saga die Gesinnung zum Ausdruck: *yfirbœtr eru til allz,* „für alles gibts Buße“: Bjarn. 24, 20 (Sturl. 2, 25, 36). Auffällt die naive Geldgier des Grís, der, nachdem Hallfredh seine Frau entehrt und ihm dann bei der Verfolgung einen Begleiter erschossen hat, auf die Frage, was er zur Genugtuung begehre, ohne Umstände antwortet: „damit wär ich zufrieden, wenn ich deine beiden Ringe hätte, das Geschenk des Jarls und das des Königs“ (Hallfr. 108, 17).

Etwas anderes ist es, daß man Totschläge innerhalb der eignen Sippe wo irgend möglich durch Buße, nicht durch Blutrache ausgleicht[1]. Dafür gibt besonders die Laxdœla Belege (162, 22. 185, 15. 213, 3).

Nach alledem läßt sich das Verhältnis von Rache zu Buße dahin bestimmen: Beide fallen in den Bereich der Selbsthilfe; ob das glimpflichere Mittel der Buße das blutige der Rache ersetzen soll, das hängt zunächst ab vom Verletzten: ein „Recht“ des Schuldigen auf Sühnung durch Buße wäre innerhalb der altisländischen Welt vollkommen undenkbar! Doch da der Kläger keine Bußzahlung erzwingen kann, braucht es allerdings auch die Einwilligung des Täters, damit die Fehde durch Buße abgelöst werde. Das Nehmen wie das Geben von Bußen kann dem Ehrgefühle widerstreben.

§ 126. Mit der Buße konkurriert aber nicht nur die Fehde, sondern auch die Ächtung. Das Bußangebot des Täters kann auch daran scheitern, daß der Andere ihn *sekr* sehen will. Beispiele oben § 111. Den Gegner zu ächten, das steht höher in der Skala der Werte, als mit Buße vorlieb zu nehmen.

Wo der Eine Vergleich will, der Andere Gerichtsklage, da kann es sich um den Gegensatz von Buße und Acht handeln; doch erreicht man die milde Acht, wie wir wissen, fast immer auf dem Wege des Vergleichs.

Auch eine hohe Buße wirkt friedlicher als selbst die milden

---

[1] Vgl. Dahn, Bausteine 2, 111f.

Formen der Acht, die ein Schiedsspruch verhängt. Bei der großen Verhandlung der Schiedsrichter über die Tötung Höskulds fragt Gudhmund der Mächtige: „wollt ihr etwa Bezirksverweisungen verfügen oder Landesräumungen? — Nein, sagte Snorri; denn das ist oft schlimm abgelaufen und die Leute haben sich darum erschlagen und veruneinigt. Aber eine Geldbuße will ich verhängen so hoch, daß Keiner hierzulande teurer gewesen sein soll als Höskuld!" (Njála 284, 5).

Mitunter ist der Totschläger so mächtig, daß die Verletzten nicht hoffen können, ihn in die Acht zu bringen, und sich daher mit seinem Bußangebote zufrieden geben. So Ljósv. 19, 40: Gudhmunds Freund sagt zu den Gegnern: „Gudhmund will euch Buße bieten und volles Wergeld; aber dás ist nicht zu erwarten, daß Gudhmund sein Land fliehe: er wird ruhig wohnen bleiben." Worauf die Andern in die Buße einwilligen[1].

Daß Buße und Acht oft als Gegenwerte abgewogen werden; daß man durch Buße, wenn die klagende Partei es zuläßt, sich von der strengen Acht lösen kann, zeigten die Ausführungen von § 110. 114.

§ 127. Ob für die Tötung eines Niedrigen Buße geheischt wird oder nicht, das kann im Belieben der vornehmen Herren liegen. Man nehme diesen Beitrag zur Sittengeschichte aus der Reykd. 12: Vémund will dem angesehenen Steingrím einen Tort antun und beschwatzt den törichten Thorgeir Butterring, einen mittellosen Tropf, daß er beim Spiele dem Steingrím mit einem angesengten Hammelkopf eins überziehe; er, Vémund, wolle ihm zum Lohn Winterquartier verschaffen. Thorgeir kommt dem Auftrage nach, aber Steingrím vergilt es ihm auf der Stelle mit dem Todeshieb. Den Anwesenden entgeht es nicht, wer hinter der Sache steckte, und Vémunds Oheim, der friedliebende Áskel, will mit kostbaren Gaben den gekränkten Steingrím begütigen; doch dieser lehnt sie ab: die Versöhnung würde ja doch von Vémund immer wieder gebrochen! — Auch Vémund ist mißvergnügt, nicht weil sein Anschlag gegen Steingrím herausgekommen ist, sondern weil es keine Buße geben soll für Thorgeir: der sei doch ihm selbst (*fyrir sér*,

---

[1] Vergleichbar Sturl. 1, 60, 3: die Kläger vermögen den Prozeß gegen die Übermacht Sturlas nicht durchzuführen (sie hatten dessen Verwandten, vermutlich auf strenge Acht, verklagt) und begnügen sich daher mit dem von Sturla angebotenen *fé sekþalaust*, der „achtlosen Buße".)

gleichsam: auf seine Rechnung) erschlagen worden. Der weise Áskel jedoch „sagte, das möge er doch ja nicht tun, Buße zu heischen für diesen Lumpen *(mannfýla)*"; damit stelle er sich nur vollends bloß. Und wirklich unterbleibt die Bußforderung.

Das Aristokratische dieser isländischen Gesellschaft tritt hier schroff hervor. Einer wie Thorgeir Butterring ist an und für sich kein bußwürdiges Objekt; ihn kann man nach Belieben erschlagen; von einer Sippe, die Ansprüche hätte, ist nicht die Rede. Wenn Einer der obern Tausend die Totschlagsache zu der seinigen machte, dann könnte mans mit einer Bußforderung versuchen.

§ 128. Geldgewinn für die klagende Partei ergab sich nicht nur da, wo man einen Schiedsspruch auf reine Buße erlangte, sondern in ebenso reichem oder noch reicherem Maße, wo eine Landesverweisung nebst Zahlung zustande kam oder wo ein Waldgangsurteil die Frohnung der ganzen Ächterhabe erlaubte. Gerade bei Waldgangsklagen wird betont, daß der Handel *févænlig* erschien, „geldversprechend" (Ölk. 16, 8); daß man sich auf den großen Ertrag freute (Hrafnk. 118, 7. Band. 44, 24. 48, 35)[1]. Als Egil in die Klage gegen seinen Sohn eingreift, sagt er zu seinem alten Freunde Önund: nehmen wir die Sache in die Hand! die Gegner meines Sohnes sollen sich anderes suchen zur Vermögensäufnung (Eg. 279, 4).

Das Kostspielige des Büßens wurde denn auch von den Beklagten gefürchtet. Seinem Vetter Thórarin, der auf strenge Acht verklagt ist, setzt Arnkel auseinander: wir könntens mit dem Dingritt versuchen; mit Hilfe aller unsrer Freunde brächten wirs vielleicht zu einer *sætt*: „aber eurem Vermögen wird es zusetzen, alle die zu büßen, die dort gefallen sind oder verwundet worden" (Eyrb. 74, 8). Und so zieht es Thórarin schließlich vor, mit seiner fahrenden Habe Island zu räumen (oben § 89 Nr. 1).

Ófeig warnt die Thorgeirssöhne, ihren Handel bis ans Allding zu bringen: dort müßtet ihr der Gegenpartei den Schiedsspruch zugestehn, und dabei wird euer Eigentum draufgehn! (Ljósv. 4, 42).

Eh wir die Rachepflicht für Höskuld abgewälzt haben, sagt Flosi, „werden Viele mittellos sein, die bisher Reichtümer hatten, und Andere werden mit dem Geld das Leben verlieren" (Njála 268, 1).

[1] Ähnlich aus der Sturl.: 1, 165, 3. 22. 347, 9.

Von einem älteren Flosi berichtet die Grett. 33, 4, daß sein Vermögen sehr auf die Neige ging, weil er allein für die Bußleistungen seiner Partei aufkommen wollte. Und von Halldór, einem Sohne des berühmt reichen Óláf Pfau, heißt es, er besitze nur noch wenig Fahrhabe, seit er den Bollisöhnen an die Vaterbuße zahlte (Laxd. 221, 20)[1].

Daher denn auch der Grundsatz: nicht Mehr erschlagen, als man bezahlen kann! Wir sahen, mit welcher Begründung Gunnar von der Verfolgung der fliehenden Feinde abstand (§ 39). Der Schar des Kári verspricht Snorri vor dem vorauszusehenden Dinggefechte: „wenn ihr von den Gegnern annähernd so viele erschlagen habt, daß ihr nach meiner Schätzung die Bußen aufbringen könnt, ohne eure Godentümer und den freien Aufenthalt im Lande zu verspielen, dann werde ich mit all den Meinen herzulaufen und euch trennen!“ (Njála 343, 9).

Als dem Bjarni mitten im heißen Kampfe sein Halsband in den Schnee fällt und er sich danach bückt, ruft ihm der Anführer der Gegner zu: „immer noch aufs Geld aus, Vetter!“ Er antwortet: „du wirst heute dafür sorgen, daß man das Geld nötig haben wird!“ (Vápnf. 67, 13).

An Bardhi und Genossen, die für Geldbußen nicht beißbar sind und deshalb in umso größrer Zahl die Verbannung antreten, sei noch erinnert (o. § 110).

§ 129. Den Zug, daß Andere zu der Buße beisteuern bringt die Njála mit auffallender Vorliebe. Das einemal sind es die Verwandten, 129, 21, einandermal die Nachbaren, die Dingleute 58, 8; bei der Riesenbuße für Höskuld erbieten sich die Schiedsmänner freiwillig, die Hälfte zu übernehmen, und der anachronistisch fromme Hall fügt die Bitte an die ganze Landsgemeinde hinzu, auch beizuschießen um Gottes Willen *(fyrir guðs sakir)*, 285, 1; wieder in dem Schlußprozesse hat Halls christlicher Vorschlag, seinen eigenen Sohn ungebüßt zu lassen, die ganze

[1] Aus der Sturl. nehme man 1, 218, 2: Thorgrím ist nach Erlegung der Bußen sozusagen mittellos (*félauss*). 1, 381, 26: Snorri Sturluson erklärt, Thorvald habe nicht das Vermögen, die ihm abverlangten Bußen zu tragen; daher müsse er, Thorvald, die Fehde mit den Klägern weiterführen, sogut es gehe! 2, 152, 17: der Kläger erläßt dem Beklagten die Buße in Anbetracht seiner Mittellosigkeit.

Dingmenge so tief bewegt, daß sie ihm ein vier- oder eigentlich achtfaches Wergeld darbringt, 378, 24[1].

Sehe ich ab von Auftritten, die in der Fremde spielen (wie Grett. 97, 5; Ljósv. 8, 90), so finde ich nur noch in der wenig altertümlichen Háv. 19, 23. 50, 23 zwei Fälle, daß der — mit dem Beklagten nicht verwandte — Schiedsmann oder Protektor an die Bußsumme beiträgt.

Eigenartig ist, was die Bjarn. 63, 27 überliefert: eh Thórdh mit seinen 24 Mann zu dem Angriff auf Björn schreitet, geloben sie sich, die aus dem Totschlag erwachsende Geldbuße insgesamt zu tragen, wer auch von ihnen Björns Töter sein würde.

§ 130. Die in den Fehden der Isländersagas hervortretenden Zahlungen sind teils reine Bußen, die für sich die Strafe des Täters ausmachen; teils Bußen, die mit milder Acht verbunden sind und der Befreiung des Verbannten von der Friedlosigkeit dienen (o. § 101 f.); teils Summen, mit denen sich der Waldmann aus der strengen Acht loskauft (§ 114); endlich die Vermögenseinziehungen beim *féránsdóm* (§ 95).

Die letzte Art steht außerhalb der eigentlichen *bœtr*; für die vorletzte bieten die Sagas kein breiteres Material. Die beiden ersten Arten werden nicht grundsätzlich geschieden, nur daß jenes technische *gefa fé til farningar* u. ähnl. (§ 101) naturgemäß nur neben der Landesverweisung auftritt. Davon abgesehen, erscheinen die Bußen entweder unter den neutralen, umfassenden Namen *bœtr, fébœtr (fjárbœtr), fégjǫld, fésekþir (fjársekþir),* oder sie heben sich ab als *manngjǫld* „Mannesvergeltung", das entspricht dem südgermanischen „Wergeld". Diese isländischen *manngjǫld* zeigen, wie wir gleich vorwegnehmen, den Mindestsatz von einem Hundert Silbers.

Der Unterschied von den Rechtsbüchern ist hier groß. Diese kennen die *manngjǫld*, das Wergeld, weder dem Namen noch der Sache nach. Sehen wir ab von etlichen meist niederen Bußen

[1] Bei Wilda S. 176. Man muß den Beispielen Wildas gegenüber betonen, daß mehrere Fälle aus der Njála, mag man auch die ergebnislose Frage nach ihrer „Glaubwürdigkeit" ruhen lassen, jedenfalls nicht typisch sind, nicht den Durchschnitt aufweisen der Gesinnungen und Bräuche der Sagazeit. Zu jenem Auftreten Halls in der Njála bemerkt Grønbech ganz gut: „es war éinmal ein Isländer, der etwas Großes, etwas unerhört, übermenschlich Großes tat . . ." (a. a. O. S. 79).

mit eng begrenzter Geltung, so bestehn in der Grágás die drei scharf unterschiedenen Bußarten: *útlegð*, *réttr* und *niðgjǫld*.

§ 131. Die *útlegð*, nach ihrem gewöhnlichen Betrage auch Dreimarkbuße genannt, traf Vergehn leichterer Art; neben der strengen und der milden Acht steht sie unabhängig da als die dritte, gelindeste Hauptstrafart; als öffentliche Buße wird sie gekennzeichnet dadurch, daß ihre Hälfte jenachdem den Viertelsgenossen oder dem Gesetzsprecher zufiel.

In den Familiensagas begegnet diese Buße zweimal (daß die Ausdrücke *útlegð, útlagr* dem jüngern Sprachgebrauche entspringen, bemerkten wir in § 80): Njála 22, 7 klagt Mördh auf Herausgabe des Heiratsgutes seiner Tochter und *lét varða þriggja marka útlegð*, „trug an auf die Dreimarkbuße", nämlich als Prozeßanspruch, der neben der Hauptforderung hergeht. Heidh. 78, 16 erlassen die Leute des Weißachlandes eine Vorschrift, wonach jedermann im Bezirk feindliche Angreifer verfolgen soll; wer sich der Pflicht entzieht, *skal útlagðr þrimr mǫrkum*, „soll der Dreimarkbuße verfallen". Bei dieser richtigen Gemeindestrafe würde wohl der ganze Betrag an das Öffentliche kommen.

Beide Fälle stehn außerhalb der Fehdesachen. Das Strafrecht unsrer Sagas kennt keine öffentliche Buße, kein Friedensgeld[1]. Womit man zusammenhalte, daß auch an der gefrohnten Habe des Waldmannes die Gemeinde keinen Anteil hat (o. § 96).

Die vereinzelt erwähnten Bußteile *lǫgmálsstaðir* und *sakastaðir* (Hœns. 11, 12. Reykd. 1, 44) stellen sich zu den „álǫg" der Grágás und sind als private Bußen zu betrachten (vgl. Maurer 5, 244 f.).

§ 132. Der *réttr*, das „Recht", ist in der Graugans die persönliche Buße, die dem Verletzten (oder seinem Vertreter) bei allen etwas schwereren Fehdesachen zusteht. Sie beträgt im allgemeinen sechs Mark[2], ohne nach der Art und Schwere des Deliktes (Totschlag, Verwundung, Schlag usw.) abgestuft zu sein. Etwas wie die schönen Verbrechens-Preislisten der deutschen Volksrechte gibt es auf Island nicht. Der nach Totschlag dem nächsten

[1] Dasselbe gilt von der Sturl. Diese bringt keine Belege für die *þriggja marka útlegð*.

[2] Die Berechnung dieses Wertes bei den neueren Forschern schwankt zwischen 2²/₅ und 19¹/₅ Kuhwerten (= 270 bezw. 2160 Reichsmark, nach dem Kaufwert geschätzt), s. u. § 138 f.

Erben zufallende *réttr* führt den Namen *vígsbœtr* oder *vígsakabœtr*, „Totschlags(klagen)buße".

Mit einer uns nicht berührenden Ausnahme erscheint der *réttr* stets in Verbindung mit strenger oder milder Acht und wird bei der Frohnung erhoben, aus dem Ächtergute ausgeschieden. Die *vígsbœtr* imbesondern gehn mit strenger Acht, Waldgang zusammen.

Demnach entsprechen die *vígsbœtr* insofern der schwedischen und südgermanischen „Erbenbuße", dem eigentlichen Wergeld, àls sie die dem Erben des Getöteten zufallende Buße darstellen. Auch die Höhe dieser isländischen Buße, sechs Mark, würde sich einer Zusammenordnung mit den Erbenbußen anderer Rechte nicht widersetzen. Der große Unterschied liegt aber darin, daß die *vígsbœtr* der Graugans von dem Friedlosgelegten zu entrichten sind, nicht, wie das Wergeld, an Stelle der Friedlosigkeit treten.

Wie verhalten sich die Sagas dazu? Ich finde nur éine Stelle, wo das Wort *réttr* den hier behandelten Sinn hat[1]: Eyj. 23, 26 sagt der Vertreter des um Schwängerung Beklagten: *vil ek handsala rétt presti, þeim er skirslu gerir*, „ich will mich verbürgen für den *réttr* (des Mädchens) dem Priester gegenüber, der das Gottesurteil (mit ihr) vornimmt"; d. h. wenn das Gottesurteil zugunsten des Mädchens ausfällt, soll sie ihren *réttr* bekommen, ihre persönliche Buße für den Beischlaf.

Zufall darf man es nicht nennen, daß das einmalige *réttr* mit der ebenfalls alleinstehenden Verführungsklage zusammentrifft, während bei den ungezählten Fehdesachen im engeren Sinne, den Schlägen, Verwundungen, Tötungen, Eigentumsschädigungen, niemals von einem *réttr* gesprochen wird[2]. Und doch kann der *réttr*

---

[1] Njála 155, 15 gehört nicht hierher: Njál auf dem Allding fragt die Honoratioren, welchen Anspruch nach ihrer Meinung Gunnar habe an die, die ihm nach dem Leben trachteten. „Sie antworteten, nach ihrer Meinung habe ein solcher Mann *mikinn rétt á sér*, ein großes Recht auf sich (= für seine Person). Njál fragte, ob er es (das Recht) gegen sie alle habe, oder ob die Führer für sie alle einzutreten hätten . . ." So könnte von dem *réttr* der Rechtsbücher nicht gesprochen werden. Das Wort hat hier den allgemeineren, untechnischen Sinn von „Rechtsanspruch".

[2] In der Sturl. habe ich nur zwei Fälle bemerkt: 1, 75, 9 (nur in der Handschriftenklasse IIp): der Schiedsrichter sagt, er wolle für eine Verwundung „den *réttr* des Mannes" verhängen; dieser besteht aus einem dreijährigen Rinde und einem Pferde. Die Buße ist nicht mit Acht verbunden. 1, 279, 20: der Bischof bietet für seinen Schützling, der um Schwängerung verklagt ist, sechs Hunderte „und erklärt das für mehr als den doppelten gesetzlichen *réttr*" (*meirr en tvau lǫgrétti*). Das Angebot wird ausgeschlagen und der Schuldige geächtet.

— der den norwegischen Gesetzen auch geläufig ist — dem Fehdewesen der Sagazeit nicht gemangelt haben. Man muß wohl annehmen, daß er sich hinter den allgemeineren „bœtr“ und „fésekþir“ verbirgt. Das einemal kann eine, nicht näher bezeichnete Buße, z. B. für eine Wunde, einen Stoß, zusammenfallen mit dem *réttr*. Andremale, und zwar bei den *manngjǫld*, muß der *réttr* einen Teil der Gesamtbuße bilden, eben das praecipuum des nächsten Erben.

Alle diese Bußen aber gehn in der Sagazeit nicht mit der Frohnung zusammen; Bußen werden nur neben milder, nicht neben strenger Acht genannt. Es ist der grundsätzliche und tiefe Unterschied von der Grágás: eine „Buße“ ist immer etwas Freikaufendes; sie wird nie dém zuerkannt, der daneben noch dem Gegner das äußerste Strafmaß auflegt. Nehmen wir insbesondere die für Totschlag entrichtete Buße, die *vígsbœtr* im Sinne der Saga. Vom Standpunkte der Geschichten können wir sie bezeichnen als ein Abkaufen der Fehde, aber auch als einen Ersatz für Ächtung: der Klageberechtigte könnte auf Waldgang dringen — statt dessen erlaubt er dem Gegner, Buße zu zahlen, welche entweder die schwere Acht zur leichten mildert oder völlige Achtfreiheit schafft. Die *vígsbœtr* der Grágás dagegen sind kein Lösegeld: sie gehören zu der strengen Ächtung, sie bilden einen Bruchteil der zu frohnenden Habe[1].

Kein Zweifel, die Sagas stehn hierin auf dem älteren, gemeingermanischen Boden. Die Rechtsbücher haben jene kennzeichnend isländische Neuerung: die Alternative „Friedlosigkeit oder Wergeld“ wird nicht mehr anerkannt; auf ein *víg* muß Friedlosigkeit folgen — aber das, was früher den Ersatz der Friedlosigkeit gebildet hatte, das Wergeld, wird nun zu der Friedlosigkeit addiert. Der Erbe bezieht seine „Erbenbuße“ nicht von dem ledig gesprochenen, sondern von dem in die Wildnis verstoßenen Täter!

§ 133. Noch deutlicher zeigt sich diese Akkumulierung bei der dritten Hauptbuße der Rechtsbücher, den *niðgjǫld* (auch farblos *sakbœtr* genannt, „Klagbußen“).

[1] Daß die Njála in ihrer Klageformel 160, 25. 350, 9. 26. 351, 17 die Anspielung auf den *réttr* regelmäßig ausläßt (Lehmann-Schnorr S. 85. 110), könnte man für eine Altertümlichkeit halten bezw. für ein Vermeiden einer Zeitwidrigkeit. Daß die Formel im übrigen aus den Rechtsbüchern des 13. Jahrhunderts entlehnt wurde, leuchtet ein; und den Anteil der Viertelsgenossen am Ächtergute fand der Sagamann nicht nötig zu tilgen.

Niðgjǫld, „Verwandtenzahlung“ heißt die Buße, die von der Sippe des Totschlägers an die Sippe des Getöteten entrichtet wird. Die Graugans stellt dafür ein *baugatal* auf, eine „Ringtafel, Bußtafel“; dieser Abschnitt, den man zu den altertümlichsten der Konungsbók rechnet, enthält in Sprache und Inhalt uralte Züge, während zugleich die spezifisch isländische, also verhältnismäßig junge Kasuistik hier einen ihrer anspruchsvollsten Triumphe feiert[1].

Allgemein gebrauchen die deutschen Forscher für die *niðgjǫld* der isländischen Rechtsbücher den Namen Wergeld. Auch bei V. Guðmundsson (Maurerfestschrift S. 523) liest man den Satz: „das was in der Grágás *niðgjǫld* heißt, heißt in den Erzählungen gewöhnlich *manngjǫld*, Mannesbuße“.

Diese Gleichsetzung sollte man vermeiden. Da die *niðgjǫld* nicht von dem Totschläger an den nächsten Erben des Toten gezahlt werden, sondern von der Sippe an die Sippe (bis zu ziemlich entfernten Verwandtschaftsgraden), entsprechen sie nicht dem „Wergeld“, weder im umfassenden, noch im engeren Sinne des Wortes, sondern der Quote des Wergeldes, die bei Wilda „Geschlechtsbuße“, bei Brunner „Magsühne“ oder „Vetternbuße“ heißt, und die nach schwedischem, dänischem, salischem, friesischem, sächsischem und englischem Rechte von dem eigentlichen Wergelde, der „Erbenbuße“, unterschieden wird[2].

Aber auch dieser westgermanischen Magsühne kann man die isländischen *niðgjǫld* nicht völlig gleichsetzen. Es ist hier der selbe Unterschied wie vorhin zwischen den isländischen *vígsbœtr* und dem eigentlichen Wergelde: die *niðgjǫld* werden nicht dann bezahlt, wenn dem Totschläger seine Acht erlassen wird; sie sind eine Zugabe zu dem Waldgang des Schuldigen. Die Friedensgelübde, die der Empfänger dem Zahlenden leistet, schließen den Täter selbst nicht ein! Gegen den Totschläger richtet man die Waldgangsklage; und hinterher folgen, als besondere gerichtliche Akte, die Klagen auf die „Verwandtengelder“[3].

Dieses Zusammengehn von Magsühne und strenger Ächtung könnte man so begründen wollen: Die verletzte Partei hat auf die Fehde verzichtet, die sich wider die ganze gegnerische Sippe gerichtet hätte; sie hat statt dessen den Täter ächten lassen, womit

[1] Wilda S. 374. Amira, Oblig. 2, 107.

[2] Brunner, DRg. 1, 121. 326f.

[3] Nach Amira, Oblig. 2, 109f. Maurer 5, 198 sind die *niðgjǫld* von jedem Bezugsberechtigten gesondert einzuklagen. Eine Waldgangsaffäre nach der Graugans war keine einfache Sache!

nur noch er selbst der Zielpunkt der Angriffe bleibt. Die dadurch von der Fehde befreite Sippe zahlt als Preis die *niðgjǫld*.

So hätte es ja wohl ein altisländischer Erklärer der Grágás fassen müssen. Aber ob hierbei der Ernst der Friedlosigkeit noch empfunden wird? Liest man die Gísl., Grett. oder andere Ächtergeschichten, so drängt sich der Eindruck auf: die Friedloslegung eines Mannes bedeutet für die Seinen einen so schweren Schlag, daß es überraschen würde, wenn Vater, Söhne, Brüder, Oheime den Achtlegern Summen darbrächten — aus Dank dafür, daß sie jetzt aus der Not heraus seien! Fast eher umgekehrt würde man es nachfühlen, wenn die klägerische Sippe den Schmerz und Grimm der Anderen ob der Vernichtung ihres tapferen Angehörigen zu beschwichtigen suchte!

Entscheiden muß aber die Stellung der andern germanischen Rechte, in erster Linie des norwegischen.

Die norwegischen Magsühnen setzen voraus, daß der Schuldige in den Frieden aufgenommen ist: sieh Gul. § 218 „aber wenn der Totschläger friedlos wird, dann entgeht ihnen (den Verwandten des Toten) diese Buße". Der Satz betrifft zwar, nach dem unmittelbar Vorangehenden, nur den „Hauptring", den der Sohn und der Vater des Getöteten empfangen. Aber notwendig muß man ihn ausdehnen auf die Verwandtengelder überhaupt, da es widersinnig wäre, wenn die Friedlosigkeit des Täters nur die zwei nächsten Verwandten des Toten um die Buße brächte. Man darf mit Brandt 1, 86 sagen: „wurde der Totschläger friedlos, so war natürlich von irgendwelcher Buße keine Rede, nur von Rache". Es gab freilich auch Kompromißformen: viertels und halbe Bußen, wenn der Täter nicht in den vollen Frieden aufgenommen war (Brandt 1, 90f.).

Nach Wilda S. 381f. kennen drei dänische Rechte die Bestimmung, daß wenn der Täter friedlos geworden, bezw. in die Verbannung gewandert oder hingerichtet ist, seine Verwandten zwei Drittel der Geschlechtsbuße zahlen. Dies liegt also nach dem Grundsatze der Grágás hinüber. Doch wissen die dänischen Rechte nichts davon, daß das halbe Ächtergut der klagenden Partei zufällt; darin steht die Graugans allein, daß die Verletzten beides, die Hälfte des gefrohnten Vermögens und die Magsühne, einheimsen.

Aus den schwedischen Rechten ist mir keine Verbindung von Friedlosigkeit und Geschlechtsbuße bekannt. Und die südgermanischen halten wohl im allgemeinen die Vetternbuße, wie das Wergeld überhaupt, als die Ablösung der Acht fest, wenn sich auch unter besonderen Umständen eigentümliche Kreuzungen ergeben[1].

§ 134. Kommen wir endlich zu unsern Sagas, so finden wir da den Namen *niðgjǫld* (oder *sakbœtr*) nicht vor. Auch die Sache fehlt, soweit man den Zusammenhang dieser Buße mit dem Waldgang und die Klage um sie im Auge hat[2]. Ich wiederhole: die strenge Acht verbinden die Erzählungen nicht mit Bußen, und auf Bußen wird nicht geklagt. Hält man sich aber nur an den allgemeinen Gedanken: die Sippe, nicht bloß der nächste Erbe, hat Anteil an den Totschlagsbußen: dánn lassen uns die Sagas nicht ganz leer ausgehn.

Njála 213, 20: nach der Erschlagung Thráins durch die Njálssöhne sagt Njál zu einem der Brüder des Toten: „ich will Buße zahlen, wie es recht ist, und ich möchte, daß du bei deinen Brüdern, die die Ringe zu empfangen haben, nachsuchest, daß sie einen Vergleich annehmen." 'Dieser Vergleich kommt zustande, es wurde Mannesbuße *(manngjǫld)* für Thráin verhängt, „und alle die nahmen die Buße entgegen, die das Gesetz vorsah". An der ersten Stelle ist sogar das technische Wort „Ringe", *baugar*, verwendet, was natürlich mit der stilistischen Liebhaberei der Njála zusammenhängt, aber hier keinen Verdacht zu wecken braucht.

Ebenda 247, 19: Ámundi fragt den Töter seines Vaters, Lýting, womit er ihm büßen wolle; „ich bin ein unehelicher Sohn und habe keine Buße erhalten." Lýting antwortet: „ich habe die Erschlagung deines Vaters gebüßt mit voller Buße: es nahmen sie entgegen dein Großvater und deine Vaterbrüder . . ." Auch hier lag ein Vergleich zugrunde.

Daß ein Verwandter des Umgebrachten später geltend macht,

[1] Wie bei Liebermann, Brunnerfestschrift S. 22: „nur wenn Verwandtschaft oder Gilde des Totschlägers zwar sich selbst die Fehdelast vom Halse kauft durch Zahlung des ihr obliegenden Wergeldteiles, dagegen der Totschläger selbst den Rest nicht zahlen kann, so muß er „fliehen, aus dem Lande weichen", d. h. er wird friedlos nicht des Totschlags wegen, sondern wegen Nichterfüllung des gerichtlichen Zahlungsgebotes". Eine Komplikation, die nach den isländischen Rechtsbüchern undenkbar wäre; in den Sagas könnte, wenn man „friedlos" durch landesverwiesen, „gerichtliches Zahlungsgebot" durch Schiedsspruch ersetzte, ähnliches zur Not vorkommen; doch würde sich die Sippe nicht leicht in dieser Art von ihrem Mitgliede trennen, und für ein solches Auseinanderwachsen der beiden Wergeldsteile gibt es kein Beispiel.

[2] Dasselbe gilt von der Sturl.

ér habe beim Vergleich keine Buße bekommen (und sei daher zur Rache berechtigt), begegnet noch Njála 226, 3; Thórdh. 57.

Unklar ist Njála 383, 12. 385, 24. Von dem öfter erwähnten Vergleiche nach der Njálsbrenna hat sich Thorgeir, Njáls Neffe und einer der drei Klageberechtigten, ausgeschlossen. Wie er nun später seinen Frieden mit dem Haupte der Gegner nachholt, da verlangt und erhält er „sein Drittel" von den Bußen. Es kann kaum die Meinung sein, daß die überaus hohe *gørð* (S. 377) um ein Drittel erhöht worden wäre, wenn Thorgeir sich angeschlossen hätte: só nimmt die Buße doch nicht Rücksicht auf die Zahl der Klageeigner! Aber auch der Gedanke, von jener verhängten Summe sei der auf Thorgeir treffende Teil zurückgehalten worden, erscheint unmöglich, da der Schiedsspruch von vornherein Thorgeir beiseite ließ. Man darf wohl nur an eine Art formloser, gewalttätiger Erpressung denken. Immerhin zeugt die Stelle für die Verteilung von Totschlagsbußen unter Verwandte.

Wenn bei dem Vergleiche der Bjarn. 75, 24, nachdem umständlich von Thórdhs Bußzahlung und der Landesverweisung seiner zwölf Genossen berichtet war, die Angabe nachhinkt: die in Mýrar ansässigen Verwandten des getöteten Björn „nahmen auch viel Geld von Thórdh entgegen zur Versöhnung", so wird damit gemeint sein, daß sich diese Verwandten an den vorher erwähnten neun Hunderten befriedigten; ein Drittel hatte der Bruder des Toten davongetragen.

Das Kennzeichnende an den Magsühnetafeln der Rechtsbücher: daß die Geber den Empfängern gleichlaufen (:die Brüder zahlen an die Brüder usf.), dies kommt in den Sagas nirgends zum Vorschein; ja gewöhnlich sind es einfach die Schuldigen selbst, von denen die Zahlung ausgeht. Das Gegenstück zu den *niðgjǫld* der Graugans ist also ein sehr entferntes.

§ 135. Doch haben wir hier wieder einen Punkt, wo Vollständigkeit oder genaue Formulierung bei unsern Erzählern gar nicht zu erwarten ist. Mag also gern sein, daß die Vetternbuße in entwickelterer Gestalt nicht nur dem Vortrage des Gesetzsprechers, sondern auch der wirklichen Rechtsübung der Sagaperiode vertraut war. Wo die Geschichten kurzweg von *bœtr* oder *manngjǫld* erzählen, da können die *niðgjǫld* darin eingeschlossen gewesen sein. Es wäre nur natürlich, daß zunächst beim Abschluß des Schiedsvertrages die Summe im ganzen erlegt oder zugesichert wurde, und daß hernach die beidseitigen Häupter die Anteile der zahlenden und empfangenden Sippegenossen regelten gemäß dem *baugatal*. Diese rein technische Angelegenheit konnte von den Sagamännern füglich übergangen werden. Dass auch die mit Landesverweisung verknüpften Bußen einen Anteil der Verwandten enthielten, ist das wahrscheinliche.

Als Neuerung der Grágás aber dürfen wir, nach dem Ausgeführten, dies betrachten, daß die Magsühne aus dem Bereiche des Schiedsspruches in den der gerichtlichen Klage gezogen und daß sie aus einem Ersatze der Acht in eine Begleiterscheinung der Acht gewandelt wurde. Auch das Dritte mag Neuerung sein, daß sie von der „Erbenbuße“ weiter losgerissen wurde: der Anteil des nächsten Erben, die *vígsbœtr*, wird bei ganz andrer Gelegenheit erhoben als der Anteil der Verwandten, die *niðgjǫld*. Nach den norwegischen Quellen sind die beiden noch enger verbunden (u. § 139).

Danach wäre hier eine ähnliche Sachlage, wie wir sie bei der dreijährigen Landesverweisung, dem *fjǫrbaugsgarðr*, vermuteten (§ 104): die Grágás hat alte Namen, auch viele alte Einzelmotive bewahrt, aber aus der Sache im grossen hat sie etwas wesentlich Neues gemacht. Das Fehlen des Namens *niðgjǫld* in den Sagas, auch da wo die Verteilung auf die Sippe berührt wird, kann sich wieder daraus erklären, daß der Ausdruck im 13. Jahrhundert den bestimmten Sinn angenommen hatte, der zu den Rechtsbüchern, nicht aber zu den alten Geschichten paßte.

§ 136. Hier möchte ich frageweise eine Bemerkung einschieben. Wir lernten in § 57 kennen, wie das System der Verrechnung, ganz unter dem Gesichtspunkte der Partei gehandhabt, leicht die persönlich Getroffenen verkürzte, sie um die Buße für den toten Angehörigen brachte. Man darf vielleicht vermuten, daß wenn man von der Verrechnung heimkam, nachdem also die Auseinandersetzung mit dem gegnerischen Lager beendet war, die Parteihäupter zu der internen Regelung der Angelegenheit schritten und die Geldansprüche ihrer Geschädigten irgendwie in Erwägung zogen; namentlich dann wenn es sich um Mittellose handelte. Die Anführer hätten also hier persönliche Opfer gebracht; denn sobald Einer ihrer Toten oder Wunden durch Einen drüben verebnet war, hatten sie ja nichts mehr für ihn einzukassieren.

Ein solches Handeln wäre mit der großartigen Weise des isländischen Häuptlings wohl zu vereinen; die Härte der Verrechnungssitte würde dadurch gemildert. Doch kann ich Aussagen der

Familiengeschichten darüber nicht beibringen. Zwei Stellen der Sturl. scheinen mir aber in dieser Richtung zu weisen[1].

§ 137. Die Höhe der Bußen überhaupt und der Mannesbuße im besondern wird von den Sagas sehr häufig verschwiegen; Erzähler und Hörer hatten, scheint es, für diese zurückliegenden Ereignisse nicht den gleichen Zahleneifer wie für die Gegenwart: die Sturl. geht mit ihren Angaben über Bußen und gefrohntes Gut mehr ins Einzelne.

Nach der Zusammenstellung bei V. Guðmundsson (Maurerfestschrift 1893 S. 525 ff.) wird der Betrag des Wergeldes, der Totschlagsbuße, 53 mal angegeben (darunter mehrere zweifelhafte oder ungültige Fälle; nachzutragen ist nach der neueren Lesung Vápnf. 54, 18, der sonst nicht vorkommende Satz von „Hundert Silbers und 30 obendrauf").

Hervorzuheben ist zunächst die große Ungleichheit der Wergelder: sie bewegen sich zwischen einem Hundert und neun Hunderten. Die durchweg schiedliche Bußbestimmung macht eine solche Freiheit der Schätzung möglich. Die Totschlagsbuße zeigt sich recht als ein Ersatz des Schadens (das Wort im geistigen Sinne genommen), nicht als eine Sühnung der individuellen Übeltat. Der jeweilige Schaden hängt ab nicht von gesetzlichen Ständestufen (diese fehlen innerhalb der Freien), sondern von dem ganz persönlichen Werte, den Geburt, Stellung, Ansehen dem zu Büßenden verleihen[2]. Natürlich gehörte dazu auch die starke Partei, die den Wert ihres Toten zur Geltung zu bringen vermochte.

Als die einfache Mannesbuße des Freien hat das *hundrað silfrs*, das Hundert Silbers, zu gelten[3]. Dieses wird normalerweise nicht unterschritten; es ist der Minimalsatz.

---

[1] Sturl. 1, 165, 24: (nach einem Vergleiche) „sie trennten sich damit, daß beide Teile ihren Leuten (nicht „for sine mænd": Kålunds Übersetzung 1, 152) die Bußen zahlen sollten". 2, 255, 8: (ebenfalls nach einem Vergleiche) „es wurde ausgemacht, daß beide Teile an ihre Leute zahlen sollten, soweit es reichte (*sem til ynnisk*)", d. h. sie sollten die Bußguthaben ihrer eignen Leute befriedigen, soweit die Mittel langten. Der ganz abweichende Sinn in Kålunds meisterhafter Übertragung der Sturl. 2, 313: „. . . at hver af parterne skulde bøde for sine mænd det som de havde forbrudt" muß wohl auf einer andern, in der Oxforder Ausgabe nicht mitgeteilten Lesart beruhen.

[2] Vgl. Wilda S. 368. — In der Sturl. beträgt das höchste Wergeld das Sechzehnfache des niedrigsten.

[3] Die Angaben Wildas über die Höhe der isländischen Mannesbußen, S. 368 ff. 399, sind nach der neueren Forschung zu berichtigen.

Nach V. Guðmundsson — ich ziehe im folgenden die fragwürdigen Fälle ab — begegnet dieses einfache Hundert Silbers 16 mal. Es folgen:

$1^1/_4$	Hundert	Silbers	1 mal
$1^1/_2$	"	"	1 mal
2	"	"	14 mal
3	"	"	6 mal
6	"	"	2 mal
8	"	"	1 mal
9	"	"	1 mal

§ 138. Was nun die tatsächliche Höhe dieser Summen betrifft, so ist das „Hundert“ immer als Großhundert = 120 zu nehmen. Im übrigen stehn sich seit dreihundert Jahren zwei sehr verschiedene Berechnungen des Silberhunderts entgegen; eine dornige Streitfrage, die wir hier nicht aufnehmen wollen. Wir begnügen uns mit einem kurzen Referate.

Nach der von V. Guðmundsson eingehend verteidigten Ansicht[1] ist das Hundert Silbers zu verstehen als 120 Unzen (altisl. *aurar*, dänisch *øre*) gewogenen, reinen Silbers; das sind 15 Mark Silbers und vertreten den Wert von 48 Kühen. In heutige dänische Münze umgerechnet, käme die Summe gleich 480 Kronen nach dem Silbergewicht, nach dem Kaufwerte aber gleich dem Zehnfachen: eine durchschnittliche Kuh kostete im alten Island $2^1/_2$ Unzen Silbers = 10 Kronen dänisch, im heutigen Island 100 Kronen. Nach deutscher Währung betrüge somit das einfache altisländische Wergeld rund 540 Mark, nach dem Kaufwerte 5400 Mark.

Die andere Auffassung, in den letzten Jahren verfochten von F. Jónsson, Brennu-Njáls saga S. 422 ff., und Bj. M. Ólsen, Safn 4, 361 ff., Árbók hins íslenska fornleifafjelags 1910 S. 17 ff., gelangt dahin, den Betrag des Silberhunderts sechsmal niedriger anzusetzen. Danach beliefe sich eine ungesteigerte isländische Mannesbuße auf 20 Unzen = $2^1/_2$ Mark Silbers = 8 Kühen.

Beide Ansichten haben sich hier mit günstigen, dort mit widerstrebenden Einzelangaben der Quellen auseinanderzusetzen. Ich weise hier nur auf den einen Punkt hin, daß nach der ersten Auffassung das Wergeld Islands dem der südgermanischen Länder sehr viel näher rückt. Der freie Franke z. B. wurde mit 200 Solidi

[1] Außer der genannten Abhandlung in der Maurerfestschrift sieh Pauls Grundr. 3, 473. Festskrift til Wimmer, Kopenhagen 1909, S. 55 ff.

gebüßt, „und man mag den Solidus etwa einer Kuh an Wert gleichstellen“ (Binding a. a. O. S. 26). Zwischen 200 Kühen im Frankenlande und 48 Kühen auf Island besteht noch eine annehmbare Beziehung, wenn man die ungleichen Bedingungen der Länder bedenkt, imbesondern den Umstand, daß in den Herden des isländischen Großbauers das Rind neben dem Schafe und auch dem Pferde mehr zurücktrat als in der mitteleuropäischen Landwirtschaft [1]. Dagegen 200 fränkische, 8 isländische Kühe als Erstattung des gleichen Wertes, eines Menschenlebens, das nimmt sich bei den wirtschaftlichen Zuständen der Insel befremdlich aus [2].

§ 139. Endlich noch die Frage, wie sich die Rechtsbücher zu diesen Summen der Sagas stellen [3].

In der Grágás könnte man Auskunft über das Wergeld nur da erwarten, wo sie einen Seitenblick wirft auf die schiedliche Behandlung von Totschlagsklagen. Daß sie hier nirgends die übliche Höhe der Mannesbuße andeutet, hat schon Wilda als auffällig an „dem sonst so detailliert belehrenden Rechtsbuche“ hervorgehoben (S. 399); die Tatsache zeigt ausnehmend deutlich, wie stiefmütterlich dieses Rechtsbuch die lebendige Praxis bedenkt. Bestätigt doch die Sturl. mit zahlreichen Belegen, daß zur Zeit der Rechtsbücher die Mannesbuße im Sinn der alten Geschichten, wenn auch nicht mit denselben Taxen, in kräftigster Blüte stand.

Die gleichsam offiziellen Teile der Graugans würde man umsonst nach der Höhe ihres Wergeldes befragen, denn ein wirkliches Wergeld ist hier unbekannt. Ihre Surrogate dafür sind die *vígsbœtr*, die dem Erben des Toten bei der Frohnung zufallen, und die

[1] Eine genaue Angabe zum Jahre 1251 bringt die Sturl. 2, 91, 33; danach umfaßte der von dem Achtleger eingezogene Viehstand des Ögmund: 30 Kühe, junges Galtvieh im Werte von 12 Kühen, und 4 Pflugochsen; 120 Mutterschafe, 50 Hämmel und 70 einjährige Lämmer; 20 Pferde; 25 Schweine; 50 Gänse. — Nach Pauls Grundr. 3, 454 gab es isländische Bauern mit 60—120 Kühen und galt ein Besitz von 7—10 Kühen als ziemlich gering.

[2] Nach Inama-Sternegg, Deutsche Wirtschaftsgeschichte I² (Leipzig 1909) S. 154. 261 f. 702, bewegen sich die Preise der verschiedenen Rinderarten in den deutschen Volksrechten zwischen ⅔ und 15½ Solidi; die letzte Zahl gilt für den „taurus“ in der lex Salica; aber auch die vaccae schwanken zwischen 1 und 12 Solidi, wonach 200—16⅔ Kühe auf ein Freienwergeld gehn würden.

[3] Auch die Geldwährung der Rechtsbücher ist umstritten. Bj. M. Ólsen, Safn 4, 366 ff., tritt dafür ein, daß die Unzen und Mark der *niðgjǫld*, des *réttr* und des *fjǫrbaugr* nicht nach dem Silbergewicht bemessen waren, sondern einen achtmal niedrigeren Wert hatten als die oben für reines Silber angegebenen Zahlen; also 2½ Mark = einer Kuh usf.

niðgjǫld, die durch eigene Klagen zu erlangende Magsühne; beide, um es noch einmal zu betonen, nicht eine Abkaufung der verwirkten Acht, sondern eine Zugabe zu dieser.

Die *vígsbœtr* betragen 6 Mark, das sind zwei Fünftel des gewöhnlichen Saga-Wergeldes. Dieser Verhältnissatz wäre annehmbar, wenn man vergleicht, daß im westgötischen Rechte Erben- und Geschlechtsbuße wie 9 zu 12, in Eriks seeländischem Gesetz wie 1 zu 2 gegeneinander stehn (Wilda S. 379): 2 zu 3 würde die Mitte einnehmen.

Verwunderlich ist nun die Erscheinung, daß der Anspruch der Verwandten (die *niðgjǫld*) ungefähr 15 Mark beträgt: nach V. Finsen wären 1¹/₇, nach Maurer und Merker 3¹/₆ Unzen darauf zu legen. Ist dieses ungefähre Zusammentreffen mit dem Hundert Silbers — nach der Berechnung V. Guðmundssons — Zufall? Wenn nicht, wie kommt es, daß die bloße Magsühne annähernd gleichviel beträgt wie in den Sagas das Gesamtwergeld? Denn ausgeschlossen ist doch wohl, daß das *hundrað silfrs*, die normalen *manngjǫld*, nur die Magsühne darstelle! Schon eher könnte man in Betracht ziehen, daß es nur die Erbenbuße enthielt, aber auch dies ist unwahrscheinlich. Es spielt hier vielleicht mit, daß nach der norwegischen Ringtafel der Totschläger selbst den Hauptring entrichtet[1], mit andern Worten, daß Erben- und Vetternbuße noch zusammen in diese Berechnung eingehn. Wovon auch in das System der Grágás ein Rest störend einbricht: „wenn für den Hauptring keine Zahlpflichtigen vorhanden sind, nur Empfänger, dann soll der Totschläger den Hauptring erlegen . . ., wofern er achtfrei und hiesig ist“ (Grágás, Ia 199, 29; das „achtfrei“ eines der gelegentlichen Zugeständnisse an die Wirklichkeit mit ihrer Aufhebung der Acht durch die Zahlung!). Dürfen wir daraus schließen, daß das *baugatal* einst auf das gesamte Wergeld ging, dann würde verständlich, daß seine Summe annähernd dem Wergeld der Sagas gleichkommt. Das Rechtsbuch hätte dann darin geneuert, daß es die Erbenbuße ausschied; bei der ursprünglichen Gesamthöhe aber wäre es stehn geblieben.

---

[1] Wilda S. 375. Brandt 1, 86. Maurer 5, 209.

Zehntes Kapitel.

Rückblick und Ausblick.

---

§ **140.** Überschauen wir den zurückgelegten Weg!

Den in § 6—8 dargelegten Grundsätzen suchten wir zu folgen und unsern Quellen keine Ergebnisse abzuzwingen, die sie nach ihrer ganzen literarischen Art nicht hergeben können. Nicht immer freilich läßt sich die Frage sicher beantworten: fehlt ein anderwärts bekannter Brauch den Sagas deshalb, weil er dem Leben der Sagazeit tatsächlich abging? oder umgekehrt deshalb, weil er alltäglich war, sich für die Berichterstatter von selbst verstand, keinen erzählerischen Reiz hatte? Die zufällige Lückenhaftigkeit, mit dieser Fehlerquelle wird man in unsern Erzählungen schwerer fertig als in einem Rechtsbuche, das innerhalb seines engeren Kreises eine gewisse Vollständigkeit erreichen kann.

Nicht selten aber hat uns das statistische Vorgehn über den unfruchtbaren Zufallszweifel hinweggeholfen, und es sprach die zwingende Logik der Zahlen. Ich erinnere an zwei Beispiele. Wenn 164 Vergleiche gegen 33 Gerichtsurteile stehn, und wenn die 12 sichern, die 18 wahrscheinlichen Waldgangsfälle sämtlich auf das Lager dieser 33 entfallen, dann ist der Schluß gesichert: auf Waldgang hat in der Sagazeit nur das Gericht, nicht der Vergleich erkannt. Dann, wenn es 32 Fälle strenger Acht gibt, 34 Fälle milder Acht, und wenn die 8—9 erwähnten Vermögenseinziehungen alle zu jenen 32 gehören, so wird man schon ungern an Zufall glauben; tritt nun aber dazu, daß von diesen 34 Fällen 30 eine Bußzahlung kennen, von jenen 32 Fällen keiner, dann hört der Zufall auf und wir folgern mit Bestimmtheit: die beiden sich ausschließenden Dinge, Vermögenseinziehung und Buße, verteilen sich só, daß jene auf die strenge Acht entfällt, diese auf die milde.

§ **141.** Abweichungen des Sagarechts von der Graugans haben wir zu den einzelnen Erscheinungen angemerkt und z. T. auch schon auf ihre Gründe befragt. Wir fassen hier zusammen und ergänzen an einigen Stellen.

Diese Abweichungen können, alles erwogen, unter folgende Gesichtspunkte fallen.

a) die Angabe auf der einen Seite kann fehlerhaft, unglaubwürdig sein; und zwar wäre der Fehler in dubio den Sagas zuzutrauen. Wir haben einige ungenaue oder fragwürdige Stellen aus den Sagas angetroffen (§ 6. 64. 113): derlei fällt einzelnen Geschichten zur Last und braucht dank dem reichen Gesamtstoffe nicht irre zu führen. Ich wüßte nicht, daß einer der mehrfach bezeugten, durchgreifenden Unterschiede von der Grágás zu erklären wäre aus Fehlerhaftigkeit der Sagaberichte [1].

b) der eine der verglichenen Teile kann an Unvollständigkeit leiden. Nun ist das Strafrecht der Grágás auf seinem eigenen Felde, dem Lehrstoffe des Gesetzsprechers, so reichhaltig wie kein zweites der älteren Germanen, und die empfindlichen Lücken fangen erst da an, wo man eine Belehrung sucht, an der es diesen Rechtsaufzeichnern nicht lag, nämlich über die amtlich nicht anerkannte Praxis (vgl. o. § 105. 130). Die Geschichten sind, wie wir eben noch betont haben, in ganz anderm Sinne lückenhaft: sie wollen gar nicht die Jurisprudenz der Sagazeit buchen. Die vielen Punkte, wo das zufällige Schweigen der Sagas die Abweichung von der Graugans verschulden kann, schließe ich im folgenden von unsrer Reihe aus. Daß es keine Schuldknechtschaft gibt; daß die Frohnung nur bisweilen der strengen Ächtung folgt; daß vom *réttr* kaum, von den *niðgjǫld* nie die Rede ist: dergleichen Dinge haben für unsre Zusammenstellung keinen Wert.

Es bleiben uns die zwei weiteren Ursachen:

c) älteres und jüngeres Recht stehn sich gegenüber. Wenn die Sagas, die von Ereignissen vor 1030 handeln und die Sitten dieser Zeit nachweislich mit Erfolg festgehalten haben, älteres Recht bringen als die Gesetze, deren schriftliche Grundlagen im 12. Jahrhundert beginnen und die den Bedürfnissen der Gegenwart dienen, das Recht fortbilden wollen, so ist das nicht anders zu erwarten, und es haben wohl auch alle Forscher, selbst die der schönen Literatur etwas feindlich gestimmten, in den Familiensagas einzelne Altertümlichkeiten anerkannt, die der Graugans abhanden gekommen sind. Dennoch muß man auch mit der Möglichkeit rechnen, daß mitunter die Rechtsbücher das Ältere haben: ent-

[1] Man vergleiche das zur Bezirksacht Bemerkte § 107.

weder weil die Erzähler jüngere Bräuche in die Sagazeit versetzen, oder weil das offizielle Recht Dinge festhält, die noch über die Sagazeit zurückreichen und schon vor 1030 praktisch veraltet waren. Wir werden sehen, wie weit man Grund hat zu solcher Annahme.

d) das Recht der Sagas vertritt die Wirklichkeit, das der Graugans die Theorie. Jedes Strafrecht besteht aus Postulaten; aber es fragt sich, ob deren Mißachtung im wirklichen Leben als Rechtswidrigkeit gilt, oder ob ein gefestigtes, in sich sinnvolles Gewohnheitsrecht dauernd jenen Forderungen widerspricht. Dieses zweite trifft in weitem Umfange auf Island zu [1]. Daß die Familiengeschichten oft, der Grágás gegenüber, das reale Recht enthalten, könnte man aus innern Gründen wahrscheinlich finden: zur Gewißheit erhebt es erst die Sammlung von Geschichten aus der Schreibezeit, die Sturlunga saga (o. § 9).

Die Momente c) und d) gehn öfter Hand in Hand: der ältere Brauch hat sich in der tatsächlichen Rechtsübung behauptet — die amtliche Doktrin hat sich davon abgewandt und versucht es mit Neuem.

Doch nun zu den Abweichungen selbst! Nach Ausscheidung von Unsicherem und von Wenigbedeutendem stellen wir diese 18 Punkte auf.

§ 142. 1. Sieh § 34—38: die Rache ist in den Sagas nicht rechtsförmlich beschränkt nach Zeit und Ort sowie nach den handelnden und leidenden Personen. Die Folge davon ist, daß „erlaubte Rache“ als fester Begriff des Gewohnheitsrechtes nicht besteht; das Ruhmwürdige oder aber das Mißliebige an einer Rachetat stuft sich nach den augenblicklichen Umständen aufs mannigfachste ab. Die Rache wird nach Bedarf zum Kleinkriege der beiden Parteien, zur „Fehde“. Diese hat im gegebenen Falle die Selbstverständlichkeit eines Naturgesetzes: von einem „Fehderechte“ aber kann man nicht reden, d. h. die Gegenschläge der verletzten Partei gelten beim Vergleich oder vor Gericht nicht ohne weiteres als straflos. Die Sturl. zeigt, daß ganz die selben Gewohnheiten und Anschauungen in dem Island des 12. 13. Jahrhunderts herrschten.

Es ist kein Zweifel, daß in diesem Punkte die Sagas das

[1] Von andrer Seite ist zu der selben Ansicht gelangt Boden. Die isländische Regierungsgewalt in der freistaatlichen Zeit, Breslau 1905, S. 99f.

Ältere und zugleich den wirklichen Brauch vertreten gegenüber den Rechtsbüchern, deren abgewogene Vorschriften über das *vígt*, das Tötungsrecht, einen unwirksamen Versuch darstellen, die blutige Selbsthilfe, die man nicht abschaffen konnte, zu beschränken. Daß die Grágás mit ihrem Ausschluß der eigentlichen Fehde, des Sippekrieges, auf jüngerem Boden steht, beweist sie selbst durch ihre Einrichtung der Magsühne *(niðgjǫld)*; denn diese ist ihrem Ursprunge nach die Zahlung, womit sich die eine Sippe von der Feindschaft der andern freikauft[1].

2. Sieh § 39: die „halbe Unheiligkeit", d. i. der Kompromiß zwischen straffreier und bußfälliger Gegenwehr. Der Angreifer verliert zwar einen Teil seines „Rechtes", aber kurzweg erschlagbar, unbüßbar wird er nicht.

Hier haben wir eine rechte Ausgeburt der unlogischen Praxis, die sich mit widerstreitenden Bedürfnissen abfinden mußte.

3. Sieh § 43 (vgl. 25): ein Streit endet viel öfter durch Vergleich als durch Gerichtsurteil; auch von den angefangenen Prozessen wird mehr als die Hälfte zum Schiedsspruch umgelenkt. Die Sturl. liegt hierin von der Graugans mindestens ebenso weit ab.

Die Rechtsübung einer aristokratischen Gesellschaft mit schwacher Staatsgewalt steht gegenüber einer Gesetzgebung, die zwar die Selbsthilfe auch nach dieser Seite nicht ignorieren kann, aber natürlicherweise der Tätigkeit der staatlichen Gerichte die größere Aufmerksamkeit schenkt.

4. Sieh § 44. 50: der Vergleich (die *sætt*) der Sagas ist nicht an die Erlaubnis der gesetzgebenden Behörde gebunden; die Schiedsrichter sind rein private Organe, ihre Wahl und ihr Vorgehn unterliegt keinen gesetzlichen Geboten.

Wieder vertreten hier die Erzählungen das Frühere und die Wirklichkeit: ob die Regelungen der Grágás nennenswerten Einfluß gewannen, darf man im Hinblick auf die Sturl. bezweifeln.

5. Sieh § 61: die Sagas kennen keine Popularklage. Wenn diese in der Graugans stärker hervortritt als in den andern germanischen Rechten, so muß das Neuerung sein; aber möglich wäre doch, daß die Ansätze dazu schon dem ersten isländischen Landrechte eigneten, sodaß die Geschichten nicht so sehr den ältern als den in praxi vorherrschenden Zustand darböten.

6. Sieh § 67 f.: der Täter darf sein Ding besuchen; er wird

[1] Brunner, DRg. 1, 240; vgl. V. Finsen, Annaler 1850 S. 271 f.

nicht *óæll til dóms*, ganz oder halb friedlos schon vor dem Urteil.

Die betreffenden Regeln der Graugans sind kein vorisländisches Erbstück; vermutlich sind sie junge Postulate, zu deren Verwirklichung man kaum die Mittel gehabt hätte.

7. Sieh § 71—75: die „Klage gegen den Toten" und was damit zusammenhängt (die Behauptung der Unbüßbarkeit des Gegners) ist nicht, wie in den Rechtsbüchern, eine mit Frohnung verbundene Waldgangsklage post obitum, sondern beschränkt sich darauf, dem Kläger die Buße für seine Tat abzunehmen.

Ob hier die Grágás Älteres bewahrt hat, konnten wir nicht entscheiden. Das nur den Sagas, auch der Sturl., bekannte Erklären der *óhelgi* vor Gericht und namentlich beim Vergleich, ohne vorangehende *óhelgi*-Klage, dürfte ein uralter Rechtsbrauch sein, der der amtlichen Theorie der Isländer zu formlos war.

8. Sieh § 19. 27. 90. 137: die Art der Strafe, die Höhe der Buße steht nicht in fester Beziehung zu der Art der Missetat. Das Verhältnis regelt sich nach den jeweiligen außerrechtlichen Umständen.

Hier liegt ein klarer Fall vor, wo man den Unterschied nicht auf ein älter und jünger hinausspielen kann: der Imperativ des Gesetzes kannte gewiß seit Urzeiten die „distinctio poenarum ex delicto" — von jeher aber konnten sich die Parteien über diese Abstufung hinwegsetzen, zunächst beim schiedlichen Verfahren, aber auch vor Gericht, denn ein Gerichtsurteil hing ab davon, worum und worauf die Klage erging.

9. Sieh § 92: der Waldgang erfolgt in den Sagas durch Gerichtsurteil, nicht durch Schiedsspruch.

10. Sieh § 99: die milde Acht erfolgt mit wenig Ausnahmen durch Schiedsspruch.

11. Sieh § 95. 101 f.: *féránsdómr*, Einziehung der Ächterhabe, ist in den Familiengeschichten nur mit Waldgang verbunden. Zur Landesverweisung dagegen pflegt Bußzahlung zu gehören.

Die drei Punkte 9—11 hängen innerlich zusammen; sie bedingen das geschichtliche Verhältnis der strengen zur milden Acht, wovon wir in § 143 noch handeln wollen. Die Sturl. stimmt in Punkt 9 und 10 zu den Familiengeschichten und steht ihnen auch in Punkt 11 nahe.

12. Sieh § 96—98: der *féránsdómr* ist:

a) weit mehr als in der Grágás ein feindlicher Zug, vom Kläger selbst gegen den Geächteten unternommen:

b) ein Anteil der Gemeinde an dem Achtergute tritt nicht hervor.

In a) werden die Sagas den ältern Stand der Dinge bewahrt haben. In b) läuft es eher auf einen Unterschied zwischen Theorie und Praxis hinaus, d. h. das altisländische Landrecht kannte wohl von Anfang an den Anspruch der Öffentlichkeit auf einen Teil der gefrohnten Habe; aber bei der Schwäche der Staatsgewalt ließ man in der Regel die Parteien gewähren, der *féránsdómr* geschah auf Gewinn und Gefahr des Achtlegers. Die Sturl. bestätigt, daß noch im 12. 13. Jahrhundert die Frohnung dem Kläger oblag und ihr Erfolg von seinem Waffenglücke abhängen konnte.

13. Sieh § 114. 116: die strenge Acht kann nach Willkür der verletzten Partei aufgehoben werden.

Wenn die Graugans hierfür einen Beschluß der gesetzgebenden Kammer verlangt, so ist dies schwerlich eine Neuerung, da ja die strenge Acht ursprünglich nur durch das staatliche Gericht zustande kam, nicht im Machtbereiche der Parteien lag. Ihre Aufhebung ohne Zutun des Staates bedeutet daher wiederum einen der Punkte, worin die erlaubte oder geduldete Praxis von der Lehre des Gesetzsprechers abwich. Daß diese letzte noch in der Zeit unsrer geschriebenen Rechtsbücher nicht durchdrang, zeigt die Sturl.

14. Sieh § 103—105: die Formen der Landesverweisung sind mannigfaltiger und nicht so im einzelnen festgelegt wie der *fjǫrbaugsgarðr* der Graugans. Die Dauer der Verbannung, die Frist bis zu ihrem Antritt und sonstige Begleitumstände werden verschieden gestaltet.

Hierin stehn die Isländersagas schlechthin auf dem ältern Standpunkt. Der *fjǫrbaugsgarðr* der Rechtsbücher läßt sich ungezwungen erklären als eine spezialisierende Auswahl aus den vorhandenen Spielarten. Daß daneben noch im 12. 13. Jahrhundert andere Formen der *utanferð* in Kraft geblieben waren, bezeugen nicht nur die Sturl., sondern auch einzelne Seitenblicke des Rechtsbuches selbst.

15. Sieh § 106. 107: die Familiengeschichten zeigen die den Rechtsbüchern unbekannte Bezirksacht. Da man sie der Sagazeit nicht absprechen darf und da sie anderseits noch der Sturlungenzeit geläufig ist, steht hier wieder das Ältere und zugleich das in Wirklichkeit Geübte auf Seiten der Sagas. Eine andere Frage ist, ob die Bezirksverweisung schon aus dem Mutterlande mitgebracht wurde.

16. Sieh § 77. 122: auf reine Buße wird nicht vor Gericht geklagt; Bußurteile werden nur schiedlich erlassen.

Der Gegensatz zur Graugans liegt nicht darin, daß die höheren Bußen (für Totschlag, Wunden, Ehrenkränkung) in den Sagas durch Schiedsspruch, im Rechtsbuch durch Gerichtsurteil verhängt werden. Vielmehr setzt die Grágás auf diese Fehdesachen überhaupt keine Buße, sondern nur die strenge oder milde Acht, beide mit Einziehung der Gesamthabe verbunden. Die Bußklagen der Grágás betreffen Verstöße mehr äußerer, formaler Art: solche Fälle treten in den Geschichten zurück, aber es war wohl die Regel, daß man auch für derartige Forderungen keine Gerichtsklage anstrengte. Nach der Sturl. hat man es noch in den späteren Zeiten des Freistaates so gehalten.

Man wäre geneigt, in dieser schiedlichen Erledigung der Geldzahlungen etwas Altertümliches zu sehen, da die Buße ihre letzte Wurzel vermutlich im außergerichtlichen Sühnevertrag hat. Aber es spricht dabei der folgende Umstand mit:

17. Sieh § 131: die Bußen der Sagas enthalten keinen Anteil der Öffentlichkeit, keinen „fredus".

Bei Bußen, die durch privaten Vergleich verhängt werden, begreift sich das ohne weiteres, da das Friedensgeld den „Preis für das Eingreifen der öffentlichen Gewalt" darstellt (Brunner, DRg. 1, 231). Nun ist das Friedensgeld den meisten germanischen Rechten bekannt; schon Tacitus, Germania c. 12, bezeugt das „pars multae regi vel civitati . . . exsolvitur." Damit wird zugleich die gerichtliche Einklagung der Buße als uralt und allgemein verbreitet dargetan. Allein die außergerichtliche Bußheischung, auch in den schwersten Fehdefällen, kann von jeher daneben bestanden haben, und ihr fehlte dann der fredus. Wieweit sie bei einem Volke in Kraft stand, hing u. a. von der Straffheit der staatlichen Ordnung ab. Island nimmt auch hierin eine extreme Stellung ein. Die isländischen Rechtsbücher aber halten das Postulat der öffentlichen Geldstrafe fest. Der Unterschied zwischen Sagas und Graugans ist demnach kein Unterschied des Alters. In engem Zusammenhange damit steht die ungleiche Behandlung des Ächtergutes, vorhin 12 b).

18. Sieh § 132—135: die (hohen) Bußen der Sagas, im besondern die Totschlagsbuße, das Wergeld, haben ihre ursprüngliche Bedeutung gewahrt: sie sind ein Loskaufspreis; sie befreien den Schuldigen von Fehde und Friedlosigkeit, mag es sich nun um reine Buße handeln oder um Buße + Landesverweisung. Sie

sind deshalb nie mit strenger Acht verbunden, folglich auch nie mit Frohnung. Und weil diese Mannesbußen durch Schiedsspruch verhängt wurden, war ihre Höhe veränderlich; die herkömmliche Grundtaxe konnte bis zum Neunfachen gesteigert werden.

Daß die Grágás hier auf jüngerm Boden steht, die Erbenbuße *(vígsbœtr)* und die Magsühne *(niðgjǫld)* mit der strengen Acht verbindet, jene in die Frohnung einfügt und damit aus dem alten Wergeld etwas innerlich Neues macht, haben wir in den genannten §§ gezeigt. Sie findet dafür in den Geschichten ihrer eigenen Zeit keine Stütze: noch in der Sturl. gehn die *manngjǫld* — und die Bußen überhaupt — nie mit Waldgang zusammen, werden stets schiedlich verhängt und daher auch wechselnd abgestuft.

§ 143. Die Erwägung der Punkte 9—11 haben wir noch aufgehoben.

Nach der Grágás, wie wir gesehen haben, stehn sich die beiden Hauptarten der Acht näher als nach den Geschichten: beide werden normalerweise durch *dóm* verhängt, können aber auch durch Vergleich verhängt werden; bei beiden verliert der Betroffene seine ganze Habe durch *féránsdóm*. Immerhin bleibt der tiefe Unterschied, daß nur die strenge, nicht die milde Acht als ein „bürgerlicher Tod" gelten kann.

Die Sagas zeigen in noch höherem Grade Waldgang und Landesverweisung als zwei innerlich verschiedene Erscheinungen. Die in § 92—102 und 108 besprochenen Tatsachen, die wir nicht wiederholen wollen, legen davon beredtes Zeugnis ab. Zugleich umschließt die milde Acht noch die Bezirksverweisung, die der Graugans fehlt, und entfernt sich in dieser Abart noch weiter von der Friedlosigkeit.

Haben die Rechtsbücher oder die Erzählungen das Ältere? — Mir scheint, der Schritt von den Sagas zu der Graugans wird einigermaßen verständlich: Man verschärfte die Strafe der Landesverweisung, indem man ihr die Frohnung zugesellte (womit natürlich die Bußen neben der milden Acht dahinfielen): darin äußert sich die Tendenz auf größere Strenge und zugleich auf Ausdehnung der öffentlichen Ansprüche (denn das gefrohnte Gut fiel halb an die Gemeinde); zwei Bestrebungen, die auch sonst die Grágás kennzeichnen (u. § 145). Anderseits hob man den Unterschied auf zwischen dem gerichtlichen und dem schiedlichen Machtbereich: die *utanferð*, die in den Familiensagas noch ganz selten, in der Sturl. wenig öfter durch *dóm* herbeigeführt wurde, wird zu einer regelmäßigen *dóm*-Strafe, zugleich aber soll nicht nur sie, sondern auch die strenge Acht durch *sætt* verhängt werden können. Diese Erweiterung der privaten Befugnisse hat unleugbar etwas Befremdliches; sie wird begreiflicher, wenn man bedenkt, daß die Grágás das Vergleichswesen unter allerlei gesetzliche Vorschriften stellt und grade den Fall der schiedlichen Ächtung an bestimmte Bedingungen bindet.

Der umgekehrte Weg der Entwicklung wäre gewiß schwerer vorstellbar. Kannte man früher den Waldgang als Befugnis der *sætt*, so wären die Isländer der Sagazeit, wie wir sie haben kennen lernen, die letzten gewesen, diese Strafe an das Eingreifen der staatlichen Gerichte zu binden! Das nämliche gilt vom *féránsdóm*. Daß die Sturl. zwar schon zwei Frohnungen bei milder Acht aufweist, aber sie noch mit *dóm* verbindet, fügt sich gut in die Kette der Entwicklung ein. Allgemein betrachtet, läge es sicherlich nicht in der Linie des Sagarechtes, den Abstand zwischen zwei Institutionen zu vergrößern, die Züge, die ihnen von früher her gemeinsam gewesen wären, zugunsten einer plastischen Kontrastierung neu zu verteilen. Auch sei noch an die Einzelheit erinnert, daß der „Lebensring", dieser alte Bestandteil der milden Acht, in seiner Verkoppelung mit der Frohnung unorganisch anmutet (§ 101): man nimmt dem Verurteilten Alles, und ein kleiner Bruchteil davon ist besonders wichtig, weil an seiner Zahlung die Zukunft des Mannes hängt!

Aber nun meldet sich die genetische Frage: ist die milde Acht der Isländer aus der strengen erwachsen? Wenn ja, dann muß wohl die Graugans den ältern Stand der Dinge haben; je weniger sich der „Lebensringzaun" vom Waldgang entfernt hat, umso ursprünglicher.

Daß der Waldgang der Sagazeit die wohlbewahrte Fortsetzung der gemeingermanischen Friedlosigkeit ist, leuchtet ein. Die *utanferð* dagegen hat unter den außerisländischen Spielarten der Acht [1] keine nähern Gegenstücke. Man darf sie nicht zusammenstellen mit der „sühnbaren Friedlosigkeit", die dem Ächter den „Rechtsanspruch auf Erkaufen des Friedens" zuerkennt [2]; imbesondern von der milderen Acht der Norweger ist die isländische wesensverschieden (o. § 111), kann nicht aus ihr abgeleitet oder mit ihr auf eine ge-

[1] Vgl. Grimm, RA. 2, 339; Amira, Pauls Grundr. 3, 196; Liebermann, Brunnerfestschrift S. 22f.

[2] Brunner, Zum ältesten Strafrecht S. 61.

meinsame Wurzel verfolgt werden. Daher pflegt man sie als isländische Neubildung anzusehen [1].

Dies angenommen, — läßt es sich begründen, daß die milde Acht organisch, stufenweise aus der strengen herauswuchs? daß sie „nur eine spätere Modifikation" der strengen Acht ist? Wenn Maurer 5,174 dies als „klar" bezeichnet, so ist zu bedenken, daß er den Unterschied des Sagarechtes von der Graugans noch nicht in Betracht zieht und auch sonst geneigt ist, den *fjǫrbaugsgarð* zusehr als die bedingte Milderung des *skóggangs* zu nehmen (o. § 108). Der gemeinsame Name *sekþ* ist m. E. kein Beweis dafür, daß die milde Acht ihrem Inhalte nach eine Abspaltung der strengen sei (sieh § 109). Diesen Beweis kann man auch darin nicht erblicken, daß sich mit der *utanferð* Bußen verbanden, darunter der „Lebensring", die dem Verurteilten den Waldgang abnahmen (§ 101 f.). Diese Bußen werden verständlich bei der einfachen Annahme: man kannte die Einrichtung der strengen Acht, der Kläger hätte sie anstreben können, — aber er verzichtet darauf unter der Bedingung, daß der Gegner auch zahle. Die Frage, wie die milde Acht entsprungen sei, wird dadurch nicht entschieden.

Vergegenwärtigt man sich die leichte und die schwere Acht nicht mit den paar blassen Schlagworten, die ein Gesetzbuch an die Hand gibt, sondern in der lebensvollen Zeichnung, wie die Sagas sie uns vorführen, so erscheint es kaum möglich, die erste als Sproßform der zweiten befriedigend zu erklären. Die isländische Landesverweisung sieht nach einer selbständigen Neuschöpfung aus. Ob sie nicht dennoch ihre vorisländischen Keime hat — außerhalb der Friedlosigkeit —, bedürfte wohl einer neuen Untersuchung, wobei die Bezirksacht als gleichalte oder ältere Schwester der *utanferð* zu erwägen wäre [2].

Nach dem hier Ausgeführten halte ich die Annahme für berechtigt, daß strenge und milde Acht (oben Punkt 9—11) in den Sagas in älterer Gestalt erscheinen als in den Rechtsbüchern.

---

[1] Maurer 5, 173; Lehmann, Königsfriede S. 190f.

[2] Übergangen hab ich hier die „Ungehorsamsacht", der wir in § 109 eine Mittelstellung glaubten zuweisen zu sollen: sie ist kein bedingter Friedensschluß, kein Sühnevertrag wie die *utanferð*, sie gibt den Geächteten der Feindschaft der Gegenpartei, nicht aber der des Volkes und nicht der Frohnung preis. Sie kann von Anfang an nichts anderes gewesen sein als ein Teilglied der Landesverweisung; man dürfte sie nicht als eine Übergangsform zwischen der schweren und der leichten Acht verwerten.

§ 144. Die in § 142 aufgeführten achtzehn Abweichungen zwischen den Geschichten und der Graugans erklären sich fast alle daraus, daß die Sagas das wirklich geübte, die Rechtsbücher das theoretisch ausgedachte Recht darbieten. In der Hälfte der Fälle verbindet sich damit der Altersunterschied: das in der Praxis Herrschende ist zugleich das ältere (Nr. 1. 3. 4. 6. 9. 10. 12a. 14. 15). In Nr. 11 ist der jüngere Zustand der Grágás wenigstens teilweise (Frohnung bei milder Acht) auch in die Praxis gedrungen, wie die Sturl. zeigt. In Nr. 7 blieb das Verhältnis fraglich.

Daß das theoretische Recht der Grágás zugleich das ältere sei, könnte man am ehesten bei Nr. 12b. 13. 16. 17 geltend machen; doch nicht in dem Sinne, daß innerhalb der isländischen Geschichte die von der Graugans aufgestellte Satzung zeitlich voranging. Ob der staatliche Anspruch in diesen vier Punkten auf einen längeren vorisländischen Stammbaum zurückblicken kann, ist doch die Frage.

Wir finden somit keinen einzigen Punkt, worin die rechtlichen Zustände der Isländersagas mit Sicherheit oder Wahrscheinlichkeit als das Jüngere gegenüber der Graugans erschienen. Und an keinem der hier hervorgehobenen Punkte kann man die Vermutung begründen, daß die Erzähler Bräuche späterer Zeit dem Sagaalter aufgedrängt hätten[1].

§ 145. Unabhängig von der Altersfrage können wir sagen: das Recht der Graugans, verglichen mit dem der Familiengeschichten, ist l o g i s c h e r, f o l g e r i c h t i g e r: das zeigt sich besonders in Punkt 2. 7. 8. 14 und in vielen hier nicht herangezogenen Erscheinungen; es ist s t r e n g e r, s t r a f s ü c h t i g e r: sich namentlich Nr. 1. 5. 6. 16 (die Häufigkeit der Achtstrafen)[2]; es ist s t a a t s b e w u ß t e r, gesteht der privaten Selbstherrlichkeit weniger zu: dies äußert sich u. a. in Nr. 3. 4. 10—13. 16. 17. Dazu hätte man ohne Zweifel noch zu nehmen: das Grágásrecht ist kasuistischer, formenschwerer, umständlicher (vgl. § 66).

In all diesen Dingen steht die strafrechtliche Doktrin des 12.

---

[1] Den Verdacht derartiger Zeitverstöße in Kleinigkeiten haben wir in § 80. 96. 102. 109 geäußert.

[2] Ein klassisches Beispiel für viele, Grágás 2, 381 c. 362: wenn jemand dem andern den Hut vom Kopf reißt, darauf steht die Dreimarkstrafe. Ist ein Kinnband an dem Hute und man reißt ihn nach vorn ab, darauf steht dreijährige Landesverweisung. Hält aber das Kinnband fest und man reißt ihn nach hinten vom Kopfe, dann ists Würgung und darauf steht Waldgang.

13. Jahrhunderts auf einer jüngern Stufe. Auf Island ist das Gesetz, das auf dem Allding vorgetragene Landrecht, der Sitte vorangegangen. An und für sich wäre auch das Gegenteil denkbar: das Gesetz hätte älteres, erstorbenes Recht weiter führen können, und die Neuerungen der Sitte wären in den uns vorliegenden Rechtstexten noch nicht gutgeheißen. Aber dieser Fall scheint auf das isländische Strafrecht nicht in erheblichem Umfange zuzutreffen.

Die Grágás ist maßlos einmal in der Menge ausgeklügelter Regeln, womit sie das ganze Leben des Menschen, von der Taufe bis zum Grabe, umspinnt; sodann in der Freigebigkeit mit harten Strafen, Friedlosigkeit und Landesverweisung, die tief hineinreichen in das Gebiet der Übertretungen und Formverstöße. Im Blick auf diese beiden Seiten möchte man sagen: ein Land, worin die isländische Graugans nicht nur Theorie, sondern wirklicher Brauch gewesen wäre, hätte von lauter juristischen Fachmännern bevölkert sein müssen; und wenn diese nicht zugleich Muster leidenschaftsloser Korrektheit waren, wären sie aus Waldgang oder Verbannung selten herausgekommen [1].

Die Sagas enthalten unendlich weniger System als das Rechtsbuch, aber sehr viel mehr Wirklichkeit.

Ich treffe hier zusammen mit einem Kenner wie Ebbe Hertzberg, der in seinem Geleitwort zu Maurers nachgelassenen Vorlesungen Band 5 die skeptische Frage äußert, wie viele von diesen minutiösen Regeln und Anweisungen überhaupt angewendet wurden in einem Lande, das mit kurzen Unterbrechungen die gewaltsamsten inneren Streitigkeiten sah. Hertzberg gibt die Antwort, „daß die ebenso weitläufigen als scharf zugeschnittenen prozessuellen Bestimmungen . . eher als Rechtsvortrags- und Lehrstoff Bedeutung hatten und nicht in alle Richtungen hin tatsächlich befolgt wurden. Die Rechtsvorträge der Gesetzsprecher dürften mit anderen Worten dem wirklichen Rechtszustande auf der Insel vorausgeeilt sein“ [2].

---

[1] Die entgegengesetzte Anschauung bei F. Jónsson, Den oldnorske og oldislandske Litteraturs Historie 2, 913: „eines ist sicher, die Gesetze sind durchweg geprägt nicht von den ausgetüftelten Ergebnissen der Studierstube, sondern von den Bedürfnissen des praktischen Lebens, von einem durchdringend praktischen und gesunden Geiste“.

[2] Ich versage mir nicht, aus Grønbechs feinen, humorvollen Ausführungen ein paar Sätze zu zitieren (a. a. O. S. 85f.): „Da saßen nun die wackern Norweger auf dem Ding und horchten aufmerksam zu, wie die des Rechtes

Dies hat, wenn unsre Darlegungen zutreffen, Geltung nicht nur für die äußeren Formen des Gerichtsgangs. Die Grágás setzt ein Ansehen der Staatsmacht voraus, das in der Zeit unsrer Rechtshandschriften, in den drei letzten Menschenaltern des isländischen Freistaats, weniger als je vorhanden war.

Dabei kann man die beherrschenden Gedanken des Grágás-Strafrechtes doch nicht modern nennen, gemessen an der Kulturbewegung des europäischen Mittelalters. Die beispiellose Ausdehnung der strengen und milden Acht; die Unbekanntschaft mit der Todesstrafe; der Umstand, daß die Zwangsvollstreckung nur in der Form der *sekþ* möglich ist; die Erlaubnis des Rachetotschlags weit über das Maß der andern germanischen Rechte hinaus; die Verknüpfung der Magsühne mit Friedloslegung: diese kennzeichnenden Züge liegen nicht in der Richtung spätmittelalterlicher Strafregelung, sie haben noch viel von dem rauhen altgermanischen Geiste in sich, wennschon nicht in der urwüchsig freien Weise der Sagas.

Es war denn auch dem „voranschreitenden“ Strafrechte der isländischen Gesetzsprecher nicht vergönnt, seine Verwirklichung zu erleben: eh es die zurückbleibende Sitte nach sich gezogen hatte, wurde es durch das eindringende norwegische Recht abgelöst.

Man fühlt sich erinnert an die Skaldenkunst eines Snorri Sturluson. Diese Kunst ist ein höchst verfeinertes, entwicklungsgeschichtlich spätes Gebilde, meilenweit abgerückt von der alten gemeingermanischen Dichtweise. Und dabei ist sie doch ganz und gar nicht modern im Sinne der Hochmittelalterskunst, die zu eben jener Zeit den Geschmack auch des nordischen Europa zu beherrschen begann.

§ 146. In dem Gesagten liegt auch, daß man von der Altertümlichkeit der Grágás keine übertriebene Vorstellung hegen sollte. Manche, besonders isländische Forscher gefallen sich in dem Ge-

---

Kundigen den Unterschied entwickelten zwischen dér Wunde, die das Fleisch bis auf die Knochen öffnete, aber bei richtiger Pflege wieder ganz zuging, und dann dem juristisch bösartigeren Falle, daß ein so und so großes Stück Fleisch herausgefallen war an den Boden. Die Zuhörer prägten sich ein, wie viel man zu bezahlen hatte für die erste Art und wie viel für die zweite Art . . . . Dann war das Ding aus, und die wackern Leute zogen heim und nahmen Rache über Rache, als hätte es nie keine Stufen gegeben.“ Dies würde auch auf die südgermanischen Volksrechte passen, weniger auf die Grágás, da diese zwar auch juristische Anatomie treibt, aber um strenge und milde Acht abzugrenzen, nicht um Kaufpreise aufzustellen (o. § 132).

danken, in der Grágás hätten wir der Hauptsache nach das urisländische Recht[1].

Sofern dieser Eindruck auf der archaischen Sprache beruht, ist darauf hinzuweisen, erstens daß der schriftliche Kern dieser Sammlungen auf eine Zeit zurückgeht (um 1120), die fast allen bewahrten Prosawerken um Generationen vorausliegt; dann, daß die Rechtssprache überall zu altertümeln pflegt; ferner daß uralte Kunstausdrücke in der Grágás mehrmals einen neuen Gehalt angenommen haben, so *fjǫrbaugsgarðr*, *féránsdómr*, *vígsbœtr*, *niðgjǫld* (o. § 96 4. 104. 132. 133), und daß andere vollends, verglichen mit den Sagas, einen jüngern Sinn eintauschten, so *útlegð* und *sekr* = „bußfällig" (o. § 78. 80).

Was die innere Form, die Stilisierung des Stoffes betrifft, so wird man doch nicht leugnen, daß diese auf die Spitze getriebene Kasuistik eine rechtsmorphologisch verhältnismäßig junge Stufe einnimmt. Und endlich der Inhalt wird durch die Vergleichung mit dem altnorwegischen Rechte auch nicht als urisländisch dargetan. Wohl läßt sich das norwegische Mutterrecht um 930 nur in wenigen und allgemeinen Linien erschließen; denn unsre norwegischen Rechtsquellen der Schreibezeit haben sich in Vielem verjüngt, und speziell für das Strafrecht bleiben sie uns so manche Antwort schuldig. Soviel aber steht fest, daß die Graugans von der altnorwegischen Grundlage außerordentlich weit abgewichen ist. Amira, Oblig. 2, 37—43, betont nachdrücklichst den „modernen Gesamtcharakter" des isländischen Rechts gegenüber dem gleichzeitigen norwegischen und legt ihn dar an einer ganzen Reihe von Verlusten und Neubildungen aus allen Hauptteilen des Rechtes[2].

Ist es denn nun aber glaubhaft, daß die Masse dieser Neuerungen gleich schon bei der Einführung des Landrechtes nach Island erfolgte oder schon in den ersten Menschenaltern nachher?

[1] Sieh B. Th. Melsteð a. a. O. 2, 140: unser altes Recht „ist zweifellos zum größten Teile in der Sagazeit geschaffen worden und hat sich nach Stoff und Geist wenig verändert bis zu seiner Niederschrift". Bj. M. Ólsen, Safn 4, 371, sagt, die Magsühnetafel der Grágás sei ziemlich unverändert aus dem Úlfljótsgesetz vom Jahr 930 beibehalten worden, und beruft sich dafür auf die altertümliche Sprache und den Inhalt, der schon bei Tacitus ein Gegenstück habe („recipitque satisfactionem universa domus"). Aber es ist doch auch zu bedenken, wie das uralte Grundmotiv in der Grágás ausgebaut worden ist; die schlichteren Ringtafeln der norwegischen Rechte führen, zusammengehalten, gewiß viel näher an den gemeinsamen Ausgangspunkt heran.

[2] Daß das isländische Recht „frühzeitig und ganz besonders gründlich" mit dem Heidentum gebrochen hat, bemerkt Maurer 5, 50f.

Das Wahrscheinliche ist doch, daß das aus Norwegen übernommene Recht erst nach geraumer Zeit den Wünschen der *lǫgrétta* nicht mehr genügte, und daß ein Zeitalter mit merkbar neuen geistigen Strömungen das meiste für die Umgestaltung getan hat. Ein solches Zeitalter war nicht die Sagaperiode, 930—1030, wohl aber die Zeit der ersten isländischen Bischöfe, zumal des Gizur, 1082—1118, der soviel über seine Landsleute vermochte (Ari 18, 21), daß auf seine Lebenszeit am ehesten zutrifft, was achtzig Jahre später Giraldus Cambrensis über die isländische Verschmelzung von Priester- und Königtum orakelt. Aber auch das Niederschreiben selbst, von 1117 ab, muß seine Wirkungen geübt haben auf die Vermehrung und scholastische Durcharbeitung des Stoffes. Betont ja gleich schon Ari 19, 18, daß man den ersten Aufzeichnern neue Gebote nicht nur erlaubte, sondern zur Pflicht machte; daß man das erste Gesetzbuch daher auf dem nächsten Allding der *lǫgrétta* zur Abstimmung vorlegen mußte. Vergesse man auch nicht, das Streben der Gesetzgeber konnte es nicht sein, das Recht der Altvordern so zu hüten, wie etwa ein Sagamann die Kunde aus der Vorzeit rein zu bewahren suchte. Das Recht war nicht eine Antiquität, je älter umso besser, sondern erhob den Anspruch, für die Gegenwart brauchbar zu sein.

So kommt man schon von dieser Seite zu der Annahme, daß der Inhalt der Graugans n i c h t „zum größten Teil in der Sagazeit geschaffen worden ist". Was wir durch die Familiengeschichten von dem Strafrecht der Sagazeit gelernt haben, hat uns ganz induktiv zu demselben Ergebnis geführt. Möge die vorliegende Schrift dazu beitragen, daß man die Rechtsfälle dieser Geschichten mehr aus dem Sagamateriale heraus, also aus ihrem eignen Boden, zu begreifen suche! Die Frage: was sagt die Graugans dazu? bleibe in allen Ehren; aber wo sie sich in die erste Reihe drängt, hat sie mitunter das nächste Verständnis der Sagastelle verdunkelt[1].

[1] Ein Beispiel gebe die Anm. zu Eyrb. 150, 17. Die Saga erzählt von einer Schlägerei, bei der es Wunden setzte, und von dem darauf folgenden Vergleiche: „es wurden gegen einander verebnet die Wunden der Leute und der Angriff (des einen Teils), aber die Differenz wurde gebüßt (*bœttr skakki*)". Also ein normaler Fall von „Verrechnung" (o. § 55 f.), wobei man in wohlbekannter Weise den ersten Angriff zwar als Schuldposten anschlägt, aber die Angreifer nicht etwa als die Unheiligen und allein Bußpflichtigen behandelt (§ 39). Die Note bemerkt dazu: „der Angriff hatte nach der Grágás (Kgsbók 1, 144 f.) die Acht zur Folge, und der angreifende Teil hatte das Recht auf Buße verwirkt. Somit hätten in unserem Falle nur die Wunden, welche die Angehörigen der angegriffenen Partei empfingen, gebüßt werden müssen, und diese

§ 147. Wir verabschieden damit die Grágás (nur in § 149 haben wir sie noch mit einem kurzen Blicke zu streifen) und suchen uns das von den Familiengeschichten Gebotene in sich selbst und im Vergleich mit anderen germanischen Strafrechten summarisch zu vergegenwärtigen.

Es heißt die Sagas als Rechtsquellen nicht überschätzen, wenn man behauptet, daß sie nicht bloß den einen fernen Winkel germanischer Erde erhellen, sondern auch unsere Anschauung vom frühgermanischen Rechte überhaupt bereichern, gleichviel ob das Sagarecht im germanischen Stammbaume nah oder fern der Wurzel zu stehn komme. Ihren besondern Wert haben diese Urkunden darin, daß sie uns in lebendigste Wirklichkeit einführen; wir sehen ganz aus der Nähe, wie ein Volk handelt und wie es die Handlungen wertet. Jede naturtreue Erzählungsliteratur wird Aufschlüsse geben über die Anwendung der Gesetze: die Isländergeschichten aber sind in ganz eigenem Maße zu dieser Ergänzung der Gesetzbücher berufen durch ihre in der epischen Weltliteratur wohl einzig dastehende Teilnahme an den Rechtshändeln. Das Ineinandergreifen von Rache, Vergleich und Gerichtsgang, mit andern Worten von Selbsthilfe und Staatshilfe, von Fehdeweg und Rechtsweg, zeigt sich uns in hundert Spielarten. Wir lernen die Rache kennen, nicht als chronikenhafte Vorgänge, von außen her betrachtet, sondern wie sie aus den Menschen hervorwächst, was sie für die Beteiligten bedeutet, von welcher schwankenden Logik und welchen Idealen sie regiert wird. Am Gerichtsgang zeigen uns die Sagas nicht so sehr den formenreichen Aufbau (dafür sind die meisten Rechtsbücher ausgiebiger) als das merkwürdige Ineinanderfließen von Gewalt und Recht. Auch wo er nicht in bare Selbsthilfe umschlägt, ist der Prozeß ein Kampf um das Gericht, das man als Waffe gegen den Widersacher gebrauchen will. Aber am wenigsten möchten wir die Belehrung vermissen, die den zwei Gebieten zugute kommt: dem Vergleich und der Friedlosigkeit.

sind wohl mit dem *skakki* gemeint". Dagegen ist zu sagen: 1. die Saga spricht von einem Vergleich, die zitierte Grágásstelle denkt an eine Gerichtsklage; 2. Achtstrafe wird an unsrer Stelle gar nicht erwogen; 3. daß die Saga nicht nur die Wunden der angegriffenen Partei büßbar findet, folgt aus der Tatsache der Verrechnung (des *jafna*); 4. der *skakki*, die „Differenz", kann dem Wortsinne nach nicht auf den ganzen Schaden gehn, den die Angegriffenen erlitten haben; vielmehr wird von diesem Bußanspruch der der Angreifer abgezogen. Daß hierbei ein Plus auf das Haben der Angegriffenen kommt, ist wahrscheinlich (weil ja der erste Angriff mit in Rechnung gestellt wird); aber in den Worten „var bœttr skakki" liegt nicht, wer zu zahlen habe.

Der Vergleich, diese außerstaatliche und doch nicht formlose Einrichtung, die so viele Feindschaften unblutig endet und der man soviel Macht zugesteht, daß sie eine Mehrheit von Tätern auf Lebenszeit der Heimat berauben kann: er stellt sich uns in den Geschichten, wie nirgendwo sonst, als ein saftiger, verzweigter Organismus dar. Nicht minder ist für die Friedlosigkeit Island der klassische Boden[1]. Seine Ächterbiographien geben den Umrissen, die wir anderwärts im Süden und Norden erhalten, erst Fülle und Leben. Der germanische Ächter wird uns zu einer greifbaren Gestalt durch die Hördh, Gísli, Gretti und ihre Leidensgenossen. Auch hier wieder zeigen uns die Sagas, was kein Gesetzbuch zeigen könnte, die menschlichen Halbheiten in der Befolgung des Ausstoßungsgebotes, das Wohlwollen der Freunde im Widerstreit mit der staatlichen Satzung.

Fragen wir aber nach den unterscheidenden Merkmalen am isländischen Sagarecht, so wird auf Folgendes zu weisen sein.

Mit wenigen Ausnahmen wird dieses Recht gekennzeichnet von einer sachlichen, unlyrischen Nüchternheit; von dem Ausschluß pathetischer und sinnlich zeichenhafter Auftritte im Gerichtsverfahren, wie südgermanische Rechte sie aufweisen bei der Verfolgung des Friedlosen, bei der Wüstung seiner Habe, bei den Sühneverträgen, auch bei dem Vorbringen der Strafklage. Wir erinnern uns an das in § 52 Bemerkte. Außerhalb der stehenden Prozeßformen kennen auch die Sagas solche schauspielhafte Szenen. Ich denke an die Thorgerdh der Eyrb. 95, die alles daran setzt, die Verwandten zum Einschreiten für ihren erschlagenen Gatten zu gewinnen, und die, um die Unlust des Sippehauptes Arnkel zu besiegen, den unter dem Mantel versteckten Kopf des Toten hervorzieht mit den Worten: „hier ist das Haupt, das sich nicht herausreden würde, wenn es die Klage um dich gälte!“ — Ein Motiv, das namentlich die Njála mit reicherer Kunst abzuwandeln versteht (S. 227. 263 ff.); auch Laxd. 182, 17 gehört hierher.

Es ist kein Zufall, daß diese zur symbolischen Poesie gesteigerten Handlungen immer dem Rachepathos entspringen, während beim Vergleich und beim Gerichtsgang der berechnende Alltagssinn waltet. Die Leidenschaft zur Rache ist das geistige und verklärende Moment in den Rechtshändeln der Sagas.

---

[1] Vgl. Binding a. a. O. S. 19.

§ 148. Die Erscheinungen, die man außer diesem durchgehenden, allgemeinen Zuge als charakteristisch für das Strafrecht der Isländergeschichten zu nennen hätte, sind großenteils schon in § 142 zusammengestellt worden. Wir wollen möglichst wenig von dem Gesagten wiederholen.

1. Auf der einen Seite bekommt das Sagarecht sein Gepräge durch die Friedlosigkeit (den Waldgang). Diese ist als durchaus primäre Strafe bewahrt: wohl kann sie, wenn der Verletzte es so will, abgelöst, d. h. durch Buße oder Landesverweisung ersetzt werden; aber sie kann eintreten auch ohne Bußweigerung oder sonstigen Widerstand des Täters. Sie ist uneingeschränkt eine Waffe in der Hand des Privaten, steht von öffentlicher Strafe im strengen Sinne so weit ab wie möglich [1]. Aber nur der Staat, das öffentliche Gericht, leiht dem Kläger diese Waffe. Die Friedloslegung ist die Strafe κατ' ἐξοχήν: die einzige, die dem Machtbereich des Schiedsspruches entzogen ist; fast die einzige, für die man eine Gerichtsklage anstrengt [2]. Der altisländische Waldgang kommt einer Vernichtung des Betroffenen nahe.

In dieser Stellung der strengen Acht ist das Sagarecht altertümlicher als alle seine Schwestern. In Einzelheiten kann man an Neuerung denken: daß das Ächtergut nicht gewüstet wird; daß man einen Preis auf die Tötung des Waldmanns setzt; daß die Klägerpartei eigenmächtig begnadigen kann. Ob die Pflicht, den Ächter zu töten, älter ist als das bloße Recht (wie auf Island), steht dahin [3].

An Häufigkeit ebenbürtig, an poenalem Gehalte viel schwächer ist die „milde Acht", die Landes- oder Bezirksverweisung der Sagas. Sie verdient am meisten den Namen des Nur-Isländischen. Ihr Alter liegt im Dunkeln.

2. Anderseits zeichnet sich in dem Rechte der Sagazeit eine ganze Reihe von Zügen ab, die man auf den gemeinsamen Nenner bringen kann: die öffentlich-rechtliche Seite der Strafe ist außergewöhnlich schwach betont. Dies äußert sich in folgendem.

Die beiden Arten der Selbsthilfe — die kriegerische: die Rache, und die friedliche: der Vergleich — nehmen den meisten Raum ein. Die Rache gilt dem Rechtsgefühle, nicht etwa nur

[1] Binding a. a. O. S. 8. 16.
[2] Sieh die paar Fälle von gerichtlich verhängter Landesverweisung § 99.
[3] Vgl. Brunner, DRg. 1, 232 und Binding a. a. O. S. 23.

bei handhafter Tat, als nicht bloß geduldete, sondern als vornehme, rühmliche, ja unter Umständen sittlich notwendige Vergeltung. Dabei hat sich doch ein faßbarer Begriff des „Racherechtes", der „erlaubten Rache" nicht ausgebildet. Man möchte sagen: die Auseinandersetzung des vorstaatlichen Rachetriebes mit der Rechtsordnung hat zu keinem klaren Rechnungsabschluß geführt.

Der Vergleich vollzieht sich ohne Mitwirkung des Staates, oft aber unter dem sanften oder drohenden Drucke der Nachbarn und Freunde. Er kann jede, auch die schwerste, Fehdesache abschließen, vorausgesetzt daß beide Teile sich dazu verstehn; sein Machtbereich geht bis zur lebenslänglichen Landesverweisung. Je nach den Personen, denen der Schiedsspruch zugestanden wird, bewegt sich der Vergleich zwischen den Endpunkten eines entgegenkommenden Verzeihens und einer Beugung des Täters unter die Übermacht.

Aus der Allgewalt der *sætt* fließt der Umstand, daß man das gesamte Bußwesen außergerichtlich behandelt. Damit hängt wieder zusammen: es gibt keine Bußtaxen; auch die herkömmliche „einfache Mannesbuße" bezeichnet nur eine Grenze nach unten, nicht nach oben. Und zweitens, es gibt keine Bußzahlung an die Gemeinde; auch keine Frohnung im eigentlichen Sinne, d. h. zu Gunsten des Staates.

Ferner kann man unter diesen zweiten Gesichtspunkt noch stellen: das Fehlen der Popularklage; den Umstand, daß der Friedlose nur sehr bedingt zum Volksfeind wird, und daß der Achtleger sein Schicksal in der Hand behält. Endlich die umfassende Erscheinung: die Einteilung der Strafen geht nicht parallel einer Rangfolge der Vergehen; es gibt keine Taten, die einfürallemal „Waldgangsfälle" oder „Verbannungsfälle" oder „Bußfälle" wären.

Diese ganze Gruppe von Tatsachen darf man erklären aus der Schwäche der Staatsgewalt in der isländischen Aristokratie. Dem liegt wiederum zugrunde das Fehlen der feindlichen Nachbarn, des Landesfeindes überhaupt, und deshalb das Fehlen des Volksheeres. Eine andre Ursache mag darin liegen, daß die Godenwürde nur auf freiwilligem Vertrage ruhte, nicht zurückging auf die Machtstellung eines das Land erobernden und aufteilenden Kriegerfürsten.

Obgleich demnach spezifisch isländische Faktoren im Spiele sind, darf man doch bezweifeln, ob das Sagarecht in diesen Erscheinungen nichts weiter als eine junge Sproßform darstellt, ein insulares Nebengebilde. Diese Züge sind innerlich alt. Gesetzt, daß sie nicht aus der norwegischen Heimat ererbt sind und weiterhin in geschlossener Kette auf vorgeschichtliche Zeiten zurück langen, dann hat eine rückläufige Bewegung atavistische Formen geschaffen. Ja man darf fragen, ob diese Formen, nach der genetischen Abfolge gemessen, nicht älter sind als irgend etwas, was wir bei Südgermanen kennen; älter, als das was Tacitus bei seinen Germanen erfragte (wo schon das Friedensgeld eine Rolle spielt). Auf vorstaatliche Urzeiten brauchen wir nicht zurückzugreifen; der vermutete Sippenstaat könnte sich ja auf Island gar nicht berufen. Aber daß es auch bei den Germanen Zeiten gab, wo die Ansprüche und die Machtmittel des Staates noch schwach waren, darf man annehmen. In solche Zustände konnte ein Volk unter besonderen Einwirkungen zurückfallen. Die Besiedelung Islands hat viel Neues gezeitigt, aber zugleich Altes, längst Überwundenes wieder hervor gelockt. Das innerlich Altertümliche an dem isländischen Strafrecht wäre mehr zur Geltung gekommen, hätten nicht die Rechtsbücher den Sagas im Lichte gestanden.

§ 149. Wie fügt sich das Strafrecht der Isländersagas in die „drei Hauptperioden des germanischen Strafrechts“ ein, die Wilda, nach genetischen Merkmalen, nicht nach Jahreszahlen, aufgestellt hat?[1] Eine älteste Periode, „wo Friedlosigkeit die Folge fast aller eigentlichen Verbrechen war“; so in den isländischen (nicht den übrigen skandinavischen) Rechtsbüchern. Dann die zweite Periode, die der Bußsysteme, „wo es zur Regel geworden war, daß alle Verbrechen . . . mit Geld gesühnt werden konnten“; so in den deutschen Volksrechten. Endlich die Periode, die beherrscht wird von einem „System öffentlicher Strafen“, Strafen an Leben, Leib, Freiheit und Ehre. Dieser dritte Grundsatz liegt, wenn wir die sakrale Strafe abrechnen, außerhalb des germanischen Altertums oder Frühmittelalters.

Daß das Saga-Strafrecht weder auf der ersten noch der zweiten Stufe Platz findet, sieht man mit einem Blick: die Friedlosigkeit steht noch in Kraft und Ansehen, neben ihr ist eine jüngere Schwester, die Verbannung, aufgewachsen; aber die überwiegende Menge auch der schweren Missetaten wird durch Geld gesühnt.

So könnte man diesem Rechte eine Mittelstellung zwischen 1 und 2 anweisen. Aber eine genetische Zeitfolge wird damit nicht gegeben! Jene erste Stufe, wie Wilda sie definiert, ist nicht die

[1] Wilda S. 270f., dazu Binding a. a. O. S. 34ff.

älteste. Wir kennen sie nur als Erzeugnis der isländischen Doktrin des 12. 13. Jahrhunderts: daß sie zu eben jener Zeit das isländische Leben in keiner Weise beherrscht hat, zeigen die ausführlichen und geschichtlich exakten Erzählungen der Sturlungasammlung; daß sie irgend einen Germanenstamm zu irgend einer Zeit beherrscht habe, wird sich nicht glaubhaft machen lassen. Daß Tacitus von der Friedlosigkeit schweigt, während er aller andern Haupterscheinungen des Strafrechts gedenkt (der Fehde, des Vergleichs, der Buße, des Friedensgeldes, der sakralen Hinrichtung), darauf legen auch wir kein Gewicht; wir halten die Friedlosigkeit für urgermanisch, wie sie auch über einen gemeingermanischen Namen (*warg-*) verfügt hat. Aber ein Zustand, wo diese vernichtende Strafe an Häufigkeit weit zurückblieb hinter den Wergeld- und sonstigen Bußzahlungen, ist aus allen Gründen innerer Wahrscheinlichkeit der ältere Zustand, der ursprünglichste, den wir überhaupt für die Germanen erschließen können: in den Sagas liegt er uns greifbar vor Augen. Und dér Zustand, der „Friedlosigkeit als Folge fast aller eigentlichen Verbrechen“ setzt, ist eine örtlich begrenzte Hypertrophie, ein äußeres Reis am germanischen Baume, das allerdings tief unten am Stamme sich abgezweigt hat, — ohne Bild gesprochen: eine extreme Sonderentwicklung, die von altertümlichen Zuständen, mit wohlerhaltener Friedlosigkeit, ausgegangen ist.

Von Wildas zwei ersten Stufen ließe sich vielleicht soviel halten, daß in einer ältern Periode die Gerichtsklagen nur auf Friedlosigkeit gingen, erst in einer jüngeren auch auf Buße[1]. Aber damit würde etwas Anderes aus seiner Dreiteilung gemacht, und die isländischen Gesetze träten von der ersten auf die zweite Staffel.

Wildas zweite Periode, die der Bußsysteme, kennzeichnet sich als etwas jüngeres, zweites nur durch den negativen Zug, das Verschwinden der Friedlosigkeit. Da aber die spätere südgermanische Gestaltung nicht an die Herrschaft der Bußen anschließt, sondern an die Grundlage „Friedlosigkeit + Buße“ (Binding S. 38), so kann die von den deutschen Volksrechten vertretene zweite „Periode“ nicht als tatsächliche Entwicklungsstufe gelten; sie ist auch ein Seitenschößling, der in den unvollkommenen Rechtsaufzeichnungen ein Scheinleben führt.

Sollen drei innere Altersstufen angesetzt werden, so kann

[1] Vgl. o. § 142 Nr. 16f., u. § 150.

man sie, nach Bindings Vorgang, nicht sowohl auf die Beschaffenheit der Strafen, als auf das Verhältnis des Klägers zum Staate begründen:

1. Vorwiegen der Selbsthilfe; Rache und schiedlicher Vergleich allgemein anerkannt; Klagen vor Gericht sind seltener und gehn in der Regel auf Friedloslegung; diese ist eine primäre Strafe; ein Recht, sie durch Buße abzulösen, hat der Täter nicht.

2. Der Staat will, daß man seine Hilfe in Anspruch nimmt; Klageweg obligatorisch, Rache vor dem Urteile und Vergleich eingeschränkt, dann verboten. Die Gerichte erkennen teils auf Bußen, teils auf Friedlosigkeit: diese ist meist ablösbar bezw. zum prozessualen Zwangsmittel geworden; später wandelt sie sich in die Strafen an Leib, Leben und Freiheit. Der Strafberechtigte ist immer noch der Verletzte; ohne seine Klage keine Ahndung.

3. Der Staat setzt sich als den Strafberechtigten; „öffentliche Strafe“ im engern Sinne. Der Verletzte ist passiv, sein Rachebedürfnis ist vom Staate verschluckt.

Auf der ersten Stufe stehn die Isländer der Sagazeit, auf der zweiten die südgermanischen Rechte des Mittelalters, auf der dritten die Neuzeit. Die nordgermanischen Rechtsbücher des 12. 13. Jahrhunderts bewegen sich auf verschiedenen Wegen von der ersten zur zweiten Stufe.

§ 150. Daß der Staat auf Island so manches an die Selbsthilfe abgeben mußte, und daß sich die Friedlosigkeit so kräftig gehalten hat: diese beiden Erscheinungen stehn in einem Gegensatz, da ja über die strenge Acht nur das Staatsgericht verfügt. Umsomehr Grund ist zu der Annahme: in diesem letzten Punkte haben die Isländer den früheren Brauch einfach beibehalten. Auch innere Gründe sprechen dafür, daß darin das Ursprüngliche liegt: es brauchte den Staat, um friedlos zu machen. Denn das entscheidende an der Friedloslegung ist der Beschluß der Gemeinde, sich von dem Schuldigen abzuwenden. Darüber konnten die zwei vertragschließenden Parteien nicht verfügen. Jener Beschluß der Gemeinde setzt ein Landgebiet voraus, das einem einheitlichen Willen gehorcht, und ein Organ, das staatliche Gericht, das den Beschluß faßt und kundmacht. Wie genau man das Hegungsverbot befolgte, das war eine weitere Frage. Das Ächtungsurteil bildete, als Willenserklärung der Gesamtheit, eine moralische Macht, wenn ihm auch keine vollstreckende Gewalt zu Gebote stand.

Die Friedlosigkeit ist der erste Beitrag des Staates zum Strafrecht. Die Versöhnung durch Buße hat der Staat nicht geschaffen, nur aus dem privaten Vergleichswesen übernommen, so früh dies auch, nach Tacitus' Zeugnis, geschehen ist. Die Ächtung dagegen war die staatliche Neuschöpfung. Schutz des Rechtes — in Fehdesachen — gewährte der germanische Staat auf der ältesten erkennbaren Stufe nur durch sein Urteil auf Friedlosigkeit.

Wenn man dies oft geleugnet hat[1], so lag das an dem Satze von der Friedlosigkeit ipso facto, der Friedlosigkeit vor dem Urteil. Ich habe zu zeigen gesucht, daß dieser Satz auf die isländische Sagazeit nicht anwendbar ist und auch in der Grágás zweifelhafte Stützen hat (oben § 41. 67. 76). Ich wage nicht zu leugnen, daß diese Auffassung der Missetat an einzelnen Stellen des germanischen Mittelalters geherrscht habe[2]. Ob man sie mit Recht in die germanische Urzeit verlegt und zum Eckstein des Strafrechts gemacht hat, bezweifle ich. Sie setzt, wie mir scheint, ein starkes Gefühl voraus von der Zusammengehörigkeit aller Volksgenossen und eine feine Empfindung dafür, daß ein Zustand ohne Missetaten ein gemeinsames Gut sei, für welches jedermann ungeboten einzutreten habe. Beides kann ich einer heidnischen Germanengesellschaft nicht zutrauen.

Der Leser wird bemerkt haben, daß wir die Worte, die sich in den Schriften über älteres germanisches Strafrecht bis zur Erschöpfung wiederholen, „Frieden" und „Friedensbruch", kaum in den Mund genommen haben. Deshalb weil wir uns bestrebten, in dem Anschauungskreise unsrer Quellen zu bleiben. In diesen Quellen aber fehlen die genannten Worte als gewichtige, technische Namen. Und wir dürfen sagen: es fehlen auch die Vorstellungen, die die Wissenschaft heute damit verbindet. Das Bewußtsein, daß von Rechts wegen ein Zustand des „Friedens" herrsche über das ganze Volk hin; daß ein Totschlag, ein Faustheib, ein Schmähwort diesen allgemeinen „Frieden" zerreiße und daß daraus das weitere entspringe: dieses Bewußtsein war nicht entwickelt. Das Gemeingefühl war zu schwach dafür, und die ganze Erziehung war zu kriegerisch, zu sehr auf die Fähigkeiten der Machtbehauptung und der Abwehr angelegt, als daß jenes empfindliche Gefühl für den „Frieden" als Normalzustand vorwalten

[1] Z. B. Amira, Pauls Grundr. 3, 196: „eines gerichtlichen Apparates, überhaupt staatlicher Einrichtungen, um den Missetäter zu treffen, bedurfte die Friedlosigkeit in ältester Zeit nicht .... Später aber drang überall das Prinzip durch, der Friedbrecher müsse durch gerichtliches Verfahren ‚friedlos gelegt' oder ‚gemacht' werden".

[2] Man sehe His, Strafrecht der Friesen S. 94. 188.

konnte. Die Begriffe, die man in unsrer Sagawelt in den Vordergrund stellen muß, sind „Ehre“ und „Ehrenkränkung“. *Virðing, sómi, sœmð* („Ehre, Auszeichnung, Ansehen“ u. ä.) und ihre Gegenteile: *svívirðing*, *ósómi*, *ósœmð:* diese Vokabeln, mit einer Schar von Umschreibungen, bilden den unveräußerlichen Wortschatz für die Urbegriffe des isländischen Straf- und Fehdewesens. Das Bewußtsein, daß jeder freie, aufrechte Mann seine Ehre zu hüten hat, dieses zerbrechliche Gut; daß jeder Totschlag oder Fausthieb, jedes Schmähwort eine Ehre zerstört, wenn nicht so oder so vergolten wird: dieses Bewußtsein ist die wahrhaft herrschende Macht.

Aber diese Gefühle sind ihrem Wesen nach auf das Ich und die Partei eingeschränkt. Es gibt keine „Ehre“ des Volkes, der Gesamtheit — Vaterlandsliebe, völkischer Stolz, soweit sich dergleichen regte, liegen in einer ganz andern, unendlich kühleren Zone des Innenlebens! Und so wirkt auch die Missetat auf den Draußenstehenden nicht als Ehrenkränkung und fordert ihn nicht zur Ahndung heraus. Es braucht in jedem einzelnen Falle wieder den Befehl des Staates, damit den Mann, der irgend einer fremden Partei Böses getan hat, der unbeteiligte Dritte von seiner Schwelle jage. Dieser Befehl des Staates ist das Urteil auf Waldgang.

Gewiß können allgemeine Friedensliebe, Gerechtigkeitssinn, ritterliche Hochherzigkeit, ja auch geradezu Gemeinsinn da und dort hereinspielen und dem Persönlichkeits- und Parteiegoismus des Ehrgefühls manches von seiner Schroffheit nehmen — wir wollen nicht die seelische Rechnung des alten Isländers auf ein gar zu einfaches Einmaleins herabsetzen! Aber diese Gegenkräfte stellen nicht entfernt die Art von Rechtsgefühl her, die man bei der Lehre vom Friedensbruch und von der Friedlosigkeit ohne Urteil voraussetzen müßte.

Ich vermute, daß wir in diesem Punkte vom Isländer auf den heidnischen Germanen überhaupt schließen dürfen. Die Lockerheit des Staates, der Mangel der Heeresverfassung und andere Besonderheiten der Insel werden h i e r kein Hindernis bilden.

§ 151. Für das christliche Altengland hat Liebermann vor kurzem die automatische Friedlosigkeit in Abrede gestellt; Brunnerfestschrift S. 24: „friedlos wird man nur kraft Bannes durchs Gemeinwesen . . .; ein besonderer Gerichtsakt liegt vor“. S. 23 f.: „auch die Handhaftigkeit scheidet sich von der Friedlosigkeit . . . Der Handhafte kann Strafe leiden ohne jede Dazwischenkunft des Gemeinwesens, sein Zustand entsteht durch die Tat allein; friedlos dagegen wird man durch Rechtsakt des Gerichts". Dies würde auch auf die isländischen Verhältnisse zutreffen (nur daß die Sagas der handhaften Tat keine Ausnahmestellung zuteilen). Auch den folgenden Satz Liebermanns (S. 22) könnte man auf die Isländergeschichten übertragen: „einfacher Totschlag führt zur Friedlosigkeit nicht notwendig, ja nicht einmal regelmäßig. Nämlich dann nicht, wenn die Sippe des Erschlagenen entweder ruhig bleibt oder Blutrache üben will oder das geforderte Wergeld ganz gezahlt erhält"; nur würde man für unsre Erzählungen noch den vierten Casus beifügen: wenn sie die Friedlosigkeitsklage nicht durchzudrücken vermag.

Begründet man das Besondere an der handhaften Tat damit, daß nur bei ihr die Friedlosigkeit ohne Urteil rein erhalten sei[1], so setzt man eine juristische Abstraktion an Stelle einer seelischen Wirklichkeit. Die seelische Erklärung ist die, daß man dem Augenzeugen eines Frevels nicht zumutet, kaltes Blut zu bewahren, sondern ihm das formlose Einschreiten erlaubt, während man da, wo die erste Wallung vorüber ist, das geordnete, gerichtliche Einschreiten eher glaubt fordern zu können[2]. Oder genetisch betrachtet: die erlaubte Tötung des Handhaften, auch durch den Nichtgeschädigten, ist ein Residuum aus der vorstaatlichen Totschlagsfreiheit; das triebhafte Dreinhauen war da, wo man den Bösewicht in flagranti betraf, am schwersten in gesetzliche Zucht zu nehmen — was wir ja heute noch sehr wohl nachfühlen.

§ 152. Die Aufgabe, aus den rechtlichen Einrichtungen die Gesinnung der frühgermanischen Völker zu erschließen, hat Wilda mit fester Hand angegriffen, und was er von den Isländergeschichten kannte, zeigte ihm, daß in ihnen das alte Innenleben am unverhülltesten daliegt. Wo Wildas Buch auf die seelischen Grundlagen zu sprechen kommt, da stehn meist die isländischen Denkmäler nicht fern[3]. Uns lockt hier noch die Frage, wieweit Wilda dem germanischen Charakter, sofern er sich in den Sagas

[1] Brunner, Zum ältesten Strafrecht S. 57, DRg. 1, 238; Amira, Pauls Grundr. 3, 197; Binding a. a. O. S. 23; His, Strafrecht der Friesen S. 74. 165. 182.

[2] Noch bedenklicher scheint mir eine Zuspitzung wie: „die Notwehr ist begrifflich ein Kampf gegen den Friedlosen" (His, Strafrecht der Friesen S. 74). Hier meint wohl das Wort „begrifflich" das Gegenteil von psychologisch.

[3] Das Strafrecht der Germanen S. 8f. 118. 120. 171ff. 185ff. 199ff. u. ö.

ausspricht, gerecht geworden ist; wieweit wir heute einen andern Blick darauf haben.

Es ist ein Leitgedanke des Wildaschen Werkes, daß „nicht die Gewalt, die Fehde, die Grundlage des germanischen Gemeinwesens ausmachte, sondern das Recht, die Gebundenheit und Unterordnung der Willkür“ (S. 136). Er betont die „Bürger- oder Gemeindepflichten“ (S. 143); auch in der Rache kehrt er das altruistische Moment hervor (S. 170). „Tief eingeprägt ist es dem germanischen Rechte . . ., daß der Einzelne einem höher berechtigten Ganzen angehöre: der Familie, der Gemeinde, dem Staate“ (S. 151). Gewalt herrschte, nicht „weil man Gewalt für Recht hielt, weil dieser Zustand dem germanischen Freiheitsbegriff entsprach, sondern weil es an Mitteln fehlte, dem Rechte den Sieg und die Herrschaft zu verschaffen“ (S. 189). „. . der Grundsatz, es dürfe das Unrecht im Gemeindeleben nicht bestehen und solle nicht ungeahndet bleiben, durchdrang das germanische Bewußtsein . .“ (S. 214).

Der Widerspruch gegen frühere Ansichten, namentlich die von Rogge, lieh diesen Sätzen eine besondere Wärme.

Wilda hat Vieles am germanischen Menschen mit sicherer Intuition erkannt. Seine Stimmung ist nicht mehr die des Romantikers, obwohl es ihm immer noch ein Anliegen ist, die alten Germanen zu verteidigen — gegen romantische Trugbilder! Weichlich, blutleer ist sein Bild vom Germanen nicht.

Im Blick auf die altisländischen Zustände werden wir ihm nachdrücklich bestätigen: es war keine staatslose Gesellschaft; selbst dort auf der Insel, der wir das lockere Staatsgefüge als besonderes Kennzeichen zuschreiben mußten, unterschied man sehr wohl zwischen Gerichtsgang und Vergleich, und daß die öffentlichen Gerichte ein gewisses Ansehen genossen, zeigen die Anstrengungen, die man sichs kosten ließ, um seine Klage vor die Richter zu bringen, und zeigt das Schicksal der Waldmänner. Trotz aller Halbanarchie — oder weil diese Halbanarchie genügende Freiheit ließ — lag es nicht in der Sinnesart der Isländer der Sagazeit, sich gegen die Staatseinrichtungen empörerisch aufzubäumen: dafür war ihr Wesen zu ruhig, zu ordnungsliebend, trotz allem. Und an Gemeindepflichten, zumal in der Armenversorgung, trugen sie ihr gut Teil, wenn auch die Familienromane wenig davon reden.

Allein, diese staatserhaltenden Tugenden waren nicht das, was sie am Manne bewunderten. Wilda legt einen Idealismus hinein, der bei dem heidnischen Germanen keinen Widerhall gefunden hätte [1]. Er trifft die Skala der sittlichen Werte nicht; er verkennt den heidnischen Urgrund im germanischen Denken.

Das innerlichst Unchristliche an der altisländischen, altgermanischen Anschauung lag einmal darin, daß die Zweiteilung in Freunde und Feinde („Unfreunde") die ganze Umwelt durchdrang, und daß ein Altruismus nur in dem ersten Lager, dem der Freunde, in Betracht kam. Für die Freunde — die „Partei", wie wir gewöhnlich sagten — opfert man Gut und Blut, ohne alle Phrase; die Ansprüche sind hier so hoch, wie eine friedliche Gesellschaft unter dem Zeichen der allgemeinen Nächstenliebe sich gar nicht träumen läßt. Daß jeder einzelne dieser unzähligen Rachezüge den Einsatz des Lebens heischte bei all den „Freunden", die sich dazu aufmachten, oder dann im Falle des Sieges den Einsatz des Vermögens, der Heimat: von diesen Opfern wird nicht viel Aufhebens gemacht; das Aufwachsen zwischen Freund und Feind hat diese jugendfrischen und besitzgierigen Menschen daran gewöhnt, Leben und Gut hinzuwerfen, wo es die Freunde gilt. Der heidnische Egoismus, den kein Sitten- oder Glaubensgebot verpönte, umfaßt außer dem Ich die Partei; Selbstlosigkeit empfand man darin kaum: die „Freunde" gehörten eben zusammen.

Gegen die Unfreunde aber durfte man ein guter Hasser sein; „grimm, d. i. haßvoll, gegen seine Feinde": dieser Leumund ehrte. Eine Beleidigung zu verzeihen, war ein sittliches Minus; drüber wegzusehen, das konnte sich der Mächtige erlauben, dem mans nicht als Schwäche auslegen konnte; sobald sich hier ein Zweifel regte, durfte er sichs nicht mehr erlauben. Großmut durfte man gegen den Feind üben: wenn es den Großmütigen selbst erhöhte. Denn dies war das feste Gebot für das Verhalten zum Feinde: man durfte sich gegen ihn nichts vergeben.

Dies führt auf das Zweite: daß man von der christlichen Verneinung des Stolzes und des Machttriebes nichts wußte. Man bekennt sich offen dazu: man w i l l groß sein, geehrt, einflußreich. Es gab keinen Enthusiasmus des Entsagens, nur den der Tat — im Dienste der eignen Größe. Sich selbst durchsetzen, gegen Mühsale und Gefahren, denen der Schwächere sich gebeugt hätte, das zeichnete den Helden aus. Die zahlreichen Worte, die man mit „selbstbewußt, stolz, unbeugsam, herrenhaft" übertragen kann, haben noch im Ohre unsrer späten Gewährsmänner einen guten Klang.

---

[1] Vgl. Hübner, Brunnerfestschrift S. 823.

Eine dritte Grundeigenschaft läßt sich weniger auf den Gegensatz von christlich und unchristlich abstellen; sie fließt mehr aus einer gewissen Altertümlichkeit des Denkens. Es ist die Stellung zur Gerechtigkeit.

Man kennt und schätzt das Gerechtsein; die Ausdrücke, die diesem Begriffe gelten, gehören zu den lobenden Beiwörtern (*réttlátr, sanngjarn, jafnaðarmaðr* u. aa.). Der mit unseren Sagas Vertraute hätte nie die Frage aufwerfen können, ob der ungetaufte Germane die Begriffe des Verbrechens und der Strafe gekannt habe! Allein, es verhält sich mit der Gerechtigkeit etwa wie mit der Friedensliebe, wo sie gegen die Tapferkeit in die Wagschale fällt: sie ist eine Zweitenrangstugend. Hätte Einer dem Recht zuliebe seine Machtstellung oder seine Verwandten geopfert, — das empfand man ähnlich, wie wenn Einer aus Friedensliebe Schläge einsteckte.

Die Probe darauf wird öfter in diesem typischen Falle erbracht. Das Parteihaupt weiß, daß sein Angehöriger den Frevel begangen hat; er kann ihn scharf tadeln, ihm sagen, er habe alles Schlimme verdient, — aber ihn preisgeben, damit das Recht seinen Lauf nehme, das hätte man nicht als groß und heldenhaft empfunden; man hätte zunächst an eine verborgene Schwäche und Feigheit gedacht, oder dann an eine verächtliche Argheit — ein Neiding! Die Tugend des ersten Brutus, der seinen Söhnen zum Richter wird, hätte kein Verständnis gefunden. Brutus hätte auf Island ein Neiding geheißen. Daß bei Allen, auch denen die sich der Idealfigur nähern, gelegentlich der Gerechtigkeitssinn einfach aussetzt und nur noch der eigene oder der Freunde Vorteil das Handeln lenkt (wohlverstanden, ohne Mißbilligung der Erzähler und ihres Kreises), dies gehört zu den frappanten Eindrücken der isländischen Saga. Nicht minder jene regellose, zufallsbunte Beziehung zwischen Missetat und Sühne, die uns wiederholt in den Weg gekommen ist und die auf ein modernes Rechtsgefühl leicht als ethische Taubstummheit wirkt.

Allgemeiner gesagt: die persönlichen Mächte, eigene Ehre und Größe, die Sippenbande, die sonstigen Schutzpflichten, die waren das Übergeordnete, nicht nur in der unvollkommenen Wirklichkeit, sondern auch in der sittlichen Idee. Konnte man damit die unpersönlichen, abstrakteren Größen, das Recht und den Frieden, vereinigen, umso besser! Aber wo das Dilemma kam, da entschied sich ein rechter Mann für das Persönliche, nicht für das Abstrakte

Es ist eine Machtfrage der beherrschenden Gedanken: welche

Antriebe sind die stärkeren und gelten als die tüchtigeren, anständigeren? Daß die Wahl auf die persönlichen fällt, beruht auf einem gewissen Mangel an Abstraktionsvermögen.

§ 153. Man versteht, daß diese Anlage nicht der rechte Wurzelboden war für die Rechts- und Staatsfrömmigkeit, die Wilda seinen alten Germanen erkämpfen will. Der Staat und die Gerechtigkeit, wie das Vaterland und die Religion, das waren die abstrakteren Größen, die es erst auf späterer Entwicklungsstufe aufnehmen konnten mit den älteren, körperhafteren Mächten der persönlichen Ehre und des Sippegefühls. Man hat wirklich die Gewalt unter Umständen für „Recht", d. h. für das bessere Recht, gehalten, und die „Unterordnung der Willkür" fand ihre Schranke im Ehrgefühl.

Dabei wollen wir den Freiheitsbegriff und Individualismus der germanischen Heiden nicht überschätzen. Das Staatsgefühl war nicht deshalb schwach, weil das Individuum titanenhaft frei und selbstherrlich war. In dem Ehrgefühl des vorchristlichen Isländers liegt viel Herdenhaftes. Man ist in hohem Grade abhängig von dem Urteil der Menschen und insofern gebunden, unfrei. Zugleich aber ist die Persönlichkeit nicht so weit differenziert, daß sich eine fühlbare und dauernde Spaltung hätte bilden können zwischen der Meinung der Andern und dem eignen sittlichen Selbstbewußtsein. Den Standpunkt: „mögen sie mich für feige halten — ich weiß es besser!" hielt der Mensch nicht fest; über kurz oder lang verschmolz seine eigene Schätzung mit der communis opinio: wenn er dann in deren Sinne handelte, war es nicht aus moralischem Zwang, gegen die bessere Überzeugung, sondern weil sein Inneres die Anklage der Menge bejahte.

Gleichwohl hatte der heidnische Germane seinen starken sittlichen Idealismus; das war die schon besprochene Fähigkeit: Besitz, Lebensbehagen, das Leben selbst einer Idee, der Ehre, aufzuopfern. Diese hochgespannte Stimmung, die über die ewigen Raufereien der Saga den Schimmer des Heroischen breitet, war aber nur denkbar da, wo die Selbsthilfe die Leistungen des Staates überwog. Der selbe Staat, der viel Freiheit ließ und wenig Pflichten aufzwang, gewährte wenig Schutz und stellte an die wachsame Wehrhaftigkeit des Mannes die höchsten Ansprüche. Wo die Gerichte mit dem Schwert in der Hand erstritten werden mußten und ihr Urteil erst Wert gewann durch die eigene, tatkräftige Vollstreckung, da hatte der Kampf ums Recht einen anderen Inhalt als im geordneten Staatswesen, in der domestizierten Gesellschaft. In dem Staate der öffentlichen Strafen, des öffentlichen Anklägers und der Polizei kann jenes wehrhafte Ehrgefühl, das Kriegerehrgefühl, nicht mehr gedeihen. Dem alten Germanen hätte das Abtreten der Vergeltung an den Staat und damit die Verneinung des Rachewillens keine erstrebenswerte Sittigung bedeutet, sondern ein Erschlaffen des Edelsten im Manne.

So darf man sagen: wo der heidnische Germane auf der Höhe seines ethischen Fühlens steht, da ist er von der Selbstverleugnung zugunsten der öffentlichen Gewalt am weitesten entfernt. Sein menschliches Ideal liegt nicht um viel oder wenig Stufen unter dem des christlichen Staates; es liegt in entgegengesetzter Richtung. Dieses Ideal des Germanen mußte gebrochen werden, sobald seine Erziehung zum Staatsbürger begann. In Wirklichkeit allerdings vollzog es sich durch ein Ab- und Zugeben von beiden Seiten, und noch heute sind die Brechungen zwischen den beiden unversöhnbaren Mächten nicht gestillt. Der parteilose sittengeschichtliche Betrachter wird einräumen, daß der Übergang von der germanischen Selbsthilfe zu der öffentlichen Strafe mit einer starken Einbuße an sittlicher Energie zu erkaufen war.

Register

(Die Zahlen nennen die Seiten)

Berichtigungen

Lies: S. 17 Z. 22 Hœns.: Hœnsna-. — S. 73 Z. 4 Vatnsd. — S. 74 Z. 18 und S. 78 Z. 11 sætt. — S. 76 Z. 2 v. u. *undir*. — S. 77 Z. 5 Thórdh. — S. 90 Z. 6 v. u. Flóam. 127, 13 (statt 1. 3). — S. 97 Z. 10 *Tryggðamál*. — S. 138 Z. 4 v. u. Lón". — S. 173 Z. 9 subsidiäre. — S. 183 Z. 3 v. u. 1, 33, 24 (statt 234).

Inhalt.

www.ingramcontent.com/pod-product-compliance
Lightning Source LLC
Chambersburg PA
CBHW060805310726
48980CB00002B/242